Happy Birthday, liebe Luci!

Die Autorin

Nicole Sabri, Jahrgang 1979, ist Industriekauffrau und hat in der Abendschule Betriebswirtschaft mit dem Schwerpunkt Fremdsprachen studiert. »Happy Birthday, liebe Luci!« ist ihr erster Roman, in dem sie auch einige persönliche Erfahrungen mit eingebracht hat. Sie lebt mit ihrem Mann in Bünde.

NICOLE SABRI

Happy Birthday, liebe Luci!

Roman

FSC
www.fsc.org
MIX
Papier aus verantwortungsvollen Quellen
Paper from responsible sources
FSC® C105338

Bibliografische Information der Deutschen Nationalbibliothek:
Die Deutsche Nationalbibliothek verzeichnet diese Publikation in der Deutschen Nationalbibliografie; detaillierte bibliografische Daten sind im Internet über dnb.d-nb.de abrufbar.

TWENTYSIX
Eine Marke der Books on Demand GmbH

Satz, Herstellung und Verlag:
BoD – Books on Demand, Norderstedt

ISBN: 978-3-7407-8264-1

Alle in diesem Roman vorkommenden Personen sind frei erfunden. Etwaige Ähnlichkeiten mit lebenden oder realen Personen sind rein zufällig.

Kapitel 1

Darf ich vorstellen?

Jeder Mensch ist etwas Besonderes, das wissen wir alle.

Wenn Eltern ihr Neugeborenes auf dem Arm halten, wenn Großeltern die ersten Schritte ihres kleinen Enkelkindes sehen und das Gefühl haben, ein kleines Genie wächst heran, oder wenn ein Ehemann voller Liebe seiner Frau beim Schlafen zusieht. In diesen Momenten, und von diesen Momenten gibt es unzählige jeden Tag, in jedem Land auf der Welt, in jeder Kultur, ja, in diesen Momenten, kommen uns die Menschen, die wir am meisten lieben, als etwas ganz Besonderes vor. Wir können uns glücklich schätzen, diese Menschen an unserer Seite zu haben.

Ich bin Teil einer ganz normalen Familie, die, zugegeben, manchmal etwas anstrengend ist, die ich aber über alles liebe. Ich habe Freunde, einen tollen Beruf und gehe ganz alltäglichen Hobbys nach.

An meinem 18. Geburtstag habe ich jedoch erfahren müssen, dass ich ein klein wenig aus der Norm falle. Und das ist noch stark untertrieben.

Nun ja, es ist nicht so, dass ich von Außerirdischen entführt worden wäre oder dass ich die Gedanken anderer Menschen lesen kann. Nein, so etwas meine ich nicht.

Der Weg, an dessen Ziel ich nun gelangt bin, war aufregend, gefährlich, abenteuerlich und sehr lang.

Doch bevor ich meine Geschichte erzähle, möchte ich zuerst einmal die wichtigsten Menschen in meinem Leben vorstellen.

An allererster Stelle kommen meine Eltern, Kordula und Julius. Mein Vater war Anwalt in einer Kanzlei in unserer Stadt, meine Mutter war Rechtsanwaltsgehilfin. Beide sind mittlerweile Rentner, haben nie Zeit und gehen immer freitagnachmittags einkaufen, wenn auch die arbeitende Bevölkerung noch kurz das Nötigste für das Wochenende besorgen möchte. Ich habe schon mehrfach versucht, ihnen den Einkauf, sagen wir mal, mittwochmorgens schmackhaft zu machen, leider vergebens. Da sei ja nicht so viel los und man träfe keinen.

Sie haben sich Anfang der 1970er-Jahre kennengelernt, als meine Mutter in der Kanzlei meines Vaters ihre Stelle angetreten hat. Nach einigen Monaten merkten sie, dass mehr zwischen ihnen ist als ein freundschaftliches Kollegenverhältnis. Da meine Mutter aber Beruf und Privatleben nicht vermischen wollte, wechselte sie die Kanzlei. Mein Vater war zuerst nicht davon begeistert, aber wie sich herausstellte, war es die richtige Entscheidung. Wenn meine Eltern jeden Tag von morgens bis abends aufeinander gehockt hätten – wer weiß, ob es dann meinen Bruder oder mich überhaupt gegeben hätte oder ob die Beziehung dann nicht an zu viel Nähe gescheitert wäre. 1972 haben sie geheiratet. Meine Mutter war eine wunderschöne Braut und mein Vater bekommt noch heute glänzende Augen, wenn er an den Tag denkt.

Zwei Jahre später kam mein Bruder Daniel auf die Welt. Er war so ein süßes Baby und wurde von allen verwöhnt. Heute ist er ein erfolgreicher Radiomoderator. Sein Schulpraktikum beim lokalen Radiosender hatte ihm seinerzeit so gut gefallen, dass er nach seinem Abitur Politikwissenschaft studierte. Nach erfolgreichem Abschluss wurde er beim Sender sofort angenommen, denn sie waren begeistert von ihm. Ich bin mir sicher, seine angenehm weiche Stimme und sein trockener Humor haben nicht unwesentlich dazu beigetragen. Mittlerweile hat er seine eigene Radioshow und ich bin total stolz auf ihn.

Da meine Mutter wieder in den Beruf zurückkehren wollte, sollte Daniel eigentlich ein Einzelkind bleiben, und meine Eltern trafen entsprechende Vorkehrungen. Umso überraschter waren sie, als meine Mutter wieder schwanger wurde. Da gab es kein Zurück, und als sich herausstellte, dass es ein Mädchen werden sollte, waren beide total aus dem Häuschen. Im August 1984 kam ich dann auf die Welt, und was folgte, waren die schönsten Jahre, die sich ein Kind nur ausmalen kann. Es fehlte meinem Bruder und mir an nichts. Unsere Eltern schenkten uns Liebe und Geborgenheit. Sie bereiteten uns auf das Leben vor, wobei man einen Menschen nicht auf alles vorbereiten kann. Jedes Leben läuft so individuell ab, man kann seine Kinder einfach nicht auf alle Eventualitäten vorbereiten. So wie in meinem Fall, selbst die besten Bilderbucheltern der Welt wären mit so einer Aufgabe überfordert gewesen.

In jedem Fall sorgten unsere Eltern dafür, dass aus meinem Bruder und mir verantwortungsbewusste, rücksichtsvolle und mitfühlende Menschen wurden.

Der einzige Wunsch, den sie mir damals verwehrten, war

ein eigenes Haustier. Wie gerne hätte ich einen Hund, einen Hamster oder ein Kaninchen gehabt. Aber aus Angst, dass sich nach einigen Wochen keiner mehr um das arme Tier kümmern und es dann nur noch in seinem Käfig dahinvegetieren würde, wurde mir dieser Wunsch nicht erfüllt. Vielleicht war es auch ganz gut so, wie schnell löst sich das Interesse eines Kindes an etwas Neuem nach kurzer Zeit in Luft auf. So haben wir einem Tipsi, Schnucki oder Flöckchen ein kurzes und einsames Leben bei uns ersparen können.

Meine Großeltern väterlicherseits hießen Maria und Ludwig. Sie leben schon lange nicht mehr. Sie wurden seinerzeit von ihren Familien, beides angesehene Anwaltsfamilien, in eine arrangierte Ehe gedrängt. Die gesellschaftlichen Gründe überwogen in diesem Fall, Liebe und Zuneigung waren eher zweitrangig. Aus den wenigen Erzählungen, die mir bekannt sind, lässt sich schließen, dass die Beziehung zwischen den beiden auch in den folgenden Ehejahren recht kühl blieb. Das spürte auch mein Vater, der daher recht früh das elterliche Haus verließ, um in einer anderen Stadt Jura zu studieren. Das Verhältnis meines Vaters zu seinen Eltern war nie innig. Kurz nach der Hochzeit mit meiner Mutter starben die beiden bei einem Autounfall. Ich habe mir sagen lassen, mein Vater nahm dies mit einer gewissen Gleichgültigkeit auf.

Im Gegensatz zu Maria und Ludwig waren die Eltern meiner Mutter liebevolle und fürsorgliche Menschen. Mein Großvater Henry lernte seine spätere Frau Anastasia auf einer Tanzveranstaltung kennen. Mein Großvater war mit seinem Freund Paul unterwegs, meine Großmutter mit einer Freundin, deren Name mir nicht bekannt ist. Am frühen Abend war noch nicht viel los, und Paul sagte, dass es echt Scheiße sei. Da sagte mein Großvater: »Mensch, Paul, das sagt man doch nicht, wenn am Nebentisch eine Dame sitzt.«

»Och«, erwiderte meine Großmutter, »ich sage auch schon mal Scheiße.« Da war mein Großvater hin und weg. Seitdem verbrachten die beiden keinen Tag getrennt.

Als meine Großmutter dann Anfang 1987 an Krebs starb, brach für alle eine Welt zusammen. Zu diesem Zeitpunkt war ich gerade einmal zwei Jahre alt, daher habe ich auch keinerlei Erinnerung mehr an sie. Doch immer, wenn mein Großvater oder meine Mutter von ihr erzählen, kann man hören, was für eine sanftmütige und warmherzige Frau sie war. Dass ich sie nicht mehr kennengelernt habe, bedauere ich sehr.

Umso wichtiger war Großvater Henry für mich, er war schließlich der Letzte meiner Großeltern, der noch lebte. Er hat mich bei allen wichtigen Ereignissen begleitet, unter anderem auch bei der Einschulung. Da mein Vater sich auf der Arbeit nicht freischaufeln konnte, waren Mama und Opa Henry an meiner Seite. Ich bin ihm für so vieles dankbar, und ich hatte ihn unendlich lieb.

In der Grundschule lernte ich dann meine beiden jetzigen besten Freundinnen kennen, Emma und Isabella. Schon nach ein paar Tagen waren wir unzertrennlich. Bis heute hat sich nichts daran geändert. Wir drei saßen in den ersten vier Jahren immer zusammen in der letzten Reihe, machten gemeinsam Hausaufgaben und übten für Diktate. Nach der vierten Klasse bahnte sich dann eine Katastrophe an. Heute, aus der Sicht eines Erwachsenen gesehen, war es gar nicht so schlimm, für uns jedoch fühlte es sich wie eine an. Eigentlich wollten wir zusammen aufs Gymnasium gehen. Doch Emmas Eltern mussten aus beruflichen Gründen in die nächstgrößere Stadt ziehen, sodass Emma dort auf die weiterführende Schule musste. Tagelang heulten wir uns die Augen aus, wir dachten, unser Leben sei vorbei. Wenigstens konnten wir noch die Sommerferien genießen, jeden Tag haben wir miteinander verbracht, waren Fahrrad fahren, im Freibad schwimmen und haben selber Limonade gemacht. Mit zehn Jahren hast du ja das Gefühl, dass ein Sommer niemals enden würde, also rückten unsere Sorgen über den Umzug erst mal in weite Ferne.

Wie sich herausstellen sollte, lebte Emma sich gut auf der neuen Schule ein. Isabella und ich belegten währenddessen die gleichen Kurse, sodass wir immer zusammen waren. Erst mit etwa 15 Jahren änderte sich das, und zwar, als wir beide das Interesse an Jungs entdeckten, und andersherum. Natürlich blieb der eine oder andere Liebeskummer nicht aus, aber wenn es so weit war, wussten wir, wo wir Trost suchen konnten. Eine von uns war immer sofort zur Stelle, wenn bei der anderen gerade die Welt unterging.

Zur gleichen Zeit, als mein Bruder zum Radio ging, beschloss ich, mein Hobby zum Beruf zu machen. Ich verließ nach der zehnten Klasse das Gymnasium und startete eine Ausbildung zur Fotografin in einem Fotostudio ein paar Straßen weiter. Mit Kira, der Besitzerin des Studios, hätte ich es nicht besser treffen können. Leicht schrullig, manchmal etwas verpeilt, aber die gütigste Chefin unter der Sonne. Und ein sehr kreativer Kopf. Sie machte nicht nur die typischen Fotos, die man so kennt. Sie zauberte immer etwas Besonderes aus dem Hut. Ich habe viel von ihr gelernt, und auch heute noch sind wir befreundet.

So verliefen die ersten 17 Jahre meines Lebens genauso wie bei jedem anderen Teenager auch. Mit Höhen und Tiefen, glücklichen und traurigen Momenten. Ich hatte das Glück, dass immer jemand da war, der die schönen Momente im Leben mit mir teilte, oder jemand, der mich auffing, wenn es mir mal nicht gut ging.

Doch kurz vor meinem 18. Geburtstag drehte sich mein ach so normales Leben schlagartig um 180 Grad.

Kapitel 2

Vorhersagen – und allzeit gute Fahrt

Juli 2002

»Hey Leute, das ist doch eine coole Idee. Wollt ihr nicht wissen, was in den nächsten Jahren auf euch zukommt? Ob ihr den Mann eurer Träume kennenlernt? Oder ob ihr viel Geld verdienen werdet?« Emma ist gar nicht mehr zu halten. Auch Isabella ist schon ganz neugierig.

»Oh ja«, seufzt sie ganz verträumt und schaut dabei aus dem Fenster, »bestimmt wird sie mir eine Traumhochzeit mit meinem Traummann voraussagen?«

Mal wieder bin ich die Einzige, die diesem Vorhaben mit totaler Skepsis gegenübersteht. Emma und Isabella haben nämlich die bizarre Idee, eine Wahrsagerin aufzusuchen. Eine Freundin von Isabellas Mutter hat das auch gemacht und war total begeistert. Im Gegensatz zu mir. Schon seit Tagen versuche ich, die beiden davon abzubringen, da ich nicht an solche Vorhersagen glaube. Auch heute, in unserem Lieblingscafé, versuche ich noch einmal, sie umzustimmen.

Und überhaupt, wer sagt denn, dass wir drei nur Positives

in der Zukunft erleben werden? Vorsichtig werfe ich meine Sorgen in den Raum.

»Und was ist, wenn diese Frau uns nur Negatives in Aussicht stellt? Ewig single bleiben? Krankheit? Oder noch viel Schlimmeres?«

Ich weiß schon, was jetzt wieder kommt.

»Mensch Luci, was du immer hast?«, erwidert Emma. Hab ich's doch gewusst.

»Wahrsager sagen doch immer nur Positives, nichts Negatives«, fügt sie hinzu. So sicher bin ich mir da nicht.

Doch nach ein paar Tagen, weiteren Telefonaten und mehreren Tassen Tee haben die beiden mich überredet. Nächste Woche ist es so weit, Emma hat für Samstag einen Termin bei einer Frau namens Aurelia gemacht.

In der Nacht zuvor schlafe ich erstaunlicherweise sehr schlecht, male mir den Besuch am nächsten Tag aus. Scheinbar lässt mich das alles doch nicht so kalt, wie ich dachte.

Ich sehe einen Stapel Karten vor meinem inneren Auge, eine alte Frau mit Kopftuch und einer Katze auf dem Schoß. Und ich kann quasi schon die Räucherstäbchen riechen. Um drei Uhr falle ich, mit diesem imaginären Duft in der Nase, in einen traumlosen Schlaf.

Am nächsten Morgen wache ich auf und bin total nervös.

Ich ziehe mich an und gehe runter in die Küche. Dort warten meine Eltern schon mit einem leckeren Frühstück auf mich.

»Luci, ich finde das gar nicht gut, dass ihr zu so einer Frau geht! Wollt ihr wirklich wissen, was die Zukunft bringt?« Meine Mutter zieht die Stirn kraus und ihre Augenbrauen hüpfen nach oben. »Also ich würde das nicht wissen wollen.«

»Kordula, nun lass den Kindern doch ihren Spaß. Wir haben früher auch so verrückte Dinge gemacht, weißt du noch?« Dabei zwinkert mein Vater meiner Mutter zu, die sofort errötet.

Erstens: Ich hasse es, wenn mein Vater mich Kind nennt. Ich bin fast 18. Und zweitens will ich gar nicht so genau wissen, was meine Eltern früher für verrückte Dinge angestellt haben. Diese Bilder bekomme ich wahrscheinlich nie wieder aus dem Kopf.

Mama hat sich wieder gefangen und setzt zur nächsten Warnung an.

»Also, ich finde, dass das kein Spaß ist. Wenn man da Sachen hört, egal ob gut oder schlecht, ich denke, dann richtet man bewusst oder unbewusst sein ganzes Leben danach aus. Schätzchen, überleg dir das doch noch einmal.« Sie guckt mich hoffnungsvoll an, aber ich kann jetzt keinen Rückzieher mehr machen. Und irgendwie bin ich mittlerweile auch total neugierig.

»Mama, mach dir keine Sorgen. Da wird schon nichts Schlimmes bei rumkommen. Und wenn doch, jeder Mensch muss mit traurigen Momenten und Schicksalsschlägen klarkommen. Und wenn es so weit sein sollte, dann werden Emma und Isabella da sein, und andersrum auch.«

Für mich ist das Thema erledigt. Ich esse mein Müsli und mache mich dann auf den Weg zu meinen beiden Freundinnen. Wir wollen uns bei Isabella treffen. Als ich dort ankomme, ist Emma bereits da und hat schon die Flasche Sekt geöffnet, die Isabella heimlich bei ihren Eltern aus dem Keller geholt hat. Wir stoßen feierlich auf das vor uns liegende Abenteuer an. Mein lieber Scholli, langsam werde ich doch nervös und kann es kaum erwarten, auch wenn ich es ungern zugebe.

Auf dem Weg dorthin kichern wir ununterbrochen und übertrumpfen uns mit möglichen Vorhersagen, die die Wahrsagerin uns mitteilen könnte.

»Also ich bin sicher, sie wird mir eine Traumhochzeit vorhersagen«, schwärmt Isabella.

»Du immer mit deiner Hochzeit. Es gibt noch so vieles anderes«, ruft Emma.

»Ja, aber die große Liebe und eine Familie sind für mich das Wichtigste. Das ist es, was ich mir für meine Zukunft wünsche.«

»Mir wird sie bestimmt sagen, dass ich einen reichen Mann kennenlerne, wir werden um die Welt reisen und jede Menge Leute kennenlernen. Wenn uns ein Ort besonders gut gefällt, dann werden wir dorthin auswandern und ein Hotel eröffnen. Ein richtiges Luxushotel.«

Emma ist total verrückt geworden, ich schüttle den Kopf, muss aber trotzdem lachen.

»Und was glaubst du? Was würdest du gerne hören?« Isabella sieht mich fragend an.

»Ja, Luci, hau mal was raus. Nicht so schüchtern.« Emma ist total in ihrem Element, sie hat schon ganz rote Wangen. Ich glaube, der Sekt und die Aufregung steigen ihr ganz schön zu Kopf.

»Alles klar, Mädels, dann haltet euch mal fest. Ich werde im Lotto gewinnen. Von dem Geld mache ich eine Weltreise. Mensch Emma, vielleicht treffen wir uns ja mal.« Ich zwinkere ihr zu.

»Überall werde ich ganz verrückte Dinge unternehmen. Ich werde am Grand Canyon Bungee-Jumping machen. Ich werde in Island mit dem Fallschirm aus einem Flugzeug springen. Auf Hawaii werde ich mit Haien tauchen und danach werde ich auf einem Kamel durch die Sahara reiten. Nach ein paar Jahren komme ich braun gebrannt wieder nach Hause. Ich bin mir sicher, genau so und nicht anders wird meine Vorhersage aussehen.«

Wir lachen, bis uns die Tränen kommen.

Doch kaum nähern wir uns Aurelias Adresse, schlägt die Stimmung plötzlich um. Eben noch kindisch und albern, sind wir nun leise, fast ehrfürchtig, vielleicht auch ein wenig ängstlich.

Als Aurelia uns öffnet, begrüßt sie uns mit einem Lächeln.

»Hallo ihr drei, schön, dass ihr gekommen seid. Kommt rein.«

Sie schließt die Tür hinter uns und wir bleiben im Flur stehen.

»Ich bin Aurelia«, stellt sie sich vor.

»Ich bin Luci, hallo.«

»Mein Name ist Isabella, guten Tag.«

»Und ich bin Emma.«

Ich weiß nicht, was Isabella und Emma für eine Vorstellung von Aurelia hatten, doch ich habe sie mir genauso vorgestellt, wie sie nun vor uns steht. Den vielen Falten nach zu urteilen, ist sie locker um die 70 Jahre. Sie ist circa 1,60 Meter groß und hat eine rundliche Figur. Trotz ihres Alters hat sie noch lange, braune Haare, die sie zu einem Zopf geflochten hat. Bei genauerem Hinsehen erkennt man hier und da jedoch bereits einige silberne Strähnen. Ihre Kleidung ist tatsächlich bunt, sämtliche Farben des Regenbogens sind darin zu finden.

Der einzige Schmuck, den sie trägt, sind große, goldene Creolen. Wenn sie eine Kette trägt, dann wird sie von dem türkisfarbenen Tuch, welches sie um ihren Hals gelegt hat, verdeckt. Aurelia ist eine wahrlich interessante Erscheinung.

»Bitte, setzt euch doch.« Sie deutet auf das dunkelblaue Sofa, auf dem weiche, buntgemusterte Kissen liegen.

Ich war schon die ganze Zeit über gespannt, wie wohl die Wohnung einer Wahrsagerin aussieht. In meiner Vorstellung heute Nacht war sie dunkel, mit schweren Vorhängen, durch die kein Lichtstrahl drang, der berauschende Duft von Opium hing in der Luft.

Tatsächlich ist der Boden mit einem dunklen Teppich bedeckt, der bereits sehr abgelaufen ist. Wahrscheinlich waren in den letzten Jahren schon Hunderte anderer Menschen hier, in der Hoffnung, durch Aurelia einen Blick in die Zukunft werfen zu können.

Drei der vier Wände sind cremefarben, die vierte Wand, direkt hinter dem Sofa, ist dunkelblau gestrichen, große, goldene Planeten und Sterne sind darauf gemalt. Hier war ein wahrer Künstler am Werk, denn es sieht traumhaft aus.

Die dünnen Vorhänge, ebenfalls in einem dunklen Farbton gehalten, lassen das Licht der Sonne herein. Außerdem stehen überall kleine Lampen verteilt, die eine angenehme, aber auch geheimnisvolle Atmosphäre schaffen.

Als ich mich weiter unauffällig umschaue, fällt mir auf, dass in jedem Schrank und auf jedem Tisch Glücksbringer und Amulette liegen. Ein Katzenkörbchen neben dem Sofa verrät, dass, neben Aurelia, tatsächlich auch eine Katze hier wohnt. Und statt einem schweren Opiumduft liegt der angenehme Geruch von Lavendel in der Luft.

»Wie geht es euch? Seid ihr nervös?« Sie blickt uns eine nach der anderen an. Aurelia hat eine wahnsinnig schöne Stimme, sie geht mir direkt unter die Haut. Außerdem strahlt sie eine Ruhe aus, von der ich hoffe, dass sie sich noch auf mich überträgt, denn ich bin ein einziges Nervenbündel. Emma, Isabella und ich schauen uns gegenseitig an.

»Ja, wir müssen zugeben, dass wir schon sehr neugierig und auch etwas nervös sind«, antwortet Emma ihr.

»Ihr braucht nicht nervös zu sein«, beruhigt Aurelia uns, »es kann euch nichts passieren.«

Wir nicken synchron.

»Okay, wollen wir anfangen?«, fragt Aurelia und guckt uns aufmunternd an. Wieder nicken wir, diesmal jedoch um einiges eifriger. Wir wollen, dass es endlich losgeht.

»Wer möchte denn beginnen?«

Trotzdem will irgendwie keine von uns so wirklich den Anfang machen. Nach einigem Hin und Her erklärt Emma sich bereit, sich als Erste der Kristallkugel zu stellen.

Aurelia führt Emma in eine Ecke des Wohnzimmers, in der ein runder Tisch aufgestellt ist. Eine schwarze Stoffdecke, die mit einer goldenen Borte verziert ist, liegt auf dem Tisch. Die Kristallkugel steht genau mittig auf einem kleinen goldenen Sockel. Sonst befindet sich nichts auf dem Tisch.

Aurelia setzt sich hin und bedeutet Emma, ihr gegenüber Platz zu nehmen.

»Emma, ist es dir recht, wenn Luci und Isabella im Raum bleiben?«

»Ja, bitte, die beiden sollen bleiben. Das hatten wir vorher so ausgemacht.«

»Gut«, sagt sie, »dann kann es losgehen. Emma, bitte lege deine Hände auf die Kugel und schließe die Augen.«

Aurelia legt ebenfalls ihre Hände auf die Kugel, sorgsam darauf bedacht, Emma nicht zu berühren. Dann schließt auch sie die Augen.

Auf einmal habe ich das Gefühl, dass sich die Atmosphäre im Raum verändert, es wird ganz still und eine gewisse Ruhe senkt sich über uns. Ich merke trotzdem, dass ich kaum atme, und auch Isabella sitzt gespannt neben mir und beobachtet die beiden.

»Ich sehe, du hast vor vielen Jahren bereits einen langen Weg hinter dich gebracht.« Sie macht eine kurze Pause.

»Und ich sehe auch, dass du schon lange auf dich allein gestellt bist.«

Ich kann nicht glauben, was ich da höre.

Emma ist, als sie zwei Jahre alt war, mit ihren Eltern aus den USA nach Deutschland gekommen. Ihr Vater ist Amerikaner und ihre Mutter ist Deutsche. Aus finanziellen Gründen mussten beide arbeiten gehen, sodass Emma schon früh für sich allein sorgen musste. Dazu kam, dass ihre Mutter in den letzten Jahren dem Alkohol sehr zugetan war. Aus diesen Gründen hat Emma auch keine Geschwister.

»Durch diese Umstände bist du früh erwachsen geworden.«

Wieder macht sie eine kurze Pause.

»Ich sehe, du hast feste Ziele für deine Zukunft. Du hast ein gutes Herz und willst dich um die kümmern, denen es ähnlich geht, wie es dir ergangen ist.«

Ungläubig schauen Isabella und ich uns an.

Tatsächlich hat Emma vor, Psychologie zu studieren, um Sozialarbeiterin zu werden. Sie möchte Jugendliche unterstützen, die aus schwierigen familiären Verhältnissen kommen.

»Da ist aber auch eine Lücke in deinem Herzen, die vor einigen Jahren entstanden ist.«

Da sehe ich, dass sich eine Träne aus Emmas Augenwinkel löst. Ich vermute, dass Aurelia damit Emmas Vater meint. Vor drei Jahren haben sich ihre Eltern getrennt und ihr Vater ist wieder in die USA gegangen. Emma vermisst ihn schmerzlich. Automatisch nehme ich Isabellas Hand und drücke sie.

Aurelia fährt fort. »Diese Lücke wird sich nie ganz schließen, aber mit der Zeit wird der Schmerz langsam nachlassen.«

Emma atmet einmal tief ein und wieder aus und wischt sich die Tränen aus dem Gesicht. Dann legt sie ihre Hände wieder auf die Kristallkugel und Aurelia fährt fort.

»Du wirst bald jemandem begegnen. Du musst dann eine Entscheidung treffen, die dein Leben verändern könnte. Vertraue nicht auf dein erstes Bauchgefühl. Wäge das Für und Wider gut ab. Es könnte deine bisherigen Pläne und somit auch deine Zukunft komplett auf den Kopf stellen.«

Aurelia kneift die Augen zusammen, so, als ob sie sich stark konzentrieren würde. »Jedoch, wofür du dich auch entscheidest, du wirst auf jeden Fall glücklich werden, obgleich beide Wege nicht unterschiedlicher sein könnten. Allerdings warten im Vorfeld einige Enttäuschungen auf dich, Enttäuschungen, die dich verletzen werden. Es ist wichtig, dass du dann nach vorne siehst, denn irgendwann wirst du diese Enttäuschungen überstanden haben und dann wartet das große Glück auf dich.«

Wieder eine kurze Pause.

»Und dann sehe ich noch drei Ringe, die untrennbar miteinander verbunden sind. Diese drei Ringe begleiten dich schon lange und werden dich weiterhin begleiten. Diese Ringe werden dir immer Kraft geben, bis an dein Lebensende, darauf kannst du vertrauen.«

Aurelia öffnet ihre Augen und legt ihre Hände vorsichtig auf Emmas Hände. Da öffnet auch Emma ihre Augen.

»Das war unglaublich. Woher wissen Sie das alles?«, fragt sie.

»Ich weiß das nicht, du hast es mir gezeigt.« Sie deutet auf die Kristallkugel.

Wir sind alle sprachlos. Emma atmet tief ein, lächelt aber. Sie ist erleichtert, keine schlechten Vorhersagen wie eine Krankheit oder Schlimmeres erhalten zu haben. Schließlich hatte sie in den letzten Jahren genug Kummer. Sie kommt zu uns und setzt sich auf das Sofa.

Aurelia sieht uns erwartungsvoll an. »Wer ist die Nächste?«, fragt sie mit ihrer sanften Stimme.

Isabella rutscht auf dem Sofa hin und her und schielt nervös zu mir rüber.

»Na los, geh schon«, sage ich zu ihr.

Sie steht auf, geht zu Aurelia und setzt sich auf den Stuhl.

»Isabella, auch dich möchte ich fragen, ob es dir recht ist, dass Luci und Emma im Raum bleiben. Vielleicht hast du dich in der Zwischenzeit anders entschieden?«

»Nein, die beiden sollen bleiben, das ist mir lieber.«

Ich merke, dass Isabella nicht ganz wohl in ihrer Haut ist. Bis heute Morgen war sie noch Feuer und Flamme, jetzt sehe ich jedoch Sorge, vielleicht auch ein wenig Angst auf ihrem Gesicht. Wir versuchen, sie zu beruhigen.

»Isabella, es wird alles gut, ganz bestimmt.«

»Mach dir keine Sorgen.«

»Danke, das ist lieb von euch.« Dann blickt sie wieder zu Aurelia.

»Gut. Isabella, bist du bereit?«

»Ja.« Sie nickt.

»Bitte lege deine Hände auf die Kugel und schließe die Augen.« Wieder legt Aurelia ebenfalls ihre Hände an die Kugel, ohne Isabella dabei zu berühren. Auch sie schließt ihre Augen.

»Ich sehe, du hattest eine glückliche Kindheit. Mit viel Wärme und Liebe. Und genau das möchtest du weitergeben. Du sehnst dich nach einer Familie mit Kindern, denen du die gleiche Liebe und Geborgenheit geben kannst, wie du sie erfahren hast. Du bist noch sehr jung, daher musst du dich noch etwas gedulden. Aber ich kann sehen, dass sich dein Wunsch erfüllen wird. Eines Tages wirst du Blumen in den Händen halten, das werden ganz besondere Blumen sein. Ich sehe keine bunten Blumen, sie sind farblos. Doch obwohl sie farblos sind, sind sie schön. Vertraue diesen Blumen, sie werden halten, was sie versprechen.«

Das einzige Wort, welches sie besonders betont, ist »schön«. Irgendwie kommt mir das ein wenig komisch vor, aber ich habe keine Zeit, darüber nachzudenken, denn Aurelia kneift wieder ihre Augen zusammen. Ich merke, sie hat noch mehr zu sagen.

»Ich sehe hier aber auch dunkle Bilder.«

Isabella schnappt erschrocken nach Luft.

»Bisher bist du von Schicksalsschlägen verschont geblieben. Aber bald musst du Abschied nehmen. Ich kann nicht sehen, wer dich verlässt, nur, dass es geschieht.«

Selbst in dem schummerigen Licht kann ich erkennen, dass Isabella ganz blass geworden ist.

Wären wir nur nicht hierhergekommen. Jetzt macht Isabella sich bestimmt ganz verrückt vor Sorge. Und ich muss zugeben, auch mich beunruhigt die Aussage ein wenig.

Aurelia macht wieder eine Pause, sie runzelt die Stirn.

»Aber danach geht es wieder bergauf. Es wird dann zwar noch einen weiteren Moment geben, der dir zuerst schrecklich erscheinen mag, der dann aber dein ganzes weiteres Leben verändert. Glaube mir, du wirst genau erkennen, wann dieser Moment gekommen ist. Und auch bei dir sehe ich drei Ringe. Auch dir werden die Ringe immer Kraft geben, egal wo du dich gerade befindest. An dunklen Tagen, wenn du einmal nicht weiterwissen solltest, dann schließe die Augen und stelle dir drei verbundene Ringe vor, und du wirst sehen, die Sonne wird wieder scheinen. Sie werden dir helfen, wieder Energie zu schöpfen, um dich der Herausforderung zu stellen, denn du weißt, es wird immer jemand da sein, der dir zur Seite steht.«

Aurelia öffnet die Augen und legt ihre Hände auf die von Isabella. Auch Isabella hat ihre Augen geöffnet, Tränen schimmern in ihren Augen.

»Darf ich etwas fragen?«

»Aber sicher, meine Liebe.«

»Wissen Sie, wie lange ich leben werde?«

Mir bleibt kurz die Luft weg. Das hat sie jetzt nicht wirklich gefragt, oder? Ist die denn verrückt geworden? Hektisch schaue ich zwischen Isabella und Aurelia hin und her. Auch Emma scheint geschockt zu sein, denn sie zerquetscht mir fast meine Hand.

»Nein«, antwortet Aurelia mit ihrer sanften Stimme. Emma und ich atmen vor Erleichterung hörbar aus.

»Das kann ich nicht sehen. Ich bin mir auch nicht sicher, ob ich es dir sagen würde, wenn ich es sehen könnte. Weißt du Isabella, manche Menschen sind stark genug, um mit diesem Wissen umzugehen. Aber dich schätze ich nicht als so stark ein. Ich würde es dir vermutlich nicht sagen, wenn ich es sehen könnte. Nur um deinetwillen, nur um dich zu schützen.«

Erleichterung durchströmt mich. Nicht auszudenken, wenn Isabella dieses Datum wüsste.

»Vielen Dank, Aurelia. Vielen Dank für deine Ehrlichkeit.«

Isabella kommt zu uns aufs Sofa, ich merke, dass sie ein wenig erschüttert ist. Das, was sie gerade gehört hat, macht ihr sichtlich zu schaffen. Emma nimmt sie in den Arm.

Nun bin ich an der Reihe. Aufgrund der Vorhersagen, die Isabella erhalten hat, bin ich nun etwas ängstlich. Aber ich kann und will jetzt keinen Rückzieher machen, wir stehen das jetzt gemeinsam durch.

Ich stehe auf, atme tief ein und setze mich Aurelia gegenüber. In dem Moment springt eine Katze auf meinen Schoss. Sie dreht ihren Kopf zu mir und schaut mir direkt in die Augen. Das Ganze ist ein wenig unheimlich. Nachdem ich sie ein paar Mal gestreichelt habe, springt sie runter und verschwindet in einem anderen Raum.

»Das macht sie sonst nie«, sagt Aurelia, »sie ist eigentlich sehr menschenscheu.«

Ich frage mich, ob das jetzt ein gutes oder ein schlechtes Omen ist. Ich entscheide mich für das Gute und schaue dann Aurelia an. Erst jetzt merke ich, wie intensiv ihr Blick ist, durch das dämmerige Licht, was sich in der Kristallkugel spiegelt, leuchten ihre Augen wie dunkle Edelsteine. In ihrer Gegenwart fühle ich mich sehr wohl und ich habe sofort vollstes Vertrauen in sie.

»Luci, bist du bereit? Möchtest du auch, dass Emma und Isabella hierbleiben?«

»Ja, ich möchte, dass sie bleiben.«

»Gut, dann leg bitte deine Hände auf die Kugel und schließe die Augen.«

Aurelia legt auch jetzt wieder ihre Hände an die Kugel, ohne mich dabei zu berühren.

Es dauert einige Zeit, bis sie anfängt, zu sprechen.

»Meine liebe Luci, wie du weißt, ist jedes Leben eine Reise. Einige Menschen begleiten uns von Beginn unseres Lebens an, von diesen Menschen müssen wir uns jedoch irgendwann verabschieden. Das ist ganz natürlich, das ist der Kreislauf des Lebens. Dann gibt es Begegnungen, die nur von kurzer Dauer sind. Diese Menschen sind nur für eine gewisse Zeit unsere Reisegefährten. Sie machen unser Leben für einen kurzen Moment unvergesslich, es ist jedoch vorausbestimmt, dass wir unsere Reisen getrennt voneinander machen. Diese Menschen werden immer Teil unserer Erinnerung sein, sie werden immer einen Platz in unserem Herzen haben. Dann gibt es aber auch Menschen, die irgendwann zu uns stoßen, um uns dann auf dem restlichen Weg unseres Lebens zu begleiten. Die Verbindungen mit diesen Menschen sind etwas ganz Besonderes, sie machen dich vollkommen und glücklich.«

Das muss ich erst mal sacken lassen, ich atme tief durch. Ganz langsam öffne ich meine Augen und schaue zu Aurelia. Sie hat ihre Augen fest geschlossen und ist ganz konzentriert.

Ich mache meine Augen wieder zu. Es vergehen ein paar Sekunden, da atmet Aurelia plötzlich hörbar ein.

»Das ist ja fantastisch, so etwas habe ich noch nie gesehen«, flüstert sie, eher zu sich selbst als zu mir.

»Meine liebe Luci, ich kann sehen, dass in den nächsten Jahren besondere Erlebnisse auf dich warten. Ich kann nicht sehen, was es genau ist, aber es wird unvergesslich für dich, ja, es wird geradezu turbulent.«

Sie macht eine Pause. Mir wird ganz flau im Magen.

»Was soll das heißen?«, frage ich vorsichtig. Mittlerweile haben wir beide unsere Augen geöffnet.

»Das bedeutet, dass du ein ganz besonderer Mensch bist.«

Ich bin etwas überrascht, warum soll gerade ich etwas Besonderes sein? Bisher hatte ich nicht das Gefühl, dass ich großartig aus der Masse hervorsteche.

»Du musst dich auch nicht mehr lange gedulden. Wenn es so weit ist, wirst du dich an meine Worte erinnern. Und jetzt schließe bitte wieder deine Augen.«

Sie fährt mit ihrer angenehmen Stimme fort. »Du wirst vielen, neuen Menschen begegnen, einige haben keine guten Absichten, andere hingegen meinen es gut mit dir.«

Sie macht wieder eine Pause.

»Es wird auch nicht für immer so sein, irgendwann gibt es einen Zeitpunkt, an dem diese besonderen Erlebnisse enden werden. Aber auf diesen Zeitpunkt hast du keinen Einfluss. Doch danach wirst auch du dein Glück finden.«

Als sie weiterspricht, merke ich, dass sie lächelt.

»Und auch bei dir sehe ich die drei Ringe, die miteinander verbunden sind. Und auch du kannst dir sicher sein, dass dich diese drei Ringe bis an dein Lebensende begleiten, dir in schweren Stunden Trost und Halt geben. Ihr könnt stolz auf diese Verbindung sein. Viele solcher Verbindungen halten nur für eine gewisse Zeit, eure wird für immer halten. Darauf könnt ihr vertrauen.«

Aurelia legt ihre Hände auf meine und schaut mich an.

»Glaub mir, ich bin schon alt, und ich habe in meinem Leben schon viel erlebt. Aber das, was ich gerade gesehen habe, das habe ich zum ersten Mal gesehen. Obwohl ich viele schöne Jahre hinter mir habe, muss ich sagen, dass ich dich um das, was vor dir liegt, ein wenig beneide.«

Das hört sich ja sehr geheimnisvoll an.

Ich habe noch tausend Fragen, aber Aurelia bedeutet mir, dass die Sitzung vorüber ist. Sie schaut uns nacheinander an. »Wie geht es euch jetzt?«, fragt sie.

Es ist Emma, die antwortet.

»Ich glaube, wir drei müssen das erst einmal alles sacken lassen, stimmts, Mädels?«

Isabella und ich nicken.

»Aurelia, was hat das alles zu bedeuten? Das ist alles so mysteriös«, frage ich vorsichtig.

»Meine Liebe, vertrau mir und lass alles auf dich zukommen. Du wirst erkennen, wenn der Zeitpunkt gekommen ist, da bin ich mir ganz sicher. Und wenn ich dir einen Rat geben darf, lass dich auf alles ein. Kämpfe nicht dagegen an, auch wenn es dir das ein oder andere Mal sehr schwerfallen wird. Du wirst sehen, es hat alles seinen Sinn.«

Oh Gott, das wird ja immer mysteriöser.

Aurelia erhebt sich von ihrem Stuhl. »Ihr sollt wissen, ihr könnt immer zu mir kommen. Meine Tür ist immer offen für euch.«

»Vielen Dank«, sagt Emma, irgendwie hört sie sich erleichtert an.

Wir zahlen und gehen zur Tür, Aurelia begleitet uns.

Beim Abschied nimmt sie unsere Hände in ihre und sagt: »Passt gut aufeinander auf, und auf das, was ihr habt. Haltet es ganz fest. Aber das werdet ihr, das weiß ich, denn ich habe es gesehen.«

»Was war das denn?«, fragt Emma, als die Tür ins Schloss fällt. »Das war ja merkwürdig.«

Als wir wieder auf der Straße stehen, überlegen wir, ob wir noch irgendwo hingehen wollen, vielleicht einen Kaffee trinken.

Isabella und ich haben aber keine rechte Lust, noch irgendetwas zu unternehmen. Isabella liegen die Aussagen zu ihrer Zukunft im Magen, und auch ich bin etwas unsicher. Die Vorhersagen waren wirklich sehr rätselhaft. Wir nehmen uns noch einmal in den Arm und machen uns schweigend auf den Weg nach Hause.

Eigentlich wollte ich mich gar nicht darauf einlassen, weil ich von dem Ganzen nichts halte, aber nachdem Aurelia bei Emma und Isabella mit dem, was sie über ihre Vergangenheit gesagt hat, so ins Schwarze getroffen hat, bin ich mir total unsicher, ob nicht doch etwas Wahres dran ist.

Ich habe noch nicht ganz unsere Wohnungstür geschlossen, da stürzt sich meine Mutter direkt auf mich.

»Und, was hat sie gesagt? Nun erzähl schon.«

»Mama, hast du was dagegen, wenn ich erst laufen gehe? Ich muss etwas den Kopf freibekommen. Und wenn ich wieder da bin, dann erzähle ich dir alles, versprochen.«

»Na, du hast ja Nerven, ich platze fast vor Neugier und du willst Sport machen.«

Sie dreht sich um und ruft: »Julius, ich glaub es nicht. Unser Kind will erst laufen gehen und uns dann später alles erzählen.«

Ich schüttle nur den Kopf, ziehe meine Sportsachen an und laufe los.

Nach einer Stunde bin ich wieder da, und nach einer Dusche fühle ich mich ein wenig besser. Auf meiner Runde habe ich mich entschlossen, mich nicht durch diese Vorhersagen aus der Ruhe bringen zu lassen. Was ich meinen Eltern erzähle, entscheide ich gleich spontan.

Langsam schlendere ich in die Küche, auf der Suche nach etwas Leckerem zum Essen.

Ich schnappe mir das letzte Stückchen Erdbeerkuchen, das noch im Kühlschrank steht.

»Himmel, Luci, nun spann uns doch nicht so auf die Folter, komm her und erzähl endlich.« Meine Mutter scheint heute etwas ungeduldig zu sein. Aber das ist ja auch verständlich, schließlich geht die eigene Tochter nicht jeden Tag zu einer Wahrsagerin.

Ich lasse mich aufs Sofa fallen und erzähle ihr von dem Besuch bei Aurelia, von den Informationen, die Emma und Isabella bekommen haben.

»Und du? Was hat sie zu dir gesagt?« Meine Mutter ist gespannt wie ein Flitzebogen.

»Ach Mama, du weißt doch, dass ich dem Ganzen sehr skeptisch gegenüberstehe. Aber – sie hat gesagt, ich wäre was Besonderes.«

»Natürlich bist du was Besonderes.«

»Ja, aber sagen das nicht alle Eltern über ihre Kinder?«, frage ich.

»Ja schon«, erwidert meine Mutter, »aber über Emma und Isabella hat sie das nicht gesagt. Und bei dem, was diese … diese … wie hieß sie noch mal?«

»Aurelia.«

»Ja, genau, bei dem, was diese Aurelia über Emmas Vergangenheit gesagt hat, warum sollte dann an den Vorhersagen für deine Zukunft nicht auch was Wahres dran sein?«

»Ich weiß es nicht, Mama.«

»Und was hat sie noch gesagt? Das war doch bestimmt nicht alles?«

»Nein, natürlich nicht.« Ich denke kurz nach. Was soll ich erzählen, was soll ich lieber verschweigen?

»Sie hat gesagt, dass ich neue Menschen kennenlerne, einige scheinen es gut mit mir zu meinen, andere nicht.«

»Hm, das ist aber sehr allgemein gehalten. Jeder lernt doch ständig neue Leute kennen, und die sind mal nett und mal nicht so nett.«

»Siehst du, genau deswegen bin ich skeptisch. Ach ja, sie hat bei Emma, Isabella und mir drei Ringe gesehen, die miteinander verbunden sind. Und sie hat bei uns allen gesagt, dass diese Ringe uns bis an unser Lebensende Kraft geben.«

»Ach, Kindchen, das hat sie aber schön gesagt.«

Ja, das hat sie schön gesagt, das ist wahr. Die Frage ist nun, wird etwas von dem, was sie uns vorhergesagt hat, tatsächlich eintreffen?

Vielleicht, nein, ganz bestimmt, war es gut, dass ich zu diesem Zeitpunkt noch nicht wusste, wie nahe Aurelias Vorhersagen der Wahrheit noch kommen würden. Ich wäre mit Sicherheit durchgedreht. Manchmal ist es doch gesünder, nicht zu wissen, was noch kommen wird.

Juli 2002

Mein Herz schlägt wie verrückt und meine Hände sind klitschnass. Heute ist meine Führerscheinprüfung. Als ich an der Fahrschule ankam, war ich die Ruhe selbst. Jedoch sind zwei der vier Prüflinge vor mir bereits durchgefallen, daher bin ich mittlerweile ein nervliches Wrack. Wie heißt es so schön? Alle guten Dinge sind drei. Daher bin ich mir sicher, dass ich die Dritte sein werde, die heute zu Fuß nach Hause gehen darf. Na, herzlichen Glückwunsch.

Luci, jetzt reiß dich zusammen. Die Fahrstunden sind alle super gelaufen. Die schriftliche Prüfung hast du mit null Fehlern bestanden. Das hier machst du mit links.

»Die Letzte ist … Luci Früling«, ruft Herr Winter, mein Fahrlehrer. Während der Fahrstunden haben wir manchmal Witze über unsere Namen gemacht. Aber jetzt gerade ist mir überhaupt nicht zum Lachen. Ich komme um die Hausecke geschlichen, hinter der ich mich versteckt habe.

»Ah, da bist du ja, Luci. Alles in Ordnung? Du bist so blass.«

»Nein, nein, mir geht es gut.« Ich gehe näher zu ihm und flüstere: »Und wie ist der Prüfer so? Ich meine, wenn er mich nicht mag, vielleicht lässt er mich ja auch durchfallen?«

»Luci, entspann dich. Herr Lauter ist wirklich ganz harmlos. Die anderen beiden vor dir haben sich wirklich« – jetzt flüstert er nur noch – »total dämlich angestellt. Deswegen haben sie nicht bestanden. Bei dir mache ich mir aber wirklich keine Sorgen. Los, steig ein, es kann losgehen. Ehe du dich versiehst, hast du es geschafft.«

Ich bin mir da noch nicht so sicher, daher schenke ich dem Prüfer ein charmantes Lächeln, als ich einsteige. Ich schnalle mich an, stelle die Spiegel ein und warte auf die ersten Anweisungen.

»Wir fahren jetzt erst mal hier die Straße runter und dann Richtung Innenstadt.«

Alles klar, ich lege den ersten Gang ein und – würge den Wagen ab. *Ganz prima, Luci, nur weiter so.* Ich werfe einen entschuldigenden Blick nach hinten. »Sorry, tut mir leid.«

»Kein Problem, einfach ganz ruhig bleiben«, ermutigt mich Herr Winter.

»Frau Früling und Herr Winter, das ist ja lustig«, kommt es auf einmal von hinten. »Sie werden es nicht glauben, aber der Mädchenname meiner Frau war Herbst.«

Wir schauen uns an und fangen alle an zu lachen. Somit ist das Eis gebrochen und ich fühle mich auf einmal total entspannt. Ich lasse den Wagen noch einmal an und fahre ohne Probleme los.

Die ersten Minuten verlaufen ohne Zwischenfall. Dann stehen wir an einer roten Ampel, als diese auf Grün springt, fahre ich los.

»STOP!«, schreit auf einmal Herr Winter und tritt die Bremse durch bis in die Ölwanne. Im gleichen Moment rast ein schwarzes Auto quer über die Kreuzung. Durch das abrupte Bremsen machen wir drei einen Satz nach vorne. Was war das denn? Ist der irre? Der hatte doch Rot!

»Was war das denn für ein Idiot? Luci? Herr Lauter? Ist alles in Ordnung? Gehts euch gut?«

»Ich weiß es nicht«, sage ich, meine Hände zittern wie Espenlaub. »Aber ich glaube, ich bin okay.« Ich drehe mich zum Prüfer um. Der hat gerade die gleiche Gesichtsfarbe wie ich vorhin, er ist weiß wie die Wand.

»Ich glaub, mich tritt ein Pferd«, sagt er ungläubig. »Das hätte auch schief gehen können. Aber mir geht es auch gut – glaube ich.«

Wir atmen alle dreimal tief durch und weiter geht es.

Nach ein paar Minuten kommen wir an einen Parkplatz. Ich ahne, was kommt.

»So, Luci, möchtest du hier vielleicht mal einparken?«, fragt Herr Winter so ganz nebenbei.

Nein, eigentlich möchte ich nicht, aber eine Wahl habe ich ja nun nicht, schließlich gehört das mit zur Prüfung.

Entgegen meinen Befürchtungen klappt das Einparken jedoch einwandfrei. Gerade als der Stein vom Herzen fällt, macht es *Rums* und wir werden alle ganz leicht nach vorne geworfen. Schon wieder. Ich gucke Herrn Winter an.

»Was ist passiert?«, frage ich. »Wir stehen doch.«

Er schaut mich an und zuckt mit den Schultern. »Da wird uns wohl gerade jemand reingefahren sein.«

Und so ist es dann auch. Wir steigen aus und da kommt uns auch schon eine ältere Dame entgegen, die wild mit den Armen gestikuliert. Das ist irgendwie nicht mein Tag.

»Wie kommen Sie denn dazu, einfach so in mein Auto zu fahren, junges Fräulein.« Sie guckt mich böse an. Junges Fräulein? Sagt man das heute noch so?

»Das bin ich aber doch gar nicht, unser Auto stand. Ich denke, Sie sind uns reingefahren.«

»Das kann gar nicht sein, ich fahre seit über 50 Jahren unfallfrei.«

Da schaltet sich Herr Winter ein, freundlich wie immer.

»Bitte, hören Sie. Wir sind hier mitten in einer Fahrprüfung. Wir sind zu dritt im Auto und ich kann Ihnen versichern, dass unser Auto sich nicht bewegt hat. Und wie Sie sehen, stehen wir bereits mitten in der Parkbucht, Sie hingegen sind gerade erst dabei, einzuparken. Und dabei haben Sie unser Auto angefahren.«

»Papperlapapp, das lass ich mir nicht bieten. Immer unfreundlich, die jungen Leute.« Sie dreht sich um, steigt ins Auto und will davonfahren.

Herr Winter versucht noch, sie davon abzubringen, indem er ihr erklärt, das sei Fahrerflucht. Sie sei allein, wir sind zu dritt und haben somit Zeugen, die bestätigen, dass unser Auto gestanden hat. Aber mit der Dame ist nicht mehr zu reden, sie legt den ersten Gang ein und fährt aus der Parkbucht raus. Dabei schrammt sie noch einmal ordentlich an der Stoßstange des Fahrschulwagens vorbei. Wir können gar nicht so schnell gucken, wie sie auf einmal verschwunden ist.

Nachdem Herr Winter sichtlich verärgert Fahrzeugtyp, Farbe und Kennzeichen notiert hat, macht er mit einer Kamera, die er aus dem Handschuhfach holt, sicherheitshalber noch ein paar Fotos. Danach steigen wir wieder ins Auto.

»Mein lieber Schwan, so eine Prüfung habe ich noch nie erlebt«, sagt Herr Lauter, »und ich hatte schon einige Hundert, das kann ich Ihnen versichern.«

»Soll ich dann direkt zur Polizei fahren?«, frage ich.

»Nein, lass mal, Luci. Wir fahren jetzt wieder zurück, ich fahre nachher selbst zur Polizei. Gut, dass du die Letzte warst heute. Noch so eine Fahrt überstehe ich nicht mehr.«

Wir fahren vom Parkplatz wieder Richtung Fahrschule. Kurz bevor wir ankommen, muss ich noch einmal rechts abbiegen. Auf dem Bürgersteig steht ein Mann, der die Straße überqueren möchte. Also halte ich an, um ihn vorbeigehen zulassen. Da winkt er freundlich und zeigt mir an, dass er wartet und ich fahren kann.

»Du kannst fahren«, sagt Herr Winter.

Ich lege den ersten Gang ein und fahre los. Doch auf einmal tritt auch der Fußgänger auf die Straße und geht los. Dieses Mal steige ich in die Bremse, fast hätte ich ihn angefahren. Was ist denn heute nur los mit den Menschen?

»Also, wenn das normal ist im Straßenverkehr, dann muss ich mir überlegen, ob ich den Führerschein überhaupt möchte oder ob ich nicht doch lieber meinem Fahrrad treu bleibe«, gestehe ich.

Als wir endlich wieder an der Fahrschule ankommen, möchte ich nur noch raus aus dem Auto. Von meinem Führerschein kann ich mich nach den ganzen Zwischenfällen mit Sicherheit verabschieden.

»Wann ist der nächste Prüfungstermin, Herr Winter?«, frage ich niedergeschlagen. »Den Tag halte ich mir dann schon mal frei.«

Er schaut zu Herrn Lauter.

»Herzlichen Glückwunsch, Luci. Sie haben bestanden«, sagt der Prüfer.

Ich bin wie vom Donner gerührt.

»Wie, Sie meinen, Sie lassen mich nicht durchfallen? Nach allem, was heute passiert ist?«

»Luci, nichts von dem war Ihre Schuld. Und Sie sind immer ruhig geblieben und ganz souverän weitergefahren. Natürlich haben Sie bestanden.«

Ich falle Herrn Winter und Herrn Lauter um den Hals.

»Vielen Dank, da hätte ich echt nicht mit gerechnet.«

Feierlich händigt Herr Lauter mir den Führerschein aus. »Ich muss aber doch sagen, das war die turbulenteste Prüfungsfahrt in meiner ganzen Laufbahn. Die wird mir mit Sicherheit immer in Erinnerung bleiben.«

Ich stutze. Was hat er gerade gesagt? Turbulent? Irgendetwas regt sich in meinem Hinterkopf. Turbulent? Ja, jetzt weiß ich es wieder. Sagte nicht die Wahrsagerin, mir stehen turbulente Erlebnisse bevor? Hat sie das gemeint? Ich schüttle den Kopf, ich bleibe dabei, dass ich nichts von dem glaube, das heute war alles einfach nur Pech, Zufall oder was auch immer.

»Vergiss es, Luci«, sage ich laut.

Herr Winter sieht mich verdutzt an. »Was wollen Sie vergessen?«

Ich bin hin- und hergerissen, ob ich ihm von dem Besuch bei Aurelia erzählen soll. Eigentlich wollte ich das hinter mir lassen und tatsächlich vergessen. Doch dann gebe ich mir einen Ruck und berichte ihm ausführlich von den Vorhersagen. Herr Lauter, der noch seine Unterlagen ordnet und gerade im Begriff war, sich verabschieden zu wollen, kommt noch einmal zu uns und hört interessiert zu.

»Aber wie gesagt, ich glaube da nicht dran.« Mit diesen Worten beende ich meinen kurzen Bericht.

»Ja, also, ich muss sagen, ich kann mich für so etwas auch nicht erwärmen.« Herr Winter scheint der gleichen Meinung zu sein wie ich. Im Gegensatz zu Herrn Lauter.

»Frau Früling, ich an Ihrer Stelle würde das nicht so einfach abtun. Meine Tante geht, solange ich denken kann, zu einer Wahrsagerin. Immer, wenn sie vor einem neuen Lebensabschnitt stand oder sie eine wichtige Entscheidung zu treffen hatte. Bis heute. Und jedes Mal hat der Besuch sie in die richtige Richtung gelenkt. Nie hat meine Tante eine Entscheidung bereut und die kleinen Blicke in die Zukunft haben sich bis heute immer bewahrheitet. Wenn ich es teilweise nicht selber miterlebt hätte, würde ich es wahrscheinlich auch nicht glauben. Daher kann ich Ihnen und Ihren Freundinnen nur dazu raten, sorgsam mit diesen Vorhersagen umzugehen.«

Genau das ist es, was ich nicht wollte. Dass auf einmal wieder jemand daherkommt und ins gleiche Horn bläst wie Emma und Isabella. Jetzt bin ich wieder total verunsichert. Trotzdem bedanke ich mich bei den beiden und wir verabschieden uns.

Heute ist schönes Wetter, daher beschließe ich, meinen Vater nicht anzurufen, dass er mich abholt. Eigentlich wollte er sehen, wie sich seine Tochter so im Straßenverkehr zurechtfindet. Doch die Prüfungsfahrt sitzt mir noch in den Knochen. Also beschließe ich, zu Fuß zu gehen und noch einen Abstecher in die Stadt zu machen. Vielleicht finde ich ja was Schönes, was mich von dieser verrückten, turbulenten Prüfung ablenkt.

Kapitel 3

Mein 18. Geburtstag

Wo bin ich?

Ich mache die Augen auf. Heute ist mein 18. Geburtstag. Endlich. Wie spät es wohl ist? Ich werfe einen Blick auf den Wecker, der auf meinem Nachttisch steht, also, der eigentlich immer auf meinem Nachttisch steht. Aber da ist er nicht. Ich stutze. Wo ist mein Wecker? Und was ist das für eine Lampe? Ich setze mich auf und falle fast in Ohnmacht. Wo bin ich?

Oh Gott, so viele Fragen auf einmal, und das direkt nach dem Aufwachen.

Ich lasse meinen Blick durch das Zimmer wandern, scheinbar befinde ich mich in einem Hotelzimmer. In einem gelben Hotelzimmer! Die Vorhänge sind gelb, das Sofa ist gelb, sogar der Fernseher ist gelb. Und was für ein Gelb, nicht so ein blasser Farbton, nein, da hat jemand den krassesten Farbton an die Wände gepinselt, den ich jemals gesehen habe. Junge, Junge, hatte ich gestern einen Filmriss? Natürlich habe ich mit Emma und Isabella um Mitternacht auf meinen Geburtstag angestoßen, wir waren auch alle drei leicht beschwipst. Aber doch nicht so schlimm, dass ich einen Blackout hatte. Was ist also los? Ist das eine Überraschung von meinen Eltern zu meinem Geburtstag? Oder haben sich Emma und Isabella dies alles hier ausgedacht? Fragen über Fragen schießen mir durch den Kopf.

»Mama? Papa?« Nichts. »Emma? Isabella?« Immer noch keine Antwort, nur Stille. Ich stehe auf, gehe Richtung Fenster, ziehe die Vorhänge auf und pralle zurück. Denn ich sehe … das Londoner Riesenrad. Um Himmels willen, bin ich in London? Wie bin ich hierhergekommen? Wieder schaue ich mich um und mein Blick fällt auf einen Zettel, der auf dem Kissen der anderen Bettseite liegt. Ich gehe langsam ums Bett herum und greife nach dem Zettel. *»Happy Birthday, liebe Luci!«* Keine Unterschrift, nur ein *»A.«*. Was das nun wieder ist? Mit dem Zettel in der Hand erkunde ich das Hotelzimmer, aber keine Spur von Geschenken oder Blumen, ganz zu schweigen von meinen Eltern oder meinen Freundinnen.

»A.«? Ich kenne auch keinen nahestehenden Menschen mit A. Ich weiß nicht warum, aber irgendwie erinnere ich mich auf einmal an den Besuch bei der Wahrsagerin. Ich schaue wieder auf den Zettel. A wie Aurelia?

»Jedoch musst du dich noch etwas gedulden. Wenn es aber so weit ist, wirst du dich an meine Worte erinnern.«

Genau das hatte Aurelia damals gesagt. Ich schüttle den Kopf, wische die Gedanken fort.

Irgendwo müssen doch alle sein. Ich schnappe mir mein Handy und wähle die Nummer meiner Mutter. Sie geht nicht dran. Dann versuche ich es bei meinem Vater, ebenfalls ohne Erfolg. Auch Emma und Isabella sind nicht zu erreichen. So langsam werde ich nervös.

Vielleicht warten alle in der Eingangshalle auf mich. Ich will gerade zur Tür stürzen, als ich merke, dass ich noch gar nicht angezogen bin.

Vorsichtig schaue ich in den Kleiderschrank. Jeans, Shirts, Blusen, ein schwarzer Blazer, Kleider, Turnschuhe, Sandalen ... alles da, was man sich nur wünschen kann, und auch noch in der richtigen Größe. Misstrauisch schaue ich mich um, sind hier irgendwo Kameras versteckt? Bin ich in so einer Fernsehsendung, wo Leute auf den Arm genommen werden? Schließlich möchte ich nicht, dass mein nackter Po gefilmt wird. Aber ich kann nirgendwo etwas Verdächtiges erkennen.

Ich schnappe mir eine ausgewaschene Jeans, eine weiße Bluse und die Turnschuhe. An der Garderobe hängt eine Handtasche. Ich nehme sie vom Haken und öffne sie. Mein Portemonnaie! Unglaublich! Ich traue mich gar nicht, erst zu fragen: »Wie kommt mein Portemonnaie in diese fremde Handtasche?« Es ist ja eh keiner da, der mir diese Frage beantworten könnte. Es sind ja alle irgendwie nicht da. Und mein Handy lag ja schließlich auch eben auf dem Tisch. Wie auch immer, es befindet sich alles in meinem Portemonnaie, was sich sonst auch darin befindet. Personalausweis, Krankenkassenkarte, EC-Karte, Fotos meiner Familie – und 2000 Dollar. Wahnsinn! Ich muss mich kurz am Schrank festhalten, weil ich es nicht glauben kann. Aber warum Dollar? In London bezahlt man doch mit Pfund. Egal.

Nachdem ich mich wieder gefangen habe, stecke ich die Chipkarte für die Tür ein und verlasse das gelbe Hotelzimmer.

Da mir Fahrstühle noch nie geheuer waren, nehme ich

die Treppe. Das geht jetzt auch schneller, ich will die Zeit nicht unnötig mit Warten vertrödeln.

Ich erreiche die Eingangshalle, noch mehr Gelb. Manche Architekten haben wirklich einen komischen Geschmack in Sachen Hoteleinrichtung, denn auch hier tränen mir fast die Augen, überall dieser krasse Farbton. Ich schaue mich um, aber von meiner Familie ist leider auch hier weit und breit keine Spur.

Ich gehe zur Rezeption, dort stehen zwei Ehepaare mit ihren Koffern, sie sind scheinbar gerade angereist und müssen noch einchecken. Unruhig hüpfe ich von einem Fuß auf den anderen. Nach ein paar Minuten lächelt mich die Dame hinter der Anmeldung an und fragt, ob sie mir helfen könne.

»Bitte entschuldigen Sie, ich habe eine Frage. Ich suche meine Eltern. Können Sie bitte einmal gucken, ob sie auch ein Zimmer in diesem Hotel haben?«

»Gerne, dann geben Sie mir bitte einmal die Namen Ihrer Eltern.«

»Mein Vater heißt Julius Früling.«

Sie lächelt immer noch. »Sind Sie nicht zusammen angereist?« Berechtigte Frage.

»Nein, wir sind getrennt angekommen und wollten uns heute hier treffen. Ich hatte ihnen gesagt, in welchem Hotel ich bin, und habe gehofft, dass sie auch hier buchen. Wissen Sie, es war eine ganz spontane Idee, ein paar Tage nach London zu kommen.«

Die Dame schaut mich an, als hätte ich nicht mehr alle Tassen im Schrank.

»Bitte entschuldigen Sie, aber Sie wissen schon, dass wir nicht in London sind, sondern in Las Vegas?«

Jetzt schaue ich sie an, als hätte sie nicht mehr alle Tassen im Schrank. Wir fangen beide an zu lachen. Aha, dachte ich mir doch, dass das nur ein Scherz ist.

»Nein, Ihren Vater kann ich nicht finden. Haben Ihre Eltern vielleicht auf den Namen Ihrer Mutter gebucht?«

Ist eher unwahrscheinlich, aber einen Versuch ist es wert.

»Kordula Früling.«

»Nein, leider auch nicht.« Ach du grüne Neune, und nun?

»Meine beiden Freundinnen wollten auch kommen, versuchen Sie es bitte mit Emma Queeny.«

»Tut mir leid, diesen Namen finde ich auch nicht.«

»Und Isabella Jappschowksi?«

»Nein, bitte entschuldigen Sie. Versuchen Sie doch einfach, Ihre Familie auf dem Handy anzurufen. Ich müsste jetzt hier auch weiter machen und die anderen Gäste einchecken.«

»Das habe ich schon, es geht keiner dran.«

Langsam bricht mir der Schweiß aus. Was soll ich nur tun? Ich denke wieder an Aurelia und ihre Worte. Da kommt mir eine Idee.

»Könnte ich bitte einmal Ihr Internet benutzen?«

»Nein, das geht leider nicht, ich darf keine Gäste in die Büroräume lassen. Hören Sie, ich muss hier jetzt wirklich weitermachen.«

Ich drehe mich um, nun bin ich mit meinem Latein am Ende. In der Lobby stehen ein paar Sessel, dort lasse ich mich hineinfallen und probiere noch einmal aus, die vier telefonisch zu erreichen. Wieder ohne Erfolg.

Meine Hände zittern und mir schießen die Tränen in die Augen. Was ist das für ein Spiel? So langsam finde ich das nicht mehr lustig.

Auf einmal steht die Dame von der Rezeption wieder vor mir. »Die Straße runter auf der rechten Seite gibt es ein Internetcafé. Dort können Sie es versuchen.«

»Vielen Dank, das ist meine letzte Hoffnung.«

Sie lächelt mich wieder an. »Viel Glück.«

Ich verlasse das Hotel und vor der Tür laufe ich fast in eine riesige, gelbe Plastikbanane, die vor dem Hotel aufgestellt ist. Wer, bitte schön, kommt denn auf so eine Idee?

Ich lasse alles kurz auf mich wirken und gehe ein paar Schritte. Irgendwie habe ich London anders in Erinnerung. Ich erreiche eine Straßenkreuzung. Ein Blick auf das Straßenschild sagt mir, dass ich tatsächlich nicht in London bin. *Las Vegas Blvd.?* Ich schreie kurz auf, so erschrocken bin ich. Und ich dachte, die Dame an der Rezeption hätte nur einen Scherz gemacht. Aber jetzt machen auch die 2000 Dollar in meinem Portemonnaie einen Sinn.

Nun erfasst mich endgültig totale Panik. Wie, in aller Welt, bin ich hierhergekommen? Und viel wichtiger, wie komme ich wieder zurück? Wo sind die anderen? Und wieder blitzt die Erinnerung auf und die Stimme von Aurelia. »Du hast turbulente Erlebnisse vor dir.« Meinte sie das hier?

Ich beschließe, dass ich meine Familie auch nachher noch suchen kann. Oder andersherum. Sollen sie doch lieber mich suchen, schließlich haben sie mir das ja auch eingebrockt.

Jetzt ist es erst mal an der Zeit, ein wenig mit Aurelia zu plaudern. Soll sie mir das Ganze doch mal erklären. Geld für das Internetcafé habe ich ja, eigentlich habe ich sogar genug Geld, um das Internetcafé zu kaufen.

Wie versprochen befindet es sich nur ein paar Hundert Meter weiter auf der rechten Seite. Ich betrete das Geschäft und setzte mich an einen freien Platz. Ich gebe einige Suchbegriffe in den Computer ein, und nach ein paar Minuten finde ich Aurelia und auch ihre Telefonnummer. Super, Glück gehabt. Ich nehme mein Handy aus der Tasche und wähle die Nummer. Es klingelt. Es klingelt weiter. Und weiter. Aber Aurelia nimmt nicht ab. Ich lasse bestimmt zwei Minuten klingeln, jedoch ohne Erfolg, dann lege ich auf. Und nun? Ich könnte schon wieder heulen. Ein weiteres Mal versuche ich meine Familie zu erreichen. Wieder nimmt keiner ab.

Wer soll diesen Trip hier organisiert haben? Und wer hat mein Portemonnaie mit diesem großzügigen Taschengeld gefüllt? Sollte es wirklich so sein, dass sie mir diesen Tag hier in dieser Stadt schenken und dann heute Abend oder morgen früh ins Hotel kommen? Und dann verbringen wir alle zusammen noch ein paar Tage hier? Aber was das alles kostet? Hat Papa im Lotto gewonnen, oder was?

Auf einmal ploppt ein Foto auf dem Bildschirm auf, das ein Pärchen gemeinsam bei einem Fallschirmsprung aus einem Flugzeug zeigt. Der Slogan erinnert mich daran, dass das Leben ein Abenteuer ist.

Hmhm, vielleicht sollte ich einfach den Tag genießen. Und morgen stehen dann bestimmt auf einmal alle in meinem Hotelzimmer und rufen »Überraschung!« Also entschließe ich mich, dieses Abenteuer anzunehmen, und werfe noch einmal einen Blick ins Portemonnaie.

2000 Dollar! Was man damit alles machen kann. Casino, Stadtrundfahrt, eine der vielen Shows ansehen, oder vielleicht ein Rundflug mit einem Hubschrauber über die Stadt. Ich weiß gar nicht, was ich zuerst machen soll. Ich entscheide mich für eine Stadtrundfahrt, schließlich ist es eine riesige Metropole, und ein wenig Orientierung hat noch keinem geschadet. Ich laufe den Las Vegas Boulevard entlang, halte Ausschau und entdecke eine Haltestelle.

Super, in zehn Minuten kommt der nächste Bus. Nachdem ich das Ticket bezahlt habe, setze ich mich ganz nach oben, da hat man die beste Aussicht. Ich stöpsle mir die Kopfhöher in die Ohren und sehe zu meiner Freude, dass ich mir die Tour auch in Deutsch anhören kann.

Wir fahren die Straße hinunter, vorbei an Hotels und Sehenswürdigkeiten, die ich nur aus dem Fernsehen und aus Büchern kenne. Und erst diese vielen Casinos. Sogar am helllichten Tag erkennt man die vielen Lichter und Farben. Wie es hier wohl heute Abend aussehen wird, wenn es dunkel ist?

Da sehe ich ein besonders großes Gebäude, mit einer goldenen Kuppel. Zwei große Jetons sind über der Eingangstür angebracht, auch das scheint wieder ein Casino zu sein. Vor dem Gebäude ist ein Springbrunnen, der hohe Wasserfontänen in die Luft schießt. Ich beschließe, hier heute Abend einmal vorbeizuschauen. Vielleicht gehe ich sogar in das Casino hinein und versuche mein Glück. Als ich wieder zur anderen Seite blicke, sehe ich den Eiffelturm, also nicht den richtigen, sondern die kleine Version. Wahnsinn. Und so geht es weiter, ein Highlight jagt das nächste. Nach zweieinhalb Stunden komme ich wieder am Ausgangspunkt an. Ich steige aus und muss das alles erst einmal verdauen. So viele Eindrücke überfordern mich fast ein kleines bisschen. Ein Blick auf die Uhr sagt mir, dass es Mittag ist, Zeit für einen kleinen Snack. Ich erinnere mich, einen Burgerladen in der Nähe gesehen zu haben. Ist normalerweise nicht meine erste Wahl, aber da weiß ich wenigstens, was es gibt.

Ich kaufe mir ein Menü und verschlinge es schnell, schließlich will ich weiter. Ich bin mir sicher, dass meine Zeit hier knapp bemessen ist.

Als ich wieder auf der Straße stehe, überlege ich mir, wie der restliche Tag aussehen soll. Ich entschließe mich, die Stadt nun zu Fuß zu erkunden. Abends möchte ich dann in dieses Casino. Schließlich muss ich die Dollarnoten unter die Leute bringen.

Also gehe ich los. Zu Fuß habe ich mehr Zeit, mir die Hotels und die Casinos genauer anzuschauen. Auch an meinem Hotel mache ich noch einmal Halt. Unglaublich. Wieder frage ich mich, wer wohl die Idee mit der Banane hatte! Ich laufe weiter und biege ab in die nächste Straße und stehe vor dem Riesenrad. Zu gerne würde ich eine Runde damit drehen, aber die Schlange ist so lang und ich will nicht unnötig Zeit vertrödeln. Außerdem habe ich ein bisschen Höhenangst. Ich schaue auf die Uhr. Vielleicht sollte ich noch einmal versuchen, meine Eltern oder Emma und Isabella zu erreichen. Ich wähle alle vier Nummern, aber immer noch nimmt keiner ab. So langsam können die mich mal.

Um 18:00 Uhr merke ich meine schmerzenden Füße. Ich mache mich auf den Weg zurück ins Hotel, um mich frisch zu machen und etwas Passendes anzuziehen. Doch auf einmal fällt mir ein, dass ich ja in den USA bin, nicht in Deutschland. Darf man hier nicht erst mit 21 ins Casino? Egal, einen Versuch ist es wert. Zurück im Hotel nehme ich erst einmal eine ausgiebige Dusche, danach binde ich mir das Handtuch um und inspiziere noch einmal den Kleiderschrank. Ja, da kann man doch was mit anfangen. Das schwarze, schulterfreie Cocktailkleid ist genau das richtige.

Außerdem die High Heels, auch in Schwarz. Im Bad lege ich ein dezentes Make-up auf und stecke mir die Haare hoch. Außerdem wähle ich dunkelroten Lipgloss. Im Spiegel schaue ich mein Ergebnis an und bin zufrieden. Locker gehe ich für 21 durch, im schummrigen Licht der Casinos auch für 23.

Der Abend kann beginnen.

Als ich gegen 21:00 Uhr in die Lobby komme, sprühe ich vor Vorfreude. Der Portier ruft mir ein Taxi herbei und ich gebe ihm ein großzügiges Trinkgeld. Weit ist es ja nicht, aber nachdem ich heute schon einige Kilometer gelaufen bin, steht mir nicht der Sinn, in diesen Schuhen, mit diesen Absätzen weitere Meter zu machen.

Als ich im Taxi Platz nehme, merke ich, dass das Kleid ein wenig spannt. Vielleicht hätte ich nach meiner Dusche nicht so viel essen sollen. Aber das Angebot in der Speisekarte war so vielfältig, dass ich einfach von allem ein bisschen bestellt habe. Das rächt sich nun.

Am Casino angekommen, bezahle ich den Taxifahrer und steige aus. Mir verschlägt es den Atem. Unfassbar. Unglaublich, dass ich Landei hier bin. Selbstbewusst trete ich in die Lobby, schaue mich um und entdecke direkt den Eingang zum Casino. Genauso selbstbewusst steuere ich direkt darauf zu und trete ein.

Geschafft. Mein Blick schweift über die verschiedenen Spieltische. Von Karten- und Glücksspielen habe ich keinen blassen Schimmer. Überhaupt habe ich keine Ahnung von Casinos, schließlich ist es mein erster Besuch überhaupt. Direkt neben mir befindet sich die Bar. Das ist eine gute Idee. Ich bestelle einen Champagner, vielleicht lockert mich das ein wenig auf.

»30 Dollar, please.« Huch, das sind aber stolze Preise. Egal. Ich zahle und schenke dem Barkeeper ein Lächeln.

Während ich durch das Casino schlendere, nippe ich langsam an meinem Glas und lasse erst mal alles auf mich wirken.

Überall sind riesengroße Teppiche verlegt, überwiegend in Rot mit großen Mustern. Die dunklen Stühle sind mit hellem Veloursleder bezogen. Über den Spieltischen sind die Decken abgehangen, rundherum Vorhänge aus Brokatstoff. Aus allen Ecken blinkt, leuchtet und piept es. Es ist alles so groß, so anonym. Was auch an den vielen Menschen liegt. Hier herrscht ein einziges Gewusel. Daher hoffe ich, dass ich in dem allgemeinen Getümmel untergehe und nicht viel Aufmerksamkeit auf mich ziehe. Alles in allem fühle ich mich ganz wohl hier.

Mein Blick fällt auf einen einarmigen Banditen. Oh ja, den probiere ich mal aus. Ich tausche einige Dollarscheine in Münzen und setze mich an einen freien Platz. Ich füttere die Maschine mit den Münzen und nach ein paar Minuten fängt die Maschine an zu leuchten und zu rattern. So viel dazu, dass ich nicht auffallen möchte. In das Fach fallen Hunderte Münzen. Ich habe gewonnen, ich kann es kaum glauben. Ich fische die Münzen aus dem Automaten und fülle sie in meinen Becher.

Das ist mein Tag! Wie schnell sich das Blatt wenden kann, erfahre ich 30 Sekunden später. Denn auf einmal steht ein Mitarbeiter des Casinos neben mir. Er lächelt mich an und fragt nach meinem Ausweis. Mist, er wird sehen, dass ich erst 18 bin. Was soll ich machen? Ich weiß nicht, was in dem Moment in mich fährt, aber auf einmal gehen die Pferde mit mir durch. Ich packe meinen Becher und laufe los. Einfach nur raus aus dem Casino. Unterwegs reiße ich mir die High Heels von den Füßen und verabschiede mich schweren Herzens von ihnen.

»Stop, Miss!«, höre ich ihn rufen. »Stop!«, schreit der Mann lauter und rennt hinter mir her. Der ist wirklich verdammt schnell. Aber ich bin wahrscheinlich nicht die erste 18-Jährige, der er hinterherlaufen muss. Adrenalin schießt durch meinen Körper und ich lege noch einen Zahn zu. Als ich aus dem Gebäude komme, sehe ich die Wasserspiele, die ich mir eigentlich unter anderen Umständen hatte anschauen wollen. Im Augenwinkel erkenne ich die beleuchteten Fontänen, wie sie hoch in den Himmel schießen. Aus den Lautsprechern trällert ein weltberühmter Song, in meiner Panik fällt mir der Titel jedoch nicht ein. Trotz der heiklen Lage, in der ich mich befinde, bekomme ich Gänsehaut. Wer kann schon von sich behaupten, Teil einer Verfolgungsjagd vor einer solch spektakulären Kulisse zu sein. Ich rase an ebendieser Kulisse vorbei und pralle mit ein paar Touristen zusammen.

»Entschuldigung«, rufe ich und eile weiter.

Hinter mir höre ich den Mann immer noch schreien: »Stop, Miss!«

Ich tauche unter in der Menschenmenge, die tags wie nachts in Las Vegas unterwegs ist. Das ist meine Chance. Ich laufe und laufe. Irgendwann sehe ich vor mir die große Banane, Gott sei Dank, da ist das Hotel. Im Rennen schaue ich mich um und kann den Portier nirgends mehr sehen. Ich glaube, ich habe ihn abgehängt. Puh.

Ich werde langsamer und bleibe schließlich stehen, um Luft zu holen. Ich stehe direkt vor einem Spiegel und kann nicht glauben, dass die Frau, die ich da sehe, ich selbst bin.

Barfuß, das Kleid ist hochgerutscht, mehrere Haarsträhnen haben sich gelöst. Es ist wohl Zeit, aufs Zimmer zu gehen, so kann ich schließlich schlecht hier draußen bleiben, sonst werde ich vielleicht doch noch verhaftet. Und das würde ich doch gerne verhindern. Nach wie vor weiß ich nicht, wo sich meine Familie oder meine Freundinnen aufhalten, somit könnte mich auch niemand vom Polizeirevier abholen. Ich gehe durch die Hotelhalle und wähle dieses Mal den Aufzug, nach dieser Verfolgungsjagd habe ich keinerlei Energie mehr. Als die Tür sich öffnet, bleibt mir die Luft weg. Ein Mann steht darin und er schaut mich direkt an. Er ist groß, gut aussehend, mit dunklen Haaren, und für einen kurzen Moment bin ich wie versteinert, so sehr zieht mich sein intensiver Blick in seinen Bann.

Mein Herz macht einen kleinen Hüpfer, denn dieser Mann hat irgendwie das gewisse Etwas. Ich kann das nicht näher erklären, aber er hat es auf jeden Fall.

Er lächelt mich an und ich kann mich nach wie vor nicht bewegen, bin wie hypnotisiert. Nach einigen Sekunden geht mit einem leisen *Ping* die Fahrstuhltür wieder zu und er ist verschwunden. Erst als mich ein anderer Gast leicht anrempelt, komme ich wieder zu mir.

Was war das denn? Leicht verwirrt nehme ich den nächsten Aufzug und als ich auf meiner Etage ankomme, wanke ich benommen zu meinem Zimmer, so müde bin ich.

Ich schaffe es noch nicht einmal, mich abzuschminken, und kann nur noch an den Unbekannten im Aufzug denken. Der Rest des Tages ist wie weggewischt, selbst die wilde Verfolgungsjagd nur Minuten zuvor, von der ich wahrscheinlich noch meinen Enkeln erzählen werde. Da fällt mir der Zettel von heute Morgen wieder ein, der noch auf dem Bett liegt. »*Happy Birthday, liebe Luci!*« Ja, das war ein ganz besonderer Geburtstag. Und morgen früh, ja morgen früh werden ganz bestimmt meine Eltern auch hier sein. Und Emma, und Isabella. Dann schlafe ich ein.

Kapitel 4

Manchmal kommt es anders, als man denkt – und Veränderungen

Leise Musik kommt aus dem Radiowecker, Stimmen aus der Küche, die mir bekannt vorkommen. Das alles registriere ich, als ich aufwache. Ich schlage die Augen auf und bin – in meinem Zimmer. Gott sei Dank. Na, das war ja ein Traum. Unglaublich, und so realistisch, ich hätte schwören können, wirklich in Las Vegas gewesen zu sein. Ich schließe die Augen noch einmal und lasse den Traum kurz Revue passieren. Dann muss ich aber aufstehen. Schließlich ist heute mein Geburtstag, und nicht irgendeiner, nein, es ist mein Achtzehnter!

Ich ziehe mich an, gehe ins Bad und danach direkt in die Küche. Als meine Eltern mich sehen, unterbrechen sie ihr Gespräch und starren mich an.

»Luci, Gott sei Dank. Da bist du ja wieder«, sagt meine Mutter und nimmt mich in den Arm. »Wo warst du gestern den ganzen Tag? Wir haben hier auf dich gewartet. Daniel war da, Emma und Isabella sind vorbeigekommen. Ich hatte Kuchen gemacht.«

Ich bin verwirrt. Mein Geburtstag war gestern? Aber, wie

kann das sein? Da ich selber schon genug beunruhigt bin bei diesem ganzen Durcheinander, will ich sie nicht auch noch verunsichern und schalte schnell.

»Ich dachte mir, dass ich meinen 18. Geburtstag allein verbringen wollte. Heute ist doch auch noch ein Tag. Tut mir leid, dass ich euch nichts von meinen Plänen erzählt habe.«

So erleichtert meine Mutter auch ist, mich zu sehen, merke ich doch, dass sie doch etwas beleidigt ist. Schließlich wird ihre einzige Tochter nur einmal 18. Ich nehme sie in den Arm und entschuldige mich noch einmal.

Wir setzen uns an den Frühstückstisch und genießen das reichhaltige Frühstück. Es gibt frische Brötchen, Mamas selbst gemachte Heidelbeer-Marmelade und Pfannkuchen. Die sind aber scheinbar von gestern, und schon beschleicht mich wieder das schlechte Gewissen. Obwohl, ich bin ja nicht freiwillig verschwunden.

Dann muss ich los zur Arbeit. Heute ist nicht viel los, keine Termine. Vielleicht ein Pärchen, das spontan vorbeikommt, um ein paar schöne Fotos von sich schießen zu lassen. Diese Paar-Shootings gewinnen in letzter Zeit immer mehr an Beliebtheit. Ansonsten werde ich mit dem Bearbeiten einiger Fotos beschäftigt sein. Immerhin wird meine Chefin nicht fragen, warum ich gestern nicht da war, denn ich hatte mir schon vor einigen Tagen für meinen Geburtstag freigenommen. Wenn sie mich allerdings fragt, wie der Tag gestern war, dann weiß ich noch nicht so richtig, was ich antworten soll. Die Wahrheit kann ich ihr schlecht verraten, da hält sie mich ja für total verrückt. Da muss ich also wohl noch mal in mich gehen.

Als ich im Studio ankomme, schließe ich auf, setze mich

direkt an den PC und beginne mit der Arbeit. Nach 20 Minuten ruft Kira an und sagt, sie würde heute nicht kommen. Sie habe einen Termin und ich soll die Stellung halten.

»Kein Problem«, erwidere ich und wünsche ihr einen schönen Tag. Sie gratuliert mir noch nachträglich zum Geburtstag.

»Ich hatte es gestern ein paar Mal probiert, aber leider habe ich dich nicht erreicht. Daher gehe ich davon aus, dass du einen tollen Tag hattest.«

Du glaubst gar nicht, wie recht du damit hast, denke ich. Ich lasse das mal so im Raum stehen und sage nur noch: »Lieben Dank, wir sehen uns dann am Montag.«

Ich arbeite weiter und öffne ein neues Foto. Es zeigt die Hände eines Babys in den Händen seiner Eltern. Plötzlich erinnere ich mich wieder an die Wahrsagerin, an die Sitzung bei ihr. Vor meinem geistigen Auge sehe ich unsere Hände auf der Kristallkugel und denke an das, was sie uns vorhergesagt hat. Gestern schon holten mich die Erinnerungen ein, als ich diesen mysteriösen Zettel gefunden habe. Ich muss der Sache auf den Grund gehen und beschließe, nach Feierabend bei Aurelia vorbeizuschauen. Schließlich hat sie ja gesagt, ihre Tür stehe immer auf für uns. Vielleicht kann sie Licht ins Dunkel bringen.

Die Zeit bis 18:00 Uhr zieht sich endlos hin, doch endlich kann ich den Laden abschließen und gehe los.

Was soll ich Aurelia sagen? Soll ich ihr erzählen, was gestern passiert ist? Sie wird mich mit Sicherheit für verrückt halten.

Als ich ankomme, habe ich nasse Hände vor Aufregung.

Ich klingle an der Tür und warte. Nichts passiert. Ich klingle noch einmal. Wieder nichts. Ich lege mein Ohr an die Tür, vielleicht höre ich ja etwas. Nein, es ist mucksmäuschenstill in der Wohnung. Trotzdem versuche ich es noch ein drittes Mal. Nach insgesamt fünf Minuten muss ich einsehen, dass Aurelia nicht da ist. Das verstehe ich nicht, sie hat doch gesagt, wir können immer zu ihr kommen. Und nun das.

Ich versuche mein Glück bei der Wohnung gegenüber, vielleicht wissen die Nachbarn ja, wo sie ist. Aber auch hier macht keiner auf. Es gibt noch eine dritte Wohnung auf diesem Flur. In der Hoffnung, dass dort jemand zu Hause ist, klingle ich. Schon nach ein paar Sekunden öffnet sich die Tür, es ist stockdunkel dahinter, daher kann niemanden sehen.

»Was willst du?«, fragt eine leise Stimme. Ich schaue nach unten und sehe zwei Kinderaugen. Das Mädchen, das mir die Tür geöffnet hat, hält einen kleinen, dreckigen Hasen in ihrem Arm, dem bereits ein Auge fehlt.

»Ist deine Mama oder dein Papa da?«, frage ich sie.

Sie schüttelt traurig den Kopf. »Nein, die kommen erst so in zwei Stunden nach Hause. Ich bin mit meinem Bruder allein. Eigentlich darf ich auch keinem die Tür öffnen. Das haben Mama und Papa uns verboten.«

»Da haben deine Eltern recht, das ist viel zu gefährlich.« Ich bin hin- und hergerissen. Soll ich dem Kind sagen, es soll wieder in die Wohnung gehen und die Tür schließen, oder soll ich sie nach Aurelia fragen? Meine Verzweiflung siegt über meine Vernunft.

»Trotzdem habe ich eine Frage an dich. Kennst du die Frau, die in dieser Wohnung hier lebt?« Ich zeige auf Aurelias Tür.

Sie schüttelt wieder den Kopf. »Nein, die Frau habe ich noch nie gesehen. Ich muss wieder rein. Tschüss.«

Das Mädchen schließt die Tür und ich bin wieder allein mit meinem Problem. Ich beschließe, erst mal nach Hause zu gehen und es morgen noch einmal zu probieren.

Zu Hause warten meine Eltern und ein leckeres Abendessen. Gegen 23:00 Uhr gehe ich hoch und mache mich bettfertig. Beim Aufschütteln des Kopfkissens fliegt etwas vom Bett und landet auf dem Boden. Ich greife danach und bin total perplex. Es ist eine 100-Dollar-Note.

Wo kommt die denn her? Ist das noch ein Geschenk von jemandem? Aber warum Dollar und nicht Euro? Irgendwie ist das Ganze extrem unheimlich.

Ich beschließe, erst einmal keinem von dem Geld zu erzählen, und schon gar nicht von meinem Abenteuer gestern. Alle würden sicherlich behaupten, ich hätte nur einen sehr realistischen Traum gehabt oder aber ich wäre übergeschnappt. Also behalte ich mein Erlebnis für mich.

An den darauffolgenden Tagen gehe ich noch ein paar Mal zu Aurelias Wohnung. Doch jedes Mal klingle und klopfe ich erfolglos, ich komme mir mittlerweile schon vor wie eine Stalkerin. Das gibt es doch gar nicht. Sie hat doch gesagt, wir könnten jederzeit zu ihr kommen. Warum ist sie dann nie da?

Nach ungefähr einer Woche gebe ich auf. Vielleicht war mein Trip nach Las Vegas ja nur ein einmaliges Erlebnis. Zumindest hoffe ich nicht, dass das jetzt öfter passiert.

Februar 2003

Es ist erst vier Uhr früh und ich kann nicht mehr schlafen. Ich bin total aus dem Häuschen. Kira hat einen aufregenden Auftrag erhalten. Eine erfolgreiche Boygroup will Anfang Mai ihre vierte CD rausbringen und hat heute bei uns ein Fotoshooting für das Cover. Wie sie auf Kiras Studio gekommen sind, weiß ich nicht, aber es ist mir eigentlich auch egal. Die vier Jungs sind echt süß und ich bekomme Herzklopfen, wenn ich nur daran danke, dass heute der Termin ist und ich ihnen schon bald begegne. Besonders einer hat es mir angetan: René. Ach, er ist toll, er hat wunderschöne Augen, lockige Haare und immer einen 3-Tage-Bart. Vielleicht schlägt Amor ja zu und ich verliebe mich so richtig in ihn, wer weiß. Und im besten Fall verliebt er sich auch in mich.

Ich schließe die Augen und sehe schon die Schlagzeile unserer Tageszeitung vor mir: »Das neue Traumpaar – junge Fotografin angelt sich Popstar!« Nein, noch besser wäre: »Erfolgreicher Popstar angelt sich Topfotografin!«

Ich würde die Jungs auf ihren Touren quer durch Europa begleiten, engagiert als persönliche Fotografin der Band. Nach den Shows übernachten wir immer in den besten Hotels. Später heiraten René und ich dann und kaufen uns ein Haus auf Ibiza. Wir bekommen viele Kinder und leben glücklich bis an unser Lebensende. Auf einmal klingelt der Wecker und meine Traumblase zerplatzt.

Da höre ich eine kleine Stimme in meinem Kopf: »Luci, träum weiter, das glaubst du doch selber nicht.«

Ich öffne ärgerlich die Augen und antworte der unverschämten Stimme: »Warum denn nicht? Was ist so abwegig daran, dass sich ein berühmter Popstar für mich interessiert?« Nun ja, Hand aufs Herz, natürlich glaube ich selber nicht daran. Aber träumen wird ja wohl noch erlaubt sein.

Es ist immer dasselbe, der Schrank ist voll und ich finde trotzdem nichts zum Anziehen. Ich probiere ein Dutzend verschiedene Outfits an, weswegen ich auch gnadenlos zu spät ins Studio komme. Aber nicht das lässt Kira die Stirn krausziehen, als ich endlich da bin, sondern anscheinend doch eher meine Kleiderwahl.

»Ach du grüne Neune, wie siehst du denn aus?« Wie immer nimmt Kira kein Blatt vor den Mund. »Na, wie gut, dass du hinter der Kamera stehst, sonst würde wahrscheinlich die Linse platzen.«

»Dir auch einen schönen guten Morgen.« Ich schaue in den Spiegel, der im hinteren Bereich des Studios hängt. Ich weiß gar nicht, was Kira hat. Mir gefällt mein Outfit, ein längs gestreiftes Baumwollkleid, von pastellrosa über pastellblau bis pastellviolett, dazu Strumpfhosen im gleichen Rosaton und ein violettes Tuch.

Okay, ich gebe zu, es ist ein wenig farbenfroher als sonst, aber es passt alles zusammen. Schließlich möchte ich nicht wie eine graue Maus auf die Band wirken.

»Wann kommen die Jungs denn? Hätten die nicht schon längst hier sein sollen?«

»Ach, Luci, du weißt doch, wie das mit denen ist, die kommen nie pünktlich.«

Also eigentlich weiß ich das nicht, aber ist ja auch egal.

Ich helfe Kira noch bei den letzten Vorbereitungen, und da hören wir auch schon die Türglocke.

Oh Gott, sie sind da. Mein Herz fängt an zu rasen. Hoffentlich sage ich nichts Peinliches.

»Kira, meine Liebe, da sind wir. Bitte entschuldige, dass wir zu spät sind. Aber diese Leute im Hotel waren wieder zu nichts zu gebrauchen. Der Kaffee war kalt, und statt Vollkornbrötchen gab es nur Dinkelbrötchen. Ich verstehe das nicht, das kann doch alles nicht so schwer sein. Ach, was bin ich froh, dass wir es jetzt mit Profis zu tun haben.«

»Keine Sorge, Pablo, wir haben hier alles im Griff. Ihr werdet begeistert sein. Das ist übrigens Luci.«

»Hi, ich bin Luci.« *Das hat Kira doch gerade schon gesagt.*

Lass dir was Besseres einfallen, sonst denken die, du kannst nicht bis drei zählen.

»Ich habe die Lampenschirme aufgestellt.«

Oh Mann, Luci, du Knalltüte. Etwas Blöderes hättest du jetzt wirklich nicht sagen können.

Und tatsächlich schauen mich alle an, als hätte ich nicht mehr alle Tassen im Schrank.

»Das ist toll, Luci. Hast du gut gemacht«, sagt Pablo, tätschelt mir meine Schulter und wendet sich seinen vier Jungs zu. »Das sind Alessandro, Chris, René und Mike. Und das ist Gina, die gute Seele im Team. Sie kümmert sich ums Make-up und darum, dass die Jungs immer gut aussehen.«

Es folgt allgemeines Händeschütteln und ich würde am liebsten mal wieder im Erdboden versinken.

Gina ist eine bildhübsche junge Frau, sehr geschmackvoll gekleidet. Ich schaue an mir runter, dagegen sehe ich aus wie ein Papagei auf Speed. Auf einmal fühle ich mich gar nicht mehr wohl in meiner Haut. Ist jetzt aber leider nicht mehr zu ändern. Meine gemeinsame Zukunft mit René kann ich mir damit wohl abschminken. Mit so einem Vogel wie mir möchte er bestimmt nicht zusammen sein.

Hast du wieder ganz toll gemacht, Luci. Bravo.

Kira klatscht in die Hände. »So, Leute, wollen wir anfangen?«

Nach einer halben Stunde sind die ersten Fotos im Kasten, dann legen wir eine kleine Pause ein. Ich habe Kaffee für alle gekocht, Zucker und Milch dazugestellt.

»Also heute ist nicht mein Tag. Erst kalter Kaffee und der hier ist jetzt total versalzen.« Chris verzieht das Gesicht und stellt die Tasse auf den Tisch. Mir schwant Schlimmes. Habe ich in dem ganzen Trubel etwa Zucker und Salz vertauscht? Ich laufe rot an, bringe das Salz in die Küche und hole den Zucker. Als ich zurückkomme, haben alle ihre Tassen auf dem Tisch zurückgelassen und sind wieder ins Studio zurück. Und ich stehe da wie eine dumme Gans.

Da geht die Türglocke. Ich gehe nach vorne und sehe Emma, wie sie sich suchend umschaut.

»Was machst du denn hier?«, frage ich sie. Kira wird nicht begeistert sein, eine Zuschauerin zu haben. Aber da huscht sie schon an mir vorbei ins Studio.

»Sind sie das?«, flüstert sie mir zu.

»Hm«, murmle ich nur leise, da ich nicht möchte, dass die Jungs abgelenkt werden. Ohne ein weiteres Wort zu sagen, schauen wir dabei zu, wie Kira die letzten Fotos macht.

»So, das wars«, sagt sie, »in zwei Tagen schicke ich euch die Fotos zu. Dann könnt ihr euch in Ruhe für eins entscheiden. Pablo, oder möchtest du jetzt schon mal grob drüber schauen?«

Er schaut auf die Uhr. »Ein paar Minuten haben wir noch. Alles klar, ich würde mir die Fotos gerne schon mal angucken.« Er geht mit Kira ins Büro. Alessandro, Chris und Mike quatschen mit Gina.

Da kommt René direkt auf mich und Emma zu. Oh mein Gott, gleich bleibt mein Herz stehen. Aber er schaut nicht mich an, er schaut Emma an.

»Hi, ich bin René.« Er lächelt sie an. Nanu, was passiert denn jetzt?

»Hi, ich bin Emma.«

»Das ist aber ein schöner Name, Emma.« Wieder lächelt er sie an.

»Hast du Lust, mit nach draußen zu kommen? Ich brauche etwas frische Luft.«

»Ja gerne«, säuselt sie.

Er dreht sich zu mir um. »Ciao Lisa, schön, dich kennengelernt zu haben.«

»Äh, ich bin Luci.« Aber da sind die beiden schon weg.

Ich gebe zu, dass ich ein kleines bisschen eifersüchtig bin. Vielleicht hätte ich Emma sagen sollen, dass ich René toll finde, dann wäre sie niemals mit ihm rausgegangen. Aber jetzt ist es zu spät.

Da Kira alles an Equipment hervorgeholt hat, was es hervorzuholen gab, sieht es entsprechend wild aus und ich fange an, aufzuräumen. Dabei habe ich immer ein Auge auf die große Schaufensterscheibe, vor der Emma und René stehen und sich angeregt unterhalten.

Und wenn du denkst, es kann nicht mehr schlimmer kommen, sei dir gewiss, es kann immer schlimmer kommen.

Denn da passiert es. Ich stolpere über ein Kabel, falle hin und ich reiße einen Scheinwerfer mit. Alessandro versucht noch, ihn abzufangen, aber vergeblich. Er fällt direkt auf Ginas Kopf, sie taumelt und Alessandro fängt sie auf. Der Scheinwerfer hat Gina so unglücklich getroffen, dass sie eine riesige Platzwunde an der Stirn hat. Ich weiß gar nicht, was ich sagen soll.

»Gina, entschuldige bitte. Das war keine Absicht. Warte, ich hole den Erste-Hilfe-Kasten.«

»Das ist nicht nötig«, sagt Chris. Er hat sich eines der Shirts geschnappt, die die Band beim Shooting getragen hat, und drückt es auf Ginas Wunde.

»Alles klar, Gina?«, fragt er. Sie ist etwas blass um die Nase, nickt aber.

»Pablo«, ruft er, »komm rüber. Gina ist verletzt. Wir müssen los ins Krankenhaus.«

»Ich kann euch auch fahren, das ist das Mindeste, was ich machen kann.« Verzweifelt versuche ich noch, die Situation zu retten.

»Nein, bloß nicht. Das machen wir selber. Los Leute, kommt.«

Zehn Sekunden später sind alle verschwunden. Da kommt Kira zurück aus ihrem Büro und auch Emma kommt wieder rein.

»Was ist passiert? Wo sind alle hin?«, fragt Kira erstaunt.

Kleinlaut berichte ich ihr von dem Unfall.

»Mensch Luci, was ist denn heute los mit dir? Zuerst ziehst du dich an wie eine Weihnachtskugel, dann die Sache mit dem Salz. Und jetzt haust du auch noch Gina um. So kenne ich dich gar nicht.«

Ich kenne mich so auch nicht, so bin ich eigentlich gar nicht. Ja gut, manchmal bin ich etwas tollpatschig, aber nicht so schlimm, dass gleich Blut fließt.

Ich schüttle nur den Kopf. »Ich weiß es auch nicht.«

Zerknirscht drehe ich mich um und gemeinsam räumen wir auf.

Danach gehe ich nach Hause und schleiche in mein Zimmer. Ich will meinen Eltern nicht begegnen, schon gar nicht meiner Mutter. Die hat nämlich sehr feine Antennen, sie merkt sofort, wenn es jemandem nicht gut geht oder irgendetwas nicht stimmt. Und ich habe jetzt gerade so gar keine Lust, den ganzen Tag noch einmal mit ihr durchzugehen. Also ziehe ich meinen Lieblingssschlafanzug, krieche unter meine Decke und versuche, den Tag zu verdrängen.

Mein Handy piept, eine SMS von Emma.

»Mädels, ich muss mit euch reden, brauche dringend euren Rat. 19:00 Uhr bei mir. Emma«

Ein Blick auf meinen Wecker zeigt mir, dass ich noch drei Stunden Zeit habe. Ich ziehe meine Sportsachen an und gehe eine Runde laufen. Und mal wieder dreht sich das Gedankenkarussel. In der vergangenen Woche war es zur Abwechslung mal ruhig im Studio.

In den Wochen vor Weihnachten und Silvester war es wie immer sehr stressig, an manchen Tagen ähnelte das Studio einem Bahnhof, so viele Leute gingen ein und aus.

Und letzte Woche dann das Shooting mit der Band. So richtig verdaut habe ich den Tag immer noch nicht.

Am Montag hatte ich Kira dann nach Pablos Telefonnummer gefragt, weil ich mich erkundigen wollte, wie es Gina ging. Pablo sagte, es ginge ihr so weit ganz gut. Die Wunde musste mit vier Stichen genäht werden. Aber der Arzt hatte gesagt, dass nur eine ganz kleine Narbe zurückbleiben würde. Oh mein Gott, eine Narbe in diesem wunderschönen Gesicht!

»Pablo, wenn ich irgendetwas machen kann, dann sag es bitte, es tut mir so leid.«

»Ist schon gut, Luci, du hast es ja nicht extra gemacht. Mach dir bitte keine Gedanken.«

Das war einfacher gesagt als getan. Trotzdem habe ich dann noch einen großen Blumenstrauß für Gina bestellt, als Entschuldigung für meine Schusseligkeit. Eigentlich reicht so ein läppischer Blumenstrauß nicht aus, aber mir fiel nichts anderes ein. Wer weiß, man trifft sich ja immer zweimal im Leben, vielleicht bekomme ich irgendwann mal die Gelegenheit, es wiedergutzumachen.

Kurz bevor ich zu Emma aufbrechen will, klingelt mein Handy.

»Teddy ist tot.« Isabella weint herzzerreißend. Teddy ist ihr kleiner Hund, ein Zwergspitz, total süß, klein, rundlich und flauschig.

»Als ich vorhin nach Hause kam, lag er vor meinem Bett. Luci, kannst du bitte Emma sagen, dass ich nicht kommen kann. Ich bin total am Boden zerstört.«

»Hey, Liebes, weißt du was, wir kommen einfach zu dir. Wo bist du jetzt? Wo ist Teddy?«

»Ich sitze vor meinem Bett und habe ihn hier bei mir«, sagt sie mit tränenerstickter Stimme.

»Keine Sorge, wir sind gleich da.«

Ich rufe Emma an und keine 20 Minuten später sitzen wir bei Isabella im Zimmer und versuchen, sie irgendwie zu trösten. Eine ganze Zeit lang sagt keiner was, denn egal, was man jetzt sagt, so richtig helfen wird es sowieso nicht. Also sind wir einfach nur für sie da.

Irgendwann steht sie auf, legt Teddy liebevoll in sein Körbchen und holt eine Flasche Rotwein und drei Gläser.

»Irgendwann musste es ja mal passieren«, sagt sie traurig und nimmt einen großen Schluck. »Er war ja schon 13 Jahre alt.«

Emma lächelt. »Ich weiß noch, als du ihn bekommen hast. War das nicht in der ersten Klasse? Wir hatten uns gerade kennengelernt, da hast du uns erzählt, dass deine

Eltern dir einen Hund gekauft haben. Ich bin sofort nach Hause und wollte auch einen, aber meine Ma war total dagegen.«

»Ja, das kenne ich irgendwo her, so ähnlich war es bei mir auch«, sage ich lächelnd.

Ich wende mich Isabella zu und nehme ihre Hand. »Hey Bella, Teddy hatte das beste Leben bei euch, das er sich wünschen konnte.«

»Ja, du hast recht. Aber trotzdem bin ich so traurig, er fehlt mir jetzt schon. Diese kleine feuchte Nase. Er war immer da und wenn es mir mal nicht gut ging, kam er zu mir und hat mich angestupst, als wollte er sagen: ‹Hey Bella, alles wird wieder gut. Gehst du jetzt mit mir Gassi?› Und dann rannte er schon zur Tür.«

Wir müssen alle lachen.

»Emma, was wolltest du denn mit uns besprechen?«, fragt Isabella, während sie uns noch Rotwein nachschenkt. »Das klang vorhin so geheimnisvoll.«

Emma wird etwas rot im Gesicht. »Ist nicht so wichtig«, sagt sie, »wir sind jetzt hier, um dich zu trösten.«

»Ist schon okay, sagt Isabella, »etwas Ablenkung kann jetzt nicht schaden.«

»Hm, ich weiß nicht so recht.« Sie rutscht auf ihrem Platz hin und her.

»Nun sag schon!«, rufe ich ungeduldig.

»Okay, na schön. Ich habe jemanden kennengelernt.«

Das geht bei ihr ja Schlag auf Schlag. Letzte Woche René, und jetzt schon wieder jemanden.

Oder – mir schwant Böses.

»Luci kennt ihn, er heißt René.«

Oh nein, bitte nicht! Das kann doch nicht wahr sein.

»Wie hast du ihn denn kennengelernt?«, fragt Isabella.

Emma erzählt die Geschichte.

»Ui, ein Sänger, wie aufregend.« Isabella klatscht in die Hände.

»Seitdem schreibt er mir täglich. Und wir telefonieren auch. Und gestern Abend haben wir uns getroffen.«

Das wird ja immer besser.

»Aber hat er nicht einen vollen Terminkalender? Schließlich bringt die Band bald ihr Album raus«, werfe ich ein.

»Die Songs stehen alle, nur hier und da muss noch etwas optimiert werden. Deswegen hat er gerade etwas Zeit. Und …«

»Und was?«, hake ich nach.

»Gestern haben wir uns geküsst. Und wir haben auch miteinander geschlafen. Leute, ich mache so was sonst nicht. Aber mich hat es voll erwischt und ich glaube, ihn auch.«

Normalerweise sollte ich mich für Emma freuen, aber jetzt gerade will ich das nicht hören.

»Okay, und wo ist jetzt das Problem? Du sagtest doch, du brauchst unseren Rat.« Ich bin echt gespannt, was jetzt wohl kommt.

Emma holt tief Luft. »Wenn das Album auf dem Markt ist, steht eine Deutschlandtournee an. Er hat mich gefragt, ob ich die Band begleiten möchte. Sie brauchen noch jemanden, der sich um die Garderobe und um das Catering kümmert. Die Frau, die das bisher gemacht hat, ist schwanger und kann dieses Jahr nicht mitkommen. Zeitlich passt das, ich bin dann gerade mit dem Abi fertig.«

Halt, Moment mal, ich glaub, ich höre nicht richtig. Das ist doch mein Traum. Warum passiert das jetzt Emma? Ich wollte doch als Fotografin mit.

»Aber ich fange doch im Sommer mein Studium an, es

ist alles geplant. Mädels, ich bin hin- und hergerissen und weiß echt nicht, was ich machen soll. Ich meine, es besteht die Möglichkeit, ein Jahr Pause zu machen und mit auf Tour zu gehen. Dann starte ich mein Studium nächstes Jahr. Was würdet ihr machen?«

So richtig hat keine von uns eine Antwort darauf.

»Ach du meine Güte«, sagt Isabella und bekommt große Augen. »Erinnert ihr euch an die Wahrsagerin?«

»Ja klar, wie hieß sie noch, irgendwas mit A. Amelie? Nein. Alice? Nein.« Emma hat es nicht so mit Namen.

»Aurelia«, helfe ich ihr auf die Sprünge.

»Ja genau. Wisst ihr noch, was sie zu uns gesagt hat?«

Auf einmal werden wir alle drei ganz blass.

»Mir hat sie gesagt, dass mir ein Abschied bevorsteht. Sie hat sich aber nicht konkret ausgedrückt, was das bedeutet? Meint ihr, sie hat damit Teddy gemeint?«

Augenblicklich bekomme ich eine Gänsehaut.

»Und mir hat sie gesagt, dass ich jemanden kennenlernen werde und dass es an mir ist, was daraus wird. Und dass diese Entscheidung eventuell mein ganzes Leben beeinflussen wird. Meinte sie damit René? Und die Tour?«

»Himmel, das ist ja gruselig«, flüstert Bella.

»Und was hat sie zu dir gesagt, Luci? Dein Leben soll turbulent werden, nicht wahr?«

Vorsicht, Luci, aufpassen, was du jetzt sagst. Denk dran, keiner soll dein Geheimnis erfahren.

»Ja, irgendwie so was. Aber ich habe euch doch gesagt, dass ich da eher skeptisch bin. Ich möchte da nicht zu viel hineininterpretieren.«

»Aber du musst doch zugeben, dass das jetzt doch schon sehr merkwürdig ist, das mit Teddy und mit René.«

Ja, das muss ich zugeben, und auch, dass ich seit meinem letzten Geburtstag doch an die Aussagen von Aurelia glaube. Aber das kann ich jetzt ja schlecht zugeben.

»Meint ihr nicht, dass das alles eher Zufall ist?«, frage ich daher.

»Nein, das glaube ich nicht. Aber ich finde«, sagt Isabella diplomatisch, »dass das ein sehr heikles Thema ist, und man kann da auch keinem reinreden. Und das sollten wir drei auch nicht. Meiner Meinung nach sollte jeder mit sich selber ausmachen, ob er an solche Dinge glaubt oder nicht.«

Wir leeren schweigend unsere Gläser, jeder seinen Gedanken nachhängend.

Da klopft es an der Tür und Isabellas Mutter schaut herein.

»Hi Emma, hi Luci. Schön, dass ihr hier seid.« Sie wendet sich an ihre Tochter. »Hey Schätzchen, wie geht es dir?«

»Nicht so gut, weißt du, er wird mir wirklich fehlen.« Sofort schimmern wieder Tränen in ihren Augen.

»Meinst du nicht, es ist besser, wenn wir Teddy aus deinem Zimmer rausbringen? Dann kommst du vielleicht schneller zur Ruhe.«

Sie schnieft, stimmt dann aber zu: »Ist okay.«

Isabellas Mama hebt Teddy aus seinem Körbchen, der Anblick ist herzzerreißend und Emma und mir laufen nun auch die Tränen übers Gesicht.

»Mädels, macht es euch was aus, wenn ihr mich allein lasst? Ich möchte jetzt nur noch schlafen«, bittet uns Isabella, als ihre Mutter die Tür hinter sich geschlossen hat.

Natürlich haben wir Verständnis, wir nehmen sie noch einmal in den Arm und verlassen dann die Wohnung.

»Bis wann musst du dich denn entschieden haben?«, frage ich Emma, als wir auf der Straße stehen.

Sie atmet tief ein und wieder aus. »Bis in zwei Wochen muss ich dem Bandmanager Bescheid geben. Luci, ich weiß echt nicht, was ich machen soll. Was passiert, wenn es nicht funktioniert? Wenn wir uns doch nicht so gut verstehen?«

Was ich jetzt sage, fällt mir wirklich schwer. Aber ich will Emmas Glück auch nicht im Weg stehen.

»Das wirst du nie wissen, wenn du es nicht ausprobierst. Du bist doch noch jung. Du kannst auch nächstes Jahr dein Studium anfangen. So viele Leute nehmen sich nach ihrem Abi eine Auszeit, bevor sie mit dem Studium oder ihrem Beruf anfangen. Warum du nicht auch? Und außerdem würdest du dabei eine Menge Erfahrung sammeln. Und nebenbei noch Geld verdienen.« Ich mache eine Pause. »Das würdest du doch, oder? Du sollst das doch nicht für lau machen?«

»Nein, nein, ich würde einen richtigen Vertrag bekommen, und die Paula würde uns auch einen Monat begleiten, bevor sie in Mutterschutz geht. So kann sie mich etwas einarbeiten.«

»Na also, wo ist das Problem? Und es ist doch auch erst mal nur eine Deutschland-Tour. So weit weg bist du dann doch gar nicht. Isabella und ich können dich ja vielleicht mal besuchen kommen, was meinst du?«

Ich nehme sie in den Arm.

»Danke Luci, du bist so lieb. Ich schlafe jetzt noch einmal eine Nacht drüber und dann entscheide ich mich.«

»Mach das, und ich bin mir sicher, du wirst die richtige Entscheidung treffen.«

Am nächsten Morgen um sechs Uhr weckt mich mein Handy, es ist eine SMS von Emma:

»Entscheidung gefallen, ich fahre mit. Danke für deine Unterstützung. Hab dich lieb. Emma.«

Es ist wie so oft im Leben, einerseits freue ich mich für Emma und diese tolle Möglichkeit, die sich ihr bietet. Andererseits wäre ich selber gerne an ihrer Stelle. Aber man sagt doch, alles hat seinen Sinn im Leben. Aurelia hat mir gesagt, ich sei etwas Besonderes. Sie hat mir auch gesagt, dass mir turbulente Jahre bevorstehen. Und es ist noch nicht einmal ein Jahr vorbei. Also bin ich mir sicher, es muss noch was kommen. Zufrieden und glücklich drehe ich mich um und schlafe weiter.

Juni 2003

Ein paar Wochen später stehen wir drei am Bahnhof.

Isabella und Emma haben ihr Abitur in der Tasche und Emma macht sich heute auf den Weg in ein großes Abenteuer. Zusammen mit René und der Band geht sie tatsächlich auf Tournee.

Und ich habe vor einigen Tagen erfolgreich meinen Abschluss als Fotografin gemacht.

Somit steht uns dreien nun ein neuer Lebensabschnitt bevor.

Kapitel 5

Mein 19. Geburtstag

Im Paradies

Langsam werde ich wach, lasse die Augen aber geschlossen. Ich höre leises Meeresrauschen und eine leichte Brise weht über mich hinweg. Ich spüre weichen Sand unter mir. Oh, bitte nicht, nicht schon wieder. Ich schlage die Augen auf und finde mich an einem einsamen Strand wieder, türkisblaues Meer, weißer Sand, Sonnenschein. Okay, da hätte ich es tatsächlich schlechter treffen können. Ich stehe auf und schaue an mir herunter. Junge, Junge, viel Haut, wenig Stoff. Ich trage ein knappes Bikinioberteil in einem schönen, seidigen Schwarz und einen Rock aus dem gleichen Material. Sehr schick. Ich schaue auf meine Armbanduhr, aber wie soll es auch anders sein, meine Uhr ist weg. Stattdessen ein Armband aus Muscheln. In einer Muschel steckt ein kleiner Zettel. »*Happy Birthday, liebe Luci!*« Wieder keine Unterschrift, wieder nur ein »*A.*«.

Ich nehme es jetzt einfach so hin, ändern kann ich es sowieso nicht. Ich versuche, am Sonnenstand die ungefähre Tageszeit zu erkennen. Hmhm, vielleicht so etwa zehn Uhr, schließlich bin ich gerade erst wach geworden, doch die Sonne steht schon hoch am Himmel.

Ich trabe los und gucke, was es hier alles so gibt. Da es nicht so aussieht, als ob hinter der nächsten Ecke ein Wellnesshotel mit einer warmen Dusche auf mich wartet, gehe ich erst mal schwimmen. Langsam gehe ich ins Wasser, es ist herrlich warm und klar. Kleine bunte Fische schwimmen um meine Füße herum. Als mir das Wasser bis zum Bauchnabel reicht, tauche ich einmal komplett unter, komme wieder an die Oberfläche und schwimme los. Vielleicht kann ich mir vom Wasser aus einen Überblick über die Insel verschaffen, ich gehe jetzt mal davon aus, dass es eine Insel ist. Vielleicht sogar eine einsame? Wie aufregend.

Ich schwimme parallel zum Strand, die Sonne im Rücken. Je weiter ich komme, umso klarer wird mir, dass es sich tatsächlich um eine einsame Insel zu handeln scheint. Kein Hafen oder Steg, keine Hütten und auch kein Mensch weit und breit. Langsam schwimme ich zurück, dieses Mal auf dem Rücken, sodass ich die Sonne warm auf meinem Gesicht fühlen kann. Zwischendurch tauche ich unter und bewundere die Unterwasserwelt. Korallen, soweit das Auge reicht, in sämtlichen Farben und Formen. Es ist traumhaft. Ich beschließe, etwas tiefer zu tauchen, und auf einmal blitzt es hinter einem Korallenpilz auf. Ich habe kaum noch Luft, also tauche ich erst mal wieder auf, um tief einzuatmen. Dann geht es wieder abwärts und ich suche erneut die Stelle. Da ist sie. Als ich näherkomme, sehe ich eine Muschel, sie glitzert im Sonnenlicht, das durch das Wasser bricht. Ich angele mir die Muschel und tauche auf. Hier im Wasser bekomme ich sie nicht auf, also schwimme ich zurück an Land. Als ich wieder am Strand ankomme, steige ich aus dem Wasser und lasse mich erst einmal in den Sand fallen, sodass die Sonne meine Haut trocknen kann. Nach ein paar Minuten kann ich meine Neugierde nicht mehr zurückhalten. Irgendwie muss ich die Muschel öffnen. Ich schaue mich um, vielleicht gibt es ja irgendein Werkzeug. Ein paar Meter weiter liegen ein paar Steine, einige laufen spitz zusammen. Glück gehabt. Ich hoffe, dass ich nicht abrutsche und mir die Hand aufschneide. Eine blutende Wunde ist das Letzte, was ich hier, so abgeschieden von jeglicher Zivilisation, gebrauchen kann. Zu meiner Erleichterung geht es jedoch ganz einfach, und ich kann nicht glauben, was im Inneren liegt. Die schönste Perle, die ich je gesehen habe. Ich würde sie gerne an meinem Bikinioberteil befestigen, finde aber nichts Passendes zum Festbinden. Also schiebe ich sie einfach in den BH, in der Hoffnung, dass ich sie nicht verliere. Ich lasse mich wieder in den Sand fallen und genieße die Ruhe, das leise Rauschen des Wassers, den warmen Wind, der über meinen Körper weht. Langsam döse ich weg.

Nach ein paar Minuten öffne ich wieder die Augen, denn mein Magen grummelt. Zeit, etwas Essbares zu suchen, super wäre auch etwas Trinkwasser, das salzige Meerwasser zu trinken, ist keine besonders gute Idee. Ich mache mich auf den Weg in den Dschungel, hier ist es angenehm kühl, die herunterhängenden Blätter streifen meine Schultern. Hier gibt es viel Exotisches zu sehen und zu hören. Überall summt und zirpt es, bunte Vögel sitzen in den Bäumen. Schmetterlinge fliegen herum. Fasziniert von der Umgebung laufe ich weiter. Ein paar Minuten später ist leises Plätschern zu hören und da sehe ich sie auch schon, eine Quelle. Sprudelnd läuft das Wasser aus einer Felsspalte.

Ich koste erst ein paar kleine Tropfen, es ist kühl und erfrischend. Ich stille meinen Durst und lasse mich ins Gras fallen. Das wäre erledigt, aber Hunger habe ich immer noch. Ich schaue mich um, ein paar Meter entfernt sehe ich einen Strauch mit dicken, roten Beeren. Ob die wohl essbar sind? Ich entschließe mich, die Beeren zu versuchen, und hoffe, dass sie nicht giftig sind. Ich esse die erste Beere, sie schmeckt süß, fast wie eine Himbeere. Als nach ein paar Minuten nichts passiert, keine Schweißausbrüche, keine Schwindelgefühle oder Magenkrämpfe, esse ich eine zweite und eine dritte, weiterhin passiert nichts. Also schlage ich mir mit den Früchten den Bauch voll, bis nichts mehr reinpasst. Satt lasse ich mich wieder ins Gras plumpsen. So ein Verdauungsschläfchen wäre jetzt genau das Richtige. Irgendwie hat diese Insel eine einschläfernde Wirkung auf mich. Als die Sonne hinter einem Baum hervorkommt, werde ich wieder wach. Ob es die Sonne war oder dieses komische Gefühl, kann ich gar nicht sagen. Jedenfalls ist etwas Kaltes an meinem Bein. Ich schaue herab und blicke direkt in die Augen einer Schlange. Mein Herz bleibt kurz stehen. Was soll ich nur machen? Aufspringen und wegrennen? Sitzenbleiben und beten? Ich fürchte, die Schlange kann meine Angst sehen, riechen, fühlen. Stocksteif bleibe ich sitzen und warte ab. Will sie mich hypnotisieren? *So ein Blödsinn Luci, Schlangen können nicht hypnotisieren, deine Fantasie geht mal wieder mit dir durch.*

Trotz meiner Angst muss ich zugeben, dass die Schlange wunderschön ist. Sie hat ein fantastisches Muster und ist fast zwei Meter lang. Ein faszinierendes Tier. Trotzdem hatte ich noch nie solche Angst, und ich bin immer noch nicht weiter, was ich am besten machen soll. Plötzlich züngelt die Schlange ein paar Mal, und gleitet über meine Beine weiter. Sie schnappt bestimmt gleich nach mir, also kneife ich die Augen zu und warte auf den Biss. Aber nichts passiert. Nach ein paar Sekunden öffne ich die Augen wieder. Sie kriecht immer weiter in den Dschungel hinein, bis ich sie irgendwann nicht mehr sehen kann. Langsam stehe ich auf, meine Beine zittern wie Espenlaub. Ich kann mein Glück kaum fassen. Ich habe überlebt. Das Wasser, die Beeren und vor allem die Schlange.

Ich beschließe, mich auf den Rückweg zum Strand zu machen. Aber irgendwie finde ich den richtigen Weg nicht mehr. Bin ich nicht vorhin nur geradeaus gegangen?

Ich versuche, auszumachen, von wo das Rauschen des Meeres herkommt, aber irgendwie habe ich das Gefühl, es kommt aus allen Richtungen. Ich laufe weiter, in der Hoffnung, gleich den Strand wiederzusehen, doch nach ein paar Minuten stoße ich wieder auf die Wasserquelle und die Beerensträucher. Na toll, da bin ich wohl im Kreis gelaufen.

Ich versuche es erneut und halte mich leicht links. Aufmerksam gehe ich weiter, in der Hoffnung, irgendetwas wiederzuerkennen. Nach ein paar Minuten erreiche ich erneut die Wasserquelle. So langsam steigt Panik in mir auf. Das kann doch nicht sein.

»Okay, Luci, ganz ruhig. Versuch es noch einmal und halte dich jetzt etwas rechts«, sage ich laut zu mir selber.

Als ich nach ein paar Minuten nicht wieder an der Wasserquelle ankomme, schöpfe ich Hoffnung, nun doch auf dem richtigen Weg zu sein. Als der Pfad jedoch langsam steiler wird und der Dschungel dichter, bekomme ich es wieder mit der Angst zu tun. Hier war ich doch vorhin nicht. Nach ein paar weiteren Schritten endet der Dschungel auf einmal und ich stehe auf einer Lichtung. Mir fällt auf, dass es auf einmal ganz leise ist. Keine Vögel sind mehr zu hören, kein Meeresrauschen, und auch die Bäume im Dschungel bewegen sich keinen Millimeter. An diesem Ort herrscht eine unheimliche Atmosphäre. Ängstlich, aber gleichzeitig fasziniert von diesem Ort, gehe ich langsam, Schritt für Schritt weiter. Mein Blick fällt auf den Kreis der Baumwipfel, die diese Lichtung umschließen. Es scheint, als ob hier die Zeit zum Stillstand gekommen wäre.

Auf einmal stolpere ich und falle der Länge nach hin. Um Haaresbreite wäre ich mit dem Kopf auf einen großen Stein gefallen. Als ich mich wieder aufrichte, sehe ich, dass der Stein eine eckige Form hat und dass etwas drauf geschrieben steht.

Anna 2130 – 2133, daneben ist ein Kreuz in den Stein gehauen. Das ist kein gewöhnlicher Stein, das ist ein Grabstein. Oh mein Gott, ich befinde mich auf einem Friedhof. Mir läuft es eiskalt den Rücken runter. Ich schaue mich um und sehe vier weitere Steine, alle stehen nebeneinander.

Ich gehe langsam und mit angehaltenem Atem auf den zweiten zu. *Mina 2123 – 2133.* Auf dem dritten steht *Johannes 2121 – 2133.* Auf beiden befinden sich die gleichen Kreuze wie auf dem ersten Stein. Mit einem mulmigen Gefühl gehe ich zu den beiden letzten. *Clea 2100 – 2133* und *Adrian 2098 – 2133.*

Fünf Menschen liegen hier begraben, scheinbar eine Familie mit drei Kindern. Ich trete einen Schritt zurück und betrachte mir die Steine noch einmal. Irgendetwas stimmt hier nicht. Und auf einmal sehe ich es. Es sind die Zahlen auf den Grabsteinen. Ich mache erschrocken einen weiteren Schritt zurück. Das kann nicht sein. Sind das Jahreszahlen?

Wir haben doch erst 2003. Das würde ja bedeuten, dass ich in der Zukunft gelandet bin. Und so wie die Grabsteine aussehen, stehen die auch nicht erst seit gestern hier, sondern bereits seit vielen, vielen Jahren, in denen Sonne, Wind und Regen ihre Spuren hinterlassen haben. Ich habe das Gefühl, gleich ohnmächtig zu werden. Auf einmal schieben sich Wolken vor die Sonne und es wird dunkler. Da höre ich ein Geräusch. Der Wind weht durch die Baumwipfel und ein komisches, unheimliches Pfeifen entsteht. Außerdem habe ich das ungute Gefühl, nicht mehr allein zu sein. Werde ich beobachtet?

Plötzlich bekomme ich Panik, ich will nur noch weg von diesem Ort. Zuerst laufe ich rückwärts, dann drehe ich mich um und renne, so schnell es geht, wieder in den Dschungel hinein. Ich hoffe, dass ich nun direkt auf den Strand zulaufe und dann in Sicherheit bin. Die Lichtung verschwindet immer weiter, doch ich werde nicht langsamer, renne immer noch, als ob es um mein Leben ginge.

Auf einmal höre ich ein klackendes Geräusch und im gleichen Moment verliere ich den Boden unter den Füßen. Ich schreie laut auf, während ich ein paar Meter tief falle. Kaum bin ich unsanft auf meinem Po gelandet, rutsche ich vorwärts bergab. Nicht sehr steil, aber immerhin so, dass ich zügig an Fahrt aufnehme. Es ist stockduster, und immer wieder streift etwas mein Gesicht. Ich schreie wie am Spieß, während ich mit einer unfassbaren Geschwindigkeit durch die Dunkelheit schieße. Was ist das hier, und wann, in aller Welt, hört dieser Höllentrip endlich auf?

Plötzlich wird es heller und meine Rutschpartie endet jäh, als ich an etwas Weiches pralle.

Welcher Verrückte hat das denn gebaut? Völlig außer

Atem versuche ich erst mal, zu mir zu kommen und mich zu orientieren. Ich streiche mir meine Haare, Äste und Blätter aus dem Gesicht und schaue mich um. Ich bin in einer Art Höhle gelandet. So schrecklich die letzten Sekunden auch waren, umso schöner ist es hier an diesem Ort.

Unter mir ist ein kleiner See, nach oben hin ist die Höhle offen und das Sonnenlicht lässt den See in verschiedenen Türkis- und Blautönen erscheinen. Tausende Schmetterlinge in allen möglichen Farben fliegen in der Höhle umher. Ich bin total fasziniert. Ganz vorsichtig klettere ich nach unten, ich bin noch etwas misstrauisch. Vielleicht warten weitere unangenehme Überraschungen auf mich. Oder, was ich nicht hoffe, noch so eine verrückte Falle.

Als ich jedoch ohne weitere Zwischenfälle unten ankomme, knie ich mich hin und tauche meine Hand ins Wasser, es ist angenehm warm. Ich setzte mich an den Rand und lasse mich vorsichtig in den See hineingleiten.

Bevor ich überlege, wie ich aus dieser Höhle wieder rauskomme, möchte ich den Moment erst einmal genießen. Ich lege mich auf den Rücken und lasse mich durch das Wasser treiben, dabei beobachte ich die Schmetterlinge, die Runde um Runde durch die Luft fliegen. Es ist ein wunderschöner Anblick, den ich für den Rest meines Lebens nicht mehr vergessen werde. Nun ja, wahrscheinlich werde ich diesen ganzen Tag nie mehr vergessen.

Als ich mich wieder auf den Bauch drehe, schwimme ich ein wenig umher. Da erkenne ich, dass der See in einer Richtung immer schmaler wird und einen Bogen macht.

Neugierig schwimme ich hinüber, und nach ein paar Armzügen sehe ich, dass der See in einen kleinen Fluss mündet. Ich nehme allen Mut zusammen und schwimme diesen Fluss entlang. Links und rechts von mir ragt die Höhle empor. Es ist imposant, und das Licht, das einfällt, malt die schönsten Muster auf die Wände.

Plötzlich sehe ich etwas Helles direkt vor mir, erst klein, dann wird es immer größer. Nach ein paar Metern erkenne ich, dass es sich um den Ausgang der Höhle handeln muss. Der Fluss wird mit jedem Meter flacher, sodass ich irgendwann nicht mehr weiterschwimmen kann. Ich stehe auf und gehe die restlichen Meter zu Fuß. Als ich aus der Höhle hervortrete, erkenne ich den Strand, an dem ich heute Morgen aufgewacht bin. Überglücklich laufe ich ins Freie und lasse mich am Ufer in den Sand fallen. Der Tag ist fast zu Ende, und so langsam geht die Sonne am Horizont unter. Der Wind weht sanft durch meine Haare und ich spiele gedankenverloren mit meinem Muschelarmband. Der Sonnenuntergang ist atemberaubend.

Langsam werde ich müde, schon wieder. Ich lege mich hin und schließe die Augen. Ich schlafe schon fast, doch auf einmal höre ich leise Schritte. Erstaunlicherweise habe ich keine Angst. Ich öffne meine Augen und sehe in einiger Entfernung jemanden stehen. Es ist ein Mann, und er schaut mir direkt in die Augen. Ich bin sicher, ihn schon einmal gesehen zu haben. Dunkle Haare, dunkle Augen und ein traumhaftes Lächeln. Da fällt es mir wieder ein. Er stand in Las Vegas in dem Aufzug. Gerade als ich aufstehen und zu ihm gehen will, dreht er sich um und verschwindet im Dschungel.

Etwas enttäuscht, aber mit der Gewissheit, doch nicht allein auf dieser Insel zu sein, schlafe ich ein.

Kapitel 6

Schmetterlinge im Bauch – und Enttäuschungen

»Wird das jetzt zur Gewohnheit, dass du deinen Geburtstag ohne uns feierst? Du musst es nur sagen, dann spare ich mir die ganze Backerei.« Meine Mutter steht ein wenig neben sich, der Grund ist offensichtlich. Ich habe gestern, an meinem 19. Geburtstag, wieder unfreiwillig einen Ausflug unternommen und keiner aus meiner Familie hat mich zu Gesicht bekommen. Ich kann es aber doch nicht ändern. Wenn ich es könnte, würde ich es tun, ganz bestimmt.

»Kordula, nun beruhig dich doch«, sagt mein Vater. »Das Mädchen ist erwachsen und kann ihren Geburtstag feiern, wo und mit wem sie möchte.«

Verschwörerisch zwinkert mein Vater mir zu. Um Himmels willen, entweder er kennt mein Geheimnis, oder er denkt, ich hätte mit meinen gerade mal 19 Jahren einen heimlichen Geliebten. Beides keine sehr angenehme Vorstellung. Außerdem, woher soll er mein Geheimnis kennen? Ich glaube nicht, dass er heimlich bei Aurelia war und sie ausgequetscht hat. Aber was soll ich sagen? Die Wahrheit würde mir sowieso keiner abnehmen, und meinen Eltern den Tag mit einem feurigen Liebhaber schildern – nein, lieber nicht. Also schiebe ich die Arbeit vor und erzähle, dass Kira und ich gestern noch einen aufwendigen Fotoauftrag für heute vorbereiten mussten. Eine Hochzeitsgesellschaft mit 85 Leuten sollte fotografisch begleitet werden. Leider hat der ursprüngliche Fotograf aus familiären Gründen den Auftrag kurzfristig absagen müssen und Kira als kompetente Vertretung vorgeschlagen. Da konnte sie natürlich nicht Nein sagen. Also erzähle ich meinen Eltern, dass wir bis spät in die Nacht Stative, verschiedene Objektive und auch Hochzeitsaccessoires für besondere Fotos zusammengesucht und in unseren Bulli geladen haben.

»Und das dauert bis spät in die Nacht?« Sogar mein Vater ist skeptisch. Ich muss also noch einen drauflegen.

»Nun ja, wir haben die Sachen dann schon zur Hochzeitslocation gebracht. Danach hat Kira mich als Dankeschön auf einen Imbiss eingeladen und dann haben wir noch auf meinen Geburtstag angestoßen.«

Es ruhen immer noch zwei zweifelnde Augenpaare auf mir. Vielleicht sollte ich doch besser die Karte mit dem Liebhaber ziehen? Nein, ausgeschlossen.

»Wenn ihr mir nicht glaubt, fragt doch Kira.« Ich mache mir einen kleinen Gedächtnisvermerk: *»Mit Kira sprechen und sie in die Geschichte mit der spontanen Hochzeit einweihen.«* Nur für den Fall, dass meine Eltern sie wirklich irgendwann mal drauf ansprechen. Meine Mutter bringt das fertig.

»Da fällt mir ein, ich muss auch los. Kira wartet auf mich. Bis später.«

Als ich rausgehe, höre ich meine Mutter leise sagen: »Julius, das geht doch nicht. Da lässt diese Frau sie gestern bis spät in die Nacht arbeiten und jetzt muss sie schon wieder los. Es ist doch schließlich Wochenende. Und was machen wir jetzt mit dem ganzen Kuchen?«

»Kordula, sie ist nicht mehr in der Ausbildung, sie hat jetzt eine feste Stelle bei Kira. Und solche Aktionen gehören nun einmal dazu. Und was den Kuchen angeht, gib mir mal ein Stück, der war echt lecker.«

Ich schmunzle, schüttle den Kopf und ziehe die Tür hinter mir zu. Meine Eltern sind manchmal echt niedlich.

Was soll ich jetzt machen? Irgendwie muss ich den Tag rumkriegen, sonst stürzt mein Lügengebäude zusammen. Da kommt mir eine Idee. Ich wollte schon immer das neue Wellness-Center ausprobieren. Das ist die Gelegenheit. Aber vorher – ich greife in meine Jackentasche. Auf meiner Handfläche liegt ein kleiner Gegenstand, den ich heute Morgen unter meinem Kopfkissen gefunden habe, eine kleine weiße Perle. Ich lasse sie zwischen meinen Fingern kreisen und lächle vor mich hin. Dann stecke ich die Perle wieder ein und schleiche noch einmal leise in mein Zimmer. Dort packe ich meine Schwimmsachen und einen Bademantel ein und mache mich auf den Weg ins Wellness-Center.

Nachdem ich nun zweimal »auf Reisen« war, gehen die nächsten Wochen ohne nennenswerte Ereignisse vorüber. Emma meldet sich zwischendurch immer mal wieder von der Tournee. Sie ist total begeistert. Sie ist zwar fast rund um die Uhr am Arbeiten, aber das macht ihr so viel Spaß, dass sie überlegt, ihr Studium gar nicht mehr anzufangen und stattdessen hauptberuflich bei der Band zu bleiben.

Isabella und ich verbringen viel Zeit miteinander, gehen gemeinsam zum Sport, zum Shoppen und am Wochenende zum Tanzen. Es ist jetzt nicht so, dass das Leben langweilig ist. Aber es wäre schon ganz schön, wenn sich mal ein gut aussehender Mann in mein Leben verirren würde. Ich suche ja noch nicht die große Liebe, auch Heirat und eine eigene Familie stehen noch nicht ganz so weit oben auf meiner Wunschliste des Lebens. Aber ein wenig knistern und knutschen wäre mal wieder ganz schön. Isabella scheint es da ganz ähnlich zu gehen. Doch nur sie eröffnet aktiv die Jagd auf Männer. Sie geht nach Feierabend immer eine Kleinigkeit einkaufen, in der Hoffnung, ihren Traummann in der Obstabteilung im Supermarkt kennenzulernen. Wenn ich mal keine Zeit habe, setzt sie sich allein in unser Lieblingscafé, einen Cappuccino vor sich auf dem Tisch und ein Buch in der Hand. Aber bisher leider erfolglos. Mir ist nicht klar, warum das nicht klappt. Isabella ist eine Schönheit mit dunklen, lockigen Haaren und langen Wimpern, die ihre rehbraunen Augen perfekt umrahmen. Es ist mir ein Rätsel, warum sie noch Single ist. Wahrscheinlich denken alle Männer, eine schöne, junge Frau wie sie ist mit Sicherheit vergeben und versuchen somit gar nicht ihr Glück.

Aber vielleicht habe ich ja bald Glück. Da Emma aktuell nicht greifbar ist, hat Isabella mich gebeten, sie bei der Betreuung ihres Junior-Teams bei einem Schwimmwettkampf zu unterstützen. Hört sich cool an, mal wieder ein Highlight, und vielleicht wartet ja mal ein heißer Flirt in Badehose auf mich, wer weiß. Die Hoffnung stirbt ja bekanntlich zuletzt.

Der Wettkampf startet Samstag und endet am Sonntag. Schlafen können wir in der angrenzenden Turnhalle. Isabella und ich haben alle Hände voll mit den Kindern zu tun.

Zwischenzeitlich sind wir mit den Nerven ziemlich am Ende, da ist es doch einfacher, einen Sack Flöhe zu hüten. Als um 22:00 Uhr endlich alle auf ihren Luftmatratzen liegen, kann ich endlich selber duschen gehen. Bei den Temperaturen im Hallenbad kommt man doch ordentlich ins Schwitzen. Ich schnappe mir also meine Duschsachen und frische Kleidung und mache mich auf den Weg zu den Duschen. Da auch um diese Uhrzeit erstaunlicherweise noch großes Gewusel herrscht, entscheide ich mich für die Einzelduschen. Wer weiß, wer auf einmal in der Sammeldusche steht? Sicher ist sicher. Ich genieße also das warme Wasser. Zu Hause beeile ich mich immer, aber hier lasse ich mir Zeit. Als ich fertig bin, entscheide ich mich, nicht tropfnass in die Umkleide zu schleichen, sondern mich direkt hier abzutrocknen und umzuziehen. Das war leider keine so gute Idee, wie sich herausstellt. Ich bin fast fertig, brauche mir nur noch die Jogginghose zuzubinden und komme dabei mit meinem Ellenbogen auf den Duschknopf. Ich bin so erschrocken, dass ich die Tür nicht schnell genug aufbekomme. Binnen Sekunden bin ich wieder klatschnass. Das kann auch wieder nur mir passieren.

Ich ergebe mich meinem Schicksal und trete aus der Kabine raus. Neue Klamotten müssen her. Herrje, müssen die hier überall Spiegel aufhängen, ich sehe aus wie eine Vogelscheuche.

»Hoffentlich kommt mir jetzt keiner entgegen«, murmele ich leise vor mich hin. Ich biege um die Ecke und stoße mit jemandem zusammen. War ja klar.

Es ist ein junger Mann, etwas größer als ich, blonde Haare und breite Schultern. Eigentlich ganz süß. Der Figur nach zu urteilen, verbringt er deutlich mehr Zeit im Schwimmbecken als ich.

Er grinst mich an. »Wäre es nicht besser gewesen, die Klamotten vor dem Duschen auszuziehen?«

Um Himmels willen, mir fällt gerade ein, wie ich aussehe. Wie peinlich, am liebsten würde ich im Boden versinken. Ich versuche es mit Humor. »Nun ja, ich habs halt nicht so mit Duschen.« *Luci, du Pflaume. Du machst alles nur noch schlimmer.*

Ich schiebe mich an ihm vorbei und husche in die Turnhalle, um ein neues Handtuch und neue Klamotten zu holen. Als ich wieder trocken bin, kämme ich noch meine Haare und föhne sie kurz an. Na also, geht doch. Da ich noch nicht müde bin, schlendere ich noch etwas durch die Halle. Isabella scheint auch wie vom Erdboden verschluckt zu sein. Vielleicht schläft sie aber auch schon und ich habe sie im Dämmerlicht in der Turnhalle nur nicht gesehen. Egal. Sie wird schon nicht verloren gegangen sein. Im Hallenbad wird noch aufgeräumt, die Vorbereitungen für morgen laufen auch schon. Schließlich geht es um neun Uhr wieder los. Auf einmal steht jemand neben mir und lächelt mich an. »Ich sehe, im Kampf gegen die Dusche hast du doch noch gewonnen. Ich bin Phillip.«

»Luci, hi.«

»Hast du Lust, draußen ein wenig frische Luft zu schnappen?«, fragt Phillip. Mit dir würde ich auch bis zum Nordpol gehen, um frische Luft zu schnappen, denke ich.

»Ja gerne«, sage ich stattdessen. Er nimmt meine Hand und zieht mich hinter sich her.

Die Nacht ist sternenklar, von drinnen hören wir nur noch vereinzelte Stimmen. Wir haben uns erst vor einer halben Stunde kennengelernt, aber ich habe das Gefühl, dass die Chemie stimmt, ein leises Knistern liegt in der Luft.

»Ich habe dich noch nie hier gesehen, du bist das erste Mal hier, stimmts?«, fragt er mich.

»Ja, ich helfe Isabella bei der Betreuung ihrer Mannschaft. Hätte ich gewusst, was das bedeutet, hätte ich mir für heute eine Wurzelbehandlung beim Zahnarzt reserviert.«

Phillip lacht. »Du bist witzig«, sagt er. Dann fügt er noch leise hinzu: »Und süß.«

»Du auch, irgendwie«, sage ich leise. Er schaut mir tief in die Augen. Das Knistern wird lauter. Er legt seinen Finger unter mein Kinn, seine Lippen nähern sich meinen. Oh Mann, in meinem Bauch fliegen tausend Schmetterlinge. Unsere Lippen sind nur noch Millimeter voneinander entfernt. Ich schließe meine Augen und gebe mich ganz dem Moment hin. Da spüre ich ganz leicht seine Lippen auf meinen, und dann…

»Phillip!« NEIN, nicht jetzt. Ist gerade ganz schlecht, der Moment. Jemand stößt die Tür auf. Es ist der Trainer einer anderen Mannschaft.

»Phillip! Ach, hier bist du, wir brauchen dich drin. Kevin hat sich mal wieder das Knie aufgeschlagen. Kommst du?«

Das darf doch wohl nicht wahr sein.

Wer ist dieser Kevin und warum schlägt der sich gerade jetzt das Knie auf?

»Sorry, tut mir leid, der kleine Pechvogel hat ständig irgendwas, und er lässt sich immer nur von mir verarzten«, sagt Phillip lächelnd, »aber wir sehen uns bald wieder, versprochen.«

Er gibt mir einen Kuss auf die Nasenspitze und verschwindet hinter der Tür.

Wie war das noch? Ein wenig knistern und knutschen wäre mal wieder ganz schön. Immerhin, knistern kann ich für diesen Tag schon mal als Erfolg verbuchen.

Und wer weiß, vielleicht folgt der Rest ja morgen.

Leider bleibt das mit dem Knutschen auch am Sonntag nur ein Wunschtraum. Wir laufen uns nur sporadisch über den Weg, weil Isabella und ich wieder an unsere Belastungsgrenzen gebracht werden. Zu allem Überfluss belegt unsere Mannschaft nur den vorletzten Platz. Alle Kinder sind total enttäuscht und traurig.

Nach der Siegerehrung am späten Nachmittag machen wir uns wieder auf den Rückweg. Isabella bringt die Kinder mit dem Bulli noch nach Hause, und auch ich fahre erleichtert heim.

Zu Hause mache ich es mir mit meinen Eltern und einem Glas Wein auf dem Sofa gemütlich. Wir erzählen uns gegenseitig vom Wochenende. Als ich die Geschichte mit Phillip erzähle, werde ich etwas wehmütig. Mein Vater nimmt mich in den Arm und versucht, mich zu trösten.

»Ach Luci, der Richtige kommt bestimmt. Da bin ich mir sicher. Schau mal, du bist noch jung. Du hast noch alle Zeit der Welt. Und falls es nicht sofort klappt, ist das auch nicht schlimm. Heute können doch auch Frauen mit über 40 noch Kinder bekommen.«

»Papa!«, rufe ich, »ich bin gerade mal 19 Jahre alt.«

Meine Mutter schüttelt den Kopf.

»Also wirklich Julius. Du machst das Kind ja ganz wuschig. Hol uns mal lieber noch ein Glas Wein.« Und damit ist das Thema Liebe erledigt, zumindest, was mich betrifft. Vielen Dank, Mama, auf dich ist immer Verlass.

»Aber um Daniel mache ich mir so langsam Sorgen. Ob

er wohl schwul ist und sich nicht traut, einen Mann mit nach Hause zu bringen?«

Papa und ich verschlucken uns fast an unserem Wein.

»Kordula, wie kommst du denn da drauf?«

»Nun ja, er ist schließlich schon 29. Andere Männer in seinem Alter sind da längst verheiratet und haben Kinder. Da kann ich als sorgende Mutter doch wohl mal nachfragen, oder nicht?«

»Und wenn es so wäre, ich meine, wenn er wirklich schwul wäre, wäre das für euch ein Problem?«, hake ich vorsichtig nach. Eigentlich sind meine Eltern immer sehr offen.

»Natürlich nicht, die Hauptsache für uns ist, dass er glücklich ist. Das gilt übrigens auch für dich, mein Schatz. Also nur für den Fall, dass du dich eher zu … na ja, du weißt schon, was ich meine. Du sollst wissen, dass das kein Problem für uns wäre.«

»Das ist schön zu wissen, aber ich stehe ausschließlich auf Männer. Und was Daniel betrifft, ich weiß aus sicherer Quelle, dass er nur auf Frauen steht.«

»Ach was, weißt du etwas, was ich nicht weiß?«, fragt meine Mutter pikiert.

»Warte es einfach ab, ich denke, es wird nicht mehr lange dauern, und ihr werdet es erfahren.«

»Julius, unsere Kinder haben Geheimnisse vor uns, kannst du dir das vorstellen?« Meine Mutter ist scheinbar ehrlich enttäuscht, dass Daniel ihr nicht jede klitzekleine Kleinigkeit aus seinem Leben sofort und direkt mitteilt.

»Kordula, nun reg dich nicht auf. Hast du deinen Eltern immer gleich alles auf die Nase gebunden?«

»Nein, natürlich nicht.« Sie trinkt noch einen Schluck Wein.

»Siehst du«, pflichte ich meinem Vater bei.

Ich trinke nun auch meinen Wein aus und verabschiede mich in mein Zimmer, völlig erledigt von dem doch recht anstrengenden Wochenende.

Im Bett denke ich noch einmal an Phillip, er war echt süß. Ob Isabella ihn wohl kennt? Ob ich sie mal nach seiner Handynummer fragen soll?

Auf einmal reiße ich im Dunkeln meine Augen auf. Aurelia! Hat sie nicht gesagt, dass ich neue Menschen kennenlerne? Vielleicht hat sie damit ja Phillip gemeint.

Quatsch, jeder lernt ständig neue Leute kennen, das ist ja nichts Besonderes.

Aber bei Emma hat sie voll ins Schwarze getroffen. Schließlich hat ihre Entscheidung, René und die Band für ein Jahr zu begleiten, tatsächlich ihre bis dahin fixe Planung komplett infrage gestellt.

Und auch bei Isabella hatte sie recht.

Oder meinte sie die Menschen, die ich auf meinen Reisen treffe? Immerhin habe ich bereits zweimal diesen gut aussehenden Unbekannten gesehen. Was es wohl mit ihm auf sich hat?

Mal wieder hin- und hergerissen, was ich von unserem Besuch bei Aurelia halten soll, schlafe ich ein.

Dezember 2003

Ich habe Phillip nicht angerufen, ich habe Isabella auch gar nicht erst nach seiner Nummer gefragt. Am nächsten Morgen habe ich nämlich alles wieder ganz nüchtern gesehen. Wenn das Schicksal gewollt hätte, dass ich Phillip näher kennenlerne, dann hätte er sich irgendwie bei mir gemeldet. Hat er aber nicht. Also bin ich davon ausgegangen, dass Phillip nicht zu den Menschen gehört, die mich auf meiner Reise des Lebens begleiten.

Heute ist Weihnachten, genauer gesagt, Heiligabend.

Kira und ich haben stressige Wochen im Fotostudio hinter uns. Die Kunden habe uns im wahrsten Sinne des Wortes die Bude eingerannt. Zwei Familienväter haben sich sogar geprügelt, weil Kira aus Versehen einen Termin doppelt vergeben hat. Dabei mussten ein kleines Regal und einige Fotorahmen dran glauben. Nur mit Mühe konnten wir die Väter voneinander trennen. Schlussendlich waren die Frauen so wütend auf ihre Männer, dass beide Familien den Heimweg angetreten haben und wir den Termin ganz frei hatten. Die Zeit haben wir genutzt, um in der Stadt einen alkoholfreien Punsch zu trinken.

Jetzt haben wir geschlossen und machen erst im neuen Jahr wieder auf. Kira ist gestern über die Feiertage auf die Kanaren geflogen und will es sich dort so richtig gut gehen lassen.

Ich verbringe Weihnachten mit meiner Familie. Nach den Feiertagen wollen Isabella und ich Emma auf ihrer Tour besuchen. Dazu müssen wir nach München. Das Hotel haben wir schon vor einigen Wochen gebucht, inklusive Wellnessbehandlung.

Ich befürchte, die brauche ich nach den Feiertagen mit meiner Familie auch. Schließlich hat sich für morgen und übermorgen noch Verwandtschaft angekündigt, und wie immer nach solchen Familientreffen werde ich danach völlig mit den Nerven am Ende sein.

Heute aber genießen wir erst mal im kleinen Kreis den Heiligabend.

Opa Henry hat sich richtig in Schale geworfen und mein Vater hat sich zur Feier des Tages sogar einen Schlips umgebunden. Mama hatte noch keine Zeit, sich hübsch zu machen, da sie wie eine Verrückte in der Küche rumwerkelt. Sie kocht mal wieder für 20, obwohl wir nur zu fünft sind. Sie hat von dem ganzen Dampf, der aus den Töpfen kommt, Schweißperlen auf der Stirn.

»So Mama, jetzt ist Feierabend für dich. Du gehst dich jetzt duschen. Ich mache hier den Rest.«

»Luci, das ist lieb, aber ich schaffe das schon. Du weißt doch gar nicht, wann was fertig ist. Geh ins Wohnzimmer und hilf deinem Vater bei …«, sie rührt in drei Töpfen gleichzeitig und schaut mich an,»… ich weiß nicht, bei irgendwas halt.«

Ich schiebe mich neben sie an den Herd. »Dann sag mir halt, wann was zu tun ist. Das werde ich mir schon merken können.«

»Also gut.« Sie setzt mich über die verschiedenen Garstufen der Speisen in Kenntnis.

»Alles klar, das schaffe ich. Und jetzt geh und genieß deine Dusche.«

Alles läuft wie am Schnürchen. Papa und Opa Henry gönnen sich vor dem Essen schon mal zwei Gläschen vom guten Whiskey und sind daher bester Laune. Daniel kommt pünktlich und bringt wie verabredet den Wein mit.

Und Mama fühlt sich nach der Dusche wie neugeboren, das sagt sie auf jeden Fall.

Das Essen ist auch weder roh noch verbrannt, sondern genau auf den Punkt. Besser kann es eigentlich nicht laufen.

Doch da haben wir die Rechnung ohne Daniel gemacht. Pünktlich zum Dessert hat er nämlich eine Nachricht für uns. Also eigentlich für Mama, Papa und Opa, mich hat er schon vor ein paar Tagen eingeweiht, mir jedoch den geschwisterlichen Schwur abgenommen, kein Sterbenswörtchen zu sagen. Es soll schließlich eine Weihnachtsüberraschung werden.

»Ich habe jemanden kennengelernt!«, verkündet er, gerade als wir uns alle auf den Nachtisch stürzen wollen.

Schweigen. Drei Löffel schweben in der Luft, drei Augenpaare sind weit aufgerissen.

Also, wenn die Überraschung nicht geglückt ist, dann weiß ich es auch nicht.

»Ähm, alles klar bei euch?«, fragt Daniel unsicher.

Papa kommt als Erster zu sich. »Doch, doch, aber das kommt so überraschend. Warum hast du sie denn nicht mitgebracht?«

»Weil ich sie erst vor drei Wochen kennengelernt habe und sie heute Abend auch bei ihrer Familie ist. Aber gleich im neuen Jahr stelle ich sie euch vor, versprochen.«

Opa Henry hat auch seine Sprache wiedergefunden. »Wie heißt die Glückliche denn?«

»Clara.«

»Oh, was für ein schöner Name.« Auch Mama beteiligt sich jetzt wieder. Aber die Euphorie hält nicht lange an.

»Vor drei Wochen sagst du? Das ist aber noch nicht lange.« Sie wendet sich zu mir.

»Luci, hast du nicht vor zwei oder drei Monaten mal so was angedeutet? Das war an dem Wochenende, wo du dieses Schwimmdingsbums mit Isabella hattest. Ich hatte das so verstanden, dass sich da was getan hätte bei Daniel.«

Sie wendet sich wieder ihrem Sohn zu. »Oder habe ich da wieder was falsch verstanden?«

»Nein, dein mütterlicher Instinkt hat dich nicht getäuscht. Ich hatte im September tatsächlich eine Frau kennengelernt. Die war ganz nett und hat auch ganz gut ausgesehen, aber nach ein paar Wochen hatte sich das erledigt. Ist nicht weiter schlimm.« Er winkt ab. »Aber jetzt, bei Clara, da fühle ich, sie ist die Richtige. Sie ist 27 und sie hat – jetzt haltet euch fest – am gleichen Tag Geburtstag wie ich. Unglaublich, oder?« Er macht mit den Händen eine Geste wie ein Zauberkünstler.

»Was macht sie denn beruflich?«, hakt Papa nach. Scheinbar gibt er nichts auf solche Zufälle. Papa mag Fakten. Daniel lässt die Hände wieder sinken.

»Sie ist Lehrerin, Grundschullehrerin.«

»Oh, was für ein schöner Beruf.« Mama ist begeistert, aber wieder nur kurz. »Mensch Daniel, drei Wochen sind wirklich nicht sehr lange, um zu beurteilen, ob eine Frau die Richtige ist, oder?«

»Ich weiß es, ich fühle es ganz tief in mir drin. Sie wird die Mutter meiner Kinder.«

Ich beschließe, mich auch mal wieder an der Unterhaltung zu beteiligen.

»Ach, Brüderchen, das hast du schön gesagt. Ich freue mich für dich und ich freue mich, sie bald kennenzulernen.« Ich nehme ihn in den Arm.

»Und was ist mit dir, Schwesterchen? Gibt es bei dir mal Hoffnung auf einen Freund?«

Wie kommen wir denn jetzt so schnell von Daniel auf mich?

»Diese Wahrsagertante, die hat dir doch gesagt, dass du jemanden kennenlernen wirst. Ist das jetzt nicht auch schon ein Weilchen her?«

»Daniel, bitte, sag nicht Wahrsagertante. Das finde ich echt nicht gut. Sie war wirklich nett. Und ja, ich gebe zu, zumindest was Emma und Isabella angeht, hat sie in der Tat nicht ganz falschgelegen«, verteidige ich Aurelia. Und bei mir auch nicht, denke ich.

»Sorry, war nicht so gemeint. Aber sie hat dir das doch gesagt, oder? Dass du jemanden kennenlernen wirst. Und dass du was Besonderes erleben wirst?«

»Daniel, jeder Mensch lernt ständig neue Leute kennen. Und ich habe was Besonderes erlebt. Meine Fahrschulprüfung zum Beispiel, die war etwas ganz Besonderes. Ich hatte nämlich meinen Schutzengel direkt neben mir sitzen. Wenn Herr Winter nicht auf die Bremse getreten hätte, dann würde es mich wahrscheinlich nicht mehr geben. Außerdem habe ich diese coole Boygroup kennengelernt.«

»Ja super, und wer ist mit denen abgerauscht? Nicht du, das war Emma.«

Herrje, wie komme ich da jetzt nur wieder raus. Ich kann ja schlecht erzählen, dass mich das Schicksal, oder wer oder was auch immer, einmal nach Las Vegas entführt hat und einmal auf eine einsame Insel. Das wird mir keiner abnehmen. Außer vielleicht Papa und Opa, die mittlerweile bei ihrem dritten oder vierten Whiskey angekommen sind.

»Daniel, ich habe noch alle Zeit der Welt. Aurelia hat nicht gesagt, dass ich gleich übermorgen den Mann meines Lebens kennenlerne. Außerdem will ich erst mal ein wenig mein Leben genießen. So, und damit Ende der Diskussion.« Ich möchte gerne zügig das Thema wechseln.

»Hast du ein Foto von Clara? Ich würde gerne wissen, wie sie aussieht«, frage ich meinen Bruder.

»Oh ja, ich auch«, sagt Mama, »zeig her.«

»Sorry, Leute, ich habe leider noch keins. Aber wie heißt es doch so schön? Vorfreude ist die schönste Freude.«

Ja, das stimmt. Ich weiß allerdings nicht, ob ich mich freuen soll, zumindest auf meinen nächsten Geburtstag. Das ist zwar noch ein paar Monate hin, aber ich denke, er wird wieder unvergesslich werden. In diesem Sinne, frohe Weihnachten.

Januar 2004

Wie versprochen, möchte uns Daniel seine Clara vorstellen. Heute ist es so weit. Meine Mutter hat zur Feier des Tages gleich drei Torten gebacken. Ich befürchte, sie denkt, Clara bringt ihre komplette Familie mit. Ist jetzt aber auch egal, zumindest war Mama durch das Backen abgelenkt. Sie war und ist immer noch so aufgeregt wie ein kleines Kind vor Weihnachten.

Da klingelt es auch schon an der Tür.

»Da sind sie. Luci, mach mal auf. Oh mein Gott, wie sehe ich denn aus?« Sie blickt in den Spiegel und zupft ihre Haare zurecht.

Ich verdrehe die Augen. »Gut siehst du aus, entspann dich.«

Als ich die Tür öffne, strahlen mir zwei fröhliche Gesichter entgegen. Daniel und Clara scheinen nicht im Geringsten nervös zu sein. Im Gegenteil, die beiden wirken total entspannt.

»Hey, schön, dass ihr da seid. Kommt rein.«

»Clara, das ist Luci, meine kleine Schwester. Luci, das ist Clara.«

Ich nehme sie in den Arm. »Schön, dich kennenzulernen.«

»Ja, das finde ich auch. Daniel hat mir schon so viel erzählt, ich war jetzt total neugierig auf euch.«

Clara ist etwas kleiner als ich, hat kurze, blonde Locken und strahlend blaue Augen. Sie trägt einen schwarzen, knielangen Rock und eine cremefarbene Seidenbluse, dazu goldene Ohrringe und eine zarte, goldene Kette. Sie sieht wirklich gut aus, und ich bin einen kurzen Moment etwas neidisch. Nie werde ich diese Eleganz ausstrahlen, die Clara ausstrahlt. Daniel und ich waren schon immer eher der Typ locker und leger.

Nachdem Daniel Clara unseren Eltern vorgestellt hat, stehen wir vor dem Kaffeetisch. Clara betrachtet die Torten und fragt: »Kommt noch jemand?«

Daniel und ich lachen, bis uns die Tränen kommen. »Willkommen bei Familie Früling. Du wirst es nie erleben, dass du hungrig nach Hause gehst. Im Gegenteil. Du wirst immer genug Essen mit nach Hause bekommen, sodass du drei Tage nicht mehr einkaufen musst.«

»Nun übertreibt mal nicht«, verteidigt Mama sich, »und jetzt setzt euch endlich.«

Und zu Clara gewandt sagt sie: »Ich finde es gut, wenn jemand sagt, was er denkt. Da weiß man gleich, woran man ist, Herzchen.« Dabei drückt sie Claras Hand.

Ich schaue auf den freien Platz. »Wo ist Opa Henry denn?«

»Ach, der bastelt wieder an irgendetwas rum. Er kommt bestimmt gleich runter«, sagt Papa.

»Schwesterchen, wie war denn dein Wellness-Wochenende mit den Mädels? Wir haben uns seit Weihnachten ja nicht mehr gesehen.«

»Och, das war eigentlich ganz schön. Die Zimmer waren super, alles war in Weiß und Silber eingerichtet, total edel. Das Schwimmbad war toll, das Wasser schön warm. Das Essen war köstlich. Und die Massagen waren traumhaft. Das Beste aber war die Silvesterparty, die war der Hammer.« Ich zähle alles auf, in der Hoffnung, dass Daniel damit zufrieden ist.

»Und der Masseur?«, fragt Papa mich augenzwinkernd. Auf Papa ist wie immer Verlass.

»Welcher Masseur?«, frage ich unschuldig.

»Ja, Luci, welcher Masseur? Das wollen wir auch wissen«, sagt Daniel.

»Ja okay, ihr habt mich überredet.« Also erzähle ich ausführlich die ganze Geschichte.

»Da war ein ganz süßer Masseur. Sonntag hatten wir drei eine Massage gebucht. Emma und Isabella wurden von zwei Frauen massiert, die auch problemlos die Olympischen Spiele im Sumo-Ringen gewonnen hätten. Ich hatte da mehr Glück. Ich hatte einen durchtrainierten jungen Mann, mit göttlichen Händen. Ich wäre am liebsten gar nicht mehr aufgestanden. Zwischendurch haben wir Emma und Bella immer mal wieder schreien gehört, das war echt lustig. Wobei, die beiden fanden das gar nicht lustig, schon gar nicht, als ich ihnen von meiner Massage erzählt habe. Danach haben Marc, so hieß er nämlich, und ich uns dann noch ein wenig unterhalten. Er ist Medizinstudent und arbeitet in den Semesterferien dort im Hotel.

Montags war ich dann mit Emma und Bella in München shoppen, da habe ich ein Vermögen ausgegeben. Da darf ich gar nicht drüber nachdenken. Für Dienstag hatten wir dann noch eine zweite Massage gebucht.«

»War das auch wieder der süße Masseur?«, fragt Clara neugierig und kichert.

»Nein, leider nicht, das war eine ältere Dame, die war aber total lieb und vorsichtig.«

»Und was ist jetzt mit Marc, hast du den noch mal wiedergesehen?«

»Ja, an Silvester dann. Er musste zwar an dem Abend arbeiten, also nicht als Masseur, sondern als Kellner, aber er hat sich zwischendurch immer mal wieder ein paar Minuten zu mir geschlichen. Wir haben sogar ein paar Mal miteinander getanzt. Da ich zu den Gästen gehörte, hat er auch keinen Ärger bekommen. Und um kurz vor Mitternacht dann …«, ich mache eine kreative Pause.

»Ja, was war um Mitternacht? Habt ihr euch geküsst?« Clara ist genauso neugierig, wie meine Mutter es war, als ich ihr die Geschichte erzählt habe.

»Um kurz vor zwölf hat er mich dann an der Hand genommen und mich aus dem Saal gezogen. Er hat mich auf das Dach des Hotels geführt, von wo wir einen atemberaubenden Blick auf die Umgebung hatten. Um Mitternacht hat er mich dann geküsst.« Ich seufze.

»Habt ihr auch … du weißt schon.«

Typisch mein Bruder.

»Daniel, so was fragt man nicht.« Papa ist ganz entrüstet. »Schon gar nicht wenn die Eltern mit am Tisch sitzen.«

»Warum nicht, das ist doch was ganz Natürliches. Die älteste und schönste Sache der Welt. Und wir alle am Tisch haben es doch schon getan, oder?«

Meine Mutter wird rot bis in die Haarspitzen.

»Daniel, jetzt ist wirklich mal gut.« Sie wendet sich an

mich und fragt ganz leise: »Luci, ihr habt doch nicht, oder? Du kanntest den Jungen doch gar nicht.«

»Nein, haben wir nicht. Seid ihr jetzt beruhigt?«

Clara klatscht in die Hände. »Oh, was für eine romantische Geschichte, wie aufregend. Und wie geht es jetzt mit euch weiter? Habt ihr Telefonnummern ausgetauscht? Seht ihr euch wieder?«

Man könnte fast meinen, sie gehört schon seit Jahren zu unserer Familie, so neugierig ist sie.

»Nein, das war nur ein Silvesterflirt, mehr nicht. Aber genug von mir, jetzt zu euch. Nun erzählt schon, wie habt ihr euch kennengelernt?«, frage ich die beiden.

Clara und Daniel schauen sich an und grinsen.

»Ich war Anfang Dezember mit Rübe im Fußballstadion, wir haben doch die Dauerkarten«, fängt Daniel an zu erzählen.

»Wer oder was ist Rübe?«, fragt Papa verwirrt.

»Das ist mein Kumpel Rüdiger, den kennst du doch noch von meinem letzten Geburtstag.«

»Ach ja, stimmt. Der kleine Dicke, oder?«

Daniel verdreht die Augen. »Ja, genau der, aber sag so was nicht, wenn er dabei ist.«

»Hmhm.« Papa wendet sich wieder seinem Kuchen zu.

»Auf jeden Fall, wir kommen ins Stadion und gehen zu unserem Block. Als wir dann an den Plätzen ankommen, sitzt eine junge Frau auf meinem Platz.« Daniel macht eine Pause und deutet auf Clara. Sie fährt mit der Geschichte fort.

»Ja, ich hatte mich in der Reihe vertan. Es stellte sich heraus, dass mein Platz eine Reihe davor war. Also habe ich mich umgesetzt.«

»Sie war mir gleich sympathisch, denn sie hatte den gleichen Fanschal um wie ich.«

Mir fällt es gerade sehr schwer, mir Clara mit einem quietschbunten, ausgefransten Schal, Bier und Bratwurst in einem Fußballstadion vorzustellen.

»Ach so, ich dachte, weil du mich hübsch fandst.« Sie knufft ihn in die Seite.

»Ja, das natürlich auch.« Er nimmt ihre Hand und gibt ihr einen Kuss.

»Wer findet wen hübsch?«, tönt es von der Tür, es ist Opa Henry.

»Daniel findet Clara hübsch«, sage ich.

»Da kann ich dem Jungen nur beipflichten.« Er geht zu Clara und gibt ihr einen Handkuss. »Ich bin Opa Henry. Ich sehe, du verstehst dich glänzend mit unserer verrückten Familie.«

»Ach, da sollten Sie meine Familie mal sehen. Die kann zuweilen sehr anstrengend sein. Bisher fühle ich mich bei Ihnen sehr wohl.«

»Oh, oh, dann warte mal ab, bis du uns näher kennenlernst.« Er zwinkert ihr zu. Ich merke schon, da stimmt die Chemie zwischen Clara und meiner Familie.

»Nun lasst euch doch nicht alles aus der Nase ziehen. Wie ging es dann weiter?«, fragt Mama ungeduldig.

»Nun ja, in der ersten Halbzeit war nicht viel los. Ein paar Gelbe Karten, ansonsten war das Spiel so lala. In der zweiten Halbzeit fiel dann doch noch das 1:0 für unsere Mannschaft. Ich hätte nicht gedacht, dass so eine kleine, süße Person so laut jubeln kann.«

»Und mir lief es im wahrsten Sinne des Wortes eiskalt den Rücken runter.«

»Ich bin bei dem Tor vor Freude aufgesprungen, weil ich dachte, das wird eh nichts mehr. Und dabei habe ich mein Bier bei Clara in den Nacken gekippt. Aus Versehen natürlich.«

»Natürlich,« sagt Opa Henry, »also, wenn ich an Daniels Stelle gewesen wäre, ich hätte das absichtlich gemacht, nur um mit dir ins Gespräch zu kommen.«

»Sie hat sich dann zu mir umgedreht. Leute, ich sag es euch, wenn Blicke töten könnten. Ich habe mich tausend Mal bei ihr entschuldigt.«

»Daniel hat mich dann zu einem Bier eingeladen. Da ich meines aber noch hatte, er aber nicht, hat er es dann selber getrunken und mir versprochen, mich ein paar Tage später zu einem Abendessen einzuladen.«

»Dass die andere Mannschaft dann kurz danach das 1:1 geschossen hat, habe ich gar nicht mehr mitbekommen. Da hatte ich mich schon unsterblich verliebt.«

»Darauf müssen wir anstoßen. Ich hole den Sekt. Julius, holst du die Gläser?«

Als alle ein Glas Sekt in der Hand halten, sagt Opa Henry feierlich: »Auf Clara und Daniel.«

»Auf euch«, sagt Papa.

»Auf viele Enkelkinder«, sagt Mama.

»Mama!«, sagen wir alle im Chor und verdrehen die Augen.

»Auf die Liebe«, sage ich.

»Auf die Liebe«, wiederholen alle.

Ja, die Liebe. Es ist schön, wenn man sie gefunden hat. Das erkenne ich an Daniel und Clara, und auch an meinen Eltern. Und auch an Opa Henry, der Zeit seines Lebens nur mit einer Frau, seiner großen Liebe Anastasia zusammen war. Es kann aber auch aufregend sein, vorher ein wenig zu experimentieren. Und ich habe mir fest vorgenommen, viel zu erleben, meine eigenen Erfahrungen zu sammeln. Und mein Baugefühl sagt mir, dass das Schicksal die gleichen Pläne mit mir hat.

Ich trinke noch einen Schluck Sekt. *Auf dich, Luci, und eine turbulente Zukunft.*

Mai 2004

Isabella und ich stehen am Bahnhof. Fast ein Jahr ist es her, dass wir Emma verabschiedet haben. Heute kommt sie zurück. Die Deutschland-Tournee ist vorbei, ihr Vertrag ist beendet. Allerdings, so genau wissen wir das gar nicht. Immer wenn wir telefoniert haben, ist sie unseren Fragen danach, wie es weitergeht, geschickt ausgewichen. Deswegen sind wir jetzt total gespannt. Wie wir aus den Medien wissen, soll es bald eine Europa-Tournee geben. Ob sie da auch mitfährt? Wir werden es bestimmt gleich erfahren, denn in ein paar Minuten soll ihr Zug ankommen.

»Was glaubst du, wie wird sie sich entscheiden?«, fragt mich Isabella. »Wird sie wohl auch mit auf die Europa-Tour gehen?«

»Ich weiß es nicht. Am Anfang klang sie so euphorisch, aber in den letzten Wochen war sie so verschlossen. Ich denke, sie wird es uns gleich selber erzählen, denn da kommt schon der Zug.«

Emma ist einer der ersten Fahrgäste, die aus dem Zug steigen. Als sie uns erblickt, läuft sie auf uns zu und umarmt uns. »Mädels, ihr habt mir so gefehlt.« Auf einmal bricht sie in Tränen aus.

»Hey, Liebes, was ist los?«, fragt Isabella. Wir nehmen sie in den Arm und lassen sie erst einmal weinen. Als sie sich wieder beruhigt hat, schnieft sie laut und nicht sehr damenhaft.

»Kommt, lasst uns gehen. Ich brauche eine Dusche, ein großes Glas Wein, und dann erzähle ich euch alles.«

Wir sitzen zu dritt bei Emma im Wohnzimmer. Das vergangene Jahr über haben Isabella und ich im Wechsel nach dem Rechten gesehen und regelmäßig die Blumen gegossen. Letzte Woche haben wir ordentlich geputzt, damit Emma in eine saubere, strahlende Wohnung kommt.

Jetzt, nachdem sie geduscht hat, sieht sie schon wieder besser aus, obwohl noch ein trauriger Ausdruck in ihren Augen liegt.

»So, und jetzt erzähl mal«, fordere ich sie auf, »was ist passiert?«

»Ach, ich weiß gar nicht, wo ich anfangen soll.« Sie nimmt einen großen Schluck aus ihrem Glas.

»Am Anfang war alles cool. Die Arbeit hat Spaß gemacht und ich habe mich mit der Band und dem ganzen Team super verstanden. Und mit René war auch alles toll. Nach ein paar Wochen ist er allerdings so komisch geworden. Ich weiß auch nicht, irgendwie so abweisend. Und dann habe ich rausgefunden, dass er noch eine andere am Start hatte. Wir haben uns mächtig in der Wolle gehabt. Es war aber nicht so ganz klar, ob wir nun getrennt waren oder nicht. Ich wollte eigentlich nicht mehr, aber er hat mir versprochen, dass das mit der anderen vorbei ist. Und weil ich ihn echt toll fand, habe ich nachgegeben. Dann lief es erst wieder ein paar Wochen. Und dann hat sich alles wiederholt. Da habe ich ihn nach einem Konzert erwischt, wie er mit einer anderen rumgeknutscht hat. Ich weiß nicht, wer die war, ich hatte die noch nie zuvor gesehen. Ich habe ihn dann zur Rede gestellt, und wir hatten wieder einen Riesenstreit. Und wieder beteuerte er mir, dass er nur mich liebt. Aber da bin ich hart geblieben.«

Isabella nimmt ihre Hand und drückt sie.

»Hey, das tut uns echt leid. Wir hatten ja keine Ahnung. Warum hast du nie was gesagt? Wenn wir telefoniert haben? Oder im Dezember, als wir uns in München getroffen haben? Wir wären doch für dich da gewesen.«

»Ja, ich weiß, aber ich wollte nicht, dass ihr euch meinetwegen Sorgen macht. Ihr wisst doch, Emma schafft immer alles allein.«

»Ach Emma, dafür sind wir doch da. Du hättest uns jederzeit dein Herz ausschütten können.«

»Ich weiß, sorry, Mädels.« Sie holt tief Luft. »Also, einige Zeit später, ich glaube, es war ein Sonntagabend, hatten wir alle etwas getrunken. Einer von der Band hatte Geburtstag und hat ein paar Runden in einer Bar geschmissen. Als wir wieder ins Hotel kamen, sind René und ich irgendwie im Bett gelandet. Am nächsten Morgen hätte ich mir in den Hintern beißen können. Ich hatte mir doch geschworen, dass es vorbei war. Doch da ging die ganze Geschichte von vorne los. Ich bin auch so eine blöde Kuh, ich dachte wirklich, er hätte sich geändert. Er war aufmerksam, hat mir kleine Geschenke gemacht – das hat er vorher nie gemacht. Und wieder, nach ein paar Wochen, das muss so im März gewesen sein, habe ich ihn erneut erwischt, wie er nur in Unterhose aus dem Hotelzimmer der Backgroundsängerin kam. Ich habe ihn dann wieder zur Rede gestellt und gefragt, wie lange das schon geht. Da war er ganz kleinlaut und gab zu, dass das seit Silvester lief.« Emma fängt wieder an zu weinen.

Ich beuge mich vor und nehme sie in den Arm. »Oh Mann, was für ein Idiot. Ich hoffe, du hast ihm ordentlich die Meinung gegeigt.«

»Nein.« Sie schüttelt heftig den Kopf. »Ich habe ihn einfach stehen lassen. Ich bin dann zum Manager der Band hingegangen und habe gefragt, ob ich vorzeitig aus dem Vertrag rauskomme. Aber das war leider nicht möglich. Und die Arbeit hat ja auch total Spaß gemacht. Und die Kohle war auch nicht zu verachten. Aber trotzdem wollte ich so schnell wie möglich nach Hause. Doch das ging nicht, Vertragsbruch und so 'n Kram, ihr wisst schon. Also habe ich die Zähne zusammengebissen und die letzten Wochen durchgehalten. Und jetzt bin ich wieder da. Mit viel Kohle auf dem Konto, aber mit einem gebrochenen Herzen.« Sie macht eine Pause, schenkt sich noch einmal Wein nach und sagt dann nachdenklich: »Wisst ihr, was ich nicht verstehe? Aurelia hat doch gesagt, egal, für welchen Weg ich mich entscheide – beide sind grundverschieden, aber ich werde in jedem Fall glücklich sein. Hat sie das nicht gesagt?«

»Ja, ich glaube so oder so ähnlich waren ihre Worte«, stimme ich zu.

»Warum, verdammt noch mal, bin ich dann jetzt so unglücklich?«

»Ich bin mir nicht sicher«, sagt Isabella, »aber vielleicht gehört das mit zu deinem Weg. Vielleicht musst du erst dieses dunkle Tal durchschreiten, bevor für dich die Sonne wieder aufgeht. Ich sage immer, es hat alles seinen Sinn im Leben. Pass mal auf.« Sie legt ihren Zeigefinger an die Lippen und schaut zu einem imaginären Punkt an der Decke.

»Zuerst sah es so aus, als ob dein Weg dich zum Psychologiestudium führt, um später Sozialarbeiterin zu werden. Das war dein größter Wunsch, und ich denke, das ist er immer noch, oder?«

Emma nickt.

»Siehst du«, fährt Isabella fort, »du hast dich vor einem Jahr spontan für den Umweg entschieden, das Studium für ein Jahr zu verschieben, um die Band zu begleiten. Einerseits hat so ein blöder Arsch dich verletzt und ist auf deinen Gefühlen rumgetrampelt. Das ist eine harte Erfahrung, aber wir alle wissen, dass gerade du gestärkt daraus hervorgehst, auch wenn es jetzt gerade nicht danach aussieht.«

Ich reiche Emma ein Taschentuch, weil die Tränen wieder laufen.

Isabella fährt fort: »Andererseits hast du viel Geld verdient, damit du ein Polster für dein Studium hast. So musst du nicht arbeiten und kannst dich ganz auf das Lernen konzentrieren. So hast du auch mehr Zeit, um am Wochenende mit uns feiern zu gehen. Und vielleicht lernst du da deinen Traummann kennen. Und zack«, sie klatscht in die Hände, »schon hat Aurelia recht gehabt. Ich bin mir sicher, genauso wird es laufen. Wenn du nämlich nebenbei arbeiten müsstest, dann würdest du diesen tollen Typen auf der Tanzfläche nicht kennenlernen. Das ist meine Theorie. Und ich finde, es ist eine tolle Theorie. Was meint ihr?« Bella hält ihr Glas hoch. Wir stoßen an und ich füge feierlich hinzu. »Auf deine Theorie. Möge sie genauso eintreffen.«

Kapitel 7

Mein 20. Geburtstag

Schon wieder im Paradies?

Langsam werde ich wach, lasse die Augen aber, genau wie beim letzten Mal auch, geschlossen. Ich höre wieder leises Meeresrauschen, und auch dieses Mal liege ich im warmen Sand. Ganz ehrlich, ich weiß nicht, ob ich die Kraft habe, heute wieder so einen Tag voller Überraschungen durchzustehen. Ich stehe nämlich ein kleines bisschen neben mir.

Meine Mutter hat es immer noch nicht verkraftet, dass ich die letzten zwei Jahre meinen Geburtstag nicht mit ihnen zusammen verbracht habe. Also habe ich mich von ihr überreden lassen, wenigstens in meinen Zwanzigsten reinzufeiern.

Daher hatte ich den Biergarten bei meinem Lieblingsitaliener reserviert und es gab für alle Pizza und leckeren Wein. Anfangs war mir etwas mulmig zumute, schließlich wusste ich nicht, was um Mitternacht passieren würde. Würde es einen großen Knall geben und ich mich vor den Augen meiner Gäste in Luft auflösen? Oder würde ich in einer Rauchsäule in ein anderes Universum katapultiert?

Aber nichts dergleichen ist passiert. Um kurz nach zwei hat mein Bruder mich nach Hause gebracht, denn allein hätte ich viel zu lange gebraucht. Ich hatte das Gefühl, dass das letzte Glas Wein vielleicht keine gute Idee war.

Jetzt, ein paar Stunden später, schlage ich die Augen auf und finde mich an einem einsamen Strand wieder, türkisblaues Meer, weißer Sand, Sonnenschein. Ein Déjà-vu! Ich rapple mich hoch und versuche, den Kater, der in meinem Kopf tobt, zu ignorieren. In Erwartung, wieder den heißen, schwarzen Bikini zu erblicken, schaue ich an mir herunter. Herrje, was habe ich denn an? Um meine Hüften schmiegt sich ein wadenlanges Baströckchen. Ein paar zusammengebundene, große grüne Blätter dienen als BH, nun ja, wenn man das, was meine Oberweite da zusammenhält, überhaupt BH nennen kann. Hoffentlich hält die ganze Geschichte auch. Ich hüpfe ein paarmal auf und ab, um die Stabilität zu prüfen. Offensichtlich war ein Experte am Werk, denn es bleibt alles da, wo es hingehört.

Ich schaue mich um und registriere, dass es sich wohl doch um einen anderen Strand und somit wahrscheinlich auch um eine andere Insel handelt. Trotzdem glaube ich nicht, dass ich dieses Mal auf andere Menschen treffe. Wie sehr ich mich da irre, werde ich später noch herausfinden.

Da ich mal wieder das einsamste Geburtstagskind der Welt bin, beschließe ich, den Tag gemütlich angehen zu lassen. Erneut wähle ich, aus Ermangelung einer Dusche, ein Bad in dem glitzernden Wasser – und zwar ohne Baströckchen und Bio-BH. Wie gesagt, ich bin allein weit und breit. Als ich mich ausziehe, fällt ein Zettel zu Boden, mit der obligatorischen Nachricht »*Happy Birthday, liebe Luci! A.*«. Langsam erkenne ich einen roten Faden. Ich falte den

Zettel zusammen, platziere ihn unter dem Rock und sprinte ins Wasser, so schnell, dass es in alle Richtungen spritzt. Ein tolles Gefühl, ich fühle mich gleich viel besser.

Es ist der schiere Wahnsinn, was es hier zu sehen gibt. Eine Schildkröte treibt langsam an mir vorbei, nur eine Armlänge von mir entfernt. Ihr Panzer schimmert in den verschiedensten Brauntönen in der Sonne. Als ich meine Hand nach ihr ausstrecke, um sie zu berühren, legt sie den nächsten Gang ein und schwimmt davon. Schade. Sicherlich hat die Natur aber weitere Überraschungen parat. Und so ist es auch. Als ich weiter hinausschwimme, nehme ich einen tiefen Atemzug und tauche unter. Ein Fisch kommt direkt auf mich zu, es ist aber nicht einfach ein normaler Fisch, nein. Er hat durchsichtige Flügel mit dunklen Flecken. Wow, die Natur ist echt der Hammer. Plötzlich sehe ich, dass so spitze Dinger unter seinem Bauch hervorstehen. Ach du meine Güte, sind das etwa Stacheln?

Panische Angst überfällt mich. Auch wenn ich so in seine Augen schaue, nun ja, irgendwie guckt er ein wenig böse, so als ob er mich fragen möchte, was ich in seinem Becken zu suchen habe. Nun lege auch ich den nächsten Gang ein und schwimme in einem Tempo zum Strand zurück, was sämtliche Weltmeister im Freistil blass aussehen lässt. Nicht auszudenken, wenn er seine Stacheln in meinen kostbaren Körper rammt.

Völlig außer Atem lasse ich mich in den Sand fallen. Das zum Thema, ich lasse den Tag gemütlich angehen! Der Schock steckt mir noch in den Knochen, mich kriegt heute keiner mehr ins Wasser, so viel steht fest.

Trotzdem verspüre ich so langsam Hunger. Nachdem ich mich wieder angezogen habe, mache ich mich auf den Weg in den Dschungel. Wie beim letzten Mal sehe ich die tollsten Tiere. Die Schmetterlinge sind noch bunter, die Vögel singen noch schöner.

Nach ungefähr 30 Minuten höre ich ein Rauschen, was mit jedem Schritt lauter wird. Nach weiteren fünf Minuten erreiche ich eine Lichtung. Heiliger Bimbam, hier sieht es so aus wie in den Filmen, die man immer schaut. Ein Wasserfall, von dem das Wasser metertief in einen See stürzt. Rundherum grüne Bäume, auf deren Blättern die Wassertropfen in der Sonne glitzern wie kleine Edelsteine. Es überkommt mich ein Gefühl von Geborgenheit, von Sicherheit. Hier will ich nie wieder weg. Trotzdem, ins Wasser traue ich mich nicht mehr. Stattdessen mache ich mich auf die Suche nach etwas Essbarem, Früchte wären super. Und tatsächlich, die Beeren, die ich finde, sehen genauso aus wie die vom letzten Mal, also nehme ich mir eine Handvoll.

Ob das Wasser in dem See wohl Trinkwasser ist? Ich koste es und es schmeckt wieder köstlich. Jetzt habe ich auch keine Angst mehr, mich zu vergiften, die Gelegenheit dazu gab es bis jetzt zuhauf und ich lebe schließlich immer noch.

Der Tag ist noch lange nicht zu Ende, also setze ich meine Entdeckungstour fort. Von der Lichtung aus tauche ich wieder in den Dschungel ein. Auf einmal erschrecke ich mich, denn etwas springt mir auf die Schulter. Aber es ist nichts Schlimmes, nur ein kleiner Affe. Versuche, ihn wegzuscheuchen, sind erfolglos. Stattdessen fängt er an, in meinen Haaren nach irgendetwas zu suchen, Strähne für Strähne arbeitet er sich vor. Zugegeben, er sieht schon süß aus. Und er scheint auch nichts Böses im Schilde zu führen.

Also setze ich den Weg fort, im Schlepptau meinen neuen Freund, der nach wie vor meine Haare durchkämmt.

Nach kurzer Zeit kommen wir an einem Baum vorbei, der dicke, saftige Früchte trägt. Der Affe fängt an zu schreien, springt von meiner Schulter und stürzt auf den Baum zu. Das kleine Kerlchen scheint auch Hunger zu haben, denn er rupft eine Frucht herunter und fängt an zu essen. Ich verabschiede mich von ihm, weil ich denke, dass er dieses Buffet so schnell nicht verlässt. Aber nein, nach ein paar Schritten ist er wieder da und springt wieder auf meine Schulter. »Da bist du ja wieder«, sage ich zu ihm, und gemeinsam gehen wir weiter.

Wir genießen beide den Spaziergang in dieser unberührten Natur. Doch auf einmal wird mein Begleiter nervös. Unruhig dreht er sich immer wieder um die eigene Achse und stößt laute Schreie aus.

»Was hast du denn?«, frage ich ihn. Er schaut mich an, springt dann zu Boden und ist nach ein paar Sekunden im Dschungel verschwunden. Schade, er war mir gerade ans Herz gewachsen. Mit ihm fühlte ich mich nicht so allein. Auf einmal höre ich Geräusche, aber andere Geräusche als bisher. Mir wird schon wieder mulmig in der Magengegend. Hier singt doch jemand. Außerdem höre ich rhythmisches Trommeln. Meine Neugier ist größer als meine Angst, und so schleiche ich langsam weiter. Automatisch nehme ich eine leicht geduckte Haltung an.

Mit jedem Schritt lichtet sich der Dschungel und in einiger Entfernung sehe ich mehrere Hütten, die in einem großen Kreis angeordnet sind. Das ist doch keine einsame Insel, hier leben Menschen. Alte und junge Männer und Frauen, viele Kinder, und sie befinden sich direkt vor mir.

Ich zähle schnell durch, und als ich bei der 27. Person ankomme, schaut mir diese direkt in die Augen. Es ist ein Mann mit schwarzen, krausen Haaren und aufwendigem Kopfschmuck, der in Ohren, Lippen und sogar in der Nase steckt. Irgendwie ist die Situation sehr verstörend. So etwas habe ich noch nie gesehen, zumindest nicht im echten Leben, nur in Filmen. Ich habe mich gerade von dem Schreck erholt, da stößt der Mann einen markerschütternden Schrei aus und brüllt etwas in einer Sprache, die ich nicht verstehe. Er zeigt auf mich und unzählige Augenpaare starren mich auf einmal an.

Ach du meine Güte, Luci, renn so schnell du kannst.

Also renne ich los, komme aber nur ein paar Meter weit. Denn auf einmal verliere ich den Kontakt zum Boden und werde in die Höhe gerissen. Eine Falle, entweder für gefährliche Tiere oder für Eindringlinge, wie mich. Ich schicke ein Stoßgebet zum Himmel. *Lieber Gott, bitte lass diesen Tag jetzt sofort zu Ende gehen.* Leider wird mir dieser Wunsch nicht erfüllt, stattdessen kommen die Eingeborenen im Laufschritt auf mich zu. Ich fange an zu schreien, in diesem Moment glaube ich nicht mehr daran, dass ich hier lebend rauskomme. Da hat sich Aurelia wohl mal geirrt, als sie sagte, dass sie gerne mit mir tauschen würde. Tragisch, dass es hier und jetzt so schrecklich enden muss.

Während ich schweißgebadet in einem grobmaschigen Netz, das an einem dicken Baum befestigt ist, hin- und herbaumle, bilden die Eingeborenen unter mir einen Kreis. Sie diskutieren minutenlang, werden dabei immer lauter. Offensichtlich halten sie Kriegsrat, was mit mir passieren soll. Ich kann nur hoffen, dass es sich nicht um Kannibalen handelt und ihr Problem lediglich in der Zubereitungsart besteht. Langsam gar kochen oder über offenem Feuer rösten. Beides keine Aussichten, die mir besonders gut gefallen.

Auf einmal kehrt Stille ein und alle schauen mich an. Die Entscheidung scheint gefallen. Ein kräftiger, junger Mann lässt die Falle herunter, zwei andere schälen mich aus dem Netz heraus.

Ich schreie und trete, so laut und so stark ich kann, aber ohne Erfolg. Sie heben mich hoch und tragen mich in ihr Dorf.

Dort stellen sie mich auf die Beine und führen mich genau in die Mitte, wo alle mich ansehen können. Aber das kann ich auch, ich starre böse zurück. Dabei bemerke ich sechs unfassbar schöne, junge Frauen. Sie haben schwarze Haare, die ihren ganzen Rücken bedecken. Ihre Körper sind gertenschlank und – ich stutze – sie tragen dieselben Baströcke und BHs wie ich. Bin ich eine von ihnen? Neben den Frauen steht eine Art Thron, auf dem ein alter Mann sitzt, vor lauter Schmuck kann man sein Gesicht kaum erkennen. Er hat ein Zepter in der Hand, auf diesem Zepter steckt ein aus Holz geschnitzter Totenkopf in der Größe einer Orange. Er schaut mich an, ich kann seinen Blick aber nicht deuten. Ich traue mich auch nicht, ihm allzu lange in die Augen zu schauen, wer weiß, vielleicht ist er eine Art König oder Häuptling und es ist verboten, ihm in die Augen zu sehen. Mein Blick schweift weiter. Auf der anderen Seite des Throns stehen sechs, nein, sieben junge Männer. Sie tragen Lendenschurze aus Leder, die mit verschiedenfarbigen Bändern verziert sind.

Ich habe das Gefühl, dass minutenlang keiner mehr etwas gesagt hat, aber das kommt mir wahrscheinlich nur so vor. Was jetzt wohl als Nächstes passieren wird?

Da tritt eine alte, eine sehr alte Frau aus einer der größeren Hütten. Sie hat bereits graue Haare, und als sie anfängt, zu sprechen, sehe ich, dass ihr viele Zähne fehlen.

Alle sechs Frauen wenden sich ihr zu und gehen hintereinander in die große Hütte. Ich bleibe stehen, weil ich immer noch nicht so recht weiß, was ich hier soll und was nun von mir erwartet wird. Als die letzte Frau in der Hütte verschwunden ist, wendet sich die Alte direkt mir zu. Sie funkelt wütend mit den Augen und bedeutet mir ungeduldig, dass ich den anderen folgen soll. Nun ja, da ich nicht noch mehr Zorn auf mich ziehen möchte, gehe ich langsam in Richtung der Hütte. Bevor ich eintrete, schaue ich mich noch einmal langsam um. Es herrscht jetzt Totenstille und alle beobachten mich. Puh, hoffentlich geht diese Geschichte hier gut aus für mich.

Als ich in die Hütte eintrete, bin ich erstaunt, wie geräumig sie ist, denn von außen sieht sie gar nicht so groß aus. In der Mitte brennt ein Feuer, oben im Dach befindet sich ein Loch, durch das Licht in die Hütte fällt, gleichzeitig kann der Rauch dadurch abziehen.

Die sechs Frauen sitzen bereits auf Strohmatten, die im Kreis um das Feuer angeordnet sind. Eine Matte ist noch frei, ich gehe davon aus, dass die für mich reserviert ist. Also setze auch ich mich ans Feuer. Alle Frauen haben die Augen geschlossen und ihre Hände ruhen auf ihren Knien, so als wären sie am Meditieren. Ich tue es ihnen gleich, halte dabei jedoch meine Augen geöffnet, schließlich möchte ich gerne mitbekommen, was als Nächstes passiert.

Die alte Frau betritt die Hütte nun ebenfalls und zieht einen lederartigen Vorhang vor den Eingang, sodass wir jetzt ganz unter uns sind. Sie hantiert in einer Ecke und holt dann einen Behälter hervor, in dem sich rotes Pulver befindet. Sie wirft etwas von dem Pulver in das Feuer, es gibt einen lauten Knall und Funken fliegen durch die Luft. Dann tritt sie hinter die erste Frau, legt ihre Hände auf deren Schultern und fängt an, ein Lied zu singen. Nach ein paar Sekunden stimmt die junge Frau mit ein. Als das Lied endet, fährt die ältere mit einem monotonen Singsang fort, dabei wiegt sich die junge Frau im Rhythmus vor und wieder zurück. Dabei atmet sie tief den Rauch des Feuers ein. Was ist das für ein Ritual? Und warum muss ich dabei mitmachen?

Da endet der Gesang und die junge Frau öffnet die Augen, sie glänzen wie dunkle Kristalle im Feuerschein. Ein entrücktes Lächeln huscht über ihr Gesicht, es scheint, als wäre sie gedanklich gar nicht anwesend, sondern weit, weit weg, so als ob sie uns gar nicht wahrnehmen würde.

Da wendet sich die Alte der nächsten Frau zu. Sie wirft eine weitere Handvoll Pulver in das Feuer, wieder gibt es einen Knall und wieder fliegen die Funken.

Sie legt auch hier ihre Hände auf die Schultern der jungen Frau und beginnt wieder zu singen. Auch diese zweite Frau stimmt in den Gesang mit ein, danach wiegt sie sich vor und zurück und atmet tief den Rauch ein.

Dieses Ritual wiederholt sich auch bei den anderen vier Frauen. Dann bin ich an der Reihe. Ich muss nicht extra erwähnen, dass ich auch nach sechsmal hören den Text des Liedes in der mir unbekannten Sprache nicht mitsingen kann. Aber da bin ich scheinbar allein mit meinen Sorgen. Ich merke, wie die alte Frau sich hinter mich stellt und wieder das rote Pulver in das Feuer schmeißt. Dann fängt sie wieder an zu singen, ich stimme lediglich mit einem Summen in die Melodie mit ein. Als das Lied endet, wiege auch ich mich vor und zurück, versuche jedoch, nicht zu viel von dem Rauch einzuatmen. Als auch ich das Ritual beendet habe, bin ich gespannt, wie es nun weitergeht.

Wieder tritt die alte Frau in die Ecke und holt einen großen Becher aus Bambusholz. Sie gibt diesen Becher der ersten Frau und bedeutet ihr, daraus zu trinken.

Sie nimmt einen großen Schluck, schließt wieder die Augen und fängt an zu sprechen. Vielleicht eine Art Gebet? Danach gibt sie den Becher weiter an die zweite Frau. Auch sie trinkt einen Schluck und spricht dann die gleichen Worte. Als der Becher bei mir ankommt, ist glücklicherweise nur noch ein sehr kleiner Schluck übrig. Gott sei Dank, wer weiß, wie das schmeckt. Da kommt die Alte zu mir, schaut in den Becher und entreißt ihn mir. Als sie ihn mir wiedergibt, ist er wieder randvoll. Na super. Ich nehme trotzdem nur einen winzig kleinen Schluck, schließlich weiß ich ja nicht, was da so alles drin ist.

Der Trank schmeckt scheußlich. Bitter und – ich kann es gar nicht richtig beschreiben – irgendwie erdig. Er hinterlässt einen leicht pelzigen Belag auf der Zunge. Ich schüttle mich und gebe ihr den Becher wieder. Scheinbar ist sie mit dem kleinen Schluck nicht zufrieden und bedeutet mir, mehr zu trinken. Was soll ich machen? Was passiert, wenn ich mich weigere? Ich will es nicht herausfinden, also halte ich die Luft an, halte zusätzlich meine Nase zu und nehme einen weiteren Schluck. Ich würge etwas, behalte aber alles bei mir. Nun ist sie zufrieden und nimmt mir den Becher ab.

Da erheben sich die anderen Frauen langsam und verlassen eine nach der anderen die Hütte. Ich folge ihnen, und als ich nach draußen trete, nehme ich erst einmal einen tiefen Atemzug frischer Luft. Wie geht es jetzt wohl weiter?

Auch die alte Frau tritt nun aus dem Zelt, sie hat Blumenkränze in der Hand. Sie sehen zauberhaft aus. Viele verschiedene Blumen in den prächtigsten Farben sind liebevoll zu einem Kranz gebunden. Jeder von uns setzt sie einen dieser Blumenkränze auf den Kopf, dabei lächelt sie mich zum ersten Mal an. Ich schaue zu den anderen Frauen, sie sehen wunderschön mit dem Kopfschmuck aus.

Auf der anderen Seite des Platzes treten jetzt die sieben Männer ebenfalls aus einer Hütte und gehen auf den Thron zu, auf dem immer noch der alte Mann sitzt. Auch die Frauen bewegen sich nun in Richtung des Throns, wieder folge ich ihnen. Wir bleiben ein paar Schritte vor dem alten Mann stehen.

In dem Moment kommt eine andere ältere Frau auf uns zu, sie hat zwei ausgehöhlte Kokosnussschalen in der Hand, in der sich buntes Pulver befindet. Sie taucht ihre Finger in die Farbe und bemalt mein Gesicht. Sie lächelt mich an und sagt wieder etwas in der Sprache, die ich nicht verstehe. Das wiederholt sie bei allen Frauen und auch bei den Männern, danach verschwindet sie wieder in ihrer Hütte.

Auf einmal setzt wieder Gesang ein, begleitet von einem monotonen Trommeln. Die sechs Frauen und die sieben Männer setzen sich erneut in Bewegung, doch dieses Mal tanzen sie im Rhythmus des Gesangs aufeinander zu. Wie zwei Uhrzeiger, die sich um Mitternacht treffen.

Gänsehaut überzieht meinen ganzen Körper, so fantastisch ist diese Situation. Ich bin wie hypnotisiert und kann mich nicht einen Meter bewegen.

Direkt vor dem Thron stehen sie schließlich voreinander

und nehmen sich an den Händen. Nur der siebte Mann steht allein neben den anderen Pärchen und blickt mich erwartungsvoll an. Auf einmal wird mir klar, dass ich mich in einer Hochzeitszeremonie befinde. Und mir schwant noch Schlimmeres. Den Blicken des Mannes nach zu urteilen bin ich die siebte Braut – na super. Unvermittelt endet das Trommeln und auch der Gesang bricht ab.

Wieder starren mich alle an und warten, dass ich endlich meinen Platz einnehme.

Um Himmels willen, wann endet dieser Tag denn endlich? Ich kann mich doch hier nicht verheiraten lassen? Aber was will ich machen? Fliehen kann ich nicht, das hat vorhin schon nicht funktioniert. Also füge ich mich in mein Schicksal und hoffe, dass dieser Tag nun schnell zu Ende geht.

Ich laufe schnell zu meinem Bräutigam und reiche ihm meine Hände. Das Oberhaupt erhebt sich von seinem Thron und stößt dreimal mit dem Zepter auf den Boden. Das erste Paar wendet sich ihm zu, kniet nieder und der König spricht ein paar Worte. Dann legt er eine Hand erst auf den Kopf des jungen Mannes, danach auf den der jungen Frau. So sieht also der Segen aus, den die Menschen hier erhalten. Nicht viel anders als bei uns auch. Das Paar erhebt sich und geht langsam, Hand in Hand, in eine der kleinen Hütten. Dieses Ritual wiederholt sich auch mit den anderen fünf Paaren, bis schließlich alle in jeweils einer Hütte verschwunden sind. Jetzt sind wir an der Reihe. Der König stößt das Zepter wieder dreimal auf den Boden, dann knien wir nieder. Ich schiele nach links, aber mein Zukünftiger hat die Augen geschlossen, keine Chance, Blickkontakt herzustellen. Dann merke ich, wie der König seine Hand auf meinen Kopf legt, und wieder läuft Gänsehaut über meinen ganzen Körper. Nach dem Segen stehen wir auf. Und nun? Soll ich einfach mit ihm in die Hütte gehen? Wer weiß, was dann passiert? Was erwartet er von mir? Langsam ergreift mich die Panik.

Da bemerke ich, dass die Sonne schon fast untergegangen ist. Vielleicht habe ich Glück und dieses Abenteuer ist jeden Moment vorbei. Also fasse ich meinen Mut zusammen und gehe mit meinem Mann, das ist er ja nun, in eine Hütte. Er hält mir die Tür auf und wir treten ein. Es ist stickig, denn auch hier lodert ein kleines Feuer. Er bedeutet mir, dass ich mich hinsetzen soll, und zwar auf eine Art Nachtlager. Ich gehorche, setze mich also hin und warte. Er hantiert in einer dunklen Ecke der Hütte, und es dauert etwas, bis er zu mir zurückkommt. Mein Blick fällt auf zwei Becher, die er in den Händen hält. Einen davon drückt er mir in die Hand und sagt: »Drink.«

Oh, bitte nicht, der pelzige Geschmack auf meiner Zunge ist gerade erst weg.

Vorsichtig führe ich den Becher an meine Lippen und trinke. Zu meinem Erstaunen hat das Getränk eine andere Konsistenz, es ist etwas zähflüssig, aber sehr süß. Ich trinke ganz langsam, Schluck für Schluck. Einfach nur, um Zeit zu schinden. Da merke ich, wie um mich herum alles anfängt, sich zu drehen. Was hat er mir gegeben? Ein Schlafmittel?

Auf einmal schließen sich seine Arme liebevoll um meinen Körper und wir sinken auf die dünne Matte. Vielleicht bin ich auch einfach nur erschöpft nach diesem aufregenden Tag. Meine Augen werden schwer. Mit letzter Kraft drehe ich mich noch einmal um, schaue aber nicht in die Augen des Mannes, der bei der Zeremonie neben mir gestanden hat. Nein, es sind die Augen des Mannes, der mir bereits zweimal in den letzten Jahren begegnet ist. Erleichtert lasse ich meinen Kopf gegen seine starke Brust sinken und falle in einen tiefen Schlaf.

Kapitel 8

Sommer, Sonne, Küsse – und ein großer Schritt

September 2004

»Wir bitten Sie jetzt, sich anzuschnallen und die Tische hochzuklappen. Wir sind im Anflug auf den Flughafen in Palma und werden dort in ungefähr zehn Minuten landen. Die Temperatur beträgt zweiundzwanzig Grad, die Regenwahrscheinlichkeit liegt bei null Prozent. Vielen Dank, dass Sie mit *Happy-In-The-Clouds-Airlines* geflogen sind. Wir wünschen Ihnen einen angenehmen Aufenthalt auf der Insel und würden uns freuen, Sie bald wieder an Bord begrüßen zu dürfen.«

Als verantwortungsbewusster Fluggast komme ich den Wünschen des freundlichen Piloten natürlich nach und klappe den Tisch nach oben.

Gleich ist es so weit, sieben Tage Urlaub, nur ich, mein mittlerweile doch recht abgegriffener Reiseführer und ein Leihwagen. Ich wollte nämlich noch einmal ausspannen, bevor ich Kiras Fotostudio übernehme. Durch den plötzlichen Tod einer reichen Verwandten ist sie zu einer nicht unwesentlichen Erbschaft gekommen. Sie hat mir angeboten, das Geschäft zu übernehmen. Damit kann sie sich einer anderen Tätigkeit widmen, dem Reisen. Nach einem Kriegsrat mit meiner Familie habe ich zugestimmt und Anfang Januar ist es so weit.

Wir haben uns geeinigt, das Weihnachtsgeschäft noch zusammen zu erledigen, da ist erfahrungsgemäß immer viel los. Es kommen unzählige Eltern, die von ihren Sprösslingen Weihnachtsfotos machen lassen, die dann die Großeltern an Heiligabend feierlich überreicht bekommen. Wenn die Kinder mit glänzenden Augen eine große Christbaumkugel in der Hand halten oder mit dem Bommel der roten Weihnachtsmütze von Papa spielen, das sind tolle Momente. Da macht es immer besonders viel Freude, auf den Auslöser zu drücken.

Im Dezember ist also Hochbetrieb, damit alles pünktlich fertig ist. Daher die kleine Auszeit, die ich mir vor der spannenden Aufgabe, die vor mir liegt, gönne. Aber ich schweife ab, zurück zu meiner Reise.

Um so viel wie möglich von Mallorca zu sehen, habe ich eine Rundtour quer über die Insel geplant.

So habe ich jeden Tag nur eine kurze Strecke vor mir und kann mir in Ruhe alles anschauen, was der Reiseführer empfiehlt. Die Hotels habe ich vorab gebucht, sodass ich keine Überraschungen erlebe.

Nachdem ich meine Koffer abgeholt habe, gehe ich direkt zur Autovermietung. Alles ist vorbereitet, ich unterschreibe den Vertrag und dann händigt mir die Dame den Schlüssel aus.

»Ich wünsche Ihnen einen schönen Urlaub«, sagt sie und lächelt mich freundlich an.

Nach einigem Suchen finde ich den richtigen Wagen, es

ist ein kleiner, silberner Flitzer. Er ist in tadellosem Zustand und ich freue mich, in diesem Wagen die Insel zu erkunden. Da es schon spät ist, entschließe ich mich, direkt zum Hotel fahren.

Am nächsten Morgen klingelt um sieben Uhr mein Wecker und nach einem kleinen Frühstück mache ich mich auf den Weg.

Die Kathedrale ist der Wahnsinn. Im Fernsehen oder auf Bildern ist sie ja schon toll, aber jetzt, wo ich direkt vor ihr stehe, ist sie noch viel schöner. Ich mache viele Fotos und lasse mich durch die kleinen Gassen dieser fantastischen Stadt treiben. Danach fahre ich hoch zu einem Aussichtspunkt, der auf einem kleinen Berg liegt. Von hier oben hat man einen atemberaubenden Ausblick über die Stadt und auf das Meer. Zum Abschluss meines ersten Urlaubstages esse ich am Strand noch zu Abend. Die Spaghetti Frutti di Mare sind köstlich. In einem Supermarkt hole ich mir noch eine kleine Flasche Wein, die ich dann im Hotel genießen werde. Ich möchte mein Auto ungern beschwipst über die engen Straßen lenken.

Als ich im Hotel ankomme, ist es schon nach 22:00 Uhr und ich bin müde vom Tag. Nach einer ausgiebigen Dusche kuschle ich mich dann im Bademantel und mit einem Becher Wein aufs Bett. Ich greife nach meinem Rucksack, nehme einen kleinen Beutel heraus und lasse drei Gegenstände auf die Bettdecke fallen. Die 100-Dollar-Note, die Perle – und die exotische Blume, die ich vor etwa einem Monat unter meinem Kopfkissen gefunden habe, direkt am Morgen nach meiner letzten Reise. Ich habe sie zwischen zwei Buchseiten gelegt, mittlerweile ist sie getrocknet, sieht aber immer noch wunderschön aus.

Ich lasse noch einmal in Ruhe alle drei Reisen vor meinem geistigen Auge vorbeiziehen und überlege, was ich wohl noch alles erleben werde und ob und wann das alles mal ein Ende hat. Sollte ich noch einmal versuchen, Aurelia zu erreichen, wenn ich wieder zu Hause bin? Vielleicht ist sie in der Zwischenzeit wieder aufgetaucht und kann mir mehr zu diesen mysteriösen Dingen erzählen.

Mir fallen die Augen fast zu, daher leere ich meinen Becher, stelle den Wecker auf sieben Uhr und lege mich schlafen.

Am nächsten Morgen packe ich meinen Koffer wieder in mein Auto und es geht weiter in die nächste Stadt. Nachdem ich einen Parkplatz gefunden habe, gehe ich zu Fuß weiter. Das Museum lasse ich schweren Herzens links liegen, ich möchte lieber die Sonne genießen. Daher besuche ich zuerst den Botanischen Garten, Hunderte von verschiedenen Pflanzenarten kann man hier bewundern. Vom Garten bis zur alten Kirche, die ich mir unbedingt ansehen möchte, sind es dann nur ungefähr 900 Meter zu Fuß. Als ich sie betrete, raubt es mir fast den Atem. Sie ist so wunderschön. Unglaublich, was die Menschen vor so vielen Jahren alles geleistet haben, so ganz ohne die modernen Hilfsmittel.

Am frühen Nachmittag starte ich wieder das Auto und fahre weiter Richtung Küste. Einen spontanen Zwischenstopp lege ich an einem Kloster ein, welches an der Straße ausgeschildert ist. Hier ist es ruhig und friedlich. Eine ganz andere Atmosphäre als in den touristischen Hochburgen. Als die Sonne langsam untergeht, mache ich mich wieder auf den Weg.

Die nächsten Tage sind wunderschön. Ich entdecke Küstenorte und fahre zwischendurch auch mal ins Landesinnere. Einmal lege ich sogar einen Strandtag ein, ich finde, das gehört zu einem Urlaub einfach dazu.

Am nächsten Morgen geht es weiter, mein Ziel ist ein kleines Städtchen an der Ostküste. Dort habe ich das nächste Hotel gebucht.

Auch der Tag hätte so schön werden können, aber oft kommt es ja anders, als man denkt. Ich schlendere gemütlich an der Strandpromenade entlang, als ich von hinten ein Motorrad höre. Das Geräusch kommt näher und näher, wird lauter und lauter. In dem Moment, wo ich mich umdrehe, schießt das Motorrad um Haaresbreite an mir vorbei und jemand reißt mir meine Handtasche von der Schulter. Ich kann es kaum glauben. Zwei Männer sitzen auf dem Motorrad, der hintere hat jetzt meine Handtasche in der Hand und schreit dem vorderen »Rápido, rápido!« zu, was bestimmt so viel heißt wie »Schneller! Schneller!«

»Hey!«, schreie ich, »Stopp! Anhalten!« Ich renne dem Motorrad hinterher, aber es ist vergebens. Der Fahrer gibt Gas und kurz danach sind sie um die nächste Kurve verschwunden.

Das darf nicht wahr sein! Da war alles drin, quasi mein ganzes Leben. Hektisch blicke ich mich um. Überall Touristen, ein älteres Paar kommt schon auf mich zu gerannt.

»Wir haben gesehen, was Ihnen passiert ist«, sagt der Mann, »Sie müssen sofort zur Polizei, Anzeige erstatten.«

Ich bin total überfordert, stottere nur: »Äh, ja, klar, wo ist die Polizei denn? Können Sie mir helfen?«

Die beiden begleiten mich zur nächsten Polizeiwache, die nur ein paar Straßen entfernt ist. Dort muss ich ein paar Minuten warten, bis ein Polizist meine Anzeige aufnimmt. Ich muss sagen, er sieht wirklich gut aus. Groß, dunkle

Haare, blaue Augen und von der Sonne gebräunt. Er scheint ein paar Jahre älter zu sein als ich.

Luci, das ist kein Blind Date, man hat dir deine Handtasche gestohlen. Was ist wohl wichtiger?

»Hola, Señora …?«

»Hola, ich bin Luci. Sie sprechen nicht zufällig Deutsch?«

»Hallo Luci, ich bin Oliver. Doch, zufällig spreche ich Deutsch.« Er lächelt mir zu. »Was ist passiert?«

»Oh, Gott sei Dank, das macht die ganze Sache einfacher. Zwei Männer auf einem Motorrad haben mir meine Handtasche gestohlen. Bitte, helfen Sie mir.«

»Das tut mir sehr leid, kommen Sie mit in mein Büro.«

Er geht vor und ich folge ihm in sein Büro. Als wir eintreten, schließt er die Tür hinter mir und deutet auf den Stuhl. »Bitte, setzen Sie sich.«

Er nimmt ein Formular aus der Schublade und sieht mich fragend an.

»Luci, können Sie die Männer beschreiben? Oder ist Ihnen an dem Motorrad etwas aufgefallen?«

»Oh Mann, es ging alles so schnell.« Wenn er mich so anschaut, kann ich mich kaum konzentrieren, er macht mich irgendwie nervös. *Luci, konzentrier dich, du hast jetzt wirklich andere Probleme.*

Also schließe ich die Augen. »Wie gesagt, es waren zwei Männer auf einem dunklen Motorrad. Den vorderen habe ich nicht gesehen, der hintere Mann, das ist der, der mir die Tasche entrissen hat, hatte lange Haare, die zu einem Zopf gebunden waren. Er trug ein blaues Shirt und kurze Hosen.«

Ich öffne die Augen wieder.

»Oka«y, sagt Oliver, »das ist ja schon mal was. Konnten Sie noch etwas erkennen? Das Kennzeichen vielleicht?«

»Sorry, ich konnte nur erkennen, dass es ein spanisches Kennzeichen war. Aber das hilft Ihnen ja bestimmt nicht viel weiter, oder?«

»Nein, nicht wirklich. Wissen Sie, bisher hatten wir hier keinerlei Probleme mit Diebstählen, die ganzen Jahre nicht. Aber in den letzten drei Wochen gab es mehrere Überfälle, in denen Frauen die Handtaschen geklaut wurden. Die gute Nachricht ist aber, dass nach ein bis zwei Tagen die Taschen immer wieder am Strand aufgetaucht sind. Bis auf das Bargeld und den Personalausweis war immer alles noch vorhanden. Führerschein, EC-Karte, die persönlichen Sachen, alles war noch da.«

Wenn das wirklich so ist, dann stimmt mich das etwas zuversichtlich.

»Hören Sie, ich würde vorschlagen, Sie sperren jetzt erst mal Ihr Konto. Wenn Sie möchten, können Sie das Telefon hier benutzen. Haben Sie ein Hotel hier im Ort?«

»Vielen Dank. Ja, mein Hotel ist nicht weit von hier. Glücklicherweise habe ich noch mein Handy, das hatte ich in der Hosentasche. Und etwas Bargeld habe ich auch noch bei mir.« Ich ziehe 200 Euro aus dem BH, meinem Geheimversteck für Fälle genau wie diesen. Auch wenn ich nicht geglaubt hätte, dass mir das wirklich passieren würde.

»Oh lá lá!« Oliver grinst und zwinkert mir zu.

Ich nehme sein Angebot an und setze mich erst mal ans Telefon, sodass ich meine EC- und Kreditkarte sperren lassen kann. Das würde mir noch fehlen, wenn die mir auch noch mein Konto leerräumen.

Danach trägt Oliver noch meine Kontaktdaten in das Formular ein. So kann er mich erreichen, sollte sich etwas ergeben.

Der Tag ist gelaufen, ich habe keinerlei Ambitionen mehr, die Gegend zu erkunden. Ich beschließe, ins Hotel zu gehen, vorher decke ich mich noch mit einer Flasche Wein und etwas Nervennahrung ein. An der Rezeption erkläre ich meine Situation und frage, ob die Möglichkeit besteht, zwei weitere Nächte zu bleiben.

»Kein Problem«, sagt die Dame freundlich.

Na also, man muss auch mal Glück haben.

Auf meinem Zimmer angekommen, rufe ich die beiden Hotels an, die ich für die nächsten Tage gebucht hatte. Da ich leider zu kurzfristig storniere, muss ich trotzdem bezahlen. Und so verlässt mich mein Glück auch schon wieder.

Ich schnappe mir mein Buch, öffne die Flasche Wein und falle über die Schokolade her. Es ist mir egal, dass es erst Mittag ist.

Bis zum Abend ist die Schokolade alle, die Kekse auch und die Flasche Wein ist leer. Ich bestelle mir etwas zu Essen aufs Zimmer, darauf kommt es jetzt auch nicht mehr an. Satt und beschwipst schlafe ich ein, wache aber zwischendurch von meinem eigenen Schnarchen auf und frage mich, ob ich alles nur geträumt habe. Nein, leider nicht. Handtasche und Papiere sind nach wie vor weg.

Am Morgen weckt mich das Klingeln meines Handys. Na ja, also Morgen ist nicht ganz richtig. Eigentlich ist es schon fast Mittag. Ich habe einen leichten Kater und brauche entsprechend lange, bis ich mein Telefon in dem ganzen Durcheinander gefunden habe.

»Ja«, bringe ich nur mühsam hervor.

»Luci, hier ist deine Mutter.« Der Ton ist leicht vorwurfsvoll. Den Grund kann ich mir schon vorstellen. Ich habe mich bis jetzt noch nicht gemeldet.

»Hallo Mama, alles okay bei euch?«

»Bei uns? Ja sicher ist bei uns alles in Ordnung. Ich will eigentlich wissen, ob bei dir alles gut ist. Schließlich bist du am anderen Ende der Welt und hast dich bisher nicht gemeldet.«

»Mama, nun übertreib nicht so, ich bin auf Mallorca und nicht am Nordpol. Ja, aber bei mir ist alles in Ordnung. Bis auf …«, ich zögere. Das gibt jetzt ganz bestimmt Theater. »Mir ist gestern meine Handtasche geklaut worden.« Automatisch ziehe ich die Schultern ein. »Kind, gehts dir gut? Bist du verletzt? Wo bist du jetzt?« Meine Mutter stellt sich wahrscheinlich gerade vor, dass ich obdachlos unter einer Brücke sitze.

»Mama, es ist alles gut. Ich bin im Hotel, und ich habe noch etwas Bargeld. Außerdem habe ich bereits gestern Anzeige erstattet und der Polizist hat gesagt, dass die Chancen gut stehen, dass meine Handtasche wieder auftaucht. Hier hätte es in den letzten Wochen mehrere Diebstähle gegeben …« Weiter komme ich nicht.

»Luci, ich glaub es nicht. Das ist ja Sodom und Gomorrha. Sieh zu, dass du schnellstens wieder nach Hause kommst. Bevor dir noch mehr passiert.«

»Mama, beruhig dich wieder. Noch mal, der Polizist hat gesagt, dass eigentlich alle gestohlenen Taschen wieder gefunden worden sind. Zwar ohne Bargeld und Personalausweis, aber immerhin. Also hoffe ich, dass auch meine Handtasche wieder auftaucht. Mir geht es gut, du brauchst dir keine Sorgen zu machen.« Ich versuche, sie noch etwas zu beruhigen, und mit dem Versprechen, sie morgen wieder anzurufen, legen wir auf.

Der Tag fängt ja gut an. Nach einer Dusche und einem

kleinen Snack in einem Bistro gegenüber mache ich mich auf den Weg. Ich beschließe, an den Strand zu gehen, wer weiß, vielleicht stolpere ich ja selber über meine Tasche. Aber so viel Glück habe ich nicht. Ich spaziere am Strand entlang, vorbei an Paaren und Familien mit Kindern. Irgendwann entdecke ich ein Plätzchen, das mir gefällt, und mache es mir bequem.

Ich verbringe den Rest des Tages mit Schwimmen, Lesen und Schlafen. Am frühen Abend packe ich die Sachen zusammen und mache mich auf den Weg Richtung Hotel. Nach ein paar Metern komme ich an einem Restaurant vorbei, das Paella anbietet. Ich bestelle eine Portion und sie schmeckt erwartungsgemäß himmlisch. Heute verzichte ich mal auf den Wein, trinke stattdessen nur ein Wasser. Im Hotel wasche ich mir das Salzwasser von der Haut und lege mich ins Bett. Dann lasse ich mich von einem spanischen Musiksender in den Schlaf singen.

Am nächsten Morgen weckt mich schon wieder mein Handy. Es ist halb neun.

»Hallo?«

»Hola, Señora Luci. Wie geht es Ihnen?« Es ist Oliver. Schlagartig bin ich wach.

»Hm, eigentlich ganz gut, unter diesen Umständen. Gibt es etwas Neues?«

»Si, ein Mann hat Ihre Tasche heute Morgen am Strand gefunden und zu uns gebracht. Wie vermutet, ist bis auf das Geld und ihren Personalausweis alles noch da.«

Mich überkommt eine Welle der Erleichterung. »Gott sei Dank, kann ich die Sachen abholen kommen?«

»Aber sicher, sie liegen bei mir im Büro.«

»Okay, ich mache mich direkt auf den Weg, bis gleich.«

»Bis gleich.« Er macht eine kurze Pause. »Ich freue mich.«

Ja, ich freue mich auch, aber das sage ich ihm nicht. Stattdessen ziehe ich mich ganz in Ruhe an und gehe dann runter ins Hotelrestaurant. Dort genieße ich ein Frühstück mit allem, was das Herz begehrt. Danach gehe ich zurück aufs Zimmer, um meine Zähne zu putzen. Als ich es wieder verlassen will, fällt mein Blick in den Spiegel. Nun ja, ein wenig Puder kann nicht schaden. Okay, etwas Lipgloss auch nicht. Zum Schluss noch ein kleiner Tropfen meines Lieblingsparfüms. Ja, so ist es besser. Mit einem Lächeln auf den Lippen mache ich mich auf den Weg zur Polizei, zu Oliver.

Als ich dort ankomme, muss ich etwas warten, da er gerade zu tun hat. Nach ein paar Minuten kann ich dann aber zu ihm. Er schließt die Tür hinter mir und ich setze mich auf den Stuhl, auf dem ich vorgestern auch schon gesessen habe, allerdings war ich da noch um einiges verzweifelter als jetzt. Heute bin ich nur erleichtert, dass meine Sachen wieder da sind.

Er holt meine Tasche hervor. Sie sieht etwas mitgenommen aus, aber Hauptsache, es ist noch alles drin, nun ja, bis auf den Ausweis und das Geld halt.

»Da haben Sie aber großes Glück gehabt, dass heute Morgen schon so früh jemand unterwegs am Strand war und Ihre Tasche gefunden hat.«

»Ja, ich bin so dankbar, wirklich. Haben Sie die Telefonnummer von dem Mann? Dann könnte ich anrufen und mich bedanken.«

»Nein, leider nicht«, sagt Oliver, »er hat die Tasche nur abgegeben und ist wieder gegangen.«

Ich bin etwas enttäuscht, ich hätte mich gerne bedankt, froh darüber, dass es auch noch ehrliche Menschen gibt.

»Aber du kannst mir einen Gefallen tun«, sagt er und reicht mir die Tasche rüber. Als ich sie nehmen will, lässt er sie aber nicht los. Verwundert schaue ich ihn an. Sind wir jetzt also beim Du?

»Und was, wenn ich fragen darf?«

»Gehst du heute Abend mit mir essen?«

Ich tue so, als müsse ich überlegen, insgeheim freue ich mich aber über seine Frage.

»Hm, ich weiß nicht. Ich muss morgen früh los, mein Flieger geht um die Mittagszeit.«

Wir halten immer noch beide die Tasche in unseren Händen. Was seine Kollegen wohl denken, wenn sie uns sehen?

»Es ist auch nur ein Abendessen. Bitte. Ich werde auch ganz brav sein.«

Was soll ich sagen? Es spricht doch nichts gegen ein Abendessen in Gesellschaft eines gut aussehenden spanischen Polizisten. Da kann ich mir auf jeden Fall sicher sein, dass mir nicht wieder was abhandenkommt.

»Oka«y, willige ich ein, »aber wirklich nur ein Abendessen.«

»Versprochen«, flüstert er und zwinkert mir zu, »ich hole dich um 19:00 Uhr am Hotel ab.«

Auf einmal bin ich aufgeregt wie ein kleines Kind. Dazu kommt, dass mir nichts aus meinem Koffer einfällt, was ich heute Abend anziehen könnte. Da ja die EC-Karte glücklicherweise wieder in meinem Besitz ist, steht also nun Shopping auf dem Plan. Aber zuerst muss ich die Karten wieder freischalten lassen. Dazu rufe ich die Hotline an. Nach ein paar Sicherheitsfragen durch die Mitarbeiterin werden beide Karten wieder freigegeben.

Ich flaniere durch die kleinen Gassen und stöbere in den

Boutiquen. Viele Kleider sind wunderschön, aber da ich leider nur eins anziehen kann, muss ich mich entscheiden. Ich wähle ein luftiges Kleid mit Spaghettiträgern und Blumenmuster. Nach einem weiteren Einkauf in einer Drogerie steht auch meinem persönlichen Wellness-Programm für den Rest des Tages nichts mehr im Wege.

Auf dem Rückweg zum Hotel komme ich an einem kleinen Antiquitätenladen vorbei, von dem ich irgendwie magisch angezogen werde. Also beschließe ich, ein wenig zu stöbern. Der Laden ist vollgestopft mit Spiegeln, alten Kommoden und noch älteren Schränken. In einer Ecke stoße ich auf eine kleine Holzschatulle, sie sieht aus, als wäre sie schon hundert Jahre alt, und ich bin fasziniert, wie filigran sie gearbeitet ist. Ich klappe sie auf und auch von innen ist sie wunderschön verziert. Darin könnte ich doch meine Erinnerungsstücke aufbewahren, die 100-Dollar Note, die Perle und die exotische Blume. Wer weiß, vielleicht kommen ja noch ein paar Sachen dazu. Ich beschließe, sie zu kaufen und nachdem ich bezahlt habe, ist es Zeit, ins Hotel zurückzukehren.

Oliver holt mich pünktlich um 19:00 Uhr ab und wir spazieren langsam an der Promenade entlang. Er hat einen Tisch in einem Restaurant reserviert, mit einem fantastischen Ausblick aufs Meer.

Wir essen Tapas, trinken Wein, und reden über Gott und die Welt. Es ist irgendwie so vertraut, als würden wir uns schon lange kennen. Als die Sonne untergegangen ist, verlassen wir das Restaurant und gehen noch etwas spazieren, dabei nimmt er wie selbstverständlich meine Hand. Ein paar Schmetterlinge fangen in meinem Bauch an zu fliegen.

»Kommst du noch auf einen Kaffee mit zu mir?«, fragt Oliver.

Oh, Vorsicht Luci. Es war nur von einem Abendessen die Rede.

Aber was soll mir schon passieren. Er ist schließlich Polizist. Wenn er mir was antut, kann ich ihn bei seinen Kollegen anzeigen. Aber das traue ich ihm nicht zu.

»Oka«y, sage ich leise, »aber wirklich nur ein Kaffee. Wo wohnst du denn?«

»Hier die Straße runter.« Ich sehe es als gutes Zeichen, dass er nicht direkt Tempo aufnimmt, um an sein Ziel zu gelangen, sondern langsam mit mir Hand in Hand weitergeht.

»Da sind wir«, sagt Oliver und zeigt nach oben. »Ich wohne unter dem Dach, da ist die Aussicht am schönsten.«

Wir steigen die Treppe hoch, dabei kommt uns eine ältere Dame entgegen. »Hallo Oliver, na, hast du heute wieder Verbrecher gejagt?« Sie lacht laut, knufft Oliver in die Seite und steigt die Treppe herab. »Das ist meine Vermieterin«, erklärt er, »die gute Seele im Haus und die beste Vermieterin in ganz Spanien«, ruft er noch laut hinterher und grinst.

Er schließt die Tür auf und macht Licht. Aber nicht so ein grelles Licht, nein, es ist etwas gedimmt. Romantisch gemütlich halt.

»Trinkst du ihn schwarz? Den Kaffee?«

»Also, wenn ich ganz ehrlich bin, trinke ich gar keinen Kaffee.«

»Ach so, warum bist du dann mitgekommen?«

Ich starre ihn verdutzt an, bin so perplex, dass ich keine Antwort darauf habe.

Er lächelt mich an. Ah, ein Witz, ich habe verstanden.

Oliver sieht mir in die Augen, dann kommt er auf mich zu, steckt seine Finger in meine Haare und zieht mich an sich. Tausend Volt schießen durch meinen Körper. Dann küsst er mich, erst vorsichtig, und als ich mich ihm nicht entziehe, ihm zeige, dass es mir gefällt, etwas stürmischer. Er streichelt mir über den Rücken, über den Po. Er umfasst mit beiden Händen meine Taille. Ich habe das Gefühl, alles passiert auf einmal. Dann kann auch ich mich nicht mehr zurückhalten. Ich ziehe sein Hemd aus der Hose und streife es ihm über den Kopf. Langsam schiebt er meine Träger über die Schultern. Zwischendurch hält er inne. Ich habe das Gefühl, er möchte abwarten, wie ich reagiere, ob das alles okay für mich ist. Aber das ist es. Mein Kleid fällt zu Boden und da stehe ich nun vor ihm, nur mit BH und Slip bekleidet. Dem Wellnessprogramm sei Dank fühle ich mich sehr wohl in meiner Haut.

»Du bist wunderschön«, haucht Oliver an mein Ohr.

»Du auch«, flüstere ich zurück. Wir müssen beide lachen. Dann wird er wieder ernst.

»Wie magst du es denn?«, fragt er mich und schaut mir tief in die Augen.

Ja, so genau weiß ich das ehrlich gesagt nicht. Ich bin ja auch gerade erst zarte 20 und habe noch nicht so viel Erfahrung.

»Normal halt, oder? Wie magst du es denn?«, flüstere ich.

»Soll ich es dir zeigen, Luci?«, fragt er mit rauer Stimme.

Ich beiße mir auf die Unterlippe und nicke nur stumm.

Dann küsst er mich, ganz langsam und zärtlich. Es kann sich nur noch um Sekunden handeln, bis meine Beine unter mir nachgeben. Als er sich wieder von mir löst, lächelt er und zieht mich dann durch den Flur ins Schlafzimmer.

»Dreh dich um!«, befiehlt er mir leise. Ich drehe mich um und er schiebt mich sanft an die Wand. Er streicht meine Haare zur Seite und küsst meinen Nacken. Seine Hand wandert ganz langsam meine Wirbelsäule runter und bleibt an meinem Po liegen. Auf einmal gibt er mir einen kleinen Klaps. Es ist, als würden Blitze durch meinen Körper schießen. Oh Mann, das ist der Wahnsinn. Er nimmt meine Haare in seine Hand und zieht meinen Kopf vorsichtig, aber bestimmt zur Seite, sodass er mich wieder küssen kann. Dann bekomme ich einen weiteren Klaps auf den Po.

»Ist das okay? Sag, wenn du es nicht willst«, flüstert Oliver heiß an meinem Ohr.

»Ist oka«y, antworte ich, mein Atem geht stoßweise. Er gibt mir einen dritten, etwas stärkeren Klaps auf den Po. Ich stöhne auf. Plötzlich dreht er mich ruckartig wieder zu sich herum und drückt mich mit seinem Körper gegen die Wand. Er küsst mich wieder, erst vorsichtig, dann immer fordernder.

Die Nacht ist fantastisch. Wir küssen uns, wir haben wundervollen Sex, wir reden über tausend Sachen. Im Morgengrauen schlafen wir aneinander gekuschelt ein. Ich habe ein bisschen Angst, dass wir verschlafen und ich meinen Flieger verpasse, aber um sieben Uhr klingelt der Wecker.

Oliver grinst mich an. »Hola, chica bonita. Hast du gut geschlafen?«

Heute Nacht hatte ich schon die Befürchtung, wieder auf einer meiner Reisen zu sein. Aber nein, jetzt liege ich hier mit diesem tollen Mann, nach dieser tollen Nacht.

»Ja, zwar zu wenig, aber dafür gut.« Er nimmt mich in die Arme. »Heute fliegst du wieder nach Hause, oder?«

»Leider ja, die Nacht war sehr schön. Vielen Dank.«

Wir verabschieden uns und versprechen, in Kontakt zu

bleiben. Dann gibt er mir noch einen zärtlichen Kuss. Ich beschließe, im Hotel zu duschen, und nachdem ich meinen Koffer gepackt und ausgecheckt habe, fahre ich zum Flughafen.

Zu Hause angekommen, begrüßen mich meine Eltern überschwänglich, froh, mich wieder heile in ihre Arme schließen zu können.

»Luci, Gott sei Dank bist du wieder da. Wir haben uns solche Sorgen gemacht. Besonders nach der Geschichte mit deiner Handtasche. Und abgenommen hast du, Julius, findest du nicht auch, dass Luci abgenommen hat?«

»Mama, entspann dich doch mal. Mir geht es gut, meine Handtasche ist wieder aufgetaucht, und gegessen habe ich auch genug. Und jetzt bin ich wieder da, es kann also nichts mehr passieren.«

»Ja, das ist auch gut so, ich bin fast umgekommen vor Sorge. Komm, setz dich und erzähl erst mal, wie war es?«

Ich berichte ausführlich von der Insel, von den Ausflügen, von den Hotels. Eigentlich liefere ich einen fast lückenlosen Bericht ab, bis auf … nun ja, die Nacht mit Oliver lasse ich aus. Eltern müssen ja nicht alles wissen.

Januar 2005

Ende Januar ist es dann so weit. Kira und ich haben den letzten Termin beim Notar. Bereits im Dezember waren wir schon zweimal in der Kanzlei, um die Details durchzusprechen. So konnte Herr Schmunzel den Vertrag aufsetzen und heute brauchen wir beiden nur noch zu unterschreiben.

Opa Henry begleitet mich, durch ihn bin ich viel entspannter und nicht so nervös. Er ist es auch, der mir das Geld für die Übernahme des Fotostudios geliehen hat.

Er besteht zwar darauf, es mir zu schenken, doch das kann und will ich nicht annehmen. Also werde ich ihm monatlich einen festgesetzten Betrag zurückzahlen. Nach zahllosen Diskussionen hat er schließlich mit einem Knurren zugestimmt.

Der Notar geht sicherheitshalber noch einmal alle Passagen mit uns durch. Als er mit dem letzten Punkt abschließt, sind Kira und ich uns einig, dass alles berücksichtigt wurde und dem Abschluss nichts mehr im Wege steht. Sie atmet tief ein, grinst mich an und unterschreibt den Vertrag. Auch für sie ist es ein großer Schritt. Vor 17 Jahren hat sie dieses Studio eröffnet und bis zum heutigen Tag erfolgreich geführt. Sie hat, dank ihrer tollen Einfälle, einen großen Kundenstamm aufgebaut. Jedoch ist für mich der Schritt nicht minder groß, ab jetzt stehe ich auf eigenen Beinen und habe die alleinige Verantwortung für das Studio. Und das mit erst 20 Jahren. Auch ich atme noch einmal durch und blicke zu Opa Henry. Er zwinkert mir zu, nimmt meine zitternde Hand und drückt sie liebevoll.

»Luci, ich weiß genau, dass das die richtige Entscheidung ist. Und wenn es einer schaffen kann, dann du.«

Ich setze den Kugelschreiber an, schreibe meinen Namen unter den Vertrag und schon bin ich stolze Besitzerin eines erfolgreichen Fotostudios.

Auf einmal knallt es und ein Korken fliegt durch die Luft. Kira hat eine Flasche Champagner geöffnet. Wir stoßen an und ich merke, wie mir die Tränen in die Augen steigen.

Es liegt nun ein neuer Lebensabschnitt vor mir und ich

freue mich wahnsinnig. Ich bin so glücklich, dass ich mein Hobby zum Beruf gemacht habe und genauso stolz bin ich, dass Kira mir das Geschäft überschrieben hat. Das zeugt von Vertrauen und Zuversicht, dass ich tatsächlich die Richtige bin. Außerdem kennen mich alle Kunden bereits und wissen, dass ich bei der besten Fotografin der Welt gelernt habe.

Da ich den ganzen Tag vor Aufregung noch nichts gegessen habe, steigt mir das Glas Champagner direkt in den Kopf.

Nachdem wir uns von dem Notar verabschiedet haben, möchte ich Kira und Opa Henry gerne zum Essen einladen. Aber Kira hat leider keine Zeit, sie muss packen. Ihr Ziel ist es, so viele Länder wie möglich zu bereisen. Und sie verliert keine Zeit, ihren Plan in die Tat umzusetzen. Morgen früh geht ihr Flieger nach Neuseeland.

Wir wünschen ihr einen guten Flug und einen tollen Urlaub.

Also gehe ich mit Opa Henry allein. Gerne würde ich in meinem Lieblingsbistro Pasta essen, da ich aber weiß, dass er die gutbürgerliche Küche bevorzugt, gehen wir stattdessen ins Gasthaus. Schließlich hat er es mir ermöglicht, Kiras Studio zu übernehmen.

Mit ist immer noch leicht schwummerig von dem Champagner, daher gehe ich kurz auf die Toilette, um mir etwas Wasser ins Gesicht zu spritzen. Vielleicht geht es mir danach etwas besser. Als ich wiederkomme, stehen zwei Gläser Sekt auf dem Tisch. Na super, wenn das heute so weitergeht, dann dauert es nicht mehr lange, und ich hab die Lampen an.

Außerdem liegt ein Geschenk auf meinem Platz. Opa

Henry guckt ganz unschuldig in der Gegend herum, grüßt jemanden, der gerade das Restaurant betritt und beachtet mich gar nicht. Natürlich ist mir sofort klar, dass das Geschenk von ihm ist.

»Soll ich es jetzt öffnen, oder später?«, frage ich ihn, als ich mich wieder setze.

»Wie? Was meinst du?« Er tut so, als wüsste er nicht, wovon ich rede.

»Ach komm, Opa, das Geschenk hier, das ist doch von dir, oder nicht?«

»Mir wäre es lieber, du machst es nachher auf, wenn ich nicht dabei bin.«

»Okay.« Ich lege es an die Seite. »Kein Problem, ich kann warten.« Ich will gerade nach meinem Sektglas greifen, da schnappt sich Opa Henry das Geschenk und drückt es mir in die Hand.

»Na gut, wenn du es gar nicht erwarten kannst, dann mach es halt auf.«

Wusste ich es doch, er ist noch neugieriger als ich, er kann gar nicht meine Reaktion erwarten, wenn ich es öffne.

Nur um ihn noch ein wenig auf die Folter zu spannen, wickle ich das Geschenk ganz langsam aus. Es ist flach und recht schwer. Als ich erkenne, was es ist, schießen mir sofort die Tränen in die Augen. Es ist ein Schild für das Fotostudio. *Fotostudio Luci Früling. Hier geht für Sie die Sonne auf.*

»Ach Opa, vielen, vielen Dank.« Ich nehme ihn ganz fest in die Arme, auch er hat Tränen in den Augen und nimmt meine Hand.

»Luci, als deine Großmutter vor vielen Jahren gestorben ist, hatte ich Angst, dass ich das nicht überwinden würde.

Sie war für mich der tollste Mensch auf der Welt. Aber da warst du, gerade mal zwei Jahre alt, und immer, wenn ich dich gesehen habe, ging für mich die Sonne wieder auf. Ich bin wirklich stolz auf dich, du bist so ein toller Mensch. Weißt du Luci, du bist deiner Großmutter nicht ganz unähnlich. Sie hatte auch so eine liebevolle Ausstrahlung wie du. Und wenn ihr etwas wichtig war, hat sie dafür gekämpft. Deswegen bin ich mir ganz sicher, dass du die Richtige für dieses Fotostudio bist, eine mehr als würdevolle Nachfolgerin für Kira. Ich weiß hundert-, nein, tausendprozentig, du wirst das schaffen!«

Er hebt sein Glas und stößt mit mir an.

»Auf dich Luci, mein Sonnenschein.«

»Und auf dich Opa, vielen Dank für alles, ich hab dich lieb.«

Als das Essen kommt, sitzen wir beide heulend am Tisch, was den Kellner etwas aus der Fassung bringt.

»Ähm, ist alles in Ordnung?«, fragt er irritiert.

»Ja, alles bestens, vielen Dank«, antwortet Opa Henry. »Ich habe nur gerade meiner Enkelin gesagt, was für ein toller Mensch sie ist.« Er zwinkert mir zu. »Sie ist etwas ganz Besonderes.«

Kapitel 9

Mein 21. Geburtstag

Ist der irre, oder was?

Ganz langsam werde ich wach, und ich habe das Gefühl, als wäre ich dreimal durch den Fleischwolf gedreht worden. Mein Rücken tut weh, mein Hals tut weh und mein Arm ist eingeschlafen. Ich liege in einer sehr unbequemen Position, wobei »Liegen« eigentlich der falsche Ausdruck ist, »Hängen wie ein Schluck Wasser« in der Kurve trifft es wohl besser. Ich schlage die Augen auf und sehe mehrere wildfremde Menschen, die, ähnlich wie ich, wie ein Häufchen Elend auf dem Fußboden sitzen. Ich reibe mir mit der Hand durchs Gesicht.

»Wo bin ich? Was ist passiert?«

»Halts Maul, sonst knall ich dich ab.«

Schlagartig bin ich hellwach, mein Puls geht auf 180.

Ich schaue in das Gesicht des Mannes, der mich anschreit, es ist nur eine Nasenspitze von meinem entfernt. Er ist ungepflegt und sieht aus, als hätte er seit einer Woche nicht geschlafen. Außerdem riecht er, als hätte er seit einer Woche auch nicht mehr geduscht. Wenn ich könnte, würde ich zurückweichen, aber hinter mir bohrt sich irgendetwas in meinen Rücken.

Er starrt mich mit einem irren Blick an, wenn ich es nicht besser wüsste, würde ich sagen, er ist kurz vorm Durchdrehen.

»Hast du das verstanden?«, fragt er drohend und hält mir eine Pistole unter die Nase.

»Hmhm«, erwidere ich nickend. Mehr traue ich mich nicht zu sagen.

Als er sich abwendet, schaue ich mich um.

So wie es aussieht, befinden wir uns in einem großen Büro. Zwei Schreibtische, eine riesengroße Magnetwand mit bedruckten DIN-A4-Blättern und Werbeprospekten auf der einen Seite, ein Regal mit Aktenordnern auf der anderen. Leider sehe keine Fenster. Mit mir zusammen sitzen noch vier Frauen und vier Männer in diesem Raum. Direkt neben mir hockt eine junge Frau mit kurzen lockigen Haaren, Jeans und weißer Bluse. Zwei Meter neben mir sitzt ein älteres Paar um die 75 Jahre. Er trägt einen schicken Anzug mit Krawatte, sie ein Kostüm und einen passenden Hut, der jedoch schon leichte Schieflage hat. Sie halten sich an den Händen und sitzen ganz dicht beieinander. Der Anblick bricht mir fast das Herz.

Vor dem Aktenschrank sitzen drei Personen, alle tragen weiße Kittel, an denen Namensschilder befestigt sind. Bei dem ersten Mann, er scheint recht groß zu sein, sein Alter schätze ich so auf 43 oder 44, steht »Filialleitung – Herr Sauser« auf dem Schildchen. Neben ihm sitzt eine Frau, deren Kittel mit Blut beschmiert ist. Ich schnappe nach Luft. Um Himmels willen, was ist denn da passiert? Gab es schon Verletzte? Aber dann fällt mein Blick auf das Namensschild. »Team Fleisch – Frau Katz«. Ah, okay, das erklärt das Blut an dem Kittel.

Frau Katz klammert sich total verängstigt an den jungen Mann, der rechts von ihr sitzt. Auf seinem Namensschild steht »Team Kasse – Herr Scholle / Azubi«.

»Filialleitung«, »Team Fleisch«, »Team Kasse«. Man braucht kein Genie zu sein, um zu erraten, dass wir uns in einem Supermarkt befinden. Als Geiseln.

Am Ende des Regals sitzen die letzten beiden Personen. Zum einen ein junger Mann, bekleidet mit Jeans, Kapuzenpulli und Turnschuhen. Er hat kurze Haare und eine Brille. Sein Gesichtsausdruck ist weder verängstigt noch panisch, eher entspannt. Vielleicht ist er Student?

Da er nicht zum Team gehört, vermute ich, dass er, genau wie das Pärchen und die junge Frau neben mir, ein Kunde ist, der einfach nur noch ein paar Sachen einkaufen wollte und zur falschen Zeit am falschen Ort war. Was für Herrn Sauser, Frau Katz und Herrn Scholle natürlich genauso gilt.

Bei der letzten Person wird es interessant. Auch sie trägt einen weißen Kittel und scheint somit zum Personal zu gehören. »Team Käse – Frau Rossi« lese ich auf ihrem Namensschild.

Auch Frau Rossi macht auf mich keinen ängstlichen Eindruck, im Gegenteil. Ihrem Gesichtsausdruck nach zu urteilen, scheint sie eher stinkwütend zu sein. Ihre Haare sind hochgesteckt, es haben sich jedoch schon einige Strähnen gelöst und stehen wild vom Kopf ab.

Ja, und dann ist da noch dieser Irre.

Ich schaue auf die Uhr, es ist halb neun am Morgen. An meinem Geburtstag. Na super. Oder ist heute gar nicht mein Geburtstag? Ist das Realität? Manchmal kann man da durchaus durcheinanderkommen. Da fällt mir der Zettel ein. Bis jetzt habe ich immer diesen Zettel gefunden. Ich schaue mich suchend um, kann aber nichts entdecken. Langsam mache ich meine Beine lang, vielleicht kann ich unauffällig in meine Hosentasche greifen. In dem Moment, wo ich in meiner Tasche tatsächlich einen Zettel finde, dreht sich der Irre zu mir um.

»Was machst du da?«, schnauzt er mich an.

Er sieht den Zettel, stürzt auf mich zu und reißt ihn mir aus der Hand.

»Happy Birthday, liebe Luci! A.«, liest er laut vor.

Wieder kommt er ganz nah an mich heran.

»Guck mal einer an, Luci heißt du also. Herzlichen Glückwunsch, Luci.« Er grinst mich fies an.

»Da hast du ja heute den Jackpot geknackt, was? Mal gucken, ob du deinen Geburtstag überstehst.«

Er wendet sich wieder ab und schmeißt meinen Zettel unachtsam auf den Schreibtisch. Mir zerreißt es das Herz, wenn ich sehe, wie er da so zerknüllt rumliegt. Ich hätte ihn gerne wieder, traue mich aber nicht, danach zu fragen.

Eine Zeit lang passiert nichts. Jeder sitzt auf seinem Platz und starrt vor sich hin. Bis auf Frau Rossi, die fixiert den Geiselnehmer mit einem Blick, der einen Elefanten auf der Stelle tot umfallen lassen könnte. Inzwischen frage ich mich, wie lange wir schon hier sind. Ich traue mich aber nicht, laut zu fragen. Ich bin schon zweimal unangenehm aufgefallen, ein drittes Mal möchte ich gerne vermeiden. Schließlich will ich nicht abgeknallt werden.

Nach weiteren Minuten merke ich jedoch, dass ich ein Problem habe. Zugegeben, die Geiselnahme an sich ist schon ein Problem, aber zusätzlich drückt nun auch noch meine Blase. Ich versuche, es zu ignorieren, aber irgendwann geht es nicht mehr.

»Entschuldigung?«, frage ich vorsichtig.

»WAS?« Er dreht sich ungeduldig um. »Du schon wieder. So langsam gehst du mir auf den Geist. Was willst du?«

»Ich müsste mal auf die Toilette, bitte.«

Er guckt in die Runde. »Meinetwegen. Ich denke, alle müssen mal. Wir machen es so, wie gestern Abend. Ich stelle meine Kamera hier auf. Das Bild wird direkt auf diesen kleinen Monitor übertragen. Ich begleite jeden von euch aufs Klo. Wenn ich sehe, dass jemand von euch abhauen will, knalle ich den, der gerade auf'm Klo hockt, ab. Ist das allen klar?« Drohend schaut er uns an. Alle nicken verängstigt.

»Also, wer will als Erstes?«

Eigentlich ist es bei mir schon sehr dringend, aber die ältere Dame neben mir hat bereits Tränen in den Augen. »Bitte, lassen Sie mich zuerst. Ich kann es nicht mehr aufhalten.«

Als die beiden den Raum verlassen, bleiben wir erst mal alle stocksteif sitzen. Flüchten dürfen wir nicht, das hat er klargestellt. Dürfen wir reden? Ich will nicht der Grund dafür sein, dass die arme Frau auf einer Supermarkttoilette erschossen wird. Daher bleibe ich erst mal still.

»Reden dürfen wir doch, wenn er weg ist.«

Die junge Frau neben mir schaut mich an.

»Zumindest haben wir uns gestern Abend leise unterhalten, als er uns alle nacheinander zum Klo begleitet hat.«

Gestern Abend? So lange sitzen wir hier schon fest? Warum hat die Polizei nicht schon längst das Gebäude gestürmt und uns befreit?

»Schau mal«, flüstert sie und zeigt unauffällig auf einen Gegenstand in ihrer Hand. Es ist ein kleines Klapphandy. Ich bin verwirrt, wir mussten doch bestimmt alle unsere Handys abgeben. Warum hat sie ihres behalten? Sie steckt es wieder in ihren Hosenbund.

»Vorhin hat mein Freund mir eine neue Nachricht geschickt. Er steht immer noch draußen bei den Polizisten und anderen Feuerwehrmännern. Auf die Forderung von dem Typen wird nicht eingegangen.«

Forderung? Welche Forderung? Ich kann sie ja schlecht danach fragen, schließlich sitze ich seit gestern mit den anderen hier, aber leider irgendwie doch nicht. Es ist eine Situation, die nicht einfach zu erklären ist. Denn tatsächlich war ich gestern zu Hause und habe einen Film geschaut. Aber das kann ich ja jetzt unmöglich sagen.

»Gut, dass er nicht bemerkt hat, dass ich zwei Handys habe. Ich habe nur eines abgegeben. Wenn er das wüsste, würde er mit Sicherheit durchdrehen. Ich bin übrigens Kerstin.«

»Ich bin Luci.«

»Ja, ich weiß. Herzlichen Glückwunsch.«

Ach ja, stimmt ja. Wir lächeln uns an.

Da geht die Tür auf und er kommt mit der älteren Dame wieder zurück. Als sie sich wieder hinsetzt, schließt ihr Mann sie sofort in die Arme.

Nacheinander geht er mit uns allen auf die Toilette. In der Zwischenzeit sagt keiner einen Ton und alle setzen sich wieder auf ihren Platz, als sie zurückkommen.

Als er jedoch mit Frau Rossi wiederkommt, hören wir schon von draußen laute Stimmen.

»Du bist ein Schwein, wie kannst du uns hier festhalten?«, schreit sie mit italienischem Akzent. »Ich sag dir, du kommst in die Hölle.«

»Ja, ja«, erwidert er genervt, »jetzt geh mir nicht auf den Keks und setz dich wieder. Und halt den Rand.«

»Schäm dich«, schreit sie ihn noch einmal an, »lass doch wenigstens die alten Leute gehen.«

»Ich sagte, halt den Rand. Sonst siehst du deine Bambini nie wieder.«

Ich bin die Letzte, die auf die Toilette darf. Wahrscheinlich will er mich damit bestrafen, weil ich ihm schon zweimal auf den Geist gegangen bin. Ich glaube, so oder so ähnlich drückte er sich vorhin aus. Wobei Frau Rossi auf dem besten Wege ist, den obersten Platz auf dem Treppchen zu ergattern.

Als ich auf den Flur raustrete, ist er dicht hinter mir, sodass die Pistole sich in meinen Rücken bohrt. Außerdem rieche ich seinen schlechten Atem. Ich gehe etwas schneller, um diesem Gestank zu entkommen.

»Nicht so schnell, schön langsam«, befiehlt er mir.

Ich versuche, mich zu orientieren. Wir befinden uns im hinteren Teil des Supermarktes mit schmalen Fluren und einigen Türen. »Lagerraum«, »Buchhaltung«, »Putzmittel« lese ich auf einigen. »Eingang Supermarkt« ist an einer großen Flügeltür angebracht.

Rechts von mir ist eine Tür, die mit »WC« gekennzeichnet ist.

Ich schlüpfe in den Raum und schließe ab.

»Und mach nicht so lange, schnell pinkeln und wieder rauskommen.«

Ich beeile mich, so gut es geht, danach gehen wir wieder zurück zu den anderen. Dort lasse ich mich wieder auf meinen Platz plumpsen.

Es vergeht eine ganze Zeit, in der der Geiselnehmer nur auf seinem Handy rumtippt und wir anderen stumm vor uns hinstarren. Selbst Frau Rossi sagt keinen Ton mehr. Frau Katz klammert sich immer noch verängstigt an den Auszubildenden Scholle.

»So langsam reicht es mir jetzt, warum melden die sich nicht?« Er greift zum Telefon und wählt eine Nummer. Am anderen Ende wird scheinbar zügig abgenommen, denn er schnauzt sofort in den Hörer. »Was ist jetzt los? Warum dauert das so lange? Es kann doch nicht so schwer sein, meine Frau freizulassen und hierhin zu bringen. Hoffentlich hast du nicht vergessen, dass ich ein Fluchtfahrzeug verlange. Seid ihr Armleuchter dazu nicht imstande, oder was?«

Die Stimme am anderen Ende können wir nicht verstehen.

»Was heißt abgelehnt? Wer hat das abgelehnt? Seid ihr bescheuert, oder was? Wisst ihr, was das heißt? Ich bleibe so lange hier, bis ihr meine Forderungen erfüllt. Und ich habe euch schon mal gesagt, sobald ihr hier reinkommt, fliegt das ganze Gebäude in die Luft, ich habe überall Sprengstoff deponiert. Ihr habt zwei Stunden, um meine Frau herzubringen.« Er knallt den Hörer auf das Telefon.

»Scheiße! Scheiße! Scheiße!«, schreit er und haut mit der Faust auf den Tisch, sodass wir alle zusammenzucken. Bei dem älteren Ehepaar laufen die Tränen, ich höre sie leise schluchzen.

Scheiße, ja das trifft es sehr gut. Sprengstoff? Fluchtfahrzeug? Bitte lieber Gott, lass mich sofort aus diesem Albtraum aufwachen.

»Oh Mann, jetzt krieg ich auch noch Kohldampf. Hey!« Er schaut mich an. Was will er jetzt wieder von mir?

»Wir beiden gehen jetzt mal rüber und holen was zu beißen.« Dann schaut er in die Runde. »Und ihr bleibt schön hier, sonst knall ich unser Geburtstagskind ab, ist das klar?«

Alle nicken wieder.

Ich stehe auf und gehe aus der Tür, wieder ist er direkt hinter mir. Auf dem Flur stehen leere Kartons, einen davon nehme ich mit, dann kann ich die Sachen da reinpacken. Wir gehen durch die Flügeltür in den Supermarkt.

»An was haben Sie so gedacht?«, frage ich vorsichtig.

»An was haben Sie so gedacht?«, äfft er mich mit verstellter Stimme nach.

Vollidiot!

Ich drehe mich um und schaue ihn an. »Ich würde vorschlagen Äpfel, Bananen, Tomaten.«

»Nicht so ’n scheiß gesunden Kram.« Wir kommen gerade an den Keksen vorbei. »Hier Kekse, Schokolade, da hinten sind verpackte Brote. Dann noch Wurst, irgendwas, was man einfach essen kann.«

»Ihr Wunsch ist mir Befehl«, rutscht es aus mir heraus. Oh Mist, was sage ich da? Ich ziehe den Kopf ein.

»Hey, verarsch mich nicht. Jetzt schnapp dir irgendwas und dann gehen wir wieder zu den anderen. Ich will nicht, dass die so lange allein sind, nachher machen die noch Dummheiten.« Dabei schaut er auf seinen kleinen Monitor. Da ich keine Kugel in den Rücken bekomme, gehe ich davon aus, dass keiner auf dumme Ideen gekommen ist und sich vom Platz bewegt hat. Auf dem Rückweg packe ich doch noch etwas Obst und einige Flaschen Wasser in den Korb. Dann gehen wir zurück.

Alle stürzen sich wie ausgehungert auf das Essen und die

Getränke. Nach ein paar Minuten ist alles aufgegessen und der Boden übersäht mit Papier und Verpackung.

Danach verfallen alle wieder in Lethargie und warten auf die Rückmeldung der Polizei, wie auch immer diese aussehen mag.

Auf einmal merke ich, wie einer der Männer unruhig wird. Es ist der Filialleiter. Irgendwie beschleicht mich das Gefühl, dass er etwas vorhat. Er bedeutet mir mit seinen Augen, dass er den Raum verlassen will. Ich wiederum versuche ihm zu verstehen zu geben, dass er es lassen soll. Aber so wie es aussieht, ist er wild entschlossen. Ich vermute, wir werden es gleich erfahren.

»Entschuldigung«, sagt er, »ich müsste noch einmal auf die Toilette.«

Der Geiselnehmer schaut ihn genervt an »Schon wieder? Du warst doch vorhin erst.«

»Tut mir leid. Aber ich halte es nicht mehr lange aus.«

»Also gut, bevor du uns hier noch alles voll pinkelst.«

Beide stehen auf und verlassen das Büro.

»Ich befürchte, der Typ hat irgendwas vor«, flüstere ich Kerstin zu.

»Wen meinst du? Den Irren?«

»Nein, ich meine den Filialleiter.«

»Was? Was soll der denn vorhaben?«

Auf einmal hören wir lautes Geschrei auf dem Flur.

»Hey, stehen bleiben. Bleib stehen, hab ich gesagt.«

Dann ein Schuss.

Mir bleibt das Herz stehen und ich glaube, allen anderen geht es genauso. Frau Katz ist kurz davor, in Ohnmacht zu fallen.

Wir halten die Luft an. Was sollen wir jetzt machen? Sitzen bleiben? Nachschauen? Wir wollen ja nicht, dass einer von uns der Nächste ist.

Da stürzt der Geiselnehmer herein, er hat einen panischen Gesichtsausdruck.

»Scheiße, der Idiot wollte abhauen. Da habe ich ihm ins Bein geschossen.« Er fährt sich hektisch mit den Händen durch die Haare, die Pistole noch in der Hand. Dann schaut er den Azubi und den Studenten an. »Du und du, ihr beiden, holt ihn rein hier.«

Die beiden stehen auf und folgen ihm auf den Flur. Wir hören laute Stimmen, eine kurze, hitzige Diskussion und dann wird auch schon die Tür weit aufgestoßen. Die beiden tragen den Filialleiter ins Büro, er ist kreidebleich und kleine Schweißperlen stehen auf seiner Stirn. Er hat einen Schock.

Die Wunde blutet stark und muss auf jeden Fall verbunden werden. Das sieht auch der Schütze so, scheinbar geht ihm das doch ganz schön an die Nieren.

»Hey, Geburtstagskind. Hol Pflaster aus dem Supermarkt. Und beeil dich. Komm bloß nicht auf die Idee zu türmen. Wenn du in drei Minuten nicht wieder da bist, bekommt er die nächste Kugel ins andere Bein.«

Ich renne los, durch den Gang hinunter und stürze durch die Flügeltür.

Wo waren denn die Pflaster? Habe ich die vorhin irgendwo gesehen? Da wird mir klar, dass ein stinknormales Pflaster für die Schusswunde nicht ausreichen wird. Ich brauche irgendetwas für einen Druckverband. Also renne ich nach vorne, dorthin, wo die billigen Baumwollhemden hängen. Ich schnappe mir eins davon. Dann brauche ich noch ein Druckpolster. Eine Zigarettenschachtel oder ein

Paket Taschentücher. Ich renne wie eine Irre quer durch den Supermarkt. *Luci, du hast nur drei Minuten, sieh zu.* Klebeband. Wo ist das blöde Klebeband? Ich schaue links und rechts. So ein Käse, ich muss öfter einkaufen gehen. Im nächsten Gang finde ich alles. Ich schnappe mir ein Paket mit großen Pflastern und eine Rolle Heftpflaster, dann sprinte ich zurück. Moment, Desinfektionsmittel wäre nicht schlecht. Aber die drei Minuten sind gleich um. Also entscheide ich mich, erst wieder ins Büro zurückzulaufen und dann noch ein zweites Mal zu gehen.

Als ich wieder im Büro ankomme, liegt der Filialleiter immer noch so da wie vor ein paar Minuten. Der ganze Boden ist bereits voller Blut. Um Himmels willen, er muss in die Schocklage, das Bein muss hochgelagert werden. Haben die hier alle noch keinen Erste-Hilfe-Kurs gemacht?

»Leute, der Mann muss in die Schocklage. Und hier ist schon mal was für den Verband.« Ich bin total aus der Puste und schnappe nach Luft. »Aber wir sollten die Wunde vorher desinfizieren. Dafür müsste ich aber noch mal los.«

Der Geiselnehmer schaut mich irritiert an. »Und warum hast du das Zeug nicht gleich mitgebracht?«

»Weil die drei Minuten um waren, und ich wollte nicht riskieren, dass Sie dem armen Mann noch eine zweite Kugel verpassen.«

»Ja, ja, bla, bla, bla. Nun lauf schon.«

Ich sprinte wieder los, mittlerweile kenne ich mich schon recht gut aus. Schnell habe ich das Desinfektionsmittel gefunden. Eine Packung Watte nehme ich auch gleich mit.

Zurück im Büro hat sich nichts verändert, alle sitzen total hilflos um den Filialleiter herum.

»Mensch, hat von euch denn keiner eine Ahnung, was

gemacht werden muss? Die Beine müssen hoch gelagert werden und wir müssen einen Druckverband anlegen.«

Frau Katz antwortet: »Warum hast du keine Pflaster mitgebracht? Und was sollen wir mit dem Hemd? Soll er das anziehen?«

Ich glaub, mich tritt ein Pferd. Bin ich denn nur von Verrückten umgeben.

Erst der Irre, der uns hier festhält, dann der Vollidiot, der flüchten will, und jetzt diese blöde Kuh. Ich keife sie an: »Erstens, ich habe welche mitgebracht.« Ich halte ihr das Päckchen unter die Nase. »Und zweitens: Glaubst du allen Ernstes, dass ein normales Pflaster hier ausreichen wird?«

Ihr Blick huscht von mir zur Blutlache und wieder zurück zu mir.

Sie schüttelt mit dem Kopf.

»Los, wir müssen ihn auf die Seite legen, damit ich an die Wunde komme, aber vorsichtig. Und die Beine müssen erhöht liegen.«

Die beiden Männer packen mit an und legen den Filialleiter so, dass ich das Hosenbein hochkrempeln kann. Er stöhnt vor Schmerzen. Als ich die Wunde vor mir habe, wird mir kurz schwummerig. Das ist das erste Mal, dass ich so was sehe. *Luci, hab keine Angst. Du schaffst das.*

Zuerst nehme ich einen Wattebausch und tränke ihn mit Wasser. Gut, dass ich meine Flasche vorhin nicht ganz ausgetrunken habe. Damit säubere ich die Wunde, aber immer noch läuft Blut heraus.

Dann schnappe ich mir einen zweiten Wattebausch und lasse etwas Desinfektionsmittel drüber laufen. Vorsichtig tupfe ich den Bereich um die Wunde ab. Die Blutung hört langsam auf.

Ich schmeiße Kerstin das Hemd zu.

»Reiß das in Streifen. So 15 Zentimeter breit wäre gut.«

»Hier, nimm die, damit geht es besser.«

Der Geiselnehmer reicht ihr eine Schere.

»Aber keine Dummheiten damit machen, ist das klar.«

Um seine Worte zu unterstreichen, winkt er noch einmal mit seiner Pistole.

»Schon klar«, antwortet sie.

Sie schneidet das Hemd in Streifen und gibt sie mir.

In der Zwischenzeit habe ich ein großes Pflaster auf die Wunde geklebt. Wie zu erwarten, hält es nicht besonders gut, aber zumindest ist es steril. Drum herum wickle ich einen Streifen des Baumwollhemdes. Darauf packe ich ein Paket Taschentücher als Druckpolster. Darum wickle ich dann wieder einen Streifen Baumwollhemd. Zum Schluss fixiere ich das Ganze mit einem Streifen Heftpflaster. Geschafft.

Ich lasse mich gegen den Büroschrank sinken. Mein Gehirn ist total überfordert mit der ganzen Situation. Hoffentlich ist dieser Tag bald vorbei. Auf einmal laufen mir die Tränen über das Gesicht. Kerstin nimmt mich in den Arm und tröstet mich. »Hey Luci, das hast du echt super gemacht. Woher kannst du das?«

Ich schniefe. »Ich weiß es nicht, mein Erste-Hilfe-Kurs ist schon länger vorbei. Den musste ich damals für den Führerschein machen.«

Ich wende mich dem Geiselnehmer zu.

»Hören Sie, der Mann muss ins Krankenhaus, oder zumindest braucht er einen Arzt. Lassen Sie ihn uns hier rausbringen«, flehe ich ihn an.

»Hier wird gar keiner rausgebracht, verstanden. Er ist

doch selber schuld, keiner hat gesagt, dass er abhauen soll. So, und jetzt ist hier wieder Ruhe.« Er schaut Kerstin an. »Und du gib mir mal schön die Schere wieder.«

Er macht eine kurze Pause.

»Das Ganze kann nicht mehr lange dauern. Ich hoffe, die da draußen sind bald so weit.« Er schaut auf seine Uhr. »Scheiße, jetzt sind schon fast drei Stunden rum und die Idioten haben sich immer noch nicht gemeldet.«

Er wählt wieder eine Nummer, wieder wird schnell abgenommen.

»Was ist jetzt? Ist meine Frau da? Und das Auto?« Kurze Pause.

»Wie lange dauert das denn noch?« Wieder Pause.

»Ich sage euch, wenn ihr mich verarscht, dann könnt ihr euch warm anziehen.«

Er knallt den Hörer auf.

»Ich brauch jetzt was zu trinken. Ich komme gleich wieder. Ihr kennt ja die Regeln.«

Er schnappt sich seinen Monitor, mit dem er uns beobachten kann, und stürmt zur Tür raus.

»Pst.« Kerstin zieht ihr Handy aus dem Hosenbund.

»Ich habe eine neue Nachricht erhalten«, flüstert sie, »die wollen irgendein Gas einleiten, von dem wir alle einschlafen. Dann können sie reinkommen, uns befreien und ihn festnehmen.«

»Und wann?«, frage ich.

»Keine Ahnung, mehr hat er nicht geschrieben.«

Draußen hören wir ein Poltern, das ankündigt, dass unser Geiselnehmer wieder zurückkommt.

Kerstin steckt das Handy schnell wieder zurück in die Hose.

Jetzt hat der Vollidiot auch noch eine Flasche Schnaps mitgebracht, aus der er einen großen Schluck nimmt. Na, das kann ja heiter werden. Aggressionen, Adrenalin, Schnaps und eine aufmüpfige Supermarktangestellte. Eine explosive Mischung. Zu explosiv für meinen Geschmack. Hoffentlich beeilen die sich mit diesem Schlafgas. So ganz wohl ist mir dabei nicht, dass wir hier alle gleich ohnmächtig werden, es ist aber wohl der einzige Weg, um uns hier alle heile rauszuholen.

Als die Flasche Schnaps halb leer ist, steht der Geiselnehmer von seinem Stuhl auf und steuert auf Frau Rossi zu, sein Gang ist schon leicht schwankend. Ich halte die Luft an, das kann nicht gut gehen. Er geht vor ihr in die Hocke und streicht mit seinen Fingern ihren Hals entlang.

»Nimm deine dreckigen Finger von mir, du Schwein.« Sie stößt seine Hand weg.

Doch das stört ihn nicht. Er geht mit seinem Gesicht ganz nahe an ihres. Da holt sie aus und gibt ihm eine klatschende Ohrfeige.

»Du kleine Schlampe, das wird dir noch leidtun.«

Er zerrt sie an ihrem Kittel hoch, legt seinen Arm um ihren Hals und hält ihr die Pistole an den Kopf. »Das hättest du nicht tun sollen.«

Sie schreit und versucht, nach ihm zu schlagen, aber er ist viel größer und stärker als sie.

Ich überlege, was wir machen können, um diese Katastrophe, die unweigerlich bevorsteht, zu verhindern.

Da sehe ich auf einmal, dass der Student, der hinter den beiden sitzt, langsam aufsteht.

Ich versuche, nicht hinzustarren, um ihn nicht zu verraten.

Er nimmt den Pokal mit der Aufschrift »Mitarbeiter des Monats«, der auf dem Schreibtisch steht und knallt ihn dem Geiselnehmer auf den Kopf. Dieser sackt zusammen und bleibt ohnmächtig liegen.

»Ruf deinen Freund an, die brauchen dieses Schlafgas nicht mehr«, rufe ich Kerstin zu. Aber da ist es schon zu spät.

Ich höre über mir ein leises Zischen und dann merke ich auch schon, wie ich müde und meine Augenlider schwer werden. Es geht alles so schnell, dass wir es nicht mehr auf den Flur schaffen. Ich merke nur noch, wie ich langsam wegdämmere.

Als ich wieder aufwache, liege ich auf einer Trage, um uns herum Blaulicht, Notärzte, Polizei. Es ist ein einziges Durcheinander. Ein paar Meter neben mir liegt Kerstin auf einer weiteren Trage. Ein Sanitäter beugt sich über sie, um sie zu untersuchen. Er steht zwar mit dem Rücken zu mir, doch irgendwie kommt er mir bekannt vor. Auf einmal dreht er sich um und schaut mir direkt in die Augen.

Da ist er wieder, mein schöner Unbekannter. Ich will aufstehen und zu ihm gehen, doch da merke ich, wie mir wieder schwindelig wird und ich erneut das Bewusstsein verliere.

Kapitel 10

Flügge werden – und ein alter Bekannter

Ich wache auf und merke, dass ich schweißgebadet bin.

War das ein Traum oder war ich wieder auf einer meiner Geburtstagsreisen? Ich muss zugeben, heute bin ich etwas verwirrt und muss mich kurz orientieren. Ich schaue auf mein Handy, es ist Dienstag, also einen Tag nach meinem Geburtstag. Um Himmels willen, dann war das wohl doch kein Traum.

Ich lasse mich wieder ins Kissen fallen, schließe die Augen und rufe mir noch einmal diesen Tag, diesen unglaublichen, nervenaufreibenden Tag ins Gedächtnis. Da fällt mir ein – ich reiße die Augen auf – dann müsste ich doch eigentlich wieder ein Souvenir finden.

Mein Herz klopft wie wild, als ich unter mein Kopfkissen greife und einen harten, kühlen Gegenstand spüre.

Als ich es hervorziehe, schnappe ich nach Luft. Ich halte eine Pistole in der Hand. Aber anstatt sie sofort fallen zu lassen – schließlich habe ich null Erfahrung mit solchen Dingern – betrachte ich sie eingehend. Ob die wohl echt ist? In dem Moment klopft es, gleichzeitig geht die Tür auf und meine Mutter stürzt rein.

»Luci, ach, da bist du ja wieder.« So langsam hat sie sich daran gewöhnt, dass ich an meinem Geburtstag immer Reißaus nehme.

»Du hast verschlafen, los, raus aus den Federn.«

Da fällt ihr Blick auf die Pistole in meiner Hand und sie schreit sofort los.

»Oh mein Gott, Luci, was ist das? Wo hast du die her? Was willst du damit?« Sie wendet sich Richtung Flur und schreit nach meinem Vater.

»Julius, das Kind hat eine Waffe, komm schnell.«

Ich komme gar nicht dazu, irgendetwas zu sagen, sie stürzt sofort auf mich zu.

»Luci, was denkst du dir nur? Es gibt doch immer einen Ausweg? Was hast du denn für Probleme? Was bin ich nur für eine Mutter, die nicht merkt, dass es ihrem eigenen Kind nicht gut geht?« Sie rennt wieder zur Tür.

»Julius verdammt, nun beweg dich endlich!«, schreit sie den Flur runter.

Eine Sekunde später sitzt sie wieder bei mir am Bett und nimmt mich in den Arm. »Luci, nun sag schon, du weißt, du kannst mit uns über alles reden.«

Ich befreie mich von ihr.

»Also erstens wäre es schön, wenn du nicht direkt nach dem Klopfen in mein Zimmer stürmen würdest. Und zweitens habe ich keine Probleme, mir geht es gut, alles bestens.«

»Aber Luci, warum hast du denn dann dieses Ding in der Hand.«

»Das ist doch nur eine Spielzeugpistole – denke ich.« Ich schaue mir die Pistole noch einmal an. Da steht mein Vater mit weit aufgerissenen Augen in der Tür, er nestelt noch an seinem Reißverschluss herum, scheinbar war er gerade im Bad.

»Endlich, Julius, wo hast du denn so lange gesteckt? In der Zeit hätte hier sonst was passieren können. Guck dir an, was unser Kind hier hat.«

Mein Vater kommt ins Zimmer und schaut sich die Pistole an. »Das ist doch nur eine Spielzeugpistole. Was macht ihr denn da für ein Theater draus?«, sagt er.

Meine Mutter schaut mich wieder an. »Warum, in aller Welt, hast du mich mit einer Spielzeugpistole erschreckt?«

Ich verdrehe die Augen.

»Ich habe dich nicht erschreckt. Du bist einfach ins Zimmer gestürzt und hast gleich das Schlimmste angenommen. So und jetzt alle raus hier, ich muss mich fertigmachen. Ich habe heute zwei Hochzeiten.«

»Auf einem Dienstag?«, wundert sich mein Vater.

»Ja, standesamtliche Trauungen. Das eine Pärchen geht gar nicht in die Kirche, die anderen lassen sich Samstag kirchlich trauen, dafür muss ich im Laufe der Woche auch noch so einiges vorbereiten.«

Seit ich mich bei unserem Standesamt als Fotografin vorgestellt und einige meiner neuen Flyer dort hinterlegt habe, werde ich mindestens acht Mal im Monat für standesamtliche Trauungen gebucht. Und nicht nur in unserer Stadt, mittlerweile melden sich Paare von weiter weg und möchten gerne, dass ich sie an ihrem schönsten Tag fotografisch begleite.

Ich kann mich also nicht über mangelnde Aufträge beschweren, im Gegenteil. Es ist schon ein sehr strammes Auftragsprogramm, was ich zu bewältigen habe, seit ich das Fotostudio übernommen habe. Wenn das so weitergeht, werde ich bestimmt noch jemanden einstellen müssen, doch das entscheide ich nicht jetzt. Denn seit heute Morgen habe ich ein anderes Projekt. Es wird Zeit, aus dem elterlichen Nest auszuziehen. Ich bin schließlich 21 Jahre und selbstständige Fotografin.

Das Ziel: eine eigene Wohnung.

Es geht alles schneller als gedacht, und vor allem, viel schneller, als es meiner Mutter lieb ist.

Unter meinen Kunden ist auch eine sehr nette Immobilienmaklerin, Frau Schmidt. Nach einem ausführlichen Telefonat, in dem ich ihr meine Wünsche für eine Wohnung mitteilte, kommt zwei Wochen später bereits eine Antwort.

Sie hat zwei Wohnungen zur Auswahl. Eine etwas außerhalb der Stadt, die andere liegt recht nah an meinem Fotostudio. Ich entscheide mich, die näher gelegene Wohnung zuerst anzusehen, und wir verabreden uns ein paar Tage später.

Es handelt sich um ein gepflegtes Mehrfamilienhaus mit fünf Wohnungen. Eine Wohnung im Erdgeschoss wird Ende Dezember frei, sodass ich im Januar oder Februar einziehen könnte, je nachdem, ob noch viel renoviert werden muss. Zeitlich ist das auch perfekt, die weihnachtlichen Fotoshootings sind dann vorbei und mit ein wenig Hilfe von Isabella, Emma, Daniel und meinem Vater werde ich das auf jeden Fall hinkriegen.

Als wir in die Wohnung kommen, fällt mir als Erstes der tolle Fußboden auf. Im Flur ist dunkelgraues Laminat verlegt. Die Wände sind weiß tapeziert und von unten bis zur Mitte in einem hellen Grau gestrichen. Die Wohnung macht auf den ersten Blick schon mal einen guten Eindruck.

Gleich hinter der Eingangstür befindet sich auf der linken Seite eine Nische für die Garderobe. Direkt daneben ist ein kleiner Abstellraum, in dem ich meinen Staubsauger abstellen kann, perfekt. Bis auf die Tatsache, dass ich noch keinen besitze.

»Und hier befindet sich das Schmuckstück der Wohnung«, sagt Frau Schmidt mit glänzenden Augen.

Sie öffnet die Tür und wir blicken in ein traumhaftes Badezimmer. Die hellgrauen Bodenfliesen sind mit winzig kleinen Glitzersteinen versehen. Die Wandfliesen sind schlicht weiß, auf Augenhöhe wurde eine Reihe Fliesen eingearbeitet, die identisch zu den Bodenfliesen sind, ebenfalls mit Glitzersteinen.

Es gibt zwar keine Badewanne, dafür eine große Dusche. In dem Waschbecken befinden sich ein paar kleine Macken, aber darüber sehe ich einfach hinweg. Schon allein wegen dieses Badezimmers möchte, nein, will ich diese Wohnung auf jeden Fall, um jeden Preis, komme, was wolle.

Gegenüber, rechts neben der Eingangstür, befindet sich das Schlafzimmer. Da aktuell noch ein junges Pärchen hier wohnt, herrscht in dem Zimmer eine gewisse Unordnung, trotzdem kann man erkennen, dass hier das gleiche Laminat wie im Flur liegt und die Wände in einem dezenten Grauton gestrichen sind.

Neben dem Schlafzimmer ist ein kleines Büro, gleiches Laminat, die gleiche Farbe an den Wänden. Hier sieht es aus, als ob eine Bombe eingeschlagen hätte. Mir ist schleierhaft, wie jemand in so einem Chaos arbeiten kann. Ich gebe zu, auch bei mir liegen mal mehr, mal weniger Unterlagen auf dem Schreibtisch im Studio, aber das hier schlägt alles, was ich bisher gesehen habe, um Längen.

Jetzt gibt es nur noch eine Tür, direkt am Ende des Flurs.

»Und hier befindet sich der größte Raum der Wohnung«, kündigt Frau Schmidt an. Jetzt bin ich aber gespannt, denn es fehlen noch die Küche und das Wohnzimmer.

Als wir durch die Tür treten, bleibt mir die Luft weg. Wir stehen in einem großen Raum, der bestimmt die Hälfte der Gesamtfläche der kompletten Wohnung einnimmt. Auch hier ist das gleiche, dunkelgraue Laminat verlegt wie in den anderen Räumen, die Wände sind jedoch weiß.

Ich schaue links um die Ecke, dort befindet sich die Küche mit einem kleinen Tisch und zwei Stühlen. Rechts um die Ecke liegt das Wohnzimmer mit einer Essecke. Mit der Einrichtung, die das junge Paar gewählt hat, sieht alles vornehm und edel aus.

Leider nehmen sie ausnahmslos alles mit in ihre neue Wohnung, was ich sehr schade finde, ich wäre hier sofort, ohne etwas auszutauschen, eingezogen. Aber so kann ich wenigstens meiner Kreativität freien Lauf lassen. Ich bin mir sicher, es wird toll.

Das Highlight ist die riesengroße Fensterfront mit Blick auf den Stadtgarten.

Junge, Junge, mir schwant schon Schlimmes. Die Miete wird mit Sicherheit astronomisch sein.

Und so ist es dann auch. Astronomisch zwar nicht, aber doch schon recht hoch. Ich bitte Frau Schmidt um zwei Tage Bedenkzeit.

»Reicht es Ihnen aus, wenn ich Ihnen übermorgen Bescheid gebe?«, frage ich sie hoffnungsvoll. »Ich glaube, da muss ich ein oder zwei Tage drüber schlafen.«

»Hey, kein Problem«, beruhigt sie mich. »Ich habe die Wohnung bisher noch niemand anderem gezeigt. Wenn

Sie sagen, Sie wollen sie haben, dann würde ich mich freuen.«

Nach zwei Tagen und einigem Hin und Her entscheide ich mich für die Wohnung. Das Fotostudio läuft wie geschnitten Brot, daher kann ich sie mir leisten. Jetzt ist es offiziell, das Vögelchen verlässt das elterliche Nest. Ein weiterer Schritt in die Unabhängigkeit.

Dezember 2005

So schnell, wie ich die Wohnung gefunden habe, geht es jetzt nicht weiter – das Warten auf den Einzug zieht sich leider ein paar Wochen hin. Da aber vor Weihnachten immer so viel zu tun ist, vergeht die Zeit wie im Flug.

Feierlich übergibt mir die Maklerin am 30. Dezember die Schlüssel. Meine Eltern und Opa Henry begleiten mich, schließlich haben sie die Wohnung noch nicht gesehen und meine Mutter will sich auf jeden Fall davon überzeugen, dass ich nicht in einer heruntergekommenen Baracke lande.

Auch leer ist die Wohnung ein wahres Prachtstück. Und so wie es aussieht, muss ich nur fegen, wischen und Fenster putzen. Die Wände und der Boden sind nach wie vor in einem akkuraten Zustand.

»Ja«, bestätigt Frau Schmidt, »die Vormieter hatten auch erst vor Kurzem renoviert, da wussten sie noch nicht, dass sie aus beruflichen Gründen schon bald wegziehen müssen.«

»Glück für mich«, freue ich mich und drehe mich ein paar Mal im Kreis. Meine erste eigene Wohnung, und dann gleich so eine tolle. Ich beschließe, hier nie wieder auszuziehen.

In den kommenden Tagen und Wochen steht mir noch so einiges bevor. Die Wohnung muss einmal komplett geputzt werden. Dann brauche ich noch eine Küche und ein paar Möbel. Glücklicherweise ist es im Januar immer etwas ruhiger im Studio, so kann ich vielleicht mal für eine Woche schließen und mich ganz auf die Wohnung konzentrieren. Nachdem ich nun seit einem Jahr allein das Studio führe und somit auch seit einem Jahr keinen Urlaub gemacht habe, werde ich mir das einfach mal gönnen.

Als wir wieder zu Hause ankommen, nimmt Opa Henry mich an der Hand.

»Hey Sonnenschein, komm mal mit.« Er zieht mich hinter sich her. »Ich habe eine Überraschung für dich.«

Oh, eine Überraschung, wie schön.

Ich drehe mich zu meinen Eltern um, Papa zwinkert mir zu und Mama hat Tränen in den Augen. Was jetzt wohl wieder kommt, die stecken doch bestimmt alle unter einer Decke, oder?

Opa Henry geht mit mir auf den Dachboden. Wie lange war ich nicht mehr hier? Das ist bestimmt zehn Jahre her, wenn nicht sogar länger.

Er steuert auf etwas Großes zu, etwas, das mit einem alten Bettlaken zugedeckt ist.

Feierlich zieht er es herunter und zum Vorschein kommt ein alter Buffetschrank. Er besteht im oberen Teil aus zwei Schränken mit Glastüren, einer Ablage und zwei Schubladen. Im unteren Teil befinden sich zwei Unterschränke mit verzierten Türen. Er scheint ziemlich alt zu sein, aber er ist wunderschön.

»Und dann habe ich noch etwas. Schau mal hier.« Jetzt sehe ich erst, dass neben dem Schrank noch etwas steht.

Es ist schmaler und etwas größer. Gemeinsam nehmen wir auch hier das Bettlaken ab. Es handelt sich um eine alte Standuhr mit einem goldenen Zifferblatt. Ich bin total sprachlos.

»Diese Sachen haben deiner Großmutter und mir gehört. Ich habe es die ganzen Jahre nicht übers Herz gebracht, sie wegzuschmeißen. Ich wusste, irgendwann einmal kommt der Tag, an dem ich sie dir oder Daniel geben kann. Luci, du musst sie nicht nehmen, nur wenn du möchtest.«

»Machst du Witze, Opa?« Ich falle ihm um den Hals. »Natürlich nehme ich sie. Sie sind wunderschön. Vielen, vielen Dank.«

»Ich weiß nicht, ob die Uhr noch funktioniert, vielleicht muss da mal ein Fachmann dran.«

»Mir ist es egal, ob sie funktioniert oder nicht, aber sie ist so toll, die passt fantastisch in die Wohnung.«

Ich glaube, mein Großvater hatte doch ein kleines bisschen Angst, dass mir die Sachen nicht gefallen werden. Denn als ich ihn noch einmal drücke, merke ich, wie erleichtert er ist.

Als wir wieder nach unten kommen, klingelt es an der Tür. Es sind Daniel und Clara. »Hey, Schwesterchen, hat das geklappt mit der Wohnung?«

»Ja, sie ist toll geschnitten, es muss nicht viel gemacht werden und ich bin ruckzuck im Studio. Quasi ein Glücksgriff.«

»Na ja, du kennst ja den Spruch mit dem blinden Huhn und dem Korn, oder?«

Ich knuffe ihn in den Arm. »Du bist doof.«

Lachend versammeln wir uns im Wohnzimmer und machen es uns gemütlich. Morgen an Silvester sind alle irgendwo zum Feiern eingeladen, daher haben wir beschlossen, uns heute noch einmal mit der Familie zu treffen.

Da stellt Daniel auf einmal eine Flasche Sekt auf den Tisch.

»Es gibt etwas zu feiern«, kündigt er geheimnisvoll an und schaut in die Runde.

Ich für meinen Teil weiß, worum es geht, schließlich hat er mich vor ein paar Tagen gebeten, ihn zu einem Juwelier zu begleiten. Er brauchte den Rat einer Frau. Aber die anderen sind völlig ahnungslos.

»Clara und ich werden heiraten.« Da erst zieht sich Clara ihre Handschuhe aus und präsentiert den Verlobungsring. Er ist sehr elegant und passt wunderbar an ihre zierliche Hand.

Wir fallen uns alle um den Hals und gratulieren den beiden. Da nimmt Clara meine Hand.

»Luci, ich hoffe, du bist mir nicht böse, wenn ich dich nicht frage, ob du meine Trauzeugin werden willst. Denn wir hatten gehofft, dass du vielleicht die Fotos an dem Tag machen könntest. Wäre das okay für dich?«

»Clara, mach dir mal keine Gedanken. Ich werde irgendwann noch Trauzeugin bei Emma oder Isabella sein. Und natürlich, es wäre mir eine Ehre, eure Hochzeitsfotos zu machen. Wenn du möchtest, kann ich dich auch schon bei den Vorbereitungen begleiten. Beim Aussuchen deines Hochzeitskleides oder zum Termin für die Hochzeitstorte. Du glaubst gar nicht, was da teilweise für spontane und wirklich coole Fotos entstehen.«

»Ach Schwesterchen.« Daniel und Clara nehmen mich in den Arm. »Das wäre toll, wir haben dich lieb.«

»Ich hab euch auch lieb.«

Und so endet das Jahr genauso, wie wir es uns alle wünschen. Mit guten Neuigkeiten, großen Plänen für das kommende Jahr – und ganz viel Liebe.

Mai 2006

Hinter mir raschelt es leise und ich drehe mich um. Als ich Clara sehe, verschlägt es mir die Sprache, denn sie sieht wunderschön aus. Ihr Hochzeitskleid ist ein Traum aus champagnerfarbener Seide, verziert mit weißer Spitze. Viele Bräute lieben Corsagenkleider mit freien Armen, doch Clara hat sich für ein Kleid mit Ärmeln entschieden, ebenfalls aus weißer Spitze. Ihre Haare sind zusammen mit dem Schleier hochgesteckt. Sie trägt eine zarte Kette mit einer einzigen, weißen Perle, dazu passende Ohrringe.

Natürlich habe ich das Kleid bereits ein paar Mal gesehen. Schließlich hatte ich Clara und ihre beste Freundin beim Aussuchen begleitet. Sie jetzt aber hier zu sehen, an ihrem großen Tag, mit der wunderschönen Frisur und dem dezenten Make-up, mit diesem strahlenden Lächeln, das lässt mein Frauenherz höherschlagen. Ich mache unauffällig ein paar Schnappschüsse von Clara, als sie sich noch einmal im Spiegel ansieht. Das sind manchmal die besten Fotos, wenn die Braut gar nicht merkt, dass sie fotografiert wird. Dann ist sie entspannt und denkt nicht, sie müsste sich in Pose schmeißen.

»Ich denke, es wird Zeit, dass wir fahren«, sagt sie und atmet tief durch.

Ich winke ab. »Ach, ich habe mal gehört, dass die ohne die Braut eh nicht anfangen.«

Ihre Freundin und Trauzeugin Annemarie kommt hinter ihr die Treppe herunter.

»So, ich habe bei euch im Schlafzimmer das Chaos etwas aufgeräumt, was du gerade hinterlassen hast. Dann brecht ihr euch, wenn ihr heute Nacht nach Hause kommt, wenigstens nicht gleich die Knochen und könnt direkt übereinander herfallen.«

»Hey, Mädels, danke, dass ihr hier bei mir seid, ohne euch wäre ich wahrscheinlich durchgedreht.« Sie schaut Richtung Tür. »Ist Papa eigentlich schon da?«

»Ja, der wartet draußen«, antworte ich. »Ich gehe schon mal zu ihm. Komm einfach, wenn du bereit bist.«

Um nichts in der Welt will ich den Moment verpassen, wenn Claras Papa seine Tochter das erste Mal im Brautkleid sieht. Das ist für mich immer einer der schönsten Momente einer Hochzeit. Wenn der Brautvater sein kleines Mädchen in die Arme schließt. Und tatsächlich, der Moment hätte nicht rührender sein können. Kaum tritt Clara aus der Tür, kullern bei ihrem Vater dicke Tränen.

»Oh, mein Schatz, du siehst wunderschön aus.«

»Danke Papa. Du aber auch.« Sie umarmen sich vorsichtig.

»Bist du bereit?«

»Ja, lass uns fahren, ich kann es jetzt kaum noch erwarten.«

Clara steigt ins Brautauto, in die quietschrote Stretchlimousine, die ihr Onkel organisiert hat. Vorne ist ein dicker Blumenstrauß aus weißen Rosen befestigt, passend zu ihrem Brautstrauß.

Als die beiden losfahren, fahren auch Annemarie und ich los. Als wir ankommen, steige ich schnell aus dem Auto aus, um direkt in die Kirche zu gehen. Daniel steht vorne am Altar und strahlt übers ganze Gesicht, neben ihm sein Trauzeuge Rübe. Daniel sieht fantastisch aus. Er trägt einen anthrazitfarbenen Anzug mit einem weißen Hemd, dazu eine hellgraue gemusterte Krawatte. Das Einstecktuch ist ebenfalls hellgrau.

Die standesamtliche Trauung hat bereits gestern im kleinen Kreis der Familie stattgefunden, heute ist nun die kirchliche Trauung mit über hundert Gästen, die bereits in den Reihen Platz genommen haben und nun gespannt auf Clara warten. Ich platziere mich mit meiner Kamera so, dass ich sowohl Clara als auch Daniel bestens fotografieren kann.

Als die Orgel anfängt zu spielen, betritt Clara am Arm ihres Vaters die Kirche. Ich denke, ich kann für jeden der Anwesenden sprechen, wenn ich sage, dass es ein absoluter Gänsehautmoment ist. Ich richte die Kamera jedoch zuerst auf meinen Bruder. Das ist nämlich mein zweitliebster Moment einer Hochzeit, wenn der Bräutigam seine Braut zum ersten Mal sieht.

Und Daniel enttäuscht mich nicht, all seine Liebe zu Clara ist in dem Moment in seinen Augen zu sehen. Ich drücke auf den Auslöser und schwenke um zu Clara. Auch ihre Augen glänzen wie tausend Diamanten, als sie auf Daniel zuschreitet. Bei ihm angekommen, nimmt er sie vorsichtig in den Arm und gibt ihr einen Kuss auf die Wange, danach wenden die beiden sich dem Pastor zu. Die Trauung kann beginnen.

Von dieser bekomme ich anfangs jedoch leider nicht viel mit, weil ich mich ganz auf die Fotos konzentriere. Schließlich möchte ich, dass sie perfekt werden, es gibt nämlich keine Möglichkeit, die ganze Zeremonie zu wiederholen. Das haben Hochzeiten leider so an sich.

Als ich einige tolle Fotos im Kasten habe, lehne ich mich an eine Säule und folge dem Eheversprechen, das der Pastor den beiden nun abnimmt.

»Daniel, ich frage dich vor Gottes Angesicht. Nimmst du die hier anwesende Clara als deine Frau und versprichst du, ihr die Treue zu halten in guten und in schlechten Tagen, in Gesundheit und Krankheit, versprichst du, sie zu lieben, zu achten und zu ehren, bis dass der Tod euch scheidet? Dann antworte bitte mit ‹Ja›.«

»Ja«, antwortet mein Bruder mit fester Stimme.

»Und so frage ich auch dich, Clara. Nimmst du den hier anwesenden Daniel als deinen Mann und versprichst du, ihm die Treue zu halten in guten und in schlechten Tagen, in Gesundheit und Krankheit, versprichst du, ihn zu lieben, zu achten und zu ehren, bis dass der Tod euch scheidet? Dann antworte bitte mit ‹Ja›.«

»Ja.« Ihre Stimme zittert ein wenig.

Rübe reicht Daniel die Ringe. Es sind schlichte Goldringe, für Clara ist ein kleiner Brillant eingearbeitet.

Nachdem der Pastor die Ringe gesegnet hat, nimmt Daniel den Kleineren von beiden, steckt ihn Clara an den Finger und sagt: »Nimm diesen Ring als Zeichen meiner Liebe und Treue!«

Dann nimmt Clara den anderen Ring, steckt ihn an Daniels Finger und sagt ebenfalls: »Nimm diesen Ring als Zeichen meiner Liebe und Treue!«

»So erkläre ich euch nun Kraft meines Amtes zu Mann und Frau. Sie dürfen die Braut jetzt küssen.« Einen kurzen Moment noch schauen die beiden sich in die Augen, dann legt Daniel die Hände um Claras Gesicht und gibt ihr einen Kuss.

Klick, Klick, Klick. Perfekt.

Die Gäste stehen auf und klatschen, Clara und Daniel drehen sich lachend zu ihnen um. Sie sind jetzt verheiratet. Glücklich, aber auch ein bisschen wehmütig schaue ich den beiden nach, wie sie die Kirche verlassen. Ich freue mich für sie, weil ich sie beide liebe. Aber genauso würde es mich auch freuen, wenn für mich auch mal wieder ein Stern am Ende des Single-Tunnels aufleuchten würde. Doch jetzt sind erst mal die beiden dran.

So romantisch die Trauung auch war, umso lustiger ist das Fotoshooting. Ich konnte die beiden überreden, sich hinsichtlich der Fotolocation von mir überraschen zu lassen. Es hat seine Vorteile, über einen großen Kundenstamm zu verfügen. So konnte ich über den Ehemann einer langjährigen Kundin organisieren, dass wir das Fotoshooting im Fußballstadion machen können. Voraussetzung war, dass wir vor 14:00 Uhr fertig werden, da die Mannschaft heute ein Heimspiel hat.

Die beiden können es gar nicht fassen, als uns Claras Vater in der roten Limousine direkt zum Stadion bringt. Glücklicherweise ist es nicht weit von der Kirche entfernt, sodass wir nicht viel Zeit verlieren. Es ist schon einiges los, schließlich ist in ein paar Stunden Anpfiff, und die Mitarbeiter sind dabei, Würstchen und Bier für Tausende hungrige und durstige Fußballfans vorzubereiten. Die Tribünen hingegen sind noch wie leer gefegt, was uns ein Gefühl von Ehrfurcht gibt, als wir allein auf dem grünen Rasen stehen und uns umblicken.

»So Leute, wir müssen uns beeilen, so viel Zeit haben wir nicht.«

Ich mache ein paar Vorschläge für die Fotos, und Clara und Daniel finden alles supertoll, superaufregend, superspannend, superlustig – wie sie mir immer wieder versichern. Von dem erwachsenen Pärchen eben in der Kirche ist gerade nicht mehr viel zu sehen. Sie freuen sich wie kleine Kinder, hier zu sein.

Clara und Daniel an den Händen hängend im Tor – Klick.

Clara hat Torwarthandschuhe an und steht im Tor – Klick.

Clara und Daniel links und rechts von der Eckfahne – Klick.

Daniel hat die Eckfahne im Schwitzkasten – Klick.

Clara und Daniel mit den bunten Fanschals und einem Becher Bier auf der Tribüne (vielen Dank an den netten Ordner) – Klick.

Daniel mit dem Ball am Elfmeterpunkt – Klick.

Und dann kommt das Highlight. Zum Schluss dirigiere ich die beiden zur Mitte des Spielfeldes. Ich versuche, den Moment etwas in die Länge zu ziehen, weil nun meine größte Überraschung unmittelbar bevorsteht.

»So Leute, ich denke, wir haben alles. Wenn ihr auch noch einen Wunsch habt, dann sagt es. Aber wir müssen auch gleich wieder zurück, schließlich müssen die hier noch den Rasen sprengen, und …« Hinter den beiden tut sich endlich was. Die Mannschaft kommt aus den Katakomben. Ganz leise schleichen sie sich von hinten an die beiden ran.

Ich fahre fort mit meinem Monolog. »Und dann wollen wir ja auch vom Parkplatz weg sein, bevor die ganzen Fans kommen. Ihr wollt eure Gäste ja auch nicht warten lassen.

Und bestimmt habt ihr inzwischen auch Hunger, oder? Also ich habe mittlerweile einen Riesenhunger.«

Inzwischen hat die Mannschaft sich hinter Clara und Daniel aufgestellt.

»Ich würde sagen, ein letztes Foto mit der großen Tribüne im Hintergrund. Daniel, stell dich doch bitte hinter Clara und nimm sie in den Arm. Ja, genauso. Und lachen.« Klick.

Ich gehe zu ihnen und zeige ihnen das Foto. Die beiden sehen, auch mit der Mannschaft im Hintergrund, traumhaft zusammen aus.

»Ist das so okay?«, frage ich unschuldig.

Als die beiden sich das Foto angucken, sind sie sprachlos. Sie schauen erst mich an, dann sich gegenseitig und dann drehen sie sich ganz langsam um.

»Herzlichen Glückwunsch!«, ruft die ganze Mannschaft, alle bereits in ihren Fußballtrikots.

Clara ist total sprachlos, Daniel hingegen ist ganz aus dem Häuschen. Er rennt zu den Jungs und gibt jedem einen High-five. Er plaudert mit allen, als würden sie sich aus dem Sandkasten kennen. Man könnte fast meinen, er hätte jahrelang selber in dieser Mannschaft gespielt. Als schließlich auch alle Clara gratuliert haben, treibe ich wirklich zu Eile an. Nicht, dass die verfressene Hochzeitsgesellschaft das Kuchenbuffet ohne das Brautpaar leerfuttert.

Auf dem Rückweg mache ich etwas, was ich eher selten mache, ich klopfe mir in Gedanken auf die Schulter. Die Überraschung ist mir gelungen. Und die Fotos werden der Knaller.

Als einige Stunden später die Party so richtig im Gang ist, lege ich die Kamera zu Seite. Die beiden Trauzeugen hatten einen Bilderrahmen und einige Accessoires wie

Hüte, Schals und Brillen organisiert. So konnte ich im Laufe des Nachmittages alle Gäste bunt verkleidet und in lustigen Posen auf meiner Speicherkarte verewigen. Das bedeutet, ich kann jetzt ruhigen Gewissens Feierabend machen, mir auch ein Gläschen gönnen und die Tanzfläche stürmen.

Ich tanze ununterbrochen, irgendein Kellner kommt immer mal wieder mit einem Tablett vorbei, sodass ich getränketechnisch ständig versorgt bin. Nach zwei Stunden brauche ich allerdings mal eine Pause.

Als ich mit meinem Glas in der Hand etwas abseits stehe und die anderen Gäste beobachte, steht auf einmal jemand neben mir.

»Na, hast du eben getanzt?«, raunt mir dieser jemand ins Ohr.

Was ist das denn für eine Frage, bitte schön?

Ich drehe mich um und schaue in ein Gesicht, das ich noch nie zuvor gesehen habe.

»Wie bitte?«, frage ich zurück.

»Kennst du mich nicht mehr, Luci?«

»Entschuldigung, aber ich glaube nicht, nein?«

»Wir haben uns doch schon ein paar Mal bei Daniels Geburtstagen gesehen.«

»Tut mir leid, aber bei mir klingelt immer noch nichts.«

»Bestimmt schon fünf oder sechs Mal. Ich bins, Gregor.«

Oh Mist, stimmt. Daniel hat mal gesagt, er ist echt okay, nur manchmal etwas langweilig.

»Ach ja, du bist es, stimmt. Daniel hat mir gesagt, dass du ganz okay bist, nur manchmal etwas langweilig.«

Oh mein Gott, habe ich das jetzt wirklich gesagt? *Finger weg vom Alkohol, Luci.*

Sein Gesicht spricht Bände. Er schaut auf einmal ganz traurig aus. Ich versuche zu retten, was noch zu retten ist.

»Und, und, und … das ist ja auch nichts Schlechtes, Gregor. Mir hat man das Gleiche auch schon mal gesagt.«

Aber so ganz überzeugt scheine ich ihn nicht zu haben.

»Ach, Luci, das stimmt doch nicht. Du bist total aufregend. Guck dich doch mal an. Bei dir ist doch bestimmt immer was los.«

Ich nehme Anlauf für den zweiten Versuch.

»Mein Leben ist auch nicht immer aufregend, im Gegenteil. Im Moment arbeite ich sehr viel, bis vor Kurzem habe ich noch bei meinen Eltern gewohnt, und mein letzter Urlaub war vor zwei Jahren.«

»Und wo warst du da?«

»Auf Mallorca.«

»Siehst du, ich war bisher noch nie im Urlaub. Ich wüsste gar nicht, mit wem ich fahren sollte. Und allein traue ich mich nicht.«

Um Himmels willen, der ist ja wirklich sterbenslangweilig. Aber das kann ich ihm ja schlecht sagen, das bringe ich einfach nicht übers Herz. Er ist ja wirklich ein netter Kerl.

»Ich würde gerne mal eine Schifffahrt auf der Donau machen«, sagt er.

»Das ist doch super«, versuche ich ihn aufzumuntern.

»Die Donau ist wirklich toll. Da wollte ich auch schon immer mal hin.«

Hätte ich das mal nicht gesagt, denn auf einmal fangen seine Augen an zu strahlen und er kommt etwas näher.

»Wirklich?«, fragt er hoffnungsvoll. »Vielleicht können wir ja mal zusammen Urlaub machen. Wie wäre das?« Er kommt noch etwas näher.

Ich weiß nicht, wie ich mich manchmal in solche Situationen hineinmanövriere, aber irgendwie muss ich mich befreien. Ich tätschele ihm den Arm, und will gerade antworten, als ich meinen Namen höre. Meine Mutter. Rettung in letzter Sekunde.

»Bitte entschuldige mich. Bis später mal.«

Einerseits bin ich erleichtert, andererseits habe ich ein schlechtes Gewissen, ihn da so stehenzulassen.

Ich gehe zu meiner Mutter, sie ist total verschwitzt vom Tanzen.

»Hi Mama, na, alles klar?«

»Luci, Liebes, meine Füße brennen, ich kann kaum noch laufen. Holst du mir bitte mal so einen leckeren Cocktail?«

»Was willst du denn für einen? Einen Sex on the Beach oder einen Tequila Sunrise oder einen Caipirinha?«

»Ach, dann bring mir doch so einen Sex on the Sunrise, das hört sich gut an.«

Ich muss schmunzeln. »Alles klar. Kommt sofort.«

An der Cocktailbar bestelle ich einen Sex on the Beach.

»Und was passiert danach?«, flüstert mir jemand ins Ohr. Na super, noch so ein Spaßvogel. Aber im Gegensatz von gerade eben bei Gregor kommt mir diese Stimme bekannt vor. Ich drehe mich um und sehe – Phillip. Sofort verwandeln sich die Muskeln in meinen Beinen in Wackelpudding. Zusätzlich starten einige Schmetterlinge zum Rundflug durch meinen Bauch.

»Hi Luci, wie geht es dir? Wie es scheint, hat das mit der Dusche heute auf Anhieb geklappt. Du siehst fantastisch aus.« Er gibt mir einen Kuss auf die Wange.

»Hi Phillip«, krächze ich. *Mensch Luci, das kannst du besser.*

»Hi Phillip«, wiederhole ich nach einem kurzen Räuspern. *Na also, geht doch.*

»Wie lange ist das jetzt her?«, frage ich ihn.

»Viel zu lange. Ich habe oft an dich denken müssen«, sagt er leise in mein Ohr.

Ich erschauere ein wenig, denn es ist ein sehr aufregendes Gefühl, seinen Atem an meinem Hals zu fühlen.

»Hast du Lust mit mir an die frische Luft zu gehen?«, grinst er. »Wir wurden das letzte Mal unterbrochen, weißt du noch?«

Wie sollte ich das je vergessen.

Doch das sage ich ihm natürlich nicht. Stattdessen antworte ich: »Warte hier. Ich bringe den hier« – ich deute auf das Glas in meiner Hand – »zu meiner Mutter. Dann bin ich sofort wieder da.«

Ich bringe meiner Mutter den Cocktail.

»Danke, Liebes, kannst du mir auch noch ein Stück Kuchen bringen? Aber nicht von dem Erdbeerkuchen, lieber eines mit der Schokocreme.«

Auch das. Ich stürze zur Hochzeitstorte, von der seit dem Nachmittag nicht mehr viel übrig ist. Aber ich kann noch etwas Schokokuchen zusammenkratzen und drücke meiner Mutter den Teller in die Hand.

»Ach, und kannst du Opa Henry noch ein Wasser bringen?«

Kein Problem. Es wartet ja vielleicht nur die Liebe meines Lebens auf mich.

Aber für Opa Henry tue ich alles, es war schließlich ein langer Tag für ihn.

Ich bringe ihm ein Wasser, und ein Stückchen Erdbeerkuchen habe ich für ihn auch noch retten können.

»Hey Sonnenschein. Wer ist das?« Er deutet Richtung Cocktailbar, besser gesagt Richtung Phillip, der mich nicht aus den Augen lässt.

»Ich weiß es noch nicht Opa, aber ich werde es herausfinden.«

»Ich wünsch dir Glück.«

Er drückt mir noch kurz die Hand und zwinkert mir zu.

»Was hat dein Opa gesagt?«, fragt Phillip, als ich wieder bei ihm bin.

»Er wünscht mir Glück. Was machst du eigentlich hier?«

»Was ich hier mache? Ich flirte mit der hübschesten Frau im Saal.«

Ich merke, wie ich etwas erröte, freue mich aber über das Kompliment. »Nein, ich meine, bist du ein Verwandter oder ein Freund?«

»Clara ist meine Cousine.« Ach was.

»Und warum sehen wir uns erst jetzt? Ich habe dich in der Kirche und den ganzen Abend über noch gar nicht gesehen.« Ich klinge wie eine eifersüchtige Freundin.

»Sorry, das hört sich jetzt an wie ein Verhör, aber warum laufen wir uns erst so spät über den Weg?«

»Wir hatten heute Nachmittag ein Auswärtsspiel. Und bis man dann wieder zu Hause ist und geduscht hat, ist der Tag fast rum. Wenn ich allerdings gewusst hätte, dass du heute hier bist, hätte ich das blöde Spiel sausen lassen und wäre direkt hierhergekommen.«

Runde zwei für die Schmetterlinge.

»Das hast du schön gesagt. Danke.«

Er kommt näher an mich ran.

»So, was ist jetzt? Kommst du freiwillig mit raus oder muss ich dich tragen?«

Ich grinse. »Hmhm, mal überlegen. Ich komme freiwillig mit.«

Er nimmt meine Hand und zieht mich quer durch den Saal und dann nach draußen. Aus den Augenwinkeln sehe ich, wie Gregor uns nachschaut. Und schon wieder quält mich das schlechte Gewissen. Armer Kerl.

Als wir rauskommen, merke ich, dass es etwas kühl ist. Kein Wunder, es ist ja auch erst Anfang Mai.

Phillip zieht sein Jackett aus und hängt es mir über die Schultern. Wir stehen etwas abseits vom Eingang im Biergarten, direkt unter einer der vielen Lichterketten, die hier aufgehängt sind, und der DJ hat gerade eine Ballade aufgelegt. Mehr Romantik geht nun wirklich nicht.

»Ich freue mich, dass wir uns wieder getroffen haben«, sagt Phillip leise.

»Ich mich auch«, hauche ich zurück.

Wie damals vor dem Hallenbad legt er einen Finger unter mein Kinn und schaut mich an. »Du hast wunderschöne Augen.«

»Du auch.«

Dann küsst er mich. Ganz sanft legt er seine Lippen auf meine. Sie sind weich und schmecken nach Orangensaft, mit einem Hauch Wodka. Dann löst er sich von mir und schaut mich an. »Du schmeckst gut.«

Ich beiße mir auf die Unterlippe. Oh Mann, ich fühle mich wie auf Wolke sieben.

»Geht es dir gut?«, fragt Phillip.

Ich nicke nur und lächle ihn an.

»Okay.« Dann kommt er wieder näher und gibt mir noch einen Kuss, diesmal etwas fester.

Seine Zunge teilt meine Lippen und ich komme ihm entgegen, presse meinen Körper an seinen. Er greift in meine Haare und drückt mich noch weiter an sich. Ich stöhne leise auf. Ich habe Angst, dass meine Beine gleich nachgeben.

Nach diesem Wahnsinnskuss löst er sich von mir. Wir sind beide etwas außer Atem, mein Herz pocht mir bis zum Hals.

»Luci, du bist der Wahnsinn.«

»Kannst du das noch mal machen, bitte?«, frage ich, denn ich kann gar nicht genug von ihm bekommen.

»Dein Wunsch ist mir Befehl, Prinzessin.«

Wieder kommt er näher, ich schließe meine Augen, warte auf die Berührung seiner Lippen.

»Luci? Luci, wo bist du denn?« Ich schrecke zusammen. Was um alles in der Welt will mein Vater jetzt von mir? Wie kann man nur so ein schlechtes Timing haben?

»Ach, hier bist du.« Er stutzt. »Wer ist das?«, fragt er und schaut Phillip misstrauisch an.

»Papa, das ist Phillip, Phillip, das ist mein Vater.«

Phillip geht zu meinem Vater. »Freut mich, Sie kennenzulernen.«

»Papa, was willst du?«, frage ich ungeduldig.

»Komm rein, Clara möchte den Brautstrauß werfen.«

»Oh nein, nein, nein, da werde ich ganz bestimmt nicht mitmachen.«

»Keine Widerrede, nun komm schon.«

Phillip grinst mich an. »Du hörst, was dein Vater sagt, und wer weiß, vielleicht fängst du ihn ja tatsächlich.«

»Das ist ja das Problem. Ich will ihn ja gar nicht fangen. Und was soll das jetzt auf einmal. Ihr kennt euch doch gar nicht, und trotzdem steckt ihr unter einer Decke, oder was?«

Ich ergebe mich und stelle mich hinter Clara auf. Um mich herum nur junge Frauen, die alle glücklich liiert sind und die nur darauf warten, von ihrem Freund endlich einen Heiratsantrag zu bekommen. Die dazugehörigen Herren der Schöpfung haben sich unauffällig an die Theke zurückgezogen.

Glücklicherweise fange ich den Brautstrauß nicht. Das wäre auch extrem peinlich geworden, ich als einziger Single. Allerdings, wenn ich so sehe, wie Phillip mich die ganze Zeit betrachtet, vielleicht geht gerade mein lang ersehnter Stern am Himmel auf.

Als die Feier zu Ende ist, ruft Phillip uns ein Taxi, er besteht darauf, mich nach Hause zu bringen. Als wir dort angekommen, bedeutet er dem Fahrer, zu warten. Also möchte er nicht mehr mit nach oben kommen. Einerseits bin ich froh, dass er nicht nur auf das «Eine« aus ist. Andererseits bin ich etwas enttäuscht, jetzt gleich ganz allein in meine Wohnung zu kommen.

Das scheint er zu spüren und er legt seine Hand an mein Gesicht. »Hey Prinzessin, wir sehen uns bald wieder, versprochen. Ich hab ja jetzt deine Nummer.« Er gibt mir einen langen Kuss, bei dem mir wieder die Knie weich werden. »Gute Nacht, schlaf gut.«

»Gute Nacht, der Abend war schön. Vielen Dank.«

Er wartet noch, bis ich die Haustür geschlossen habe, dann höre ich, wie das Taxi losfährt.

Als ich in meine Wohnung komme, breche ich auf einmal in Tränen aus. Ich habe eigentlich gar keinen Grund dazu. Es war ein wunderschöner Tag, ich hatte richtig viel Spaß und ich wurde heute Abend von einem tollen Typen geküsst.

Warum also? Ich weiß es nicht. Ich gehe direkt in mein Schlafzimmer, nehme das kleine Kästchen, was ich damals auf Mallorca gekauft habe, und setze mich damit auf mein Bett. Ich öffne den Deckel und schaue auf die vier Gegenstände, die 100-Dollar-Note, die Perle, die getrocknete Blume und die Spielzeugpistole.

Was hat Aurelia gesagt? Irgendwann enden meine besonderen Erlebnisse. Aber dass ich keinen Einfluss darauf habe. Vielleicht hat das was mit der Liebe zu tun? Vielleicht ist Phillip der Schlüssel dazu? Wenn er meine große Liebe ist, bedeutet das, dass meine Reisen nun enden werden? Diese Frage kann mir jedoch keiner beantworten. Ich muss abwarten, was dieses Jahr an meinem Geburtstag passiert.

Meine Tränen sind mittlerweile getrocknet. Ich stelle das Kästchen wieder an seinen Platz und gehe schlafen. Als ich die Augen schließe, denke ich an Phillip und an seinen Kuss. Bald werden wir uns wiedersehen, und in ein paar Wochen werde ich erfahren, ob ich recht hatte, ob Phillip der Schlüssel zu einem glücklichen Leben ist. Einem Leben ohne Ausflüge in die Vergangenheit, in die Zukunft oder in brenzlige Situationen.

Kapitel 11

Mein 22. Geburtstag

Stress im Anflug

Schon bevor ich die Augen aufmache, weiß ich, dass ich wieder nicht zu Hause bin. Mir gehen tausend Gedanken durch den Kopf, unter anderem, wo ich jetzt wieder gelandet sein könnte und was mich heute erwarten wird. Aber auch an Phillip denke ich. Leider hat es mit uns nicht geklappt, das hat sich nach ungefähr zwei Monaten herausgestellt. Unter der Woche arbeite ich viel, und an den Wochenenden war er meistens mit seinem Schwimmteam oder mit der Fußballmannschaft unterwegs. Und wenn er mal zu Hause war, hatte ich mit Sicherheit eine Hochzeit oder einen anderen Auftrag. Wir haben uns jedoch nicht im Streit getrennt und sind jetzt gute Freunde. Deswegen war ich mir auch sicher, heute wieder eine neue Überraschung erleben zu dürfen. Bereit, mich auf das anstehende Abenteuer einzulassen, öffne ich die Augen.

Mal wieder befinde ich mich in einem Hotelzimmer. Dieses hier ist modern eingerichtet, in dezenten Blautönen gehalten, mit einem Tisch, zwei Stühlen und mit zwei

Einzelbetten. In dem einen liege ich, das andere ist leer, jedoch benutzt. Im Bad höre ich die Dusche laufen und eine weibliche Stimme, die krumm und schief ein Lied singt, das ich nicht kenne. Vielleicht ist es ja eine eigene Komposition.

Ich stehe auf und gehe Richtung Bad, um zu sehen, wer dort unter der Dusche steht. Da die Tür sperrangelweit auf ist, spaziere ich einfach rein. Da schaut eine junge Frau hinter dem Duschvorhang hervor.

»Mensch Luci, endlich bist du wach, ich habe schon ein paar Mal versucht, dich zu wecken, aber du hast geschlafen wie ein Stein.«

Das Schöne an diesen Reisen ist, dass du viele neue Leute kennenlernst. Das Doofe an der Sache ist immer, die kennen mich und meinen Namen, ich stehe anfangs auf dem Schlauch und wirke dadurch immer etwas verpeilt. Also, was hat das Schicksal heute für mich vorbereitet? Ich gehe zurück ins Zimmer, dort hängt unsere Kleidung ordentlich auf zwei Kleiderständern. So wie es aussieht, ist die Kleidung identisch. Es handelt sich um einen dunkelgrauen Rock, eine weiße Bluse und einen dunkelgrauen Blazer. Dazu ein hellgraues Tuch. Rock und Blazer haben silberne Nähte, alles in allem eine sehr geschmackvolle Kombination. An den Blazern sind Namensschilder angebracht. »Luci«, das sind dann also meine Sachen. Auf dem anderen Namensschild steht »Belinda«. Ein schöner Name, wie ich finde. Auf dem Tisch liegen Unterlagen, ich nehme sie und blättere sie durch.

Gestern waren wir in New York und sind in Frankfurt gelandet. Übernachtung hier im Hotel. Heute geht es nach Dubai. *»Flugzeiten 07:35 Uhr bis 12:40 Uhr, Flugdauer 5 h 55 Min«*.

Aha, heute bin ich also als Stewardess unterwegs und fliege nach Dubai. Ich freue mich, das wird bestimmt toll. So schwer kann das ja nicht sein, ein paar Getränke verteilen, den Passagieren das Essen bringen. Ein Klacks.

Wie sehr man sich doch irren kann, erfahre ich später noch.

Ich schaue auf die Uhr, es ist kurz nach vier, also mitten in der Nacht. Kein Wunder, dass ich geschlafen habe, wie ein Stein. Um diese Zeit schlafen vernünftige Menschen ja auch.

Belinda kommt aus der Dusche, geht splitternackt durch den Raum und trocknet sich in aller Ruhe ab. Sie hat eine tolle Figur und auf ihrem Rücken hat sie eine riesengroße Blumenranke tätowiert. Das sieht großartig aus.

Trotzdem bin ich etwas verwirrt, dass Belinda hier so ganz ungeniert nackig durch den Raum geht, wir kennen uns schließlich kaum.

Belinda schaut mich an und grinst. »Was guckst du so erstaunt? Du hast mich doch schon hundert Mal nackt gesehen. Oder hab ich da was?« Sie verrenkt sich fast ihren Hals, um auf ihren Rücken zu gucken.

Ach guck an, schon hundert Mal?

»Nein, nein, alles in Ordnung, aber ich finde dein Tattoo immer wieder toll. Ich gehe dann auch mal duschen.«

Also schmeiße ich mein Nachthemd aufs Bett und stolziere, ebenfalls nackt, durch das Zimmer und gehe unter die Dusche. Das Duschgel riecht himmlisch, und als das Wasser aus der Brause kommt, habe ich das Gefühl, in einem warmen Sommerregen zu stehen.

Ich beeile mich trotzdem, weil ich nicht weiß, wann wir zum Flughafen müssen. Nachdem ich meine Haare geföhnt und mir ein wenig Make-up aufgelegt habe – ich muss nicht extra erwähnen, dass in meinem Beauty-Case wieder alles vorhanden ist, was eine Frau von Welt so braucht – gehe ich zurück ins Zimmer, um mich umzuziehen. Belinda ist bereits fertig und checkt noch mal die Unterlagen.

Die Kleidung passt wie angegossen, aber es ist mir ein Rätsel, wie ich den Tag in diesen Schuhen überstehen soll.

Da hupt es draußen.

»Ah, das Auto ist da. Los komm«, drängelt Belinda.

»Ja, warte, ich muss nur noch ganz kurz ins Bad.« Auch wenn es ein Hotelzimmer ist, hoffe ich, dass ich irgendwo Pflaster finde. Ich bin mir sicher, die werde ich heute Abend für meine Füße brauchen. Leider finde ich auf die Schnelle keine, daher schnappe ich mir meinen Koffer und eile Belinda hinterher.

Als wir ins Auto steigen, fragt der Fahrer: »Na, Mädels, habt ihr gut geschlafen? Oder hätte ich euch gestern Abend noch Gute Nacht sagen sollen?«

Belinda schaut mich angewidert an und tippt mit dem Finger an ihre Stirn. »Was für ein Vollidiot, hält sich wie immer für unwiderstehlich.«

Als wir am Flughafenterminal ankommen, gehe ich einen halben Schritt hinter Belinda, sie scheint sich hier hervorragend auszukennen. Sie geht schnurstracks zum Gate 17, das für den Abflug nach Dubai ausgewiesen ist. Dort angekommen, lassen uns die Damen vom Bodenpersonal direkt zum Flugzeug und wünschen uns einen guten Flug.

So langsam werde ich doch nervös. Hoffentlich fällt es in den nächsten Stunden nicht allzu sehr auf, dass ich eigentlich von nichts eine Ahnung habe.

Wir verstauen unsere Sachen in einem Bereich, der für uns Stewardessen reserviert ist. Hier sind auch zwei Betten aufgestellt. Ich vermute mal, dass die nicht für die Passagiere der ersten Klasse sind, sondern dass sich die Crew bei langen Flügen hier ausruhen kann.

Ich halte mich an Belinda und gehe ihr bei den Vorbereitungen zur Hand: Getränkewagen befüllen, Essen vorbereiten.

Als uns angekündigt wird, dass die ersten Passagiere die Gangway betreten haben, stelle ich mich neben Belinda in den Eingangsbereich des Flugzeuges, wo wir die Gäste begrüßen.

Und hier fällt mir wieder mal auf, wie verschieden die Menschen doch sind. Die meisten sind freundlich, wünschen uns einen guten Tag und suchen sich ihre Plätze. Einige hingegen ignorieren uns und würdigen uns keines Blickes.

Dann gibt es noch genervte Eltern, die versuchen, ihre Kinder unter Kontrolle zu halten. Ein paar Männer meinen, besonders witzig sein zu müssen. Einer bietet sogar an, das Flugzeug zu fliegen, nur für den Fall, dass der Pilot zu tief ins Glas geschaut hat.

Belinda lächelt alles weg und ist zu jedem Passagier gleichermaßen freundlich. Zugegeben, auch ich habe mitunter anstrengende Kunden in meinem Studio, oder solche, die es immer besser wissen. Also versuche ich, es ihr nachzumachen, und lächle tapfer jeden Passagier freundlich an und wünsche allen einen guten Flug. Der letzte Mann schießt jedoch den Vogel ab. Er grinst Belinda anzüglich an und fragt, ob sie sich mit ihm nach dem Start auf dem Klo verabreden will. Da vergeht sogar Belinda das Lachen.

»Vielen Dank, ich verzichte. Ich würde Sie bitten, jetzt Ihren Platz einzunehmen.«

»Was war das denn für einer?«, frage ich erschrocken.

»Ach, solche sind immer mal wieder dabei, das weißt du doch.«

Natürlich weiß ich das, wie dumm von mir zu fragen.

Als sich alle Passagiere gesetzt haben, schaut Belinda noch einmal in die oberen Fächer und verteilt das Handgepäck gleichmäßig. Also mache ich das Gleiche auf der gegenüberliegenden Seite. Als ich ein Fach öffne, fällt ein Zettel heraus. Ich hebe ihn auf. »*Happy Birthday, liebe Luci! A.*« Ich lächle und stecke ihn in meine Jackentasche.

Als alle Fächer geprüft und fest verschlossen sind, ertönt eine Stimme. Es ist der Kapitän, der sich vorstellt, kurz die Flugroute erklärt und das Wetter am Ankunftsort mitteilt.

Danach hört man eine andere Stimme, die ankündigt, dass nun die Sicherheitshinweise folgen. Neben Belinda und mir sind noch zwei weitere Stewardessen an Bord.

Während Belinda das Erklären der Hinweise übernimmt, weise ich mit Mandy und Marleen auf die Notausgänge hin und auf die Lichtstreifen im Gang. Wir veranschaulichen den Umgang mit den Schwimmwesten und den Sauerstoffmasken.

Da ich das bisher nur einmal bei meinem ersten Flug nach Mallorca gesehen, es aber noch nie selber gemacht habe, passieren mir bei der Präsentation ein paar kleine Fehler.

Nachdem wir fertig sind, tippt mir jemand von hinten auf die Schulter. Es ist Mandy.

»Mensch, Luci, das ist doch nicht dein erster Flug. Was war das denn gerade?«, wirft sie mir laut und vor allen Passagieren vor.

Mandy scheint ein Mensch zu sein, der wohl nie Fehler macht. Und wenn jemand anders Fehler macht, muss sie das auch gleich lautstark kundtun. Ich beschließe, sie nicht zu mögen. Daher ignoriere ich sie und gehe zu Belinda.

»Doofe Kuh, die hat immer was zu meckern. Mach dir nichts draus«, tröstet sie mich.

Sie nimmt den Hörer wieder in die Hand und fordert die Passagiere nun auf, sich anzuschnallen, da wir bereit zum Start sind.

Da höre ich neben mir ein Schnaufen. Ein Mann mittleren Alters sitzt allein in der vorletzten Reihe und hat Schweißperlen auf der Stirn.

»Luci, kümmerst du dich um den Mann?«, fragt Belinda. »Du bist immer so einfühlsam.« Ich setzte mich neben ihn und frage, ob alles in Ordnung ist.

Da kommt Mandy angerauscht. »Du siehst doch, dass nichts in Ordnung ist, der hat ja eine Scheißangst.«

»Mandy, ich schaffe das schon allein.«

Ich wende mich dem Mann zu. »Wissen Sie, dass das Flugzeug das sicherste Fortbewegungsmittel der Welt ist? Ich bin jetzt schon acht Jahre Flugbegleiterin und es ist bis jetzt noch nie etwas passiert.« Eine kleine Notlüge ist bestimmt drin.

»Acht Jahre? Das kann nicht sein. Sie sind doch noch so jung.«

Ich lächle ihn aufmunternd an. »Da können Sie mal sehen, wie wenig Sorgen ich mir über meinen Job und meine Sicherheit in der Luft machen muss. Sie brauchen wirklich keine Angst zu haben. Sie werden sehen, wie schnell die Zeit hier an Bord vergeht. Sie bekommen gleich etwas zu trinken und etwas zu essen, und dann können Sie sich einen Film schauen. Und im Handumdrehen sind wir schon in Dubai.«

»Apropos Trinken, könnte ich was Starkes bekommen? Dann werde ich vielleicht ruhiger.«

»Auf gar keinen Fall kriegt der Alkohol zu trinken, nicht auszudenken, wie der reagiert, wenn der einen in der Krone hat.« Wieder Mandy. Der Mann schaut ganz verängstigt zu ihr hoch. Zu seiner Flugangst kommt nun noch die Angst vor dieser Giftnudel, die mir gerade extrem auf den Keks geht. Wieso ist die eigentlich Stewardess geworden? Ich sags ja immer wieder: Augen auf bei der Berufswahl.

»Noch mal, Mandy, ich schaffe das hier schon. Bitte, kümmere du dich um etwas anderes.«

Der Mann schaut mich flehend an: »Sie sind so nett, können Sie während des Starts hier bei mir sitzen bleiben.« Ich weiß nicht, ob das erlaubt ist, aber warum eigentlich nicht? Und wenn ich so verhindern kann, dass dieser Mann vor Angst kollabiert, dann mache ich das gerne.

Als die Turbinen aufheulen, nimmt der Mann meine Hand und als das Flugzeug abhebt, zerquetscht er sie fast. Nach ein paar Minuten merke ich allerdings, dass er ruhiger wird.

»Hören Sie, ich muss jetzt arbeiten.« Ich zeige auf mein Namensschild. »Ich bin Luci. Und wenn Sie etwas brauchen, dann rufen Sie mich ganz einfach. Okay?« Ich drücke noch einmal seine Hand und stehe auf.

»Vielen Dank, das ist wirklich nett von Ihnen.«

Belinda hat bereits den Getränkewagen in Stellung gebracht und wartet auf mich.

»Das hast du echt toll gemacht. Was würden wir nur ohne dich und dein Händchen für ängstliche Menschen machen?«

Wir fangen an, die Getränke an die Passagiere auszuschenken. Einige wollen einen Kaffee, andere eine Limonade oder einen Tomatensaft, das Getränk der Lüfte. Der Passagier in Reihe zwölf, Platz B wünscht ein Glas Wasser.

»Stilles Wasser oder Sprudelwasser?«, frage ich.

»Medium, bitte.«

»Tut mir sehr leid, wir haben nur stilles Wasser und Sprudelwasser.«

»Dann gucken Sie noch mal genau in Ihren Wagen, ich trinke nur Medium.«

»Hören Sie bitte, wir haben stilles Wasser und Sprudelwasser, wenn Sie weder das eine oder das andere wollen, können Sie auch einen Kaffee oder etwas anderes bekommen.«

»Können Sie das Wasser nicht mischen, dann ist es doch medium?«

»Ich schlage Ihnen vor, Sie mischen selber.« Ich stelle ihm einen Becher stilles Wasser auf den Tisch, daneben einen Becher Sprudelwasser. Zu guter Letzt drücke ich ihm einen leeren Becher in die Hand. »Bitte schön.«

Ich wende mich dem Passagier auf Platz C zu. »Was hätten Sie gerne?«

»Einen Kaffee, schwarz, bitte.«

Na also, geht doch.

Als alle mit Getränken versorgt sind, beginnen wir mit der Ausgabe des Frühstücks. Es gibt Brötchen mit Käse oder Putenbrust, dazu einen Fruchtjoghurt.

Als wir in Reihe zwölf ankommen, hat der Passagier auf Platz B bereits seine Mischung über den ganzen Tisch verteilt. Scheint nicht so einfach zu sein, das Wasser von einem in den anderen Becher zu füllen. Auch seine Hose hat so einiges abbekommen. Ich muss grinsen.

Im Gegensatz zu der Getränkebestellung geht die Verteilung des Frühstücks ohne große Besonderheiten über die Bühne.

Als alle zufrieden vor sich hin futtern, gehe ich Richtung Toiletten und rieche auf einmal Rauch. Zigarettenrauch. Das darf doch wohl nicht wahr sein, oder?

Ich eile zu Belinda.

»Du, ich glaube, da raucht jemand auf der Toilette.«

»Im Ernst? Die Leute haben echt einen Knall. Lass mich das mal machen.«

Sie geht zur Toilette und hämmert gegen die Tür.

»Aufmachen. Rauchen ist hier strengstens verboten. Hallo, hören Sie mich? Sie sollen aufmachen.« Sie hämmert weiter und auf einmal geht die Tür einen kleinen Schlitz auf. Zuerst kommt uns eine dicke Rauchschwade aus der Kabine entgegen, dann sehen wir ein Paar Augen, das uns durch den Dunst entgeistert anstarrt. »Warum, dafür ist die Toilette doch da, oder nicht?«

Ich habe das Gefühl, dass Belinda dem Mann gleich den Hals umdreht.

»Nein, das ist sie nicht. Die Toilette ist dafür da, um sich zu erleichtern. Und jetzt machen Sie die Zigarette aus und kommen da raus.«

Der Mann dreht sich in dem kleinen Raum zweimal um die eigene Achse, um die Zigarette in dem eigens dafür angebrachten Aschenbecher auszudrücken.

»Und wofür ist der dann da, wenn man hier nicht rauchen darf?«, fragt er triumphierend.

Am liebsten würde ich sagen: Für Idioten wie Sie, damit Sie nicht auch noch auf die Idee kommen, das Ding auf dem Boden auszutreten. Aber Belinda kommt mir zuvor.

»Die sind in allen Flugzeugen vorgeschrieben, damit Leute wie Sie Ihre verbotene Zigarette nicht irgendwo anders ausdrücken und damit vielleicht das ganze Flugzeug in Brand stecken. Und jetzt kommen Sie endlich raus da, sonst vergesse ich mich.«

»Also junge Frau, wenn Sie zu jedem so unfreundlich sind, dann fliegt irgendwann keiner mehr mit Ihnen.«

»Da müssen Sie sich keine Sorgen machen. So bin ich nur bei unverschämten Personen wie Ihnen, und davon gibt es Gott sei Dank nicht so viele.«

Belinda schaut mich an. »So, jetzt müssen wir den Müll einsammeln, und danach drehe ich jedem Passagier hier die teuerste Armbanduhr an, die es zu kaufen gibt.«

Nachdem viele Gäste vor lauter Langeweile – der Fernsehkanal ist leider ausgefallen – haufenweise Parfüm, Schmuck und Süßigkeiten gekauft haben, haben wir auch ein wenig Zeit zum Verschnaufen.

Pünktlich um 12:40 Uhr landen wir in Dubai. Die Passagiere können es kaum erwarten, aus dem Flugzeug zu steigen, entsprechend schnell leeren sich die Reihen und wir können mit dem Aufräumen beginnen.

Nachdem alles wieder sauber ist und ich mit Belinda das Flugzeug verlassen will, um zu unserem Hotel zu fahren, erfahren wir, dass es zwei der vier Stewardessen, die eigentlich für den Rückflug eingeplant waren, nicht gut geht und sie krank im Hotelbett liegen, Verdacht auf Magenverstimmung. Also müssen zwei andere einspringen. Einerseits hätte ich mich gefreut, mich hier in Dubai etwas umzusehen, andererseits hat mir die Arbeit auf dem Hinflug trotz allem Spaß gemacht. Und so bin ich heute Abend wenigstens wieder in Deutschland. Wobei das eigentlich auch egal ist, mittlerweile weiß ich ja, egal, wo auf der Welt ich an meinem Geburtstag bin, am nächsten Morgen bin ich wieder zurück in meinem realen Leben und liege wieder in meinem geliebten Bett. Bis jetzt zumindest, und ich hoffe, das bleibt auch in Zukunft so.

Belinda und ich bieten uns also an, den Rückflug nach Frankfurt auch zu betreuen.

Abflug ist um 17:00 Uhr, also haben wir ein bisschen Zeit, uns auf dem Flughafen Dubai umzusehen. Wir setzen uns in eines von den Bistros, trinken einen Tee, lassen die Atmosphäre auf uns wirken und beobachten andere Menschen.

Wir lachen über einen Geschäftsmann, der an einer goldenen Säule lehnt und wild gestikulierend telefoniert und über einen Hund, der an den künstlich angepflanzten Palmen sein Revier markiert. Aber auch ein Hund hat nun mal seine Bedürfnisse.

Wir beobachten junge Frauen, die die teuren Ketten und Ohrringe in den Auslagen der Schmuckgeschäfte bewundern und Männer, die ebendiese Ketten für ihre heimliche Geliebte erstehen. Es ist hochinteressant, wir könnten noch stundenlang hier sitzen, Tee trinken und die Leute beobachten, aber leider ruft die Arbeit.

Um halb vier machen wir uns auf den Weg zum Terminal, um wieder ins Flugzeug zu steigen. Dort bereiten wir erneut unsere Getränke- und Essenswagen vor. Als die Passagiere einsteigen, lächle ich ihnen nicht einfach nur zu. Nein, ich mache mir zu jedem so meine Gedanken. Bist du der Nächste, der auf der Toilette raucht? Oder dieses frisch verliebte Pärchen. Geht ihr beiden vielleicht kurz nach dem Start zu zweit auf die Toilette, um eine kleine Nummer zu schieben? Oder der Mann mit den Sandalen und dem Loch im Socken. Wirst du derjenige sein, der zwanzig Mal klingelt und fragt, wo wir uns gerade befinden?

Als alle ihre Plätze eingenommen haben, geht die Prozedur von vorne los. Kontrolle der Gepäckfächer, Präsentation der Sicherheitshinweise und die Aufforderung zum Anschnallen.

Dann beginnen wir mit der Ausgabe der Getränke, glücklicherweise läuft hier alles reibungslos ab. Danach verteilen wir das Abendessen. Es gibt wahlweise eine vegetarische Mahlzeit mit Reis und Gemüse, dazu eine süßsaure Soße oder Hühnchen mit Bandnudeln und Rahmsoße, dazu einen kleinen Gurkensalat.

»Welches Menü hätten Sie gerne, wir haben Hühnchen mit Nudeln oder die vegetarische Variante mit Reis und Gemüse.«

»Dann nehme ich das Hühnchen.«

»Gerne.«

Nachdem einige Reihen bereits versorgt sind, ist nun eine ältere Dame an der Reihe. Sie ist grell geschminkt und mit einem halben Dutzend goldener Schmuckstücke behangen.

»Welches Menü hätten Sie gerne, wir haben Hühnchen mit Nudeln oder die vegetarische Variante mit Reis und Gemüse.«

»Ich hätte gerne den Fisch.« Natürlich, was auch sonst.

»Tut mir leid, wir haben nur vegetarisch oder Hühnchen.«

»Ich bin auf einer speziellen Diät, ich esse nur Fisch.«

»Das tut mir leid, wie gesagt, wir haben vegetarisch oder Hühnchen?«

»Das ist eine Unverschämtheit, da zahlt man ein Vermögen für so einen Flug und dann bekommt man nur so einen Fraß.«

»Hören Sie bitte, das Essen schmeckt ausgezeichnet, wir haben nur leider keinen Fisch.«

»Dann will ich gar nichts.« Mit diesen Worten dreht sie sich um und schaut aus dem Fenster. Dann halt nicht.

Die anderen Passagiere sind pflegeleicht und wählen ohne Probleme aus den beiden angebotenen Menüs. Als wir gerade wieder den Wagen zurückschieben, schreit auf einmal eine Frau auf. Ihr ganzes Essen ist auf ihrem hellen Rock verteilt. Der Grund ist, dass der Mann vor ihr einfach mit Schwung seinen Sitz nach hinten gestellt hat.

»Sind Sie verrückt? Sie können doch nicht einfach so Ihren Sitz nach hinten stellen. Sehen Sie, was Sie angestellt haben. Alles auf meinem Rock, der ist total ruiniert.«

»Jetzt kommen Sie mal wieder runter, ist doch nur etwas Soße.« Er legt sich gemütlich in seinen Sitz.

»Merken Sie's noch? Das geht nie wieder raus. Sie hätten ja wenigstens warten können, bis ich fertig bin.«

Belinda wirft mir einen flehenden Blick zu. Bitte, nimm du das in die Hand, will sie mir damit sagen. Ich wende mich den beiden Streithähnen zu.

»Entschuldigung, würden Sie bitte erst mal wieder den Sitz nach vorne stellen. Dann können wir das ganze Malheur hier beseitigen und alles etwas sauber machen.«

»Auf welcher Seite stehen Sie eigentlich?«, pflaumt mich der Mann an.

»Ich stehe auf keiner Seite, aber ich möchte, dass sich alle Passagiere wohlfühlen. Und diese Dame fühlt sich gerade nicht wohl, weil das ganze Essen auf ihrem Rock verteilt ist.«

»Ach, und was ist mit mir? Darf ich mich nicht wohlfühlen, oder was?«

Ganz ruhig, Luci. Tief einatmen.

Ich schaue auf die Uhr. Es ist erst kurz vor sieben, noch nicht mal Halbzeit. Ich wende mich wieder dem Mann zu: »Natürlich, aber geben Sie mir erst mal Zeit, hier etwas sauber zu machen. Dann sehen wir weiter.«

Mit einem theatralischen Seufzer stellt er seinen Sitz wieder nach vorne.

Die Dame geht auf die Toilette, auf der sie sicherlich versucht, ihren Rock noch zu retten. Aber da es sich um einen hellen Wildlederrock handelt, fürchte ich, dass da nicht mehr viel zu machen ist.

In der Zwischenzeit entferne ich die Essensreste vom Boden und wische die Sitze einmal ab. Als die Dame wiederkommt, wirft sie dem Mann einen bitterbösen Blick zu. Und auch ich bitte ihn, das nächste Mal erst zu fragen, ob es in Ordnung ist, wenn er den Sitz zurückstellt.

So, dieses Problem ist gelöst, aber das nächste steht schon ungeduldig in den Startlöchern.

Ich schaue über die Reihen mit den Passagieren. Einige lesen, einige hören Musik, einige schlafen. So wie die Frau in Reihe sieben. Doch wenn ich sehe, was ihr Sitznachbar da gerade veranstaltet, befürchte ich, dass sie nicht mehr lange schläft. Er versucht nämlich gerade, über sie drüberzuklettern in Richtung Gang. Gerade als er, Nase an Nase mit ihr, kurz innehält, um sich an der Kopflehne abzustützen, schlägt die Frau ihre Augen auf.

Ich weiß nicht, wie ich reagiert hätte, wenn ich beim Aufwachen einem Fremden direkt in die Augen sehen würde, sein Gesicht nur wenige Zentimeter von meinem entfernt.

Obwohl, die Situation hatte ich doch schon einmal, bei der Geiselnahme in dem Supermarkt. Keine schöne Erinnerung. Also konzentriere ich mich wieder auf Reihe sieben und warte gespannt ab, was passiert.

»Wären Sie wohl so freundlich, von mir runterzugehen?«

»Ähm, tschuldigung, ich muss mal ganz dringend, und ich wollte Sie nicht wecken.«

»Tja, das hat wohl nicht ganz geklappt, oder?«

»Nein, wohl nicht, bitte verzeihen Sie«, sagt er kleinlaut, bewegt sich aber keinen Zentimeter. Er ist wie erstarrt.

»Wenn Sie nicht in drei Sekunden von mir runter sind, dann schreie ich das ganze Flugzeug zusammen. Eins … Zwei …«

Ich reiße die Augen auf, um Himmels willen, bitte nicht schreien. Das kommt nicht so gut an bei den anderen Passagieren, schon gar nicht in zehn Kilometer Höhe. Also eile ich zu den beiden und biete dem Mann meine Hilfe an.

»Kann ich Ihnen vielleicht helfen? Hier, nehmen Sie meine Hand, dann geht es ganz einfach.«

Sein Gesicht ist mittlerweile so rot wie eine Tomate, ihm ist die Situation sichtlich unangenehm. Erleichtert nimmt er meine Hand und beendet seine Kletteraktion.

Er murmelt ein »vielen Dank« und verschwindet schnell auf der Toilette.

»Vielen Dank«, sagt nun auch die Frau und schließt wieder ihre Augen.

Für zehn Minuten herrscht fast andächtige Ruhe, viele Passagiere schlafen nach dem Essen, ein paar schnarchen auch, einige leiser, ein paar wenige auch etwas lauter.

Da betätigt jemand aus Reihe drei die Klingel. Ich kann

Belinda nirgends entdecken, und die anderen beiden Stewardessen kümmern sich um weitere Getränkebestellungen. Also gehe ich zu dem Mann und frage nach seinem Wunsch.

»Der Typ da hinten, der soll leiser schnarchen.«

Ich bin etwas irritiert. Was stellt er sich vor? Dass ich den Passagier wecke und ihn bitte, leiser zu schnarchen?

»Das tut mir leid, da kann ich leider nichts machen. Ich kann Ihnen gerne Ohrenstöpsel bringen.«

»Ich will mir nichts in die Ohren stecken, der Typ soll einfach leise sein.«

»Es tut mir leid, ich kann dem Passagier nicht das Schnarchen verbieten.«

»Oh Mann, ey, ist das Ihr Ernst?«

Das erste Gebot einer Stewardess: Immer freundlich bleiben. »Wenn Sie noch etwas wünschen, dann klingeln Sie bitte.«

Nach ein paar Minuten beginnt ein Baby zu schreien und die Mutter versucht verzweifelt, es wieder zu beruhigen, leider ohne Erfolg.

Da klingelt es erneut in Reihe drei.

»Das Baby soll aufhören zu schreien.«

Was denkt der Typ sich eigentlich?

»Es tut mir leid, auch da kann ich leider nichts machen. Ich bin aber sicher, die Mutter wird es gleich beruhigt haben. Wie gesagt, ich kann Ihnen gerne Ohrstöpsel bringen.«

Er wischt sich mit den Händen durchs Gesicht. »Oh Mann, hätte ich mal den nächsten Flieger genommen.«

»Hören Sie, Sie haben doch Kopfhörer hier. Wie wäre es, wenn Sie etwas Musik hören oder einen Film gucken.

Dann hören Sie die ganzen Geräusche hier aus dem Flugzeug nicht, wie wäre das?«

»Das habe ich bereits versucht, aber der Fernsehkanal funktioniert leider nicht. Wissen Sie das nicht?«

Mist, das hatte ich vergessen.

»Aber die Musik müsste gehen«, antworte ich.

Statt einer Antwort drückt er mir seine Zeitung in die Hand und setzt sich die Kopfhörer auf.

Als ich gehen will, bestellt der Gast hinter ihm eine Tüte Chips. Ich ahne, was gleich kommt, aber ich kann den Passagieren auch nicht verbieten, Chips zu essen. Also bringe ich ihm eine Tüte.

Drei Minuten später – ping, Reihe drei.

»Sagen Sie mal, wie groß sind Ihre Chipstüten eigentlich? Der Typ hinter mir frisst jetzt schon eine geschlagene Viertelstunde seine dämlichen Chips.«

Bei diesem Mann freundlich zu bleiben, fällt mir zunehmend schwieriger. Im Gegenteil, ich bin kurz davor, ihn mit seinen Kopfhörern zu erwürgen.

Ich will gerade antworten, da schreckt auf einmal ein Mann in Reihe sechs aus dem Schlaf hoch und ruft laut.

»Oh mein Gott, ich hatte gerade einen Traum. Ich war in einem Flugzeug.« Er schaut sich um. »Es war genau dieses hier. Die Triebwerke sind ausgefallen und wir sind abgestürzt.«

Na bravo, der hat mir gerade noch gefehlt. Wo zum Teufel ist Belinda? Sie scheint wie vom Erdboden verschluckt zu sein. Ich gehe zu ihm und versuche, ihn zu beruhigen.

»Bitte, setzen Sie sich wieder hin, das war nur ein Traum. Das passiert öfter, gerade bei Menschen, die unter Flugangst leiden.«

»Ich leide nicht unter Flugangst, ich habe es genau gesehen. Wir werden abstürzen.«

Genau in dem Moment fängt das Flugzeug an zu wackeln, nach ein paar Sekunden ist es aber wieder ruhig.

Jeder, der schon mal geflogen ist, weiß, dass das nicht schlimm ist und immer mal vorkommen kann.

»Sehen Sie, ich habe es ja gesagt, wir werden abstürzen.«

Die Unruhe überträgt sich auf einmal auch auf die anderen Gäste.

Auf einmal steht der Passagier aus Reihe drei neben mir.

»Jetzt sei still, sonst hau ich dir eine aufs Maul, hast du verstanden? Ich will einfach nur meine Ruhe haben.«

»Wollen Sie etwa sterben? Ich nicht. Da muss man doch etwas machen können, wenn die Triebwerke ausfallen. Haben Sie Ersatzteile da?«

Er schaut mich panisch an.

Ich bin mir sicher, dass es in der Stellenbeschreibung einer Stewardess keine Passage gibt, in der steht: Immer Ersatzteile für das Triebwerk parat haben.

»Jetzt hören Sie, wir werden nicht abstürzen, mit den Triebwerken ist alles in Ordnung. Das versichere ich Ihnen.« Und meinen speziellen Freund aus Reihe drei bitte ich, sich auch wieder hinzusetzen. Ich muss unbedingt Ruhe hier reinbringen, sonst bricht gleich Chaos aus.

Wie befürchtet bleibt er neben mir stehen und ich sehe, wie die Ader an seiner Stirn mehr und mehr hervortritt.

Aber auch der andere Passagier gibt keine Ruhe.

»Ich will einen Fallschirm, bringen Sie mir einen Fallschirm. Wenn Sie mir alle nicht glauben, dann will ich wenigstens abspringen können.«

»Jetzt halt endlich die Klappe!«, schreit der Mann neben mir, greift den Unruhestifter an seinem Jackett und hebt ihn in die Luft. Mir entgleitet die Situation zunehmend. Ich sehe, wie Belinda endlich aus dem Crew-Bereich kommt und auf das Cockpit zustürzt. Die beiden anderen Stewardessen kommen ebenfalls angelaufen, um mich zu unterstützen. Das wurde aber auch Zeit. Mittlerweile ist ein Handgemenge entstanden, beide Männer prügeln aufeinander ein. Gerade als ich dazwischen gehen will, trifft mich ein Schlag gegen die Schläfe.

Als ich nach hinten taumle, sehe ich, wie das Cockpit aufgeht und jemand herauskommt, den ich kenne. Es ist der gut aussehende, mysteriöse Unbekannte. Ich weiß, dass ich gerade ein anderes Problem habe, aber ich finde, er sieht in seiner Pilotenuniform fantastisch aus. Er hat nur Augen für mich, und als er sieht, dass ich stürze, fängt er mich auf. Als ich sicher in seinen Armen liege, verstummen die Geräusche um mich herum und mir wird schwarz vor Augen.

Kapitel 12

Wiedersehen – und noch ein Wiedersehen

Liebe Stewardessen, ich muss für euch jetzt mal eine Lanze brechen. Ich werde nie, nie wieder sagen, dass Euer Job ein Klacks ist. Wenn das, was ich erlebt habe, Alltag ist, dann bin ich froh, hier unten auf der Erde arbeiten zu dürfen, in meinem kleinen Fotostudio, wo ich mich sicher und geborgen fühle. Ich ziehe den Hut vor dem, was ihr macht. Die schier unendliche Geduld, die ihr für noch so jeden nervigen Passagier aufbringen müsst, das nie endende Lächeln auch für den unfreundlichsten Fluggast. Ihr habt meinen größten Respekt vor dem, was ihr jeden Tag leistet. Vielen Dank dafür.

In weiser Voraussicht, dass ich an meinem Geburtstag bestimmt wieder unterwegs sein werde, habe ich das ganze Jahr über schon keine Termine für diese Woche angenommen und das Fotostudio geschlossen. Eine Woche Urlaub, das bedeutet, ich kann heute so lange im Bett liegen, wie ich möchte. Es ist Mittwoch und ich habe mir für heute nichts vorgenommen. Allerdings muss ich mich bei meinen Eltern sehen lassen, denn meine Mutter findet es nach wie vor nicht lustig, dass sie mich seit fünf Jahren an meinem Geburtstag nicht sehen kann.

Gegen zehn Uhr stehe ich auf und nehme eine lange Dusche. Als ich mir mein Frühstück mache, stelle ich auch mein Handy wieder an. Ping, ping, ping. Eine Nachricht nach der nächsten kommt an. Und auch acht Anrufe, die auf meine Mailbox gegangen sind, fünf davon von meiner Mutter. Scheinbar hatte sie wohl doch noch die Hoffnung, mich gestern irgendwie zu erwischen.

Während ich mein Müsli esse, höre ich die Mailbox ab und schaue mir alle SMS an. Zwei der SMS sind von Isabella. Eine von gestern, mit den obligatorischen Glückwünschen. Auch Isabella und Emma haben sich mittlerweile daran gewöhnt, dass ich erst einen Tag nach meinem Geburtstag wieder erreichbar bin. Die andere ist von heute Morgen.

»Hi Mädels, habe Neuigkeiten. Heute Abend 18:00 Uhr in unserem Café. Bis später. Liebe Grüße Isabella.«

Na, da bin ich ja mal gespannt. Vielleicht ist Isabella befördert worden. In dem Steuerbüro, in dem sie arbeitet, war eine Stelle als Leiterin der Abteilung für Existenzgründungen ausgeschrieben, auf die sie sich beworben hatte. Ich würde mich total freuen, wenn sie die Stelle bekommen würde.

Gerade als ich die Wohnung verlassen will, fällt mir ein, dass ich noch gar nicht unter mein Kopfkissen geschaut habe. Ich gehe zurück in mein Schlafzimmer und hebe das Kissen an. Darunter liegt ein Flugticket. Ausgestellt auf meinen Namen mit Datum von gestern. Eine schöne Erinnerung, wie ich finde. Ich lege das Ticket in die kleine Schatulle zu den anderen Sachen.

Da die Sonne scheint und wir an die dreißig Grad haben, fahre ich mit dem Fahrrad zu meinen Eltern.

»Hallo mein Schatz, herzlichen Glückwunsch zum Geburtstag.«

»Danke Mama, hier riecht es aber lecker. Backst du?«

»Ja, da du ja gestern wieder unterwegs warst, habe ich deinen Geburtstagskuchen heute Morgen gebacken. Wie war es denn gestern? Hattest du einen schönen Tag?«

Dieses Jahr hatte ich erzählt, dass ich früh morgens mit dem Zug nach Hamburg fahre, mir dort die Stadt anschaue und dann spät abends wieder komme.

»War sehr schön, Hamburg ist wirklich toll.« Mehr erzähle ich nicht, schließlich will ich nicht unnötig viel lügen. Auch Papa gratuliert mir und nimmt mich in den Arm.

»Wie lange willst du das denn noch machen?«, fragt er. »Du weißt, wir fänden es schön, wenn du deinen Geburtstag mal wieder mit uns verbringen könntest.«

Ich doch auch, aber ich kann es doch nicht ändern.

»Auch wenn es sich vielleicht etwas egoistisch anhört, aber ich finde es schön, nicht die ganze Zeit am Telefon hängen zu müssen, sondern den Tag ganz allein nur für mich zu genießen. Ich hoffe, ihr versteht das. Am nächsten Tag komme ich doch dann immer sofort zu euch.«

Bevor jetzt wieder eine Grundsatzdiskussion vom Zaun gebrochen wird, wechsle ich schnell das Thema.

»Heute Abend will Bella sich mit uns treffen.«

»Mit uns? Warum mit uns? Ist was passiert?«, fragt Papa.

»Nicht mit unserer Familie, sondern mit Emma und mir. Sie hat Neuigkeiten, schreibt sie. Vielleicht hat sie die Stelle als Abteilungsleiterin bekommen.«

»Ist sie nicht erst im Januar mit ihrer Ausbildung fertig

geworden? Und jetzt schon Abteilungsleiterin? Das geht aber schnell.«

»Ja, aber sie war schließlich Jahrgangsbeste. Außerdem hat sie sich im letzten halben Jahr ordentlich ins Zeug gelegt. Deswegen hofft sie, dass sie die Stelle bekommt. Und ich hoffe das auch für sie. Aber heute Abend wird sie es uns ja erzählen.«

Ich merke, wie mein Vater meiner Mutter einen Blick zuwirft. Er versucht, ihr stumm irgendetwas mitzuteilen, nur mit der Kraft seiner Augen, was ein wenig merkwürdig aussieht.

»Ach ja.« Meine Mutter schüttelt den Kopf. »Schätzchen, wir haben jetzt kein Geschenk für dich zum Auspacken. Ich habe mir was anderes überlegt.«

»Okaaaaa«y, sage ich gedehnt.

»Du hast in deiner Wohnung doch noch keine Gardinen. Ich dachte, es wäre schön, wenn wir zusammen losgehen, du suchst dir einen schönen Stoff aus und ich nähe dir die Gardinen.«

»Och Mama, das wäre prima. Vielen Dank.« Ich nehme sie in den Arm.

»Du hast doch die Woche noch frei, oder? Dann können wir doch gleich morgen oder Freitag los, Samstag sind Papa und ich bei Tante Helena zum Geburtstag eingeladen.«

»Ja, das passt. Soll ich dich Freitag um neun Uhr abholen? Dann können wir noch irgendwo frühstücken gehen. Papa, willst du auch mit?«

»Nein, geht ihr Mädels mal allein, ich werde Opa Henry zur Hand gehen. Er hat gesagt, er möchte die Möbel in seiner Wohnung etwas umstellen.«

»Ist er oben? Ich will ihm gerade Hallo sagen.«

Ich stehe auf, meinen noch warmen Geburtstagskuchen unterm Arm.

»Wir sehen uns dann Freitag. Und vielen Dank für den leckeren Kuchen, du hast dich mal wieder selbst übertroffen, Mama. Bis Freitag dann.«

Ich gehe hoch zu Opa Henry. Er steht in seinem Wohnzimmer und starrt die Schrankwand an.

»Hey, guten Morgen Opa. Alles klar? Was machst du?«

Ich gebe ihm einen Kuss auf die Wange.

»Hallo Sonnenschein, ich überlege gerade, ob dieser Schrank auch auf der anderen Seite gut aussehen würde. Und wenn ich das Sofa einmal rumdrehe, dann ist auch viel mehr Platz.«

»Stimmt. Aber mach das bitte nicht allein, Papa hat gesagt, er wollte dir Freitag helfen. Und wenn ich euch auch zur Hand gehen kann, dann sag Bescheid. Ich wollte am Freitag zwar mit Mama in die Stadt, aber wir können das auch verschieben. Das eilt nicht.«

»Nein, nein, ich rufe Daniel an, der kann da auch mal helfen. Nicht ihr Frauen. Komm mal mit, ich habe was für dich.«

Er nimmt mich an der Hand und zieht mich mit ins Schlafzimmer. Das Bett ist wie immer akkurat gemacht, keine Falte in der Decke, die Kissen perfekt aufgeschlagen.

Er öffnet das Schmuckkästchen, das auf der Kommode steht, nimmt eine Kette heraus und legt sie mir in die Hand. Sie hat einen wunderschönen antiken Anhänger, in der Mitte ist ein kleiner blauer Stein eingearbeitet.

»Die hat deiner Großmutter gehört. Weißt du, Luci«, er macht eine Pause und atmet tief ein, »manchmal trinke ich abends ein Glas Wein und schaue mir ihre Fotos und ihren

Schmuck an. Dann ist es so, als wäre sie für einen kurzen Moment wieder bei mir. Diese hier war ihre Lieblingskette. Und ich würde mich freuen, wenn du sie annimmst. Wenn du sie hin und wieder tragen würdest, das würde mich sehr glücklich machen.«

»Ach Opa, das kann ich nicht annehmen, schon gar nicht, wenn das Großmutters Lieblingskette war. Willst du sie nicht lieber behalten?«

»Nein Luci, bitte nimm sie. Das würde mich wirklich freuen.«

»Vielen Dank.« Ich nehme ihn in den Arm. »Ich werde sie in Ehren halten.«

»Mach sie doch gleich um, sie passt bestimmt gut zu deinem Kleid.«

Ich lege mir die Kette um den Hals und schließe sie im Nacken. Ein Blick in den Spiegel zeigt mir, dass sie mir wirklich gut steht.

Auf einmal hat Opa Henry Tränen in den Augen.

»Hab ich dir doch gesagt. Keine könnte sie so gut tragen wie du. Und jetzt los, du willst doch nicht den Rest des Tages mit deinem alten Großvater verbringen. Geh raus und triff dich mit deinen Freundinnen.«

Gerne würde ich noch etwas bei ihm bleiben und ihm Gesellschaft leisten, aber ich merke, dass er gerne allein sein möchte. Ich denke, einem kleinen Teil von ihm ist es doch schwergefallen, mir die Kette zu schenken. Aber sie abzulehnen hätte ihn sicherlich noch mehr verletzt. Also drücke ich ihn noch einmal und dann fahre ich mit dem Fahrrad wieder nach Hause. Dabei überlege ich, wie ich mich bei Opa Henry für die Kette bedanken kann. Als ich an einem Park vorbeikomme, habe ich eine Idee. Morgen werde ich die Kette nehmen und sie zusammen mit einer Blume oder einem schönen Strauch fotografieren. Dann werde ich das Foto auf Leinwand drucken und Opa Henry schenken.

Bevor ich mich mit Emma und Isabella treffe, gehe ich noch eine Runde joggen. Ich laufe in den Park, um schon einmal nach schönen Motiven für morgen Ausschau zu halten.

Als ich wieder nach Hause komme, gehe ich noch einmal duschen, danach lege ich mich aufs Sofa und lese ein bisschen. Um halb sechs ziehe ich mich um und mache mich auf den Weg ins Café.

Als ich dort ankomme, bekomme ich einen Schreck.

»Mein Gott Isabella, wie siehst du denn aus? Was ist passiert?«, frage ich sie entgeistert.

Im Gesicht und an den Armen hat sie Schrammen und Schürfwunden, der linke Arm liegt zusätzlich in einer Schlaufe. Doch sie strahlt übers ganze Gesicht.

»Hattest du einen Unfall, oder was? Warum hast du uns nicht angerufen?«

»Luci, entspann dich. Mir geht es gut, mir ist es im Leben noch nie besser gegangen.«

Schwer zu glauben, wenn man sie so sieht.

»Ach übrigens, herzlichen Glückwunsch nachträglich. Hattest du gestern einen schönen Tag?« Auch Emma umarmt mich. »Von mir auch, Luci. Alles Gute.«

»Ja, mein Tag war toll, aber das ist jetzt unwichtig. Nun erzähl schon, wie ist das passiert?«, frage ich.

»Ich weiß gar nicht, wo ich anfangen soll.« Sie macht eine theatralische Pause.

»Also gut, ihr erinnert euch doch noch an die Wahrsagerin, an Aurelia.«

Wie könnte ich das jemals vergessen.

»Ja sicher, das ist doch jetzt …«, Emma überlegt, »… ungefähr vier oder fünf Jahre her, oder?«

»Genau, wisst ihr noch, was sie euch damals gesagt hat?«

Auch das werde ich nicht vergessen, halte mich jedoch noch etwas zurück und warte ab, was Emma antwortet.

»Ja, sicher weiß ich das noch. Aber was hat das alles mit deinem Unfall zu tun?«

»Passt auf. Vor zwei Wochen war ich doch auf der Hochzeit von meiner Arbeitskollegin. Und als sie den Brautstrauß werfen wollte, habe ich mich in die hinterste Reihe gestellt. Schließlich bin ich Single und mir wäre das peinlich gewesen, den Strauß zu fangen.«

Irgendwie kommt mir das bekannt vor, sage aber nichts.

»Ich weiß nicht, wie es passiert ist, aber sie hat mir den Strauß quasi direkt in die Arme geworfen. Ich wäre am liebsten im Erdboden versunken, das könnt ihr mir glauben. Aber – es waren weiße Rosen.« Sie macht eine bedeutungsvolle Pause, aber Emma und ich gucken sie nur verständnislos an.

»Mensch Mädels, steht ihr auf dem Schlauch, oder was? Aurelia hat gesagt: ‹Eines Tages wirst du Blumen in den Händen halten, das werden ganz besondere Blumen sein. Ich sehe keine bunten Blumen, sie sind farblos. Doch obwohl sie farblos sind, sind sie schön. Vertraue diesen Blumen, sie werden halten, was sie versprechen.› Als ich damals nach Hause kam, habe ich mir das aufgeschrieben, deswegen weiß ich das noch so genau. Aurelia hat farblose Blumen gesehen und der Brautstrauß war aus weißen Rosen. Merkt ihr was?«

»Meinst du nicht, dass du da zu viel hineininterpretierst?«, frage ich vorsichtig. »Wen möchtest du denn heiraten? Soviel ich weiß, und nimm mir das jetzt bitte nicht übel, ist leider gerade kein Mann weit und breit zu sehen. Weder bei dir, noch bei Emma, noch bei mir.«

»Nicht ganz.« Sie grinst verschwörerisch.

»Wie, nicht ganz?«, fragt Emma. »Und was hat das jetzt alles mit deinem Unfall zu tun?«

»Gestern Morgen war ich auf dem Weg zur Arbeit, mit dem Fahrrad. An einer Kreuzung hat mich dann ein Auto angefahren.«

Emma und ich reißen zeitgleich unsere Augen auf, aber Isabella fährt fort.

»Ich bin zu Boden gestürzt und war ganz kurz ohnmächtig. Als ich wieder zu mir kam, waren es nicht die Schmerzen, die ich zuerst bemerkte, sondern die Augen, in die ich schaute. So wunderschöne, blaue Augen in einem wunderschönen Gesicht. Und mein erster Gedanke war: Dieser Mann wird der Vater meiner Kinder. Auch wenn ich mich gewehrt habe, hat er darauf bestanden, dass er einen Krankenwagen ruft, er war ganz außer sich vor Sorge und hat sich eine Million Mal entschuldigt. Als der Krankenwagen dann kam, hat er mein Fahrrad in seinen Kofferraum gepackt und sein Auto dort stehen lassen. Er wollte unbedingt mit mir im Krankenwagen mitfahren.«

Emma und ich hängen wie hypnotisiert an ihren Lippen.

»Als wir dann in der Notaufnahme ankamen, haben sie mich direkt in ein Behandlungszimmer gebracht. Erst wollten sie ihn nicht mit zu mir reinlassen, weil er kein Angehöriger war, aber ich habe gesagt, dass das okay für mich wäre. Erst als der Arzt mich dann untersuchen wollte und ich mich ausziehen musste, ist er rausgegangen. Draußen auf dem Flur habe ich dann gehört, wir er mit jemandem telefoniert hat. Und wisst ihr, was er gesagt hat?«

Emma und ich schütteln nur wortlos den Kopf.

»Er hat gesagt: So wahr ich hier stehe, das wird die Mutter meiner Kinder.«

»Oh Mann, Bella, das ist ja so romantisch«, sagt Emma.

»Wann ist das denn passiert?«, frage ich.

»Gestern«, sagt Isabella, »und ich war mir noch nie bei etwas so sicher, aber diesen Mann werde ich heiraten.«

Emma und ich schauen uns an.

»Bella, ist es nicht etwas zu früh, das zu sagen? Ihr kennt euch noch nicht mal 24 Stunden«, warne ich.

»Ich bin ja noch nicht fertig mit meiner Geschichte?«

Ach was, da kommt noch mehr?

»Ratet mal, wie er heißt.«

»Nun spann uns nicht auf die Folter, sag schon.«

»Sebastian Schöön. Versteht ihr, was das bedeutet? Sein Nachname ist Schöön, allerdings mit Doppel-Ö.«

»So was habe ich ja noch nie gehört? Zwei Ö? Das ist aber ungewöhnlich«, wendet Emma ein.

»Ist doch jetzt auch egal«, sagt Isabella ungeduldig, »Fakt ist, er heißt Schöön mit Nachnamen.«

Mir schwant so langsam, worauf Bella hinauswill.

»Als Aurelia sagte, diese Blumen werden nicht bunt, sondern farblos sein, aber trotzdem schön. Und wisst ihr noch, wie sie das Wort schön so betont hat? Ich habe mich damals schon gefragt, warum. Ich habe in dem Moment gedacht, Blumen sind doch immer schön.«

Ich bekomme eine Gänsehaut am ganzen Körper. So langsam wird es gruselig, denn genau das Gleiche habe ich damals auch gedacht.

»Also klarer kann mir das Schicksal doch gar nicht sagen, dass er der Richtige ist, oder?«

Ich erinnere mich, dass Aurelia auch bei Emma schon richtig gelegen hatte mir ihrer Aussage. Und von mir und meinen besonderen, turbulenten Erlebnissen will ich gar nicht sprechen. Habe ich auch bis jetzt nicht. Kein Mensch weiß Bescheid, und ich habe vor, das auch so zu belassen.

Aber so eindeutig zustimmen möchte ich jetzt auch wieder nicht, schließlich war ich diejenige, die damals die meisten Zweifel hatte.

»Okay, Bella, wenn du recht hast, dann freue ich mich wahnsinnig für dich. Dann wünsche ich dir und Herrn Schöön alles Liebe und Gute, ein langes, glückliches Leben und ganz viele Kinder. Wenn du allerdings falsch liegst und er dir das Herz bricht, was ich natürlich nicht hoffe, dann weißt du immer, wo du uns findest. Wir sind immer für dich da. Egal, wie die Sache ausgeht.«

Emma steht auf. »Wartet mal kurz, Mädels, ich bin gleich wieder da.«

»Was hat sie vor?«, fragt Isabella.

Ich zucke die Schultern, ich weiß es auch nicht.

Kurz danach ist Emma wieder da, sie hat eine Flasche Sekt und drei Gläser dabei.

Sie öffnet die Flasche und der Korken springt quer durch das Café. Dann füllt sie die Gläser.

»Lasst uns anstoßen«, sagt sie feierlich, »auf die Liebe.«

»Auf Aurelia«, sagt Isabella.

»Auf die drei Ringe«, sage ich.

Tief in meinem Inneren weiß ich, dass Isabella recht hat. Sie hat ihren Mr. Right gefunden. Alle Zeichen sprechen dafür. Und wieder einmal hoffe ich, dass mein Mr. Right auch nicht mehr lange auf sich warten lässt.

Am nächsten Tag schnappe ich mir meine Kamera und Großmutters Kette und gehe in den Park. Gestern habe ich bereits einen Steingarten gesehen, in dem wunderschöne Grasnelken wachsen. Ich suche eine passende Stelle, drapiere die Kette und fotografiere sie aus einem Winkel, in dem sich das Licht der Sonne in dem blauen Stein bricht. Die grauen Steine, die lilafarbenen Nelken und die blaue Kette geben ein tolles Motiv ab. Als ich mir das Foto anschaue, sehe ich, dass ich es gar nicht viel bearbeiten muss. Sicherheitshalber mache ich noch ein paar weitere Fotos mit gelbem Steinkraut und einer anderen grünen Pflanze, deren Namen ich nicht kenne. Dann fahre ich direkt in mein Fotostudio und schaue mir die Fotos an. Ich entscheide mich dann doch für das Motiv mit dem Steinkraut. Auf einer Leinwand kann ich mir das am besten vorstellen. Als ich das Ergebnis dann in meinen Händen halte, bin ich total begeistert. Es sieht toll aus, Opa Henry wird sich bestimmt freuen und ich kann es kaum erwarten, es ihm zu geben.

Am nächsten Morgen stehe ich pünktlich um neun Uhr bei meinen Eltern in der Küche. Papa hat bereits Arbeitsklamotten an, Arm- und Knieschoner umgebunden und einen Helm auf.

»Luci, sag deinem Vater bitte, dass er nicht unter Tage arbeiten muss, sondern nur ein oder zwei Schränke umstellen soll.« Sie wendet sich ihrem Mann zu. »Ich glaub es wirklich nicht, sieh bloß zu, dass dich kein anderer so sieht.« Sie dreht sich wieder zu mir um. »Wollen wir gehen? Ich kann das gar nicht mehr mit ansehen.«

»Gleich, ich hab noch was für Opa. Ich gehe mal kurz hoch.«

»Ich komme mit«, sagt Papa und folgt mir.

Als wir bei Opa Henry ankommen, muss ich schmunzeln. Auch wenn Opa und Papa nicht blutsverwandt sind, scheinen sie sich doch ähnlicher zu sein, als man denkt, denn auch er hat einen Blaumann und Sicherheitsschuhe an, zusätzlich ziert eine Sicherheitsbrille sein Gesicht.

»Ich warne euch beiden«, sage ich, »wenn Daniel euch so sieht, geht er gleich wieder. Opa, ich habe hier was für dich.« Ich drücke ihm das Bild in die Hand, das ich heute Morgen zu Hause noch mit Papier umwickelt habe, einfach des Überraschungseffektes wegen.

Als er es auspackt und betrachtet, bekommt er einen melancholischen Gesichtsausdruck. Er setzt seine Sicherheitsbrille ab und wischt sich verlegen übers Gesicht.

»Ach, Sonnenschein, das ist so lieb von dir. Das Foto ist wundervoll. Vielen Dank.«

»Ich bedanke mich bei dir, Opa. Such dir einen schönen Platz dafür.« Ich drücke ihn noch einmal, dann trete ich den Rückzug an, Mama wartet schließlich schon auf mich.

Im Treppenhaus kommt mir Daniel entgegen, auch er hat Arbeitsklamotten und Arbeitshandschuhe an, einen Dietrich unter dem einen und einen Werkzeugkasten unter dem anderen Arm. Ich schüttle den Kopf. Wie heißt das Sprichwort? Der Apfel fällt nicht weit vom Stamm. Ich hoffe, dass die drei Männer ihrer Aufmachung gerecht werden und das schaffen, was sie sich vorgenommen haben.

November 2006

Es ist ein Freitagabend Ende November. Ich komme gerade aus dem Studio und freue mich auf ein leckeres Abendessen und ein Glas Wein. Die Woche hatte es mal wieder in sich. Da klingelt es an der Tür. Ich erwarte keinen Besuch, daher bin ich versucht, die Tür gar nicht erst zu öffnen. Aber das bringe ich dann doch nicht fertig. Nachher ist es jemand, der Hilfe braucht. Da ich aber auch nicht lebensmüde bin, man kann ja nie wissen, wer da wirklich vor der Tür steht, schaue ich erst durch den Spion. Und auf einmal bin ich es, die Hilfe braucht. Vor der Tür steht Oliver. Oliver, der Polizist, mein Urlaubsflirt. Augenblicklich bricht mir der Schweiß aus. Was will der denn hier? Wie sehe ich aus? Ich schaue in den Spiegel. Oh Gott, ich sehe aus wie ein zerrupftes Huhn.

»Einen Moment«, rufe ich durch die Tür. Ich stürze ins Bad und mache vier Sachen auf einmal. Ich nehme einen Schluck Mundwasser, bürste meine Haare, lege etwas Make-up auf und sprühe mir einen Schwung Deo unter die Arme. Vor lauter Hektik schlucke ich aus Versehen das Mundwasser runter, anstatt es ins Spülbecken zu spucken. Egal. Nach 30 Sekunden sehe ich etwas besser aus.

Ich stürze zurück zum Eingang, atme zweimal tief ein und öffne betont lässig die Tür. Dann reiße ich die Augen auf und tue so, als wäre ich überrascht. Ich meine, ich bin ja auch überrascht, aber ich hatte ja jetzt schon 30 Sekunden Zeit, mich zu fangen.

»Hola, niña bonita«, sagt Oliver. Oh Mann, ich fasse es nicht, dass er wirklich vor meiner Tür steht.

»Hi, Oliver.« Ich streiche mir meine Haare aus dem Gesicht. »Das ist ja eine Überraschung, komm doch rein.«

Er kommt auf mich zu und gibt mir einen Kuss auf die Wange.

»Woher wusstest du, wo ich wohne?« Es gibt nur zwei Möglichkeiten. Entweder er ist zu meinen Eltern gefahren, das ist schließlich die Adresse, die ich vor ein paar Jahren bei dem Diebstahl angegeben habe. Und die haben ihm gesagt, wo ich wohne. Aber warum sollten sie einem wildfremden Mann meine Adresse geben? Er hätte ja alles Mögliche mit mir vorhaben können. Es sei denn, mein Vater hat ihn zu einem Gläschen eingeladen und ihm ordentlich auf den Zahn gefühlt. Kein sonderlich angenehmer Gedanke. Nein, das glaube ich nicht. Die andere Möglichkeit ist, dass er in seinem Polizeicomputer nach mir gesucht und meine neue Adresse herausgefunden hat. Oder er hat einfach im Telefonbuch geschaut.

»Ich habe so meine Quellen«, sagt er verschwörerisch. »Und die Adresse einer hübschen Frau herauszufinden, ist nicht sonderlich schwer für einen Polizisten.«

In dem Moment höre ich aus der Küche ein zischendes Geräusch. Ach du meine Güte, in der Aufregung habe ich die Nudeln total vergessen. Als ich in der Küche ankomme, ist schon alles übergekocht.

»Hast du Hunger? Ich koche gerade Spaghetti.«

»Komme ich ungelegen? Bekommst du noch Besuch?«

»Nein, ich hatte einen einsamen Abend auf dem Sofa geplant, mit einem Glas Wein und einem schönen Film.«

»Einsam bist du ja jetzt nicht mehr«, zwinkert er mir zu.

Als wir uns zum Essen setzen, frage ich ihn, was er hier in Deutschland macht.

»Ich habe mir vorgenommen, ein Jahr … wie nennt man das … Pausenzeit zu nehmen.«

»Du meinst, eine Auszeit?«

»Ja genau. Eine Auszeit. Ich habe meinen Job gekündigt und werde ein Jahr durch die Welt reisen. Ich war jetzt schon zwei Wochen in Frankreich und jetzt bin ich hier in Deutschland. Ich stehe also noch ganz am Anfang meines Abenteuers. Und nach einem Jahr werde ich gucken, wo es mir am besten gefallen hat, vielleicht kehre ich dann für immer dorthin zurück.«

»Und da hast du gedacht, du willst mal gucken, was ich so mache? Oder ob ich wieder ausgeraubt werde?« Ich grinse.

»Ja, ich wollte dich gerne wiedersehen. Der Abend damals mit dir war wirklich schön.«

»Ja, das war er wirklich.« Wir schauen uns in die Augen.

Ich räuspere mich. »Wo sind denn deine Sachen? Hast du keinen Koffer oder Rucksack dabei?«

»Doch, aber ich habe hier in der Stadt ein günstiges Zimmer. Ich wollte ja nur kurz Hallo sagen.«

Ein kleines bisschen bin ich enttäuscht. Nur kurz Hallo sagen. Ich hatte gehofft, er würde vielleicht etwas länger bleiben.

»Wann musst du denn weiter?«

»Ich habe für Sonntagmittag im Internet eine Mitfahrgelegenheit gebucht. So ein Typ fährt nach Prag, der nimmt mich mit. Das ist ganz günstig und du hast jemanden, mit dem du dich unterhalten kannst.«

»Und was willst du bis Sonntag machen?«

»Hm, das weiß ich noch nicht, ich bin da ganz, wie sagt man, espontáneo.«

»Spontan?«

»Ja genau. Was hast du denn vor am Wochenende?«

»Morgen früh muss ich erst bis 13:00 Uhr arbeiten, danach wollte ich laufen gehen, und mich abends vielleicht mit zwei Freundinnen treffen. Vielleicht irgendwo tanzen gehen. Aber wir haben noch nichts fest ausgemacht.«

Oliver trinkt den letzten Schluck Wein und schaut mich über den Rand seines Glases an.

»Hast du gerade einen Freund?«

»Nein, im Sommer war da mal jemand, aber das hat nicht funktioniert. Wir sind jetzt Freunde, treffen uns manchmal zum Laufen oder wir gehen zusammen Badminton spielen. Und du? Gibt es jemanden, der dich in diesem einen Jahr vermissen wird?«

»Nein, es sei denn, du meinst meine Mutter und meine kleine Schwester?«

Ich muss lachen. »Nein.« Ich mache eine Pause und schaue ihn an. »Du weißt, was ich meine.«

Er schüttelt den Kopf. »Nein, da ist niemand. Ich bin seit einem halben Jahr wieder Single. Bei mir hat es auch nicht funktioniert.«

Einen kurzen Moment sagt keiner was.

»Was hältst du davon, wenn wir den Tag morgen zusammen verbringen?«, fragt Oliver dann.

»Gerne, aber willst du nicht lieber ein bisschen Sightseeing machen? Das ist doch bestimmt aufregender, als den Tag mit mir zu verbringen.«

»Das sehe ich anders.« Er schaut mir wieder lange in die Augen. »Ich finde, es gibt hier so einiges Reizvolles zu entdecken.«

Ich reiße mich von seinem Blick los und fange an, den Tisch abzuräumen. Oliver steht auf und hilft mir. Als ich am Spülbecken stehe, tritt er direkt hinter mich.

»Ist alles in Ordnung?«, fragt er ganz leise.

»Hmhm«, schnurre ich.

Dann streicht er meine Haare aus dem Nacken und verteilt kleine Küsse auf meinem Hals. Ich stützte mich an der Arbeitsplatte ab, weil ich Angst habe, dass mir gleich die Beine wegknicken. Dann drehe ich mich zu ihm um. Sein Blick ist zärtlich, dann schließt er die Augen und küsst mich. Der Kuss scheint unendlich lange zu dauern, und ich genieße jede Sekunde davon. Als er sich von mir löst, schauen wir uns wieder in die Augen.

»Cariño, du bringst mich total durcheinander.«

»Ist das gut oder schlecht?«, frage ich mit einem Lächeln.

»Das weiß ich noch nicht«, sagt er, nimmt mich in den Arm und küsst mich ein weiteres Mal.

Ich will, dass dieser Kuss nie endet. Ein wenig außer Atem schauen wir uns an.

»Soll ich dich morgen früh abholen? Dann begleite ich dich zur Arbeit und danach verbringen wir den Tag zusammen.«

»Ja gerne, das wäre schön. Aber nur, wenn es dir nicht zu langweilig wird.«

»Keine Angst, mit dir wird mir bestimmt nicht langweilig. Dann komme ich um acht Uhr. Okay?«, sagt er mit seiner sanften Stimme.

»Okay, ich freue mich schon.«

»Ich mich auch.«

Ich bringe ihn noch zur Tür.

»Hasta mañana«, sagt er zum Abschied und gibt mir noch einen Kuss auf die Nasenspitze.

»Hasta mañana.«

Am nächsten Morgen stehe ich um sechs Uhr auf, rasiere mir die Beine, dusche mich und stehe eine geschlagene Stunde vor dem Kleiderschrank. Ich probiere gefühlt 20 Outfits an, aber keines will mir so richtig gefallen. Letztendlich, um zwei Minuten vor acht, entscheide ich mich für eine hautenge, hellblaue Jeans und eine weiße Bluse. Praktisch für die Arbeit, aber auch irgendwie schick, vor allem mit meinen geliebten silbernen Creolen. In der allerletzten Sekunde lege ich noch etwas Make-up auf, dann klingelt es schon an der Tür.

»Guten Morgen.« Oliver kommt rein und gibt mir einen Kuss auf die Wange. »Du siehst toll aus.«

»Ach«, ich winke ab, »ich habe mir nur schnell was übergeworfen.«

An seinem Blick sehe ich, dass er mir nicht glaubt, denn er grinst mich an.

»Hast du schon gefrühstückt?«, frage ich ihn.

»Nein, ich dachte, ich könnte dich zum Frühstück einladen.«

»Sorry, die Zeit haben wir nicht, um neun Uhr kommen die ersten Mädels wegen ihrer Bewerbungsfotos. Aber wenn ich mit allem fertig bin, könnten wir irgendwo einen Happen essen gehen. Fürs Frühstück musst du dich mit einem Müsli zufriedengeben. Mehr habe ich gerade nicht da.«

Leider bekommen wir beide nicht so richtig was runter. Bei mir ist es die Aufregung, da ich nicht weiß, was den Tag über noch passieren wird. Und wenn ich Oliver so ansehe, geht es ihm genauso.

Als wir im Fotostudio ankommen, dreht Oliver erst mal eine Runde und schaut sich die ganzen Fotos an, die überall hängen. Ich bereite die Scheinwerfer und die Kameras vor. Zwei junge Frauen, die im Januar mit ihrer Ausbildung fertig sind, brauchen Bewerbungsfotos und haben für heute einen Termin.

Die beiden scheinen Freundinnen zu sein, denn sie kommen gemeinsam. Sie haben sich hübsch zurechtgemacht und versuchen, eine gewisse Seriosität auszustrahlen. Die ist jedoch schnell dahin, als sie Oliver entdecken. Sie fangen direkt an zu tuscheln und schauen immer wieder zu ihm rüber, so lange, bis er sie anlächelt. Ihr sorgfältig aufgelegtes Make-up kann leider nicht verdecken, dass sie ganz rot im Gesicht werden. Um die Chancen auf gute Bewerbungsfotos zu erhöhen, schicke ich Oliver in mein Büro, außer Sichtweite der beiden.

»Ist das Ihr Freund?«, fragt die eine.

»Das ist ein Freund, er kommt aus Spanien.« Die beiden kriegen ganz große Augen.

»Wissen Sie, ob er eine Freundin hat? Er ist nämlich echt süß.« Die andere verrenkt sich fast den Hals, um irgendwie einen Blick in mein Büro zu erhaschen.

»Nein, er hat keine Freundin, aber er bleibt auch nicht lange. Morgen reist er wieder ab.«

»Oh, schade«, sagt die Erste wieder.

»So Mädels, seid ihr bereit? Können wir loslegen?«, frage ich. »Ihr seht wirklich super aus, das werden tolle Fotos, das verspreche ich euch.«

Nach einer halben Stunde habe ich beide fotografiert. Ein paar Minuten brauche ich, um die Fotos noch etwas zu bearbeiten, unter anderem speichere ich sie auch einmal in Schwarz-weiß ab. Dann können sie selber entscheiden, was ihnen besser gefällt. Manche hätten gerne die farbige Version, andere bevorzugen die schwarz-weiße Variante.

Nachdem sie gegangen sind, kommt auch schon die nächste Kundin. Sie ist hochschwanger und möchte ein paar Erinnerungsfotos mit ihrem Babybauch haben. Sie hat selber ein paar Kleidungsstücke und Accessoires mitgebracht, mit denen sie sich hübsch und teilweise auch sexy in Szene setzt. Die Fotos werden der Knaller.

Um kurz vor eins verlässt die werdende Mama glücklich das Studio.

»Es macht Spaß, dir bei der Arbeit zuzusehen. Du machst das mit so viel Leidenschaft und Freude. Du bist richtig gut und deine Fotos sind echt toll«, sagt Oliver.

»Danke schön, ich mache das auch wirklich gerne. Ich kann mir nichts Schöneres auf der Welt vorstellen.«

»Du meinst noch schöner als Sex?«, fragt er provokant.

Ich merke, wie ich rot werde, genau wie die Mädels heute Morgen.

»Nun ja, ich meine als Job gibt es nichts Schöneres als Fotografieren. Das andere macht aber auch Spaß.«

Wir verlassen den Laden und gehen Richtung Innenstadt. Da wir beide zum Frühstück nicht viel gegessen haben, gehen wir in ein Bistro und studieren die Speisekarte. Oliver wählt einen Burger, ich einen Salat. Wir reden über tausend Sachen, wir lachen, wir flirten. Immer wieder streift Oliver wie zufällig meine Hand. Nachdem wir aufgegessen haben, zahlt er die Rechnung und wir machen einen langen Spaziergang.

Als es langsam dunkel wird, schlägt er vor, dass wir bei mir etwas Leckeres kochen können. Er überredet mich zu einer Paella, also kaufen wir die entsprechenden Zutaten ein. Als wir wieder in meiner Wohnung ankommen, öffne ich eine Flasche Wein und lege meine Lieblings-CD mit Songs aus den 90ern in den CD-Player. Oliver macht sich an die Zubereitung des Essens, und schon nach ein paar Minuten duftet die ganze Wohnung nach Knoblauch und anderen Gewürzen. Als ich ihm etwas zur Hand gehe, berührt er mich immer wieder am Arm oder er streift mit seiner Hand meine Hüfte. Im Hintergrund läuft gerade eine meiner Lieblingsballaden. Die Atmosphäre ist wie elektrisch aufgeladen und ich werde immer nervöser, obwohl wir schon den ganzen Tag gemeinsam verbracht haben.

Auf einmal schmeißt Oliver den Kochlöffel in die Spüle und stellt den Herd aus.

»Ich kann das jetzt nicht mehr.« Er kommt auf mich zu, nimmt mein Gesicht in seine Hände und küsst mich. Stürmisch und voller Verlangen. Er drückt mich an die Wand und ich spüre seinen Körper an meinem. Ich habe das Gefühl, in Flammen zu stehen.

Er hebt mich hoch und ich schlinge meine Beine um seine Hüften, dann trägt er mich zum Sofa und stellt mich wieder auf die Füße. Ganz langsam fängt er an, meine Bluse aufzuknöpfen, um sie dann von meinen Schultern zu streifen.

»Du bist so wunderschön.« Wieder küsst er mich und fährt langsam mit seinen Fingern die Konturen meines BHs nach. Diese Berührung lässt mich erschauern.

Ich ziehe sein T-Shirt aus seiner Hose, sodass er es sich über den Kopf streifen kann. Ich streichle seine nackte Brust, die sich vor Erregung hebt und senkt. Er geht in die Knie, küsst meinen Bauch und öffnet meine Hose, die er mir dann ganz langsam auszieht. Nachdem er seine eigene Hose ebenfalls ausgezogen hat, schubst er mich zärtlich, sodass ich in die weichen Kissen falle. Dann legt Oliver sich vorsichtig auf mich, küsst mich und streichelt mich überall. Ich stehe kurz vor einer Explosion, und als ich in seine Augen schaue, sehe ich, dass es ihm genauso geht.

Ein paar Minuten später liegen wir beide eng umschlugen

und atemlos auf dem Sofa. So was habe ich noch nie erlebt. Die Nacht damals mit ihm war schon toll, aber das hier war der Wahnsinn.

»Oh Baby, du bist der Hammer!«, sagt Oliver.

»Ja, ich weiß, das hat man mir schon oft gesagt«, antworte ich grinsend. »Und weißt du was, ich habe Hunger. Und du hast so toll gekocht. Was meinst du?«

Er steht auf, reicht mir seine Hand und zieht mich vom Sofa hoch dicht an sich heran. Er deutet einen Kuss an, fängt dann aber an zu lächeln. »Dann lassen sie uns essen, my Lady.«

Beim Essen erzählt er mir, wo er überall hinreisen möchte. Morgen geht es nach Prag, danach geht es über Wien nach Rumänien, Bulgarien und danach in die Türkei. Danach entscheidet er spontan, wie es weitergehen soll.

Ich könnte ihm stundenlang zuhören, von seinen Plänen, von seinen Träumen. Plötzlich wird er ernst.

»Cariño, komm mit mir. Mach dein Studio für ein Jahr zu und begleite mich. Das wird toll. Ich verspreche dir, dass ich auf dich aufpasse und dass ich für dich sorgen werde.«

Mir verschlägt es die Sprache. Nach diesem Tag, nach diesem Abend, bin ich kurz davor, Ja zu sagen, aber dann setzt mein Verstand ein. Ich kenne ihn kaum, keine Frage, der Tag war wundervoll, und der Abend noch viel mehr. Aber ich kann nicht einfach mein Leben über den Haufen werfen, meinen Job hinschmeißen und meine Familie verlassen.

Ich atme tief ein.

»Oliver, vielen Dank für das Angebot. Ich weiß das wirklich zu schätzen. Aber ich kann hier nicht einfach alles hinter mir lassen. Mein Fotostudio läuft super und ich liebe das, was ich mache. Bitte, versteh das nicht falsch, der Tag war toll. Das eben war wunderschön. Aber ich glaube, um mit dir zu kommen«, ich mache eine kurze Pause und lege meine Hand auf mein Herz, »dafür reicht es einfach nicht. Bitte sei mir nicht böse. Du bist ein toller Mann, aber ich kann dich nicht begleiten. Ich hoffe, du verstehst das.«

Er legt seine Hand an meine Wange.

»Ach Süße, aber natürlich verstehe ich das. Das wäre auch ein sehr großer Schritt, das kann ich nicht von dir verlangen. Ich hätte mich aber trotzdem gefreut, wenn du ja gesagt hättest, glaube mir.«

Dann legen wir uns gemeinsam aufs Sofa und hören noch ein wenig Musik. Kurz nach Mitternacht steht Oliver auf, hebt mich auf seine Arme und trägt mich ins Schlafzimmer. Dort kuscheln wir uns unter die Decke und schlafen Arm in Arm ein.

Als ich am nächsten Morgen aufwache, ist er fort. Ein Zettel liegt auf dem Kopfkissen.

»Mi amor, ich wollte dich nicht wecken, du hast so süß geschlafen. Ich danke dir für alles, für den gestrigen Tag und vor allem für deine Ehrlichkeit. Ich verspreche dir, ich werde dich nie vergessen und vielleicht denkst du auch hin und wieder an mich. Ich wünsche dir alles Glück der Welt, denn wenn es jemand verdient hat, dann du. In Liebe, Oliver.

P. S. Um 13:00 Uhr werde ich am Bahnhof abgeholt. Vielleicht …«

Februar 2007

Fast hätte ich mein Handy nicht gehört, da es irgendwo tief in meiner Handtasche vergraben ist. Morgens auf dem Weg zur Arbeit ruft normalerweise noch keiner an. In letzter Sekunde fische ich es heraus und drücke auf den grünen Hörer. Ich komme gar nicht dazu, Hallo zu sagen, da legt sie schon los.

»Hi Luci, ich habe Neuigkeiten. Heute Abend 18:00 Uhr im Bistro.«

Ich muss grinsen. »Hallo Isabella, dir auch einen schönen guten Morgen, mir geht es gut, vielen Dank der Nachfrage. Wie geht es dir?«

»Ach Mensch Luci, lass das doch, ich bin total aufgeregt, ich kann es gar nicht erwarten, euch meine Neuigkeiten zu erzählen.«

Ich merke, dass sie kurz vorm Platzen ist, aber ich will sie zappeln lassen und sage so gleichgültig, wie es geht: »Dann bis heute Abend, ciao.«

»Okay, wenn du darauf bestehst.« Sie macht eine kurze Pause, eigentlich rechne ich sogar mit einem kleinen Trommelwirbel. »Er hat mir einen Antrag gemacht. Sebastian will mich heiraten. Ist das nicht aufregend?«

Ihre Stimme ist zwei Oktaven höher als sonst.

»Hey, herzlichen Glückwunsch, Bella. Oh, ich freue mich so für euch beiden.«

»Ach Mann, ich wollte es dir jetzt noch gar nicht erzählen, erst heute Abend. Aber du wolltest es ja unbedingt wissen.«

»Natürlich, ich habe dir auch quasi das Ende unserer Freundschaft angedroht, wenn du es nicht tust.«

»Eben. So, und jetzt muss ich weiterarbeiten, bevor mein Chef wieder zurückkommt. Bis heute Abend.«

Wir legen auf. Fünf Minuten später klingelt es wieder. Dieses Mal ist es Emma, auch sie verzichtet auf die Begrüßung.

»Hast du schon gehört? Bella wird heiraten. Oh, wie aufregend. Eine Hochzeit. Da lernt man so viele neue Leute kennen. Was meinst du, wen von uns beiden wird sie als Trauzeugin auswählen? Oder kann sie uns beide nehmen?«

»Emma.«

»Oh Luci, ich wäre so gerne ihre Trauzeugin. Bitte, bitte.«

Sie ist so aufgeregt, man könnte meinen, sie hat den Antrag bekommen.

»Emma!«

»Ja, ich weiß, du möchtest auch gerne, aber wenn ich mal heirate, dann wirst du auf jeden Fall meine Trauzeugin.«

»Emma!«, rufe ich in den Hörer. »Bleib doch mal locker. Es steht doch noch gar nichts fest. Er hat sie doch gerade erst gefragt. Ich denke, heute Abend wird sie uns alles erzählen.«

Auf einmal kippt ihre Stimmung und sie wird nachdenklich. »Ich will auch endlich jemanden kennenlernen, Luci. Warum klappt das nicht bei mir?«

»Ach Herzchen, mir geht es doch genauso. Aber weißt du was? Wir werden auch noch glücklich, da bin ich mir sicher. Sieh mal, wir sind doch noch so jung. Wir haben noch alle Zeit der Welt.«

Sie schnieft etwas. »Du hast recht. Irgendwo wartet schon jemand auf uns.« Dann holt sie einmal tief Luft. »Bis heute Abend dann.«

»Bis heute Abend, Emma.«

Ich habe das Handy gerade wieder in die Tasche gelegt, da klingelt es erneut.

Das gibts doch gar nicht. Bin ich neuerdings beim Call Center angestellt, oder was?

Ich schaue aufs Display, dieses Mal ist es Kira.

»Hallo Schätzchen, wie geht es dir?«, flötet sie mir ins Ohr.

»Hi Kira, mir gehts gut. Ich bin gerade zu Fuß auf dem Weg zur Arbeit. Wo bist du? Liegst du an irgendeinem Strand in der Karibik? Oder versuchst du dein Glück in einem Casino am anderen Ende der Welt?«

»Nein, stell dir vor, ich bin gestern Abend wieder zurückgekommen. Ich war auf den Malediven. Ich sag dir, traumhaft war das. Aber ich werde jetzt erst mal ein paar Wochen hier verbringen. Noch ein wenig die Kälte genießen. Im Mai geht es dann nach Südamerika.«

»Ja, ich habe deine Karte bekommen, mittlerweile sind es so viele, ich kann schon mein ganzes Wohnzimmer damit tapezieren. Ach Kira, ich beneide dich total. Du siehst dir die ganze Welt an. Das ist echt toll. Hey, wenn du jetzt hier bist, dann lass uns doch mal zum Essen treffen. Dann kannst du mir alles erzählen, was du in den letzten Monaten so erlebt hast.«

Ich überquere gerade den letzten Zebrastreifen vor dem Fotostudio, da höre ich ein Quietschen. Als ich in die Richtung gucke, aus der das Geräusch kommt, sehe ich einen Roller. Aufgrund der glatten Straße kann er nicht mehr bremsen und kommt in einem Affenzahn direkt auch mich zu. Ich bin wie hypnotisiert und bleibe stocksteif auf der Stelle stehen.

Ich höre noch die Stimme der Fahrerin: »Ohhhhh, Scheiße.« Dann kippt der Roller zur Seite, schlittert auf mich zu und reißt mir die Beine weg. Ich falle zu Boden und schlage mit dem Kopf auf. Glücklicherweise federt meine Handtasche den Aufprall etwas ab. Trotzdem bin ich leicht benommen, fühle Schmerzen im Rücken und im Nacken, außerdem im rechten Fuß. Ich höre Kiras Stimme aus meinem Handy. »Luci? Luci? Hörst du mich? Ist was passiert? Sag doch was. Luuuuuciiiiii?«

Mittlerweile ist jemand zu uns geeilt, der Stimme nach zu urteilen, ein junges Mädchen. Sie ruft einen Krankenwagen und die Polizei.

Als sie auflegt, läuft sie zur Rollerfahrerin und hilft ihr auf, scheinbar ist ihr nicht viel passiert. All das höre ich mehr, als dass ich es sehe. Auf einmal spüre ich, wie sich vorsichtig eine Hand auf meine Schulter legt.

»Hallo, können Sie mich hören? Wie geht es Ihnen?«

Ich kann nur leise murmeln, weil ich Angst habe, dass die Schmerzen stärker werden, wenn ich mich bewege. Langsam öffne ich die Augen. Erleichterung spiegelt sich in ihrem Gesicht. »Keine Sorge, der Krankenwagen ist bereits auf dem Weg. Bleiben Sie liegen, nicht bewegen.«

»Danke«, hauche ich nur leise.

Nach und nach komme ich immer mehr zu mir. Als der Krankenwagen eintrifft, bin ich schon fast wieder ganz wach. Auch die Polizei ist mittlerweile angekommen, ein Beamter spricht gerade mit der Rollerfahrerin.

»Sie ist mir einfach so vor den Roller gelaufen«, beschwert sie sich.

»Aber das ist doch hier ein Zebrastreifen. Da haben Fußgänger Vorrang«, sagt der Polizist.

»Ja schon, aber sie war auf einmal da, ist aufgetaucht wie aus dem Nichts«, antwortet sie zickig.

Das ist mal wieder typisch. Isabella trifft bei einem Unfall ihren Traummann und ich muss mich von so einem dämlichen Drachen umfahren lassen.

»Hören Sie«, fährt der Polizist fort, »niemand erscheint

einfach so aus dem Nichts. Sind Sie sicher, dass Sie nicht etwas schnell unterwegs waren?«

Mehr bekomme ich nicht mit, denn auf einmal steht eine junge Sanitäterin vor mir und fragt nach meinen Beschwerden. Ich berichte ihr, wo ich Schmerzen habe. Daraufhin untersucht sie mich vorsichtig, legt mir eine Halskrause an und dann legen sie mich zu zweit auf die Trage. Dann werde ich auch schon in den Krankenwagen geschoben.

»Sollen wir jemanden anrufen?«, fragt sie mich.

»Ja bitte, meine Mutter. Mein Handy muss hier irgendwo auf der Straße liegen. Wenn Sie es mir bitte bringen, dann mache ich das selber.«

»Ja natürlich, vielleicht wollen Sie auch noch selber ins Krankenhaus fahren. Hören Sie, wir kümmern uns um Sie und wir rufen auch Ihre Mutter an.«

Auf einmal kann ich von draußen Stimmen hören, die immer lauter werden. Eine davon kenne ich. Kira versucht vehement, den anderen Sanitäter davon zu überzeugen, dass sie zu mir in den Krankenwagen steigen darf.

»Das da draußen ist meine Freundin, Sie können sie reinlassen«, sage ich.

»Okay, dann kann sie vielleicht auch ihre Mutter anrufen.«

Ich nicke, merke aber, dass das gar nicht gut ist, denn der Schmerz ist immer noch da.

»Timo, lass sie rein, das ist eine Freundin.« Kurz darauf steigt Kira ein und setzt sich auf die kleine Bank.

»Mensch Luci, was machst du denn für Sachen? Ich habe am Telefon nur gehört, wie es gekracht hat. Und als du nicht geantwortet hast, bin ich einfach los. Ich kenne ja deinen Weg zur Arbeit. Und dann habe ich dieses Chaos hier vorgefunden. Wie geht es dir?«

»Na ja, ging mir schon besser. Würdest du mit ins Krankenhaus kommen? Und vielleicht kannst du auch meine Mutter anrufen.«

»Aber natürlich mache ich das.«

»Hier, nehmen Sie mal die Sachen?« Die Sanitäterin drückt Kira meine Handtasche in die Hand. Eine Minute später fahren wir los in Richtung Krankenhaus.

Als wir dort ankommen, werde ich direkt auf links gedreht. Nach einem MRT stellt sich heraus, dass lediglich zwei Wirbel ausgerenkt sind. Außerdem habe ich eine leichte Gehirnerschütterung und einen verstauchten Fuß. Zur Beobachtung muss ich zwei Tage im Krankenhaus bleiben.

Als ich auf ein Krankenzimmer gebracht werde, höre ich von Weitem schon die Stimme meiner Mutter. Die Schwester hat noch nicht ganz das Bett in Position gebracht und die Bremse festgestellt, da stürzt sie schon ins Zimmer. Im Gesicht hat sie hektische Flecken und ihre Ader an der linken Schläfe tritt hervor, ein untrügliches Zeichen dafür, dass sie unter Stress steht.

»Mensch Luci, was machst du denn für Sachen?«

Sie betastet meinen ganzen Körper, um sicherzugehen, dass noch alles dran ist und nicht jemand unbemerkt einen Unterschenkel amputiert hat.

»Mama, es ist alles gut. Es sind nur zwei Wirbel ausgerenkt, ich habe eine leichte Gehirnerschütterung und einen verstauchten Fuß.«

»Nur? Machst du Witze?«

»Es hätte auch schlimmer kommen können, und wie du siehst, geht es mir so weit gut. Ich kann bestimmt übermorgen schon wieder arbeiten.«

»Das ist nicht dein Ernst, oder? Wie willst du denn so arbeiten? Kira, sag ihr, dass das eine Schnapsidee ist.«

»Luci, ich denke, deine Mutter hat recht. Du solltest jetzt erst mal wieder auf die Beine kommen und gesund werden.«

»Aber zumachen möchte ich nicht. Ich habe so viele Aufträge für die nächsten Tage. Zwei Taufen, eine Hochzeit und noch einige kleine Sachen.« Da kommt mir eine Idee. »Kira, willst du dir vielleicht was dazu verdienen? Ich hätte da einen Job für dich.«

»Oh Luci, liebend gerne. Es wäre mir eine Freude, mal wieder ein paar Tage zu arbeiten. Und ich will da kein Geld für haben, dass das klar ist.«

»Jaja, da reden wir dann später drüber. Ich danke dir. Dann nimm dir mal den Schlüssel aus meiner Handtasche. Du kennst dich ja aus im Studio.«

Sie schnappt sich die Schlüssel, drückt mich und Mama noch einmal und ist dann verschwunden.

»Ich habe jetzt nichts dabei, als Kira angerufen hat, bin ich direkt hierhergekommen. Aber Papa ist in deine Wohnung gefahren und sucht dir ein paar Sachen zusammen«, sagt Mama. »Jogginganzug, Nachthemd, Unterwäsche, Zahnbürste, na ja, was man halt alles so braucht. Der müsste eigentlich längst hier sein, ich weiß gar nicht, wo der so lange bleibt. Hoffentlich findet er auch alles. Du kennst ja Papa, manchmal sieht er den Wald vor lauter Bäumen nicht.«

»Wird er schon. So groß ist mein Schrank ja nicht.«

»Warten wir's ab. Dann erzähl doch erst mal, wie das alles passiert ist.«

Ich fange beim Telefonat mit Isabella an und ende mit der Untersuchung im MRT.

Auf einmal geht die Tür auf und Papa kommt rein, in der Hand meine Sporttasche. Er hat sie so vollgepackt, dass sie fast platzt.

»Julius, was hast du denn da alles eingepackt? Das Kind soll doch nur zwei Tage bleiben, nicht zwei Monate.«

»Woher soll ich das denn wissen? Du hast nur gesagt: ‹Schnapp dir Lucis Schlüssel, hol ein paar Sachen und komm zum Krankenhaus.› Ist doch jetzt egal, Hauptsache, sie hat was hier, und was sie nicht braucht, nimmt sie halt wieder mit nach Hause.«

Er wendet sich zu mir.

»Hey Liebes, wie geht es dir? Was ist passiert?«

Also erzähle ich die Geschichte noch einmal.

»Die verklagen wir, niemand fährt ungestraft unsere Tochter um, ist das klar?« Da kommt wieder der Anwalt in meinem Vater zum Vorschein.

»Nun beruhig dich doch mal, warten wir ab, was die Polizei rausfindet. Ich denke, die werden sich mit Sicherheit bei Luci melden und dann sehen wir weiter«, beruhigt meine Mutter ihn.

Mein Vater will gerade protestieren, da geht die Tür auf und eine Krankenschwester kommt mit einem Essenstablett rein. Erst da merke ich, dass ich den ganzen Tag noch nichts zu mir genommen und somit einen Mordshunger habe. Ich stürze mich auf den Teller.

»Ihr könnt aber gehen, wenn ihr wollt. Ich komme schon klar.«

Die beiden schauen sich an und ich merke, dass irgendetwas ist.

»Was ist los? Ich kenne euch beiden doch. Raus mit der Sprache.«

»Eigentlich wollten wir es dir nicht sagen, weil du gerade selber andere Probleme hast, und wir wissen, dass du dir gleich Gedanken machst. Aber Opa Henry ging es heute Morgen nicht so gut. Daher wäre es wirklich gut, wenn wir nach ihm sehen könnten. Du bist hier ja in guten Händen.«

»Was hat er denn? Ist es was Schlimmes?« Sie haben recht, ich mache mir direkt Sorgen.

Meine Mutter winkt ab. »Nein, nein, ihm war nur etwas schwindelig. Wahrscheinlich hat er wieder zu wenig getrunken.«

»Mama, wenn irgendetwas ist, dann ruft mich bitte sofort an, ja. Und jetzt fahrt schon, mir geht es gut.« Ich scheuche sie aus dem Zimmer.

»Bis heute Abend, mein Schatz«, ruft mein Vater noch und dann sind sie auch schon weg.

Als ich mit dem Essen fertig bin, öffnet sich erneut die Tür.

Zuerst sehe ich nur den Rücken einer Krankenschwester, dann folgt ein Krankenbett. Als sie das Bett an mir vorbeischiebt, um es an den Fensterplatz zu stellen, sehe ich, wer darin liegt, und kann es kaum glauben.

»Gina, was machst du denn hier?«, frage ich erstaunt.

Sie schaut mich etwas ratlos an.

»Erinnerst du dich, damals das Fotoshooting mit der Band?«

Da scheinen die Würfel bei ihr zu fallen.

»Oh Gott, das Scheinwerfermädchen. Du hast mir gerade noch gefehlt. Als hätte ich nicht schon genug Sorgen.«

Das Scheinwerfermädchen? Wie nett.

»Hey Schwester, stellen Sie bitte alles, was umfallen kann, außer Reichweite von ihr. Sehen Sie die Narbe hier?« Sie zeigt auf Ihre Stirn und dann auf mich. »Die habe ich ihr zu verdanken.«

Die Krankenschwester scheint etwas genervt zu sein.

»Ja, ja, Sie armes Mädchen. Sie haben es sicher ganz schwer.« Dann verlässt sie unser Zimmer.

Ich mache einen neuen Versuch und hoffe, Gina geht mir nicht an die Gurgel, wenn ich sie noch einmal anspreche.

»Was ist dir denn passiert? Warum liegst du hier im Krankenhaus?«

»Ach, mein Freund und ich waren im Wald spazieren. Da kam auf einmal ein riesengroßer Hund auf uns zugeschossen und hat mich angesprungen. Ich bin so unglücklich gestürzt, dass ich mir den Unterarm gebrochen habe. Letzte Woche wurde mir eine Platte eingesetzt und jetzt soll ich noch bis zum Wochenende hierbleiben. Aber ich kann nicht. Ich muss hier raus, spätestens morgen. Wir wollen Urlaub machen und der Flieger geht am Freitag. Und mir geht es gut, verdammt noch mal. Ich werde noch wahnsinnig hier.«

Verzweifelt schlägt sie ihre Hände vors Gesicht.

»Habt ihr keine Reiserücktrittversicherung?«

»Scheiße, nein. Deswegen wollen wir unbedingt. Also ich will unbedingt. Wenn es nach meinem Freund geht, würden wir die Reise abblasen. Dann müssen wir zwar trotzdem zahlen, aber er sagt, meine Gesundheit geht vor.«

Wo er nicht ganz unrecht hat, denke ich, hüte mich aber, das laut zu sagen.

»Und warum bist du hier?«

Ich berichte ihr von meinem Unfall und von der Tatsache, dass ich übermorgen schon wieder entlassen werde.

»Hey Lisa, ich habe eine Idee.«

»Luci.«

»Wie bitte?«

»Ich heiße Luci.«

»Aber René hat gesagt, du heißt Lisa. Egal, Luci. Ich habe eine Idee. Du schuldest mir ja noch einen Gefallen. Da sind wir uns doch einig, oder?« Sie deutet wieder auf ihre Narbe.

»Ja«, sage ich vorsichtig.

»Du hilfst mir, hier rauszukommen. Ich ziehe deine Klamotten an – du hast doch Klamotten hier, oder?«

Ich nicke, obwohl mir gar nicht gefällt, was ich da höre.

»Super, also, ich ziehe deine Klamotten an, und morgen, wenn dann wieder mehr los ist, dann haue ich ab. Was sagst du, hilfst du mir?«

»Also ganz ehrlich, so richtig gut finde ich das nicht. Die Ärzte wollen dich doch nicht ohne Grund noch hierbehalten. Was ist, wenn sich dein Arm auf eurer Reise entzündet? Was machst du dann?«

»Das wird er schon nicht. Also was ist jetzt, hilfst du mir oder nicht?«

»Was ist denn mit deinen Klamotten, warum ziehst du die denn nicht an?«

»Die haben sie mir weggenommen und meinem Freund gegeben, vor zwei Tagen habe ich schon mal versucht, abzuhauen, im letzten Moment haben sie mich noch erwischt und dann alles einkassiert.«

Ich überlege, was ich machen soll, denn ich finde es echt nicht gut, was Gina da vorhat.

»Wenn du es nicht machst, dann rufe ich eine Freundin an, die bringt mir dann Klamotten. Ich schaffe es also mit und ohne deine Hilfe.«

»Alles klar, auch wenn ich es nicht gut finde, dass du

deine Gesundheit so aufs Spiel setzt. Warte, ich schaue mal gerade, was mein Vater mir alles mitgebracht hat.«

Ich öffne meine Tasche und finde tatsächlich Klamotten für mehrere Wochen.

»Was ist mit Unterwäsche?«, frage ich.

»Hab ich noch. Ich brauche nur ein T-Shirt oder einen Pullover und eine Hose. Und eine Jacke wäre auch super.«

»Pullover und Hose sind kein Problem. Aber eine zweite Jacke habe ich nicht hier. Nur die, die ich anhatte, als ich eingeliefert wurde.«

»Super, dann nehme ich die.«

Ich bin etwas sprachlos. Gina kramt in ihrer Schublade und holt ihr Portemonnaie raus. Dann hält sie mir ein paar 50 Euro und 100 Euro Scheine entgegen.

»Hier, davon kannst du dir eine neue Jacke kaufen.«

»Das ist viel zu viel, so viel hat die nicht gekostet.«

»Ist mir egal, Hauptsache ich bin morgen hier raus. Eine Sonnenbrille wäre noch super.«

»Tut mir leid, die habe ich leider nicht. Aber meine Eltern kommen nachher noch mal, die könnten mir eine mitbringen.«

»Dann sag ihnen Bescheid. Los, mach schon«, drängelt sie.

Ich nehme mein Handy und schreibe meiner Mutter eine SMS.

Prompt kommt die Antwort. »Was willst du mit einer Sonnenbrille? Es ist Februar.«

»Bitte nicht fragen, einfach mitbringen. Danke.«

»So, erledigt«, sage ich.

»Prima, danke.«

Ein paar Minuten sagt keiner was.

»Und was machst du so?«, fragt Gina auf einmal.

»Ich bin Fotografin, ich habe das Geschäft von Kira übernommen.«

Gina scheint erstaunt, denn sie zieht die Augenbrauen hoch. »Guck an, das hätte ich dir gar nicht zugetraut. Damals habe ich gedacht, du kannst eins und eins nicht zusammenzählen.«

»Vielen Dank auch«, erwidere ich etwas gekränkt.

»Nicht böse sein, aber du hast dich an dem Tag nicht besonders geschickt angestellt.«

»Ja, das ist richtig, aber das war nur die Nervosität wegen der Jungs. Besonders René fand ich damals toll.«

»Ach, das ist der größte Arsch, den es gibt.«

»Ja, das habe ich von Emma gehört.«

»Stimmt, deine Freundin war ja kurz mit ihm zusammen. Na, das ist ja eine tolle Freundin. Wenn du ihn doch so toll gefunden hast, dann hätte sie eigentlich die Finger von ihm lassen müssen.«

»Nein, nein. Emma wusste das nicht, es ging alles so schnell damals, ich hatte ihr das nicht gesagt.«

»Ah okay, und wie sieht es jetzt mit der Liebe so aus? Hast du einen Freund? Oder bist du schon verheiratet?«

Jetzt bin ich es, die nachdenklich schweigt.

Soll ich ihr von Phillip und Oliver erzählen? Warum eigentlich nicht? Also berichte ich ihr von den beiden Jungs und auch von Olivers Besuch letzten November.

»Und dann bist nicht mehr zum Bahnhof gefahren, um Oliver noch einmal zu sehen? Wenn das wirklich so ein gut aussehender Typ war, dann hätte ich mir den nicht durch die Lappen gehen lassen.«

»Das war ja das Problem, ich denke, er weiß, wie gut er

aussieht. Und ich hatte einfach Angst, dass ich nach ein paar Wochen uninteressant für ihn geworden wäre. Und dann hätte ich irgendwo auf der Welt gestanden und nicht gewusst, was ich hätte tun sollen.«

»Oder aber er hätte sich wirklich um dich gekümmert und ihr hättet ein richtig geiles Jahr gehabt.«

»Vielleicht, es ist jetzt sowieso zu spät. Aber es ist in Ordnung so, wie es ist. Und ich bin mir sicher, dass irgendwo der Richtige auf mich wartet. Schließlich …«. Ich verstumme, fast hätte ich ihr von Aurelia erzählt.

»Schließlich was?«

»Schließlich heißt es doch, auf jeden Topf passt ein Deckel. Und da glaube ich fest dran.«

»Dann glaub du da mal dran und warte ab. Ich bin fest entschlossen, meinem Schicksal einen Tritt in den Hintern zu geben, daher will ich unbedingt hier raus und mit Tom diese Reise machen.«

Sie steigt aus dem Bett und schnappt sich ihre Zigaretten.

»Und morgen ziehen wir das durch. Ich verlasse mich auf dich.« Mit diesen Worten verlässt sie das Zimmer und lässt mich nachdenklich zurück.

An nächsten Morgen habe ich das Gefühl, unser Plan ist mir direkt auf die Stirn tätowiert. Gina hat sich schon meine Klamotten und die Sonnenbrille zurechtgelegt, die meine Mutter gestern Abend noch gebracht hat. Seit gestern weiß ich auch, dass es Opa Henry wieder besser geht. Papa war mit ihm noch beim Arzt, der hat ihn untersucht und nichts feststellen können. Er hat ein Aufbaupräparat erhalten und den Rat, mehr zu trinken.

Jetzt habe ich aber neue Sorgen, nämlich Gina bei ihrer Flucht zu helfen. Sie hatte noch die Idee, der Schwester weiszumachen, dass wir uns nicht ausstehen können. Sie hat sich beschwert, dass ich angeblich laut schnarche und zu oft telefoniere. So kommen die Schwestern vielleicht nicht auf die Idee, dass wir beiden unter einer Decke stecken. Ich hoffe, ihr Plan geht auf.

Nach dem Mittag ist es so weit. Sie zieht sich an, setzt die Sonnenbrille auf und hockt sich auf mein Bett, mit dem Rücken zur Tür, die nach ein paar Minuten aufgeht.

»Wo ist denn Ihre Zimmernachbarin?«, fragt die Schwester. »Sie hat ja gar nichts gegessen.«

»Ich weiß es nicht, ich glaube, sie wollte sich mit einer Freundin unten in der Cafeteria treffen. Ist mir aber auch egal, wo die ist.«

»Ja, ich habe schon gehört, Sie beiden werden nicht mehr die besten Freundinnen.«

»Da haben Sie recht.«

Sie schnappt sich beide Tabletts und verschwindet wieder, ohne Gina auch nur zu beachten.

»Puh, ich hätte nie gedacht, dass das klappt. Wahnsinn.«

»Hab ich dir doch gesagt.« Sie schiebt die Sonnenbrille auf die Nasenspitze und schaut mich an. »Ich danke dir, Luci. Ich würde sagen, jetzt sind wir quitt.«

»Ich finde es immer noch nicht gut, was du da machst, aber ich kann dich ja nicht davon abhalten. Daher wünsche ich dir und Tom alles Gute. Ich hoffe, eure Reise wird toll.«

»Das wird sie. Machs gut Luci. Und danke noch mal.«

Gina öffnet die Tür und schaut durch den Spalt. Dann dreht sie sich noch einmal um, winkt mir zu und zwei Sekunden später ist sie verschwunden.

Zurück bleibe ich mit meinem schlechten Gewissen und meinen Gedanken an Oliver. Seit ich Gina gestern Abend von ihm erzählt habe, muss ich immer wieder an ihn denken.

Aber so sehr ich auch hin- und herüberlege, es ist zu spät. Wie hat Aurelia es damals ausgedrückt? Das Leben ist eine Reise. Und manche Menschen begleiten uns nur für einen kurzen Moment. Ich hoffe, dass Oliver solch ein Mensch war, jemand der nur kurz ein Begleiter war, der aber immer in Erinnerung bleibt. Ich hoffe nicht, dass das Schicksal ihn als meine große Liebe vorgesehen hatte und ich einfach zu blind war, es zu erkennen.

In dem Moment geht die Tür auf und die Schwester kommt herein.

»Ist sie immer noch nicht da?« Sie sieht mich fragend an.

»Ich weiß es nicht. Aber je länger sie weg ist, desto weniger kann sie mir auf die Nerven gehen.«

Ich drehe mich um und ziehe mir meine Decke über die Ohren. Mal gucken, wann die herausfinden, dass Gina nicht mehr wiederkommt. Zu diesem Zeitpunkt ist sie bestimmt schon über alle Berge.

Ein paar Wochen später bekomme ich Post ins Fotostudio. Es ist eine Karte von Gina, abgeschickt von Bali. Sie und Tom haben dort in einem Tempel geheiratet. Ich freue mich von ganzem Herzen für die beiden. Zumindest in diesem Fall kann ich sagen: »Alles richtig gemacht.«

Kapitel 13

Mein 23. Geburtstag

Wasser, so weit das Auge reicht

Ein lautes Tuten lässt mich hochfahren, sofort bin ich hellwach. Als es ein weiteres Mal tutet, merke ich, wie das Bett vibriert. Was, um Himmels willen, ist das nun wieder? Ich schaue mich um, wieder befinde ich mich in einem Hotelzimmer, aber in einem sehr kleinen. Es ist alles gut überschaubar, zudem ist das Zimmer sehr geschmackvoll eingerichtet. Da war wohl ein sehr talentierter Innenarchitekt am Werk. Ich bin extrem erleichtert, nicht in irgendeiner heruntergekommenen Spelunke aufgewacht zu sein. Ich stehe auf und schlendere erst mal zum Fenster. Als ich die Vorhänge aufziehe, bleibt mir doch glatt das Herz stehen. Es ist nichts zu sehen, außer blauem Himmel und blauen Meer. Ach du liebe Güte, ich bin auf einem Schiff! Jetzt erklärt sich auch das laute Tuten. Ich überlege kurz. Nun ja, es hätte auch schlimmer kommen können. Vor zwei Jahren wedelte mir so ein Irrer kurz nach dem Aufwachen schon mit einer Pistole direkt vor meiner Nase herum. Da ist das hier doch um Längen besser. Mittlerweile habe ich ja auch

Übung darin, mich auf die verschiedensten Abenteuer einzulassen.

Ich bin neugierig, welche Route ich erwischt habe und wo sich das Schiff gerade befindet. Daher schalte ich den Fernseher ein und zappe durch die Programme, bis ich den Infokanal gefunden habe. Aha, die Kanaren. Sehr schön, da wollte ich schon immer mal hin. Enttäuscht lese ich, dass wir heute einen Seetag haben, erst morgen früh kommen wir auf Madeira an. Aber da bin ich ja längst wieder zu Hause.

Nun gut, dann genieße ich den Tag halt hier auf dem Schiff.

Vielleicht gönne ich mir eine Massage, danach eine Runde im Pool und das Essen soll auf einer Kreuzfahrt ja auch sehr lecker sein. Die Uhr zeigt 10:50, schon sehr spät. Ich will mich gerade fertigmachen, um das Schiff zu erkunden, als es an der Tür klopft und eine Stimme von draußen ruft: »Luci, dein Sportkurs fängt gleich an. Beeil dich.« Ich bin erstaunt, dass ich für einen Kurs eingetragen bin. Also sollte ich wohl Sportklamotten anziehen. Mal wieder ist der Kleiderschrank gut bestückt, ich habe also die freie Auswahl. Ich wähle eine schwarze Leggins und ein Oberteil in Pastellorange. Meine Haare binde ich zu einem Zopf, dann schlüpfe ich in die Sportschuhe, die wie angegossen passen.

Auf dem Schiff ist alles ausgeschildert, sodass ich den Sportbereich problemlos finde. Leider habe ich jetzt keine Zeit, mir das Schiff genauer anzusehen, aber der Kurs wird ja nicht so lange dauern. Dann beginne ich meine Entdeckungstour eben ein wenig später.

Um 10:59 Uhr komme ich im Sportbereich an, auf die Minute genau. Ein Blick auf den Kursplan lässt mich jedoch stutzen. *11:00 – 11:45 Zumba bei LUCI*. Oh Gott, mir bricht der Schweiß aus. Bitte lass die Trainerin auch Luci heißen.

»Luci, da bist du ja endlich. Na, hast du ausgeschlafen?«

Ein junger Mann mit strubbeligen Haaren kommt augenzwinkernd auf mich zu.

»Gestern Abend ist es ja wirklich spät geworden, oder?«

Wieder zwinkert er mir zu. *Danny* steht auf seinem Namensschild. Was, bitte schön, weiß Danny, was ich nicht weiß? Aber bevor ich nach weiteren Details fragen kann, schubst er mich in den Kursraum.

»Los, geh rein, die Frauen warten schon auf dich.«

Wie befürchtet, leite ich diesen Kurs, also auf in den Kampf. Ich trete in den Raum und zähle zwölf Frauen.

Na, das kann ja heiter werden. Direkt in der ersten Reihe steht eine etwa 50-jährige Frau mit locker 25 Kilogramm zu viel auf den Rippen, dafür trägt sie ein recht knappes Outfit in leuchtenden Neonfarben. Das optische Highlight bildet das rosafarbene Stirnband. Sie klatscht mehrmals in die Hände und schaut mich voller Tatendrang an. Da kann es jemand gar nicht erwarten, dass es losgeht.

Bitte, lieber Gott, lass diese 45 Minuten schnell vorüber gehen.

Ich lasse den Blick weiter über die bunt gewürfelte Truppe wandern. Alle Altersklassen sind anwesend, und so, wie es aussieht, ist auch jedes Fitness-Level vertreten. Von durchtrainiert bis in die Haarspitzen bis hin zum kleinen Moppelchen.

In der letzten Reihe sehe ich eine schüchterne junge Frau, ich schätze sie auf mein Alter. Sie hat ein hübsches Gesicht und eine tolle Figur, leider versteckt sie diese unter grauen Schlabberklamotten. Ich bin kurz geneigt, ihr und der Dame in Neon einen Trikottausch vorzuschlagen, vermute aber, dass das Ärger geben könnte. Also halte ich den Mund und schaue mich nach der Musik um. In der Ecke steht ein CD-Player, daneben liegen diverse CDs. Auf einer von ihnen gibt es einige Lieder, die ich vom Zumba-Kurs kenne, den ich zu Hause hin und wieder besuche. Es gibt also Hoffnung, dass die Stunde doch keine völlige Katastrophe wird. Ich öffne die CD und ein kleiner Zettel fällt auf den Boden.

»Ah guck an, da ist er ja«, flüstere ich leise vor mich hin.

»Happy Birthday, liebe Luci! A.«

Ich hatte mich schon gefragt, wie und wo ich ihn heute finden werde. Lächelnd stecke ich den Zettel ein, drehe mich um und rufe laut: »So Ladys, mein Name ist Luci und hier geht jetzt gleich die Post ab.«

Ich drücke auf *Play* und schon schallen rhythmische Klänge durch den Kursraum.

Es gibt ein kurzes Warm-up, danach lege ich einen Zahn zu. Keiner kann verlangen, dass die Frauen die perfekte Choreografie aufs Parkett legen, wichtig für mich ist, dass sie Spaß haben. Nach 40 Minuten strahlen alle, verschwitzt, aber glücklich. Ein kurzes Cool-down und schon haben wir es geschafft. Sie bedanken sich mit einem kleinen Applaus, verabschieden sich von mir und verlassen den Kursraum. Ich bleibe kurz stehen. Irgendwie kann ich mir nicht vorstellen, dass es das schon gewesen sein soll. Ich inspiziere den Kursplan. Es ist, wie ich befürchtet habe.

Um 15:00 Uhr leite ich einen Bauch-Beine-Po-Kurs und um 18:00 Uhr noch einmal Zumba. Guck mal einer an, scheinbar gehöre ich zum Stammpersonal.

Aber erst einmal habe ich Pause, also mache ich mich auf

den Weg in meine Kabine, um mich für das Mittagessen frisch zu machen. Das Frühstück habe ich ja leider verpasst.

Bei dem wunderschönen Wetter wähle ich einen marineblauen Rock, eine weiße Bluse und blaue Ballerinas. Ein kurzer Blick in den Spiegel und schon kann es losgehen.

Jetzt habe ich genügend Zeit, um mir das Schiff anzusehen.

Was mir als Erstes auffällt, als ich aus dem Zimmer trete und die Tür schließe, sind wunderschöne, perlmuttfarbene Muscheln, die neben jeder Tür angebracht sind, auf ihnen ist die jeweilige Kabinennummer vermerkt. Die Wände in den Gängen sind mit grauen und anthrazitfarbenen Stoffen verkleidet, auf dem Boden liegt ein strapazierfähiger, dennoch sehr geschmackvoller Teppich, ebenfalls in Anthrazit, gemustert mit hellen Kreisen. Auf jeden Fall sieht er sehr unempfindlich aus, was bei den Massen an Menschen ja auch notwendig ist.

Als ich ins Treppenhaus komme, bin ich echt beeindruckt.

In der Decke sind überall kleine Lämpchen angebracht, die wie Sterne glitzern. In den Ecken hängen Glaskugeln, sie glänzen irisierend. Von welcher Seite man auch schaut, sie schimmern zart in verschiedenen Farben. Die glänzenden Treppengeländer werden gehalten von schlanken Säulen, die mit Tausenden Mosaiksteinchen in Silber und Anthrazit versehen sind. Es sieht fantastisch aus, nicht kitschig, sondern edel und luxuriös.

Ich schaue auf die Uhr, es ist kurz nach eins. Mein Magen teilt mir unmissverständlich mit, dass es jetzt Zeit ist, eines der tollen Restaurants aufzusuchen.

Doch es riecht überall so lecker, ich kann mich nicht sofort entscheiden. Nach kurzem Hin und Her gewinnt das Restaurant mit der mediterranen Karte. Als Vorspeise gibt es eine Fischsuppe, als Hauptgang wähle ich Putensteaks auf Ofengemüse und als Dessert Panna-Cotta an einem Fruchtspiegel. Es ist köstlich.

Da ich um 15:00 Uhr den nächsten Kurs habe, muss ich die Zeit im Blick halten. Es ist kurz vor zwei, ich habe noch etwas Zeit.

Also mache ich eine Runde auf dem Schiff. Ich komme ans Deck, wo sich, neben diversen Bars, auch der Pool befindet. Menschen über Menschen haben es sich hier gemütlich gemacht, auf Liegen, auf Stühlen, an der Reling, im Pool oder an einer der Bars.

Für einen Cocktail ist es noch zu früh, und das Eis hebe ich mir für heute Nachmittag auf. Schließlich muss ich gleich noch fit für den Kurs sein.

Ich nehme also die Treppe aufs nächste Deck, stelle mich an die Reling und schaue aufs Meer hinaus.

Die Sonne scheint warm in mein Gesicht und ich genieße die salzige Luft.

»Ich will aber ein Eis!« Hinter mir ertönt plötzlich eine zornige Stimme. Ich drehe mich um und sehe ein junges Paar, das verzweifelt versucht, zu verhindern, dass ihr Sohn die Eisbar stürmt.

»Moritz, du kriegst jetzt kein Eis mehr. Du hattest eben erst eine ganze Portion Pudding zum Essen, und heute Morgen hast du zwei Waffeln mit Schokolade verdrückt. Heute Abend kannst du noch eine Kugel Eis haben, wenn du möchtest, aber nicht jetzt. Komm, lass uns zu dem Kindertheater gehen, das macht bestimmt Spaß.«

Doch der Junge ist da völlig anderer Meinung.

»Ich will nicht zu dem blöden Theater. Ich will noch ein Eis. Die anderen Kinder haben auch alle ein Eis!«, schreit er und stampft mit dem Fuß auf.

Da schaltet sich auch der Vater ein. »Die haben bestimmt auch noch nicht so viel Süßes gegessen, wie du bisher. Du hast deine Mutter gehört. Heute Abend kannst du gerne noch eine Kugel haben, aber vorher nicht. Du willst doch nicht, dass dir schlecht wird, oder?«

»Ihr seid gemein, ihr seid doofe Eltern. Ich will jetzt mein Eis.«

Plötzlich schmeißt er sich hin und trommelt mit den Händen auf den Boden. Mittlerweile sind alle Gespräche ringsherum verstummt und die anderen Passagiere schauen die jungen Eltern mitleidig an.

»Adrian«, sagt die Mutter leise, »die Leute gucken schon alle. Außerdem bin ich langsam mit den Nerven am Ende, das geht jetzt schon vier Tage so. Gib dem Jungen halt das Eis, dann haben wir unsere Ruhe. Ich hoffe nur, ihm wird dann nicht schlecht von dem ganzen Zucker.«

Ich mache mir wieder einen Gedächtnisvermerk: Wenn ich mal Kinder habe, dann mache ich keine Kreuzfahrt. Auf so ein Theater habe ich absolut keine Lust.

Ehe ich mich versehe, ist es zwanzig vor drei, jetzt muss ich mich beeilen. Ich gehe den gleichen Weg wieder zurück, verlaufen darf ich mich jetzt nicht, sonst komme ich doch noch zu spät. Als ich an der Eisbar vorbeikomme, sehe ich die Familie wieder. Der Sohn hat seinen Willen bekommen und leckt genüsslich an einer Kugel Erdbeereis. Die verzweifelten Eltern haben sich einen Cocktail geholt, mit Schirmchen.

Im Vorbeigehen höre ich nur, wie sie sagt: »Den habe ich jetzt auch dringend gebraucht. Prost, mein Schatz.«

Ich muss schmunzeln, mal gucken, wie lange die Ruhe wohl anhält und wann der kleine Quälgeist das nächste Mal Theater macht.

In meiner Kabine angekommen ziehe ich die Leggins von vorhin wieder an, wähle jedoch ein anderes T-Shirt. Vorbereiten muss ich mich nicht sonderlich.

30 Minuten Bauch-Beine-Po, da muss ich mir keine großen Gedanken machen, da kenne ich so einige Übungen. Und so ist es dann auch. Im Kursraum angekommen wähle ich eine CD mit flotter Musik, und nach einer halben Stunde haben es die 18 Frauen geschafft. Keine würde auch nur auf die Idee kommen, dass das erst meine zweite Stunde als Kursleiterin war.

Ich beschließe, dass es Zeit für eine Massage ist. Schließlich habe ich Geburtstag und da würde ich mich gerne etwas verwöhnen lassen. Ich schlendere rüber in den Wellness-Bereich, dieser grenzt direkt an den Sport-Bereich. Sehr praktisch, da hat sich jemand im Vorfeld Gedanken gemacht.

»Hey Luci, schön dich zu sehen.«

Eine junge Frau mit weißer Garderobe wäscht sich gerade die Hände. »Kann ich dich zu einer Massage überreden, der nächste Gast kommt erst in einer Stunde.« Perfekt.

»Das wäre super ...«, ich lese das Namensschild auf ihrem Shirt. »Das wäre super, Madelaine. Vielen Dank.«

»Außerdem möchte ich mich noch für gestern Abend bedanken. Wenn du nicht gewesen wärst, hätte ich Pedro nie angesprochen.«

Was ist denn gestern Abend so Aufregendes passiert? Langsam werde ich neugierig. Ich traue mich aber auch jetzt nicht zu fragen, schließlich bin ich ja dabei gewesen.

Wir reden nicht viel, dafür ist die Massage der Wahnsinn. Ob ich nach so viel Entspannung nachher noch einmal eine dreiviertel Stunde Zumba schaffe? Wir werden sehen. Als Madelaine fertig ist, bedanke ich mich noch einmal und steuere meine Kabine an, um mir ein Jäckchen zu holen. An manchen Ecken ist es doch etwas windig auf dem Schiff. Da es sich nicht lohnt, dass ich mich noch einmal umziehe, werfe ich mir das Jäckchen kurzerhand über das Sport-Shirt.

Und so mache ich mich auf die zweite Entdeckungsrunde. Dieses Mal bleibe ich im Inneren des Schiffes. Zuerst schlendere ich Richtung Rezeption, auch hier sieht alles atemberaubend aus. Die Tresen sind aus anthrazitfarbenem Stein und an der Vorderseite sind wieder Mosaiksteinchen verarbeitet. Auch hier stehen die gleichen Säulen wie im Treppenhaus. Auf einem Schild sind die Bars ausgeschildert: »Pink Bubble Bar« und »Green Bubble Bar«.

Da bin ich jetzt aber neugierig. Ich gehe weiter, und nach ein paar Metern staune ich nicht schlecht. Die Pink Bubble Bar ist der Hammer. Auch hier hängen wieder die Glaskugeln von der Decke, jedoch sind diese in Pink. Der Tresen ist auch hier in Anthrazit, die Mosaiksteinchen in Silber und auch Pink. Direkt gegenüber ist die Green Bubble Bar. Sie sieht identisch aus, nur dass hier alles Grün statt Pink ist.

Ich schlendere den Gang weiter und komme zu zwei weiteren Bars, der Blue Bubble Bar und der Yellow Bubble Bar. Auch hier hängen wieder die schimmernden Glaskugeln von der Decke und überall strahlen mir wieder die Mosaiksteinchen in Silber, Blau und Gelb entgegen.

Ich muss zugeben, jetzt mit den vielen Farben ist es vielleicht doch ein bisschen kitschig.

Danach geht es nicht mehr weiter, eine Treppe führt nach oben und nach unten. Ich entscheide mich für die untere Etage. Langsam steige ich die Treppe herunter, fühle das glatte Holz des Treppengeländers unter meinen Händen.

Ich hätte nicht geglaubt, dass es noch glänzender, noch pompöser geht, aber der Innenarchitekt scheint sich hier noch mal selbst übertroffen zu haben.

Ich lande in einem exklusiven Shopping-Bereich. Die Säulen, die im Gang stehen, sind wieder mit den obligatorischen Mosaiksteinchen in den Farben Gold und Schwarz beklebt, und auch hier hängen wieder Glaskugeln von den Decken, jedoch sind diese hier in Gold gehalten und mit zarten, schwarzen Sprenkeln verziert.

Links und rechts befinden sich Schmuckgeschäfte, in den Auslagen liegen Colliers, Ohrringe und Armbänder, die mit Sicherheit ein Vermögen kosten. So etwas werde ich mir im Leben nie leisten können.

Auf einmal erinnere ich mich an meine erste Reise, die mich damals nach Las Vegas geführt hat. Dort hatte ich 2000 Dollar in meinem Portemonnaie gefunden. Ob ich heute wieder so viel Glück habe? Ich nehme mir vor, nach meinem dritten Kurs direkt nachzusehen, ob ich heute wieder so viel Taschengeld bekommen habe. Dann kaufe ich mir eine dieser tollen Ketten. Vielleicht habe ich ja Glück und ich finde sie morgen früh unter meinem Kopfkissen.

Ich schaue auf meine Uhr. Die Zeit bis zu meinem letzten Sportkurs ist vergangen wie im Flug, es ist zehn vor sechs. Also steuere ich zum dritten Mal heute den Sportbereich an. Als ich um eine Ecke komme, sehe ich drei alte Bekannte wieder. Es ist die Familie mit dem nervigen, kleinen

Moritz. Ebendieser Moritz hängt über einem Mülleimer und kotzt sich die Seele aus dem Leib.

»Ach Adrian, ich wusste doch, dass es zu viel für den Jungen ist. Dieser ganze Süßkram, dann noch der Wellengang. Das kann ja eine tolle Nacht werden.«

»Wer hat denn gesagt, dass er noch ein Eis kriegen soll? Das warst du. Und warum? Nur weil die Leute geguckt haben.«

»Nein, ich konnte einfach sein Geschrei nicht mehr hören. Ach, es ist doch jetzt sowieso zu spät. Nur für morgen müssen wir uns was überlegen.«

Sie wischt sich die Haare aus der Stirn und schaut verzweifelt ihren Mann an. Irgendwie tut sie mir leid. Ich gehe an den dreien vorbei und kurz danach komme ich am Kursraum an.

Heute Abend sind nur sechs Frauen anwesend, und wie ich sehe, war keine davon heute Vormittag dabei. Also wähle ich die gleiche Musik wie in der ersten Stunde und dieses Mal macht es mir sogar richtig Spaß. Heute Morgen war ich noch etwas verkrampft, aber jetzt bin ich total entspannt. Und auch die sechs Damen kommen so richtig ins Schwitzen. Als die Stunde zu Ende ist, räume ich noch etwas auf und lösche das Licht. Bis auf ein paar Männer im Fitness-Studio ist keiner mehr im Sport-Bereich.

So langsam überkommt mich eine leichte Müdigkeit, aber dennoch möchte ich mir ein Dinner und einen leckeren Cocktail nicht entgehen lassen. Vielleicht finde ich ja etwas Hübsches zum Anziehen in meinem Kleiderschrank. Als ich in der Kabine ankomme, dusche ich erst einmal ausgiebig und schlinge mir danach das Handtuch um den Oberkörper. Dann inspiziere ich wieder einmal den Kleiderschrank. Wahnsinn. Es hängen drei Kleider zur Auswahl darin. Ein schwarzes Cocktailkleid, das, so wie ich erkennen kann, recht kurz ist. Ich glaube, dazu bin ich nicht mutig genug. Dann noch ein Dunkelblaues mit kurzen Ärmeln aus Spitze, ungefähr knielang. Ein knallrotes, rückenfreies Abendkleid steht auch noch zur Auswahl. Doch das ist vielleicht etwas too much. Ich entscheide mich also für das Dunkelblaue und passende Pumps. Ein Blick in den Spiegel bestätigt meine Wahl. Ich sehe hinreißend aus. Ich rede mir ein, dass mein Hals etwas nackig aussieht, da gehört auf jeden Fall eine hübsche Kette hin.

Mit pochendem Herzen öffne ich mein Portemonnaie. Ich muss mich setzen. Tatsächlich sind 1500 Euro darin. Dafür bekomme ich mit Sicherheit eine wunderschöne Kette. Aber eins nach dem anderen, jetzt wird erst mal diniert.

Wie heute Mittag habe ich wieder die Qual der Wahl. Da ich die wenige Zeit, die ich noch habe, nicht mit Warten verbringen möchte, gehe ich in ein Restaurant, welches noch nicht ganz so voll ist. Sofort schießt ein freundlicher Kellner auf mich zu, bringt mich an einen leeren Tisch und rattert die drei Auswahlmenüs runter. Lammrücken aus dem Ofen mit Rosmarinkartoffeln und glasierte Möhren, Pochierter Lachs mit Sauce Hollandaise, dazu Broccoli-Röschen oder hausgemachte Pasta mit verschiedenen Soßen. Schwierig, es hört sich alles sehr lecker an. Ich wähle den Lachs und dazu einen trockenen Weißwein.

Als Vorspeise wird eine Kürbiscremesuppe serviert, die so köstlich ist, dass ich gerne einen Nachschlag hätte. Ich verzichte aber darauf, nachher schaffe ich den Rest des Menüs nicht mehr und das wäre zu schade. Der Lachs ist auf den

Punkt und der beste, den ich je gegessen habe. Das Dessert aber schlägt alles um Längen. Es gibt Tarte Tatin, und um die zu beschreiben, fehlen mir schlichtweg die Worte.

Nach einem weiteren Glas Wein merke ich, wie mir langsam die Augen zufallen. Nichts da, ich wollte doch noch das Geld auf den Kopf hauen. Also schlendere ich in Richtung der Schmuckgeschäfte, nur um zu sehen, dass die Geschäfte bereits geschlossen haben. Das ist doch nicht deren Ernst, oder? Ich dachte immer, auf einem Schiff hat alles 24 Stunden am Tag geöffnet. Wehmütig schaue ich durch die Fenster und sehe die Halsketten, eine schöner als die andere. Ich überlege ganz kurz, an die Scheiben zu trommeln, vielleicht hört mich ja jemand, lasse es schließlich aber. Zum Trost gönne ich mir dann noch einen Cocktail, ich habe zwar schon zwei Gläser Wein getrunken, aber was soll schon passieren?

Ich steure die Pink Bubble Bar an und bestelle mir einen Pink Lady. Passt farblich zur Bar und ist schließlich einer meiner Lieblingscocktails.

Mit dem Glas setze ich mich auf ein pinkfarbenes Sofa, da sehe ich auf einmal ein bekanntes Gesicht auf mich zukommen. Wie heute Morgen schon, zwinkert Danny mir zu. »Hey Luci, was machst du denn hier?«

Er setzt sich dicht neben mich, kein Blatt Papier passt zwischen unsere Oberschenkel.

Nach was siehts denn aus?, würde ich am liebsten sagen, verkneife es mir aber.

»Nun ja, zum Abschluss des Tages gönne ich mir noch einen Cocktail und dann wollte ich gleich ins Bett.«

Ich rücke etwas von ihm ab, die Nähe ist mir unangenehm. Das scheint ihn aber nicht zu stören.

»Hmhm, ins Bett also, ja?«

Er grinst mich verschwörerisch an und sein Mund kommt auf einmal näher. Was zur Hölle soll das jetzt wieder?

Ich weiche zurück, stürze meinen leckeren Cocktail in einem runter und springe auf. »Du, Danny, sorry, aber ich bin total müde, wir sehen uns morgen, ja?«

Ich drehe mich um und schon bin ich weg. Vollidiot. Nach ein paar Metern schaue ich mich vorsichtig um, nur um sicherzugehen, dass er mir nicht folgt. Aber er steht an der Bar und hat schon das nächste Opfer anvisiert.

Als ich wieder nach vorne schaue, pralle ich gegen etwas, besser gesagt, gegen jemanden.

»Luci? Luci Früling?«, fragt mich der Mann in Uniform. Ich schaue auf sein Namensschildchen, er ist der 1. Offizier. Hinter ihm stehen zwei weitere Männer, ebenfalls in Uniform.

»Ja«, antworte ich vorsichtig.

»Würden Sie bitte mitkommen?«

Er greift mich grob am Arm und zieht mich hinter sich her.

Bis jetzt hatte ich gedacht, dass diese Reise zur Abwechslung mal friedlich enden würde, einfach ein schöner Tag mit einem harmonischen Ende, von Dannys Avancen jetzt mal abgesehen. Aber nein, irgendetwas muss ja wieder passieren. Und obwohl ich weiß, dass der Tag bald vorbei sein muss, bin ich doch beunruhigt.

»Was wollen Sie denn von mir, ich habe doch nichts getan?«

»Tun Sie doch nicht so, das wissen Sie doch ganz genau.«

»Sie müssen sich irren, oder mich mit jemandem verwechseln.«

»Ganz sicher nicht, aber der Kapitän wird sich jetzt um das Problem kümmern.«

Um Himmels willen, der Kapitän? Was, in aller Welt, ist gestern denn bitte passiert? Heute Morgen hat Danny auch schon so was angedeutet! Dass es gestern spät geworden ist.

»Ich möchte jetzt bitte wissen, was los ist.«

Langsam werde ich wütend, weil ich mir wirklich keiner Schuld bewusst bin. Wir kommen an eine Kabine mit der Aufschrift »Kapitän, Büro«.

»So, rein da.«

Er schubst mich in das Büro, in dem schon der Kapitän auf uns wartet.

»Habt ihr sie also gefunden.« Er wendet sich an mich. »Würden Sie sich bitte setzen.«

»Nein, ich stehe lieber.«

»Das war keine Frage, das war eine Aufforderung, also setzen Sie sich bitte.«

Die beiden Offiziere bleiben hinter mir stehen und verschränken die Arme, was mir das Gefühl gibt, eine Schwerverbrecherin zu sein.

»Wissen Sie, Frau Früling, unseren Gästen lassen wir schon mal das ein oder andere durchgehen. Aber von unserem Personal erwarten wir, dass Sie sich an die Regeln und an die Gesetze halten.«

»Aber ich habe doch gar nichts Unrechtes getan. Was werfen Sie mir vor?«

So langsam bekomme ich es wirklich mit der Angst zu tun. Ich schaue auf die Uhr. Es ist fast Mitternacht.

Der Kapitän nickt einem der Offiziere zu. Dieser entreißt mir meine Handtasche und leert den Inhalt auf dem Schreibtisch.

»Hey, was machen Sie da?«, rufe ich empört.

Der Kapitän durchsucht den Inhalt und hält auf einmal ein Tütchen hoch.

»Da haben wir es ja. Ich wusste doch, dass ich meiner Quelle vertrauen kann.«

Wo sind wir hier? In einem Krimi? Oder will mich jemand auf den Arm nehmen?

»Was ist das?«, frage ich. Ich ahne es zwar, aber glauben möchte ich es nicht.

»Fragen Sie doch nicht so blöd, das wissen Sie ganz genau. Das ist Marihuana, und Sie haben es auf das Schiff geschmuggelt.«

»Machen Sie Witze? Ich weiß gar nicht, wie man an so was rankommt. Geschweige denn, dass ich so was rauche oder trinke oder was auch immer man damit macht.«

»Sie sind wirklich eine gute Schauspielerin. Bringt sie in die Arrestzelle.«

Ich glaube, ich höre nicht richtig.

»Kommen Sie, das gehört mir nicht. Irgendjemand hat es mir untergeschoben. Sie müssen mir glauben.«

Auf einmal erinnere ich mich an Danny, der mir vorhin in der Bar so auf die Pelle gerückt ist.

»Danny hat es mir bestimmt untergeschoben. Kennen Sie Danny aus dem Sportbereich?«

»Natürlich kenne ich Danny, er ist schon lange ein loyaler Mitarbeiter. Und genau dieser Danny hat uns mitgeteilt, dass Sie das Zeug mit aufs Schiff geschmuggelt haben. Ich muss schon sagen, Sie sind echt abgebrüht. Einfach jemanden zu beschuldigen, der schon jahrelang hier bei uns arbeitet und der eine blütenweiße Weste hat.« Er dreht mir seinen Rücken zu.

»Schafft sie hier weg, ich will sie nicht mehr sehen.«

Die beiden Offiziere reißen mich an den Armen aus dem Stuhl und bringen mich aus dem Büro. Ich habe keine Chance, mich zu befreien.

Auf dem Flur begegnen wir einem weiteren Offizier, in Begleitung mit Danny. Er grinst mich schäbig an. Da reiße ich mich los und stürze mich auf ihn.

»Du Arschgesicht, du hast mir das untergeschoben.«

Er springt hinter den Offizier, um sich zu schützen. »Sehen Sie, zu was sie fähig ist. Gestern wollte sie mit mir zusammen das Zeug rauchen. Die ist echt kriminell.«

»Jetzt ist aber Schluss mit dem Schauspiel. Mitkommen.«

Auf einmal breche ich in Tränen aus. »Sie müssen mir glauben, das gehört mir nicht, ich hatte noch nie was mit Drogen zu tun.«

»Ja, ja, ja. Die Leier kennen wir schon.«

Als wir an der Arrestzelle ankommen lassen mich die beiden los, um die schwere Tür zu öffnen. Wenn ich jetzt nicht abhaue, werde ich gleich weggeschlossen wir eine Schwerverbrecherin.

Also drehe ich mich um und laufe, so schnell ich kann.

»Hey, stehen bleiben!«, rufen sie hinter mir her.

»Mist, warum hast du sie nicht festgehalten?«, höre ich noch, dann bin ich um die nächste Ecke. Hier ist es so verwinkelt, ich habe keine Ahnung, wo ich bin, also laufe ich einfach, bis ich eine Treppe sehe. Ich stürze die Stufen hinauf. Auf einmal höre ich über mir ein Funkgerät.

»Sie ist abgehauen. Wir müssen sie suchen.«

»Alles klar, ich bin schon ganz in eurer Nähe, hier unten im Maschinenraum.«

Nun ist ein dritter Offizier hinter mir her. Oh nein, er

wird mich bestimmt finden. Ich drehe um und renne weiter.

»Hey, bleib stehen!«, ruft er mir schnaufend nach.

Dann höre ich, wie er ins Funkgerät japst: »Sie ist hier unten im Maschinenraum, ich verfolge sie.«

Im Laufen drehe ich mich um und sehe einen Offizier mit deutlichem Übergewicht, der bereits Schweißperlen auf der Stirn hat. Der holt mich sicherlich nicht ein.

Da, die nächste Treppe, ich nehme zwei Stufen auf einmal und als ich auf der nächsten Etage ankomme, bleibe ich kurz stehen. Links oder rechts? Die Entscheidung wird mir abgenommen, weil von links ein weiterer Offizier mit Funkgerät zu sehen ist.

»Ich hab sie!«, schreit er und legt einen Zahn zu.

Also laufe ich rechts, dann links, wieder links, dann rechts, wieder eine Treppe hoch.

Ich habe keine Ahnung, wo ich bin, aber ich möchte auf keinen Fall in die Arrestzelle.

Vielleicht finde ich irgendwie meine Kabine, ich hoffe, dass sie mich gerade dort nicht suchen. Ich schaue wieder nach hinten. Der Offizier ist immer noch hinter mir und er kommt immer näher. Auf einmal sehe ich eine Schwingtür, die zu einer der Restaurantküchen geht.

Ich stürze durch diese Tür und schlängle mich durch die vielen Köche, vorbei an einem riesengroßen Herd.

Dabei schnappe ich mir einen Topf und schmeiße ihn hinter mir auf den Boden. Der Offizier rutscht in der Suppe aus und fällt der Länge nach hin. Das ist ja wirklich wie im Krimi.

Die Zeit, die ich gewonnen habe, nutze ich, renne durch die andere Tür wieder raus und befinde mich erneut auf dem Flur.

Direkt daneben ist wieder eine Treppe, die nach oben führt. Ich hoffe, dass so langsam mal die Decks mit den Kabinen kommen.

Und endlich, ich bin in dem Bereich, in dem die Kabinen für die Gäste beginnen. Auf welchem Deck war ich noch gleich? Ich bin so außer Atem, dass ich kaum einen klaren Gedanken fassen kann. Ach ja, das Deck mit dem Seestern. Ich drehe mich mehrmals um die eigene Achse, auf der Suche nach einem Hinweis, auf welchem Deck ich mich befinde. An der Wand hängt ein Grundriss des Schiffes. Ich stürze auf das Bild zu.

Das hier ist das Muschel-Deck, der Seestern ist zwei Decks höher. Ich nehme die Treppe, mittlerweile fliege ich fast die Stufen hinauf, denn ich höre irgendwo schon wieder ein Funkgerät.

Als ich auf dem Flur ankomme, auf dem meine Kabine ist, sehe ich schon von Weitem, dass zwei Offiziere vor meiner Tür stehen. Himmel, wie viele von denen gibt es denn auf dem Schiff? Also drehe ich mich wieder um und laufe zurück zum Treppenhaus.

Aber wo soll ich hin? Da fällt mir der Sportbereich ein.

In der Hoffnung, dass ich auf der Treppe nicht wieder einem Offizier in die Arme laufe, nehme ich Kurs auf den Sportbereich. Und ich habe Glück. Weit und breit bin ich allein und ich höre auch kein Funkgerät mehr. Ich habe es geschafft, eine ganze Meute Offiziere abzuhängen.

Leider habe ich keinen Schlüssel, alle meine Sachen liegen auf dem Schreibtisch des Kapitäns, inklusive meiner Kabinenkarte, wie mir gerade einfällt.

Ich lasse mich auf den Boden hinter den Tresen sinken und schaue auf die Uhr über dem Kursraum. Es ist fast halb zwei in der Nacht. Wenn ich jetzt einschlafe, wache ich wieder in meinem Bett auf. Aber da fällt mir ein, dass noch etwas fehlt. Ich habe noch gar nicht meinen Unbekannten gesehen. Was bedeutet das? Hat Danny mit seiner Schwachsinnsaktion den Verlauf des Tages geändert? Oder ist der Tag vielleicht noch gar nicht zu Ende? Auf einmal höre ich leise Stimmen, die immer näher kommen.

»Vielleicht hat sie sich hier versteckt. Schließlich arbeitet sie hier im Sportbereich.«

Wieder kommt eine Stimme aus dem Funkgerät.

»Entwarnung, Danny hat gestanden. Ihm gehört das Marihuana. Wenn ihr Luci findet, bringt sie hierher, sie hat nichts mehr zu befürchten.«

Ist das jetzt eine Falle? Oder ist das die Wahrheit? Da die Nacht sowieso fast vorbei ist, habe ich ja nichts mehr zu befürchten, das hoffe ich zumindest.

Also stehe ich auf und gebe mich zu erkennen, die beiden Offiziere, es sind die beiden, die mich in die Arrestzelle bringen sollten, atmen erleichtert auf.

»Ist das wahr? Hat Danny die Wahrheit gesagt?«

»Nun ja, wir haben es auch gerade erst gehört. Kommen Sie bitte mit. Ich denke, es wird sich jetzt alles aufklären.«

Als wir im Büro des Kapitäns ankommen, sitzt Danny mit hängendem Kopf auf dem Stuhl, auf dem ich vorhin schon gesessen habe.

»Frau Früling, wir möchten uns entschuldigen. Danny hat uns die Wahrheit gesagt, das Marihuana gehört ihm. Hier sind Ihre Sachen.«

Er reicht mir meine Handtasche.

»Vielen Dank. Ich habe ja gesagt, dass das Zeug nicht mir gehört, aber Sie wollten mir ja nicht glauben.«

»Sie müssen uns verstehen, jeder Kriminelle sagt erst mal, dass er es nicht war. Wie sich hinterher herausstellt, lügen die meisten. Bei Ihnen war das anders, Sie haben die Wahrheit gesagt, nur leider haben wir Ihnen nicht geglaubt. Bitte nehmen Sie unsere Entschuldigung an.«

»Ja, und jetzt möchte ich bitte auf meine Kabine, wenn es Ihnen nichts ausmacht.«

»Bitte begleiten Sie Frau Früling zu ihrer Kabine«, weist der Kapitän den Offizier an.

»Nicht nötig, das schaffe ich allein.« Ich verlasse das Büro und atme erst einmal tief ein. Ich merke, wie ich zittere nach dieser ganzen Verfolgungsjagd.

Als ich in meiner Kabine ankomme, ziehe ich meine Schuhe aus, öffne eine Flasche Wasser und gehe raus auf den Balkon. Was für ein Tag, was für eine Nacht. Ich beuge mich über das Balkongeländer, da höre ich auf einmal ein Geräusch. Langsam schaue ich nach rechts. Auf dem Nachbarbalkon steht eine männliche Gestalt, die mir bekannt vorkommt.

»Hallo«, sage ich leise.

In dem Moment dreht der Mann sein Gesicht in meine Richtung. Ich halte die Luft an. Der Mond leuchtet nur ganz schwach auf sein Gesicht, aber ich bin mir sicher, er ist es. Wie die anderen Male auch, lächelt er mich wieder an, doch dieses Mal schenkt er mir noch ein verschwörerisches Zwinkern. Ich bin so überrascht, dass mir die Flasche Wasser aus den Händen gleitet und mit einem lauten Scheppern auf dem Deck unter mir landet. Erschrocken schaue ich nach unten und sehe nur noch Tausende Scherben. Als ich meinen Blick wieder auf den Balkon richte, ist er verschwunden. Auch damit habe ich gerechnet, bin trotzdem ein wenig traurig darüber.

Ich gehe wieder in meine Kabine und schließe die Balkontür.

Es ist 02:07 Uhr, Zeit zu schlafen und dem Schiff Lebewohl zu sagen. Ich lasse mich auf das Bett sinken, denke noch kurz an meinen Unbekannten und falle mit einem erleichterten Lächeln auf den Lippen in einen tiefen Schlaf.

Kapitel 14

Heimliche Sehnsüchte – und der Auftrag meines Lebens

November 2007

Es ist wie immer, ich habe nichts zum Anziehen. Der Schrank ist voll, aber es ist nichts Passendes dabei. Ich könnte durchdrehen. Die anderen Mädels werden bestimmt alle heiß aussehen. Heute ist Isabellas Junggesellinnenabschied. Wir haben einen Tisch bei einem Nobelitaliener bestellt, der auch die besten Cocktails der Stadt macht. Danach werden wir den neuen Club ausprobieren. Wir haben uns vorgenommen, es heute Abend so richtig krachen zu lassen. Aber dafür muss ich jetzt erst mal was Vernünftiges in meinem Kleiderschrank finden. Ich ziehe den schwarzen Lederrock an, dazu die knallrote Seidenbluse, und mustere mich im Spiegel. Nein, das geht gar nicht.

Dann probiere ich meine schwarze Jeans zur roten Bluse, das gefällt mir aber auch nicht. Letztendlich entscheide ich mich für die enge, blaue Jeans und ein schulterfreies, schwarzes Oberteil. Ja, das ist super. Heiß ist es zwar nicht, aber es gefällt mir und ich fühle mich wohl. Als ich mein Make-up auflegen möchte, fällt mein Blick auf die kleine

Schatulle, die auf meiner Kommode steht. Ich klappe sie auf und nehme das Tütchen Marihuana heraus, das ich vor ein paar Wochen unter meinem Kopfkissen gefunden habe. Wenn ich an den Tag auf dem Kreuzfahrtschiff denke, bekomme ich immer noch weiche Knie.

Das war schon meine sechste Reise. Wann das wohl mal endet? Und was wird der Auslöser dazu sein? Und was bedeutet es, dass ich diesem Mann immer wieder aufs Neue begegne? Die Begegnungen sind immer nur kurz, aber ich bin mir sicher, sie haben etwas zu bedeuten. Mein großes Problem ist, ich habe keine Ahnung. Ich kann nur spekulieren, doch das bringt nichts. Also lege ich die kleine Tüte zurück in das Kästchen und widme mich wieder meinem Make-up. Ich habe mir selber versprochen, dass das ein richtig toller Abend werden wird.

Um 20:00 Uhr treffen wir uns, und alle Mädels sind in bester Stimmung. Das Essen ist der Hammer. Als die Teller leer sind, sind wir alle satt, und für ein paar Minuten kann sich keine von uns so richtig bewegen. Nach einem Cocktail erwacht aber wieder das Leben in uns und wir sind bereit, die Nacht zum Tag zu machen.

Es ist kurz nach elf, als uns das Taxi am Club absetzt und wir auf den Eingang zusteuern.

»Hey Ladys, was geht ab?« Der Türsteher mustert uns eine nach der anderen, und entscheidet dann mit einem »Allererste Sahne«, dass wir reindürfen.

Es ist noch nicht viel los, die meisten kommen erst nach Mitternacht und so finden wir problemlos zwei freie Stehtische. Wir bestellen eine Runde Prosecco und stoßen auf Isabella an. Als der DJ den aktuellen Platz eins der Charts auflegt, stürmen wir die Tanzfläche. Wir tanzen und haben so viel Spaß, dass uns die Leute amüsiert beobachten. Ich weiß nicht, an was es liegt, entweder an der Musik oder an unserer guten Stimmung, nach ein paar Minuten ist die Tanzfläche jedenfalls rappelvoll. Es folgt ein Hit nach dem nächsten, und wir tanzen wie in einem Rausch. Nach einer Stunde brauchen Emma und ich eine Pause. Wir gehen zur Bar und bestellen uns ein Wasser. Erfrischt gehen wir zurück zu den anderen und lassen uns wieder von der Musik treiben. Der DJ spielt eine Mischung aus aktuellen Charts und Klassikern, die alle laut mitsingen. Irgendwann tippt Emma mir auf die Schulter.

»Du Luci, ich muss mal. Willst du mitkommen?«, schreit sie mir ins Ohr.

Ich schüttle den Kopf. »Nein, ich muss nicht, geh mal, ich bleibe hier.«

Sie nickt und geht Richtung Toiletten.

Ich drehe mich einmal um meine eigene Achse und tanze weiter. Nach einiger Zeit merke ich, dass Emma gar nicht wieder zurückkommt.

»Du Bella, ich gehe mal Emma suchen, okay?«

Sie nickt nur, ihre Wangen sind ganz rot und ihre Augen glänzen. Auf einer Glücksskala von eins bis zehn liegt Isabella bei zwölf. Ich nehme sie einmal in den Arm und verlasse dann die Tanzfläche. Mittlerweile ist es weit nach ein Uhr und der Club ist voll mit Leuten, die den Stress der Woche vergessen und sich ein paar schöne Stunden mit ihren Freunden machen wollen. Ich gehe Richtung Toiletten, kann Emma aber nirgends sehen. Daher öffne ich die Tür zu den Toiletten und inspiziere den Vorraum, aber auch hier ist keine Spur von ihr. Ich gehe weiter zu den Kabinen.

»Emma? Bist du hier?« Keine Antwort. »Emma?« Wieder

keine Antwort. Sie scheint nicht mehr hier zu sein. Also muss ich sie im Club suchen. Das kann etwas dauern, weil es hier riesig ist. Aber ich habe Angst, dass etwas mit ihr sein könnte, schließlich war sie auch schon etwas angetrunken.

Als ich mich umdrehe, um die Toiletten zu verlassen, stoße ich mit einer jungen Frau zusammen.

»Oh, sorry«, sagen wir beide zeitgleich und müssen lachen.

»Macht nichts«, sagt sie und schaut mich an.

Und dann passiert etwas, was ich nie für möglich gehalten habe. Binnen Sekunden fühle ich mich zu ihr hingezogen. Das habe ich noch nie erlebt, dieses Gefühl. Sicher, ich habe mich schon zu Männern hingezogen gefühlt, aber nicht zu einer Frau. Ihr scheint es ebenso zu gehen, denn sie macht keine Anstalten, weiterzugehen. Wir stehen einfach nur da und schauen uns in die Augen. Nach ein paar Sekunden fällt mir aber wieder Emma ein. Ich räuspere mich und schaue verlegen erst auf meine Hände, dann wieder zu ihr. »Ähm … ich muss los, meine Freundin suchen. Viel Spaß noch.«

»Dir auch«, sagt sie und lächelt. Als sie an mir vorbei zu den Kabinen geht, streift sie kurz meine Hand. Wir schauen uns beide noch einmal um und ein letztes Mal treffen sich unsere Blicke. Dann geht die Tür zu und sie ist verschwunden. Als ich wieder auf dem Flur stehe, schallt die Musik auf mich ein und ich bin total durcheinander. Was war das denn jetzt?

Ich schüttle den Kopf, beschließe, heute keinen Alkohol mehr zu trinken, und mache mich auf die Suche nach Emma. Nach ungefähr zehn Minuten habe ich sie gefunden. Sie steht mit dem Rücken zu mir und unterhält sich mit einem Mann. Die beiden scheinen sich gut zu verstehen, besonders Emma scheint ihren Flirtmodus eingeschaltet zu haben.

Langsam nähere ich mich den beiden.

»Na, wie schaut es aus? Ich hatte mir schon Sorgen gemacht, wo du bleibst«, sage ich ganz locker.

»Wer ist das denn, deine Mutter?«, fragt der Mann. Er ist mir auf Anhieb unsympathisch.

»Ha, ha, sehr witzig«, erwidere ich.

»Nein, das ist Luci, meine beste Freundin. Und das hier ist Maurice.«

»Hallo Maurice.«

»Hallo Luci. Willst du Emma jetzt entführen, oder was?« Die Frage ist zwar an mich gerichtet, er hat aber nur Augen für Emma.

Ich wende mich ihr zu. »Wenn du hierbleiben willst, dann ist das okay. Ich gehe wieder zu den anderen.« Ich schaue zu Maurice. »Und sei vorsichtig.«

Er legt seinen Arm um Emmas Schultern und zieht sie an sich. »Deiner Freundin passiert schon nichts, ich passe auf sie auf. Ehrenwort.«

»Okay, bis gleich, du weißt ja, wo wir sind.«

So ganz wohl ist mir dabei nicht, der Typ ist mir nicht ganz geheuer. Aber Emma scheint glücklich zu sein. Als ich wieder bei den anderen bin, erzähle ich Isabella von Maurice.

»Ach, Luci, mach dir keine Sorgen. Ihr passiert schon nichts. Amüsier dich doch.«

Auf einmal tippt mir jemand auf die Schulter. Es ist Emma, sie strahlt übers ganze Gesicht und wedelt mit einem Zettel herum. »Wir haben Telefonnummern ausgetauscht. Ist das nicht toll?«

Sie macht eine kurze Pause, in der Hoffnung, dass ich ihre Freude teile. Das kann ich aber nicht, weil mir die ganze Sache suspekt ist. Ich habe einfach ein schlechtes Bauchgefühl bei diesem Maurice. Aber das kann ich ihr auch nicht sagen, sie sieht gerade so glücklich aus. Und vielleicht täusche ich mich ja auch. Also umarme ich sie einfach nur und dann tanzen wir wieder gemeinsam mit den anderen Mädels. Froh, dass Emma wieder da ist, kann ich den Abend nun weiter genießen.

»So Jungs, und jetzt nur für euch und eure Ladys. Eine Runde Kuschelmusik«, säuselt der DJ und dimmt das Licht noch weiter.

Ich will mich gerade an die Bar verziehen, denn für eine Ballade bin ich nicht in Stimmung. Da merke ich, dass mich jemand beobachtet. Es ist die Frau von vorhin. Sofort bemerke ich ein Kribbeln im Bauch. Wie zwei Magnete werden wir beide voneinander angezogen, dabei schauen wir uns unentwegt in die Augen, und zumindest ich kann für mich behaupten, dass ich mich wie in einem Tunnel bewege. Ich nehme nur noch sie wahr, alle anderen um mich herum habe ich ausgeblendet. Auf einmal stehen wir uns gegenüber, nur ein paar Zentimeter voneinander entfernt. Diesmal ergreife ich die Initiative und nehme ihre Hand. Sie legt ihre andere Hand auf meinen Rücken und dann beginnen wir uns im Takt des Songs zu bewegen. Ich spüre, wie sie vorsichtig ihren Oberschenkel zwischen meine Beine schiebt. Wow, so etwas habe noch nie erlebt, zumindest nicht mit einer Frau. Wir schauen uns tief in die Augen und ich habe keine Ahnung, was als Nächstes passieren wird. Aber ich möchte, dass etwas passiert. Genau jetzt und hier, und mir ist egal, wie viele Leute uns gerade sehen können. Ich weiß, so etwas wird mir nie wieder passieren. Aber leider fehlt mir schlichtweg der Mut, sie einfach zu küssen. Also lächle ich sie an und knabbere auf meiner Unterlippe, in der Hoffnung, meine Signale kommen an. Und wie sie ankommen. Langsam kommt sie auf mich zu und dann treffen sich unsere Lippen. Der Kuss ist wunderbar und ich fühle kleine Explosionen in meinem ganzen Körper. Ich habe das Gefühl, mit ihr allein auf dieser Welt zu sein. Sie schmeckt nach Wein und ich kann ganz schwach ihr orientalisches Parfüm riechen. Sie streicht vorsichtig mit ihrer Zunge über meine Lippen, ich schließe meine Augen und gebe mich ganz dem Moment hin. Dann löst sie sich langsam von mir und ich öffne die Augen. Ich will nicht, dass der Kuss schon vorbei ist. Also lege ich sanft meine Hand in ihren Nacken und ziehe sie vorsichtig zu mir. Dabei schauen wir uns wieder in die Augen, es liegt ein wahnsinnig erotisches Knistern in der Luft. Dieses Mal küsse ich sie zuerst, knabbere vorsichtig an ihrer Unterlippe und streife mit meiner Zunge über ihre Mundwinkel. Leise stöhnt sie auf und presst ihren Mund fester auf meinen.

Als der Song endet, lösen wir uns wieder voneinander. Ihre Wangen sind leicht gerötet, und ich habe das Gefühl, dass auch mein Gesicht glüht. Ein neues Lied beginnt und die Leute um uns herum beginnen wieder, wie wild zu tanzen.

Dann beugt sie sich zu mir und raunt mir etwas ins Ohr: »Du bist echt sexy.«

Sie gibt mir noch einen kurzen, sanften Kuss auf den

Mund und zwinkert mir noch einmal kurz zu. Dann dreht sie sich um und taucht in der Menge unter. Total benommen gehe ich wieder zu den Mädels, die mich mit großen Augen anschauen.

»Hey Luci«, sagt Isabella erstaunt, »was war das denn? Das sah ja megaheiß aus.«

Ich stehe noch immer etwas neben mir, total berauscht von dem Moment. »Glaub mir, das war auch heiß.«

»Wer war das? Wie hieß sie?«

»Ich habe keine Ahnung?«

»Wie, du hast keine Ahnung? Woher kennt ihr euch?«

»Gar nicht, wie haben uns vorhin das erste Mal gesehen.«

»Ich glaub es nicht. Luci, das hätte ich dir ja gar nicht zugetraut. Mit einer Frau.« Bella ist ganz aus dem Häuschen.

»Ich mir auch nicht.«

Ich bin gar nicht mehr so richtig bei der Sache, schaue mich immer wieder um, vielleicht sehe ich sie ja noch einmal, aber sie scheint verschwunden zu sein. Irgendwie bin ich nicht mehr in der Stimmung zu tanzen. Ich schaue auf mein Handgelenk, es ist fast drei Uhr. Aber ich will nicht diejenige sein, die als Erste gehen will.

»Du, wir haben eben gesagt, dass wir gehen wollen. Es ist schon spät und wir sind alle müde«, sagt Emma zu mir.

Gott sei Dank. »Ja, okay, dann lass uns gehen,« stimme ich erleichtert zu.

Als wir aus dem Club rauskommen, warten schon einige Taxen. Wir steigen in eines ein und nach und nach setzt der Fahrer uns zu Hause ab.

Als ich in meine Wohnung komme, schminke ich mich schnell ab, schlüpfe in meinen Schlafanzug und gehe ins

Bett. Ich drücke mein Lieblingskuscheltier, einen kleinen Pinguin, an mich und atme den vertrauten Duft ein.

Der erste Kuss mit jemandem ist immer etwas Besonderes. Aber das heute war mein erster Kuss mit einer Frau. Und er war fantastisch.

November 2007

Heute ist Isabellas großer Tag, heute heiratet sie ihren Sebastian.

Ich muss schon zugeben, es ging alle sehr schnell. Sie haben sich erst letztes Jahr im August kennengelernt, doch schon nach wenigen Wochen schien für beide festzustehen, dass sie einfach zueinander gehören. Ich weiß nicht, ob Isabella Sebastian etwas von unserem Besuch bei Aurelia erzählt hat oder ob das immer ihr Geheimnis bleiben wird. Doch ich denke, dass diese Vorhersage nicht unwesentlich zu Isabellas Entscheidung beigetragen hat. Und wenn ich ganz ehrlich bin, ein kleines bisschen glaube auch ich mittlerweile daran.

Ich bin gerade fertig mit meinen Haaren, als mein Handy klingelt. Mein erster Gedanke ist, dass Isabella kalte Füße bekommen hat. Aber nein, das glaube ich nicht, sie war in den letzten Tagen der glücklichste Mensch der Welt und konnte die Hochzeit heute kaum abwarten.

Ohne aufs Display zu achten, gehe ich dran.

»Er ist so ein Arsch.« Es ist Emma und sie ist in Tränen aufgelöst.

»Hey, Liebes, was ist denn los?«

»Maurice. Er ist verheiratet und hat sogar Kinder. Kannst du dir das vorstellen?«

Wusste ich es doch. Also hat mich mein Bauchgefühl doch nicht im Stich gelassen. Trotzdem tut es mir in der Seele leid, dass Emma jetzt so verletzt ist.

»Emma, das tut mir so leid. Wie hast du es rausgefunden?«

»Ich war eben in der Stadt, ich wollte mir für heute noch neue Ohrringe besorgen. Und da habe ich ihn gesehen. Eng umschlungen mit einer Frau, und sie hatten zwei Kinder dabei. So ein Arsch«, wiederholt sie.

»Ich weiß, das tröstet dich jetzt nicht, aber dann hat er dich auch nicht verdient. Weißt du was, ich hatte vor zwei Wochen schon so ein komisches Gefühl, irgendwie habe ich ihm nicht so ganz über den Weg getraut. Aber ich wollte dir das nicht schlecht reden, du sahst an dem Abend im Club so glücklich aus.«

»Versprichst du mir was, Luci?«, sagt sie leise.

»Alles.«

»Wenn du noch mal so ein komisches Gefühl hast, dann raus damit, okay? Das ist immer noch besser, als wieder so verletzt zu werden.«

»Versprochen. Wie geht es dir jetzt?«

»Na ja, könnte besser sein. Aber weißt du was? Ich ziehe mir jetzt meinen heißesten Fummel an und heute Nacht werde ich Bastis Trauzeugen flachlegen.«

Ich muss lachen. »Aber hast du nicht gesagt, der wäre stinklangweilig. Du bist bei den Treffen doch fast immer eingeschlafen.«

»Ich meine auch nicht Florian. Ja, der war echt `ne Spaßbremse. Ich verstehe gar nicht, warum Basti den unbedingt als Trauzeugen wollte. Ist aber auch egal. Florian ist wohl vorgestern krank geworden, irgendetwas Ansteckendes, deswegen kann er nicht kommen. Isabella sagt, Sebastian hat seinen Freund Andy gebeten, einzuspringen.«

»Aha, alles klar, dann hoffen wir, dass Andy etwas lockerer ist. Wir sehen uns gleich in der Kirche.« Da fällt mir gerade etwas ein.

»Solltest du nicht eigentlich jetzt bei Bella sein?«

»Nein, sie hat mich gefragt, ob es mir recht wäre, wenn nur ihre Mutter heute Morgen bei ihr ist. Und das ist in Ordnung. Also bis gleich.«

Ich schnappe mir meine Jacke und meine Fotoausrüstung und mache mich auf den Weg in die Kirche.

Als ich dort ankomme, sind schon viele Gäste eingetroffen, die sich nun einen Platz in der Kirche suchen. Genau wie Clara und Daniel war die standesamtliche Trauung schon gestern im kleinen Kreis der Familie. Das war schon eine der schönsten Trauungen, bei der ich dabei sein durfte. Ein Grund ist aber auch meine enge Verbindung zu Bella. Wenn die beste Freundin heiratet, ist es natürlich viel schöner, als wenn man bei Fremden dabei und nur für die Fotos zuständig ist. Deswegen bin ich mir sicher, dass die kirchliche Trauung gleich noch wesentlich emotionaler werden wird.

In der Kirche begrüße ich Sebastian. »Hi Basti, gut siehst du aus. Wie gehts dir?«

»Hi Luci, das ist Andy, mein Trauzeuge, Andy, das ist Luci, Isabellas beste Freundin und die Fotografin.«

Andy und ich begrüßen uns, er sieht wirklich nett aus. Ich schaue unauffällig auf seine Hände, kein Ring. Wenn der wüsste, was ihn heute noch erwartet. In Gedanken drücke ich Emma die Daumen.

»Und, bist du aufgeregt?«, frage ich Sebastian.

»Nein, denn ich bin mir sicher, Isabella zu heiraten ist die beste Entscheidung, die ich treffen konnte.«

»Ich glaube, das geht ihr genauso. Also bis nachher.«

Ich nehme meinen Platz ein und bereite meine Kamera vor. Kurze Zeit später fährt draußen ein Auto vor und leises Gemurmel ebbt auf.

Dann erklingen auch schon die ersten Töne eines wunderschönen Liedes. Eine Arbeitskollegin von Isabella singt am Wochenende bei Hochzeiten und sie hat sofort zugesagt, als Isabella sie gefragt hat, bei ihrer Trauung zu singen. Sie hat sogar extra für die beiden ein eigenes Lied geschrieben.

Ihre glockenhelle Stimme erfüllt die Kirche, als Isabella am Arm ihres Vaters die Kirche betritt. Ich bin so gerührt, dass ich fast vergesse, Fotos zu machen. Im letzten Moment erwische ich noch Sebastian, als er das erste Mal seine Braut sieht. Ich habe das Gefühl, er platzt fast vor Liebe. Isabella sieht wirklich traumhaft aus. Sie trägt ein schneeweißes Corsagenkleid mit einem weit ausgestellten Rock mit viel Spitze, das super zu ihrer gebräunten Haut passt. Sie war in den letzten vier Wochen Stammgast im Sonnenstudio, damit sie genau diesen Effekt erreicht. Ihre Haare trägt sie offen, nur ein paar Strähnen sind mit kleinen Perlen hochgesteckt. Hinter sich her zieht sie eine lange Schleppe. Sie strahlt übers ganze Gesicht und schreitet überglücklich auf Sebastian zu.

Am Altar gibt Isabellas Vater ihr einen Kuss auf die Wange und nimmt Sebastian in den Arm.

Als das Lied endet, sind die meisten Tränen der Gäste wieder getrocknet, nur Isabellas Mutter schluchzt noch vor Rührung.

Isabella gibt Emma, die wirklich total heiß aussieht – eigentlich schon etwas zu heiß für eine Kirche – den Brautstrauß. Dann beginnt der Pastor mit der Zeremonie. Er erzählt, wie die beiden sich begegnet sind und wie Sebastian Isabella den Heiratsantrag gemacht hat.

Nachdem die Gemeinde gebetet hat, ist nun das Eheversprechen an der Reihe. Währenddessen laufen bei allen Anwesenden die Tränen, selbst der Pastor ist ein wenig gerührt, als er wieder das Wort ergreift.

»Sebastian, ich frage dich jetzt. Nimmst du die hier anwesende Isabella als deine Ehefrau und versprichst du, ihr die Treue zu halten, in guten und in schlechten Tagen, in Gesundheit und Krankheit, versprichst du, sie zu lieben, zu achten und zu ehren, bis dass der Tod euch scheidet? So antworte bitte mit ‹Ja›.«

Er schaut zu Isabella, strahlt über das ganze Gesicht und sagt mit fester Stimme: »Ja.«

»Und so frage ich auch dich Isabella. Nimmst du den hier anwesenden Sebastian als deinen Ehemann und versprichst du, ihm die Treue zu halten, in guten und in schlechten Tagen, in Gesundheit und Krankheit, versprichst du, ihn zu lieben, zu achten und zu ehren, bis dass der Tod euch scheidet? So antworte bitte mit ‹Ja›.«

»Ja.« Isabellas Stimme zittert ein wenig vor Rührung und Aufregung.

Der Pastor gibt Andy ein Zeichen, daraufhin legt er Sebastian die Ringe in die Hand. Ich schleiche mich vorsichtig näher, um das Anstecken der Ringe besser fotografieren zu können. Sie sind aus Weißgold, matt und für Isabella sind drei kleine Steinchen eingearbeitet.

Nachdem Isabella und Sebastian sich die Ringe angesteckt haben, zwinkert Sebastian ihr einmal zu und gibt ihr einen kleinen Kuss auf die Hand. Diese Geste ist so liebevoll und intim, dass ich davon kein Foto mache. Ich ziehe mich wieder zurück und die beiden wenden sich wieder dem Pastor zu.

»Kraft meines Amtes erkläre ich euch hiermit zu Mann und Frau.« Er schaut Sebastian an und lächelt. »Sie dürfen die Braut jetzt küssen.«

Das lässt er sich nicht zweimal sagen. Er legt beide Arme um Isabella, dreht sie schwungvoll herum und gibt ihr einen langen Kuss. Unter dem Applaus der Gäste verlassen die beiden dann als Ehepaar die Kirche.

Isabella hat bei der Planung ihrer Hochzeit nichts dem Zufall überlassen. Daher hatte sie mich auch gefragt, ob ich noch alle Tassen im Schrank hätte, als ich ihr vorgeschlagen habe, die beiden bei der Wahl der Foto Location zu überraschen, so wie bei Clara und Daniel.

Die beiden haben sich für ein Schloss entschieden, nicht weit von der Kirche entfernt.

Nachdem alle Gäste dem Brautpaar gratuliert haben, machen wir uns auf den Weg zum Schloss. Isabella und Sebastian fahren in Sebastians kleinem Auto, genauer gesagt, einem winzig kleinen Oldtimer. Das Brautauto ist das Einzige, wo Isabella Zugeständnisse gemacht hat. Wenn es nach ihr gegangen wäre, hätte es eine Kutsche oder eine elegante Limousine sein sollen. Aber da hat Sebastian nicht lockergelassen. Er liebt dieses alte Auto heiß und innig. Da der Innenraum jedoch sehr klein ist, sieht man entsprechend wenig von den beiden, da das voluminöse Kleid den größten Teil des Platzes einnimmt.

Als ich ins Auto schaue, um noch ein paar Fotos zu machen, lachen sich die beiden aber schon kaputt über die

Situation. Na also, manchmal muss man Bella zu ihrem Glück zwingen.

Obwohl wir November haben, ist es heute sonnig, das perfekte Wetter für ein Fotoshooting in einem Schloss. Wir beginnen auf der prunkvollen Treppe im Eingangsbereich des Schlosses. Ich drapiere Isabellas Schleier so, dass er elegant über die Treppen fließt. Die beiden sehen in dieser Umgebung aus wie ein König und seine Königin. Dem strahlenden Lächeln nach zu urteilen, fühlen sie sich auch genauso.

Es geht weiter im Spiegelsaal, wo dank der vielen Spiegel tolle Effekte entstehen. Wir dürfen sogar ein Foto in den alten Gemächern machen, wo ein riesengroßes, traumhaftes Himmelbett steht. Bei unserem letzten Treffen vor einigen Tagen hatte ich den Hausverwalter gebeten, mir eine Leiter zur Verfügung zu stellen, sodass ich die beiden durch einen Schlitz im Stoff von oben im Himmelbett fotografieren kann. Ich weiß schon jetzt, dass die Fotos grandios werden. So eine Kulisse ist auch einfach spektakulär.

Da es hier sehr weitläufig ist, müssen wir uns etwas beeilen, wir haben insgesamt nur zwei Stunden. Weiter geht es draußen in den Ställen, wo sogar noch einige Pferde gehalten werden. Das ist meine erste Überraschung für Isabella, wobei ich nicht so genau weiß, wie sie sie aufnehmen wird. Mit dem Verwalter hatte ich vorher abgesprochen, dass ein Pferd vorbereitet werden soll. So können wir im Stall ein paar Fotos schießen, auf denen Isabella im Sattel sitzt. So ganz geheuer ist ihr das nicht. Doch als Sebastian ihr sagt, dass das bestimmt super Fotos werden, gibt sie sich einen Ruck.

Als Nächstes gehen wir in den Schlosspark, wo ich ein

paar nicht gestellte Fotos schieße, als die beiden sich unbeobachtet fühlen. Auch die kommen bei den Brautpaaren immer gut an. Als Letztes steuere ich den kleinen Teich im Schlossgarten an.

»Kommt mal mit, ihr beiden, ich habe noch eine Überraschung für euch.«

Hier kommt das dritte Mal der Verwalter ins Spiel. Er hatte mir erzählt, dass sich einige Paare beim Rudern auf dem Teich fotografieren lassen, und ich fand die Idee super. Die beiden kommen vorsichtig näher.

»Tataaaa.« Ich zeige auf das Ruderboot.

»Luci, das ist jetzt nicht dein Ernst, oder? Erst der blöde Gaul – du kannst von Glück sagen, dass der mich nicht abgeworfen hat – und jetzt soll ich noch aufs Wasser? Du spinnst wohl. Was ist, wenn ich in den Tümpel reinfalle? Es ist arschkalt.«

Sebastian versucht, sie zu beruhigen. »Schatz, du fällst da nicht rein, ich passe auf, versprochen.«

Isabella funkelt mich an. »Wenn ich da reinfalle, dann kündige ich dir die Freundschaft.«

»Baby, vertrau mir, dir wird nichts passieren.« Er steigt ins Boot und reicht ihr seine Hand.

»Danke, das schaffe ich schon allein.« Mit einem Schnauben rafft sie ihren Rock und steigt vorsichtig ins Boot. Oh, oh, ich habe das Gefühl, mich auf ganz dünnem Eis zu bewegen, das Boot schaukelt tatsächlich ganz schön hin und her. Aber dann sitzt Isabella, und Sebastian schnappt sich die Ruder. Nach einigen Metern hat sich Isabella sichtlich entspannt und die beiden unterhalten sich. Ich nutze den günstigen Stand der Sonne und schieße ein paar wirklich tolle Fotos.

Nach ein paar Minuten sind sie wieder am Steg und ich helfe Bella aus dem Boot. Sie zittert ein wenig, doch sie scheint zufrieden mit dem Fotoshooting zu sein.

Dann sind die zwei Stunden auch schon um und wir müssen zurück zu den Gästen.

»Fahrt ihr beiden schon mal, ich komme gleich nach.«

Ich mache mich auf die Suche nach dem Hausverwalter und finde ihn in den Ställen, wo er gerade das Pferd wieder absattelt.

»Ich wollte mich noch bei Ihnen bedanken, dass wir ein paar Extras in das Shooting einbauen konnten.«

»Freut mich, dass es Ihnen gefallen hat. Sie können sich immer gerne bei mir melden, wenn Sie mal wieder eine Hochzeit haben.«

Ich liebe es, wenn alles so reibungslos abläuft.

Die Partylocation, die Isabella und Sebastian gewählt haben ist, wie soll es auch anders sein, spektakulär. Ein altes Fabrikgebäude, aufwendig renoviert, erstrahlt von außen in bunten Lichtern. In der Dämmerung sieht das einfach überwältigend aus.

Damit die Gäste in den zwei Stunden beschäftigt waren, hatte Isabella sich im Vorfeld ein paar Überraschungen ausgedacht.

Zum einen gibt es eine Fotostation, in der sich die Gäste mit verschiedenen Accessoires fotografieren lassen können. Das ist zwar heute nichts Besonderes mehr, aber die Leute haben immer ihren Spaß. Ich habe dazu ein Stativ und eine ältere Kamera mit Selbstauslöser zur Verfügung gestellt. Sebastian hatte Andy extra gebeten, ein Auge darauf zu haben. Wofür hat man schließlich einen Trauzeugen. Dann gibt es ein paar Stationen mit Spielen, sowohl für die Kinder als auch für die Erwachsenen, diese meistens mit einem Schnaps verbunden. Allem Anschein nach ist das Unterhaltungsprogramm von den Gästen gut angenommen worden, denn als wir eintreffen, sind alle bestens gelaunt.

Nach dem Sektempfang übergeben die Gäste den beiden ihre Geschenke. Das dauert, aufgrund der hohen Anzahl an Personen, relativ lange. So langsam habe ich echt Hunger. Und das scheint nicht nur mir so zu gehen, denn als um 19:00 Uhr das Buffet eröffnet wird, komme ich nur mit Mühe an der schnell entstandenen Schlange vorbei. Ich möchte unbedingt ein paar Fotos vom Essen schießen, bevor alles abgegrast ist. Danach stelle ich mich auch an und freue mich auf die Köstlichkeiten. Das Essen ist der Hammer, da haben Isabella und Sebastian nur das Beste vom Besten ausgesucht.

Nach zwei vollen Tellern und einem Dessert platze ich fast. Ich sehne mich danach, zu tanzen oder mich anderweitig zu bewegen. Wie aufs Stichwort räumen die Kellner die Tische ab, denn es ist Zeit für den Eröffnungstanz. Ich hole meine Kamera hervor und fotografiere die beiden, wie sie zu einem Walzer über die Tanzfläche schweben. Als der Tanz endet, habe ich Feierabend, und ich verstaue meine Kamera unter dem Tisch. Da ich keine Lust habe, allein zu tanzen, halte ich Ausschau nach Emma. Da sie mit am Brauttisch sitzt, habe ich mich noch nicht viel mit ihr unterhalten können. Da sehe ich, wie sie direkt auf mich zukommt.

»Du, Andy ist echt süß, oder?« Sie kichert ununterbrochen, wahrscheinlich hatte sie zum Essen schon ein oder zwei Gläser Wein. »Und er hat keinen Ring, hast du das gesehen?«

»Ja und ja.«

Sie schaut mich verwirrt an. »Wie? Ja und ja?«

Ich verdrehe die Augen. »Ja, er ist süß und ja, er hat keinen Ring am Finger. Also mach was draus.«

»Das sagst du so leicht. Ich glaube, da brauche ich erst noch zwei Gläser oder noch besser, drei.«

»Emma, du schaffst das auch so. Guck dich doch mal an, du bist die heißeste Frau hier im Saal, okay, von unserer Braut mal abgesehen. Du musst doch nur zu ihm gehen und ihn ansprechen. Ich bin mir sicher, er wird dir sofort aus der Hand fressen. Du wirst sehen.«

»Ach Luci, ich weiß nicht, ich bin so unsicher.«

»Komm, wir machen das zusammen, und danach will ich endlich tanzen.«

Ich schnappe mir ihren Arm und ziehe sie an die Theke, wo Andy gerade ein Bier trinkt.

»Hey Andy, das ist Emma, Emma, das ist Andy.«

»Ich weiß, wir haben uns in der Kirche schon gesehen und natürlich vorhin am Tisch. Emma, du siehst echt heiß aus.« Er schaut sie erschrocken an. »Sorry, ich wollte nicht indiskret sein.«

»Macht nichts, du hast ja recht«, antwortet Emma.

Ach, und eben sagt sie noch, sie schafft das nicht allein.

Ich drücke aufmunternd ihre Hand, werfe ihr einen verschwörerischen Blick zu und gehe zurück Richtung Tanzfläche. Ich bin mir sicher, Emma wird ihr Ziel erreichen, Andy konnte kaum die Augen von ihr lassen.

Für den Rest des Abends verlasse ich die Tanzfläche nur, um mir ein Wasser oder ein Glas Wein zu holen. Irgendwann, kurz nach Mitternacht, sehe ich wie Andy und Emma Hand in Hand den Saal verlassen. Ich grinse in mich hinein und bin jetzt schon gespannt, was sie morgen zu erzählen hat.

Um vier Uhr verabschiede ich mich von Isabella und Sebastian und bitte den eigens für die Hochzeit engagierten Fahrer, einen Freund von Sebastian, mich nach Hause zu bringen.

Als ich im Bett liege, lasse ich den Tag Revue passieren. Isabella ist nun verheiratet und Emma vernascht gerade Andy.

Plötzlich überkommt mich eine Melancholie, und wieder einmal kehren meine Gedanken zu Oliver zurück. Ein Jahr ist es jetzt her, dass er bei mir war. Ein Jahr, in dem ich mich oft gefragt habe, ob es richtig war, nicht mit ihm zu gehen. Heute Abend fühle ich mich auf einmal so allein, dass ich es fast ein wenig bereue, damals nicht alles hingeschmissen und ihn begleitet zu haben. Aber es ist zu spät. Ich hatte meine Chance und habe sie nicht genutzt. Wieder einmal drücke ich meinen Pinguin an mich.

Weißt du was, Luci? Du wirst auch glücklich werden, früher oder später. Da bin ich mir sicher.

Mai 2008

Von einem Moment auf den anderen verliere ich den Boden unter den Füßen. Ich falle, und ich schreie so laut, wie ich noch nie zuvor in meinem Leben geschrien habe. Okay, das letzte halbe Jahr war eher ruhig und ich habe mir, ehrlich gesagt, mal wieder etwas Action gewünscht. Doch warum muss es das Schicksal gleich so wörtlich nehmen.

Aber von vorne.

Im Februar rief ein junger Mann bei mir im Fotostudio

an. Er plant, im Juni einen Laden mit Kleidung und Equipment für Outdoor- und Extrem-Sportarten zu eröffnen. Dazu möchte er ein Hochglanzmagazin herausbringen, in dem natürlich auch Fotos zu sehen sein sollen. Bei seinen Recherchen nach einem passenden Fotografen wäre ich ihm von einem Bekannten wärmstens ans Herz gelegt worden. Ich war total begeistert und habe direkt zugesagt. Das wäre mal was ganz anderes als das, was ich sonst so mache.

Ein paar Tage später hat er mir die Unterlagen zugeschickt. Darin befanden sich die Termine (die erste Woche im Mai), die Anreiseunterlagen (es geht ins Allgäu, er übernimmt sämtliche Kosten) und ein paar Instruktionen bezüglich der Kleidung, die ich mitzubringen hätte.

Als da wären: Turnschuhe, Wanderschuhe, Sportkleidung, bequeme Kleidung, Badeanzug (?), »Tragen Sie Brille? Dann besser Kontaktlinsen mitbringen« (??). Außerdem sollte ich per Mail die Frage nach meiner Konfektionsgröße (???) und meinem Gewicht (????) beantworten. Mir wurde etwas mulmig in der Magengegend. War das wirklich ein seriöser Auftrag? Zuerst habe ich überlegt, abzulehnen, habe den Gedanken aber ziemlich schnell wieder verworfen. Der Auftrag versprach Action, ich werde mal wieder neue Leute kennenlernen und das Honorar ist auch nicht zu verachten.

Vorgestern war es dann so weit. Ich bin mit dem Zug hier angereist und wurde von Toni, dem aufstrebenden Unternehmer, in Empfang genommen. Nach einem leckeren Abendessen, das Toni bezahlt hat, (»Das übernehme ich, das kann ich von den Spesen absetzen.«), setzte er mich am Hotel ab, denn er hatte noch einen Termin. »Also, morgen acht Uhr hier unten in der Lobby. Es geht auf den Berg. Gute Nacht.«

Ich bin erst spät eingeschlafen, weil ich doch etwas nervös war. Aber ein Zurück war nun nicht mehr möglich.

Um acht Uhr gestern Morgen traf ich dann in der Lobby auf eine Gruppe junger Leute, die sich um Toni versammelt hatten. Alle mit den modernsten und hippsten Wanderklamotten ausgestattet, die gleichen, die Toni auch mir aufs Zimmer hat schicken lassen.

Die Tour war extrem anstrengend, schließlich steige ich nicht jeden Tag auf einen Berg. Doch in den neuen Wanderschuhen fühlte ich mich fast wie auf Wolken. Wenn die vom ersten Tag an so bequem sind, dann kosten die bestimmt ein Vermögen.

Von den Fotos, die ich den Tag über gemacht habe, war Toni total begeistert. Er meinte, beim Betrachten der Fotos wird in jedem, aber wirklich jedem, der Wunsch geweckt, eine Wander oder Klettertour zu unternehmen. Egal ob Schüler, Anwalt, Maurer oder der Couch-Potatoe von nebenan. Ich bin mir da nicht so sicher, dass bei jedem Menschen allein durchs Betrachten der Fotos die Gämse zum Vorschein kommt, aber die Hoffnung stirbt ja bekanntlich zuletzt. Und Optimismus hat schließlich noch keinem Unternehmer geschadet! Somit hatte ich meinen Auftraggeber bereits am ersten Tag zufriedengestellt. Und das ist doch die Hauptsache.

Nach der Ankunft im Hotel haben wir dann noch alle etwas zusammen gesessen und etwas getrunken, zum Essen war ich viel zu müde. Also bin ich recht früh aufs Zimmer gegangen und nach einer ausgiebigen Dusche bin ich auch direkt eingeschlafen.

Für heute war bequeme und praktische Kleidung angeordnet: Turnschuhe, Jeans, T-Shirt, Pullover, Jacke.

Programmpunkt an Tag zwei: Fallschirmspringen.

Wie gut, dass ich nur für die Fotos zuständig bin, keine zehn Pferde würden mich dazu bringen, mich aus einem Flugzeug zu stürzen.

Die gleiche Truppe von gestern war bereits versammelt, als ich in die Lobby kam. Nur von Toni war noch nichts zu sehen. Ein paar Minuten später stürmte er jedoch aus dem Aufzug, wie immer voller Tatendrang.

»Sorry Leute, ich musste erst noch meinen Steuerberater etwas beruhigen. Er ist etwas nervös, wegen der ganzen Ausgaben« – er drehte beide Zeigefinger ein paar Mal im Kreis – »die ich noch vor meiner Eröffnung habe. Ich musste ihn noch mal an mein Motto erinnern: *Köpfchen machen, abwägen, investieren – dann kommt der Erfolg von ganz allein.*«

Aha. Na, dann kann ja nichts mehr schiefgehen.

Er klatschte in die Hände. »Seid ihr alle fertig? Gut, dann kann es losgehen.«

Nach einer 30-minütigen Fahrt in einem Kleinbus kamen wir an einem Flugplatz an.

Ich begann mit den Aufnahmen, fotografierte die Kleidung, die Rucksäcke mit den Fallschirmen, auch die Flugzeuge lichtete ich ab. Mit den Bergen im Hintergrund eine echt tolle Kulisse, die tatsächlich etwas Hunger auf Action macht. Als die Jungs und Mädels sich auf den Weg zum Flugzeug machten, war ich der Meinung, nun kurz Pause zu haben, um dann später wieder die Landungen fotografieren zu können. Weit gefehlt.

»Luci, kommst du?«, rief mich Toni.

»Wie, ich soll mitfliegen?«, fragte ich erstaunt.

»Ja sicher, von oben gibt es die besten Fotos. Komm schon, hab keine Angst.«

Ich stieg in das Flugzeug und als alle angeschnallt waren, rollten wir los. Als wir auf circa 4000 Meter waren, bereiteten sich alle auf ihren Sprung vor. Ich konnte gar nicht so schnell auf den Auslöser drücken, denn einer nach dem anderen verließ zügig mit einem Freudenschrei das Flugzeug. Dann war nur noch Toni übrig.

»Du erinnerst dich doch, dass ich dich auch nach deinem Gewicht gefragt habe, oder?«, fragte Toni mich und grinste. Mir gefiel gar nicht, welche Wendung das Gespräch nahm.

»Jaaaaa«, antwortete ich.

»Jetzt weißt du, warum.« Er reichte mir seine Hand.

Ich riss meine Augen auf und kurz blieb mir das Herz stehen. Toni lachte sich schlapp. »Komm her, wir springen zusammen.«

»Auf gar keinen Fall springe ich aus diesem Flugzeug. Wir sehen uns unten.« Ich setzte mich wieder auf meinen Sitz, schnallte mich an und verschränkte die Arme entschlossen vor der Brust.

»Hey, Anton, mach mal noch eine Runde, das dauert hier noch eine Minute. Hier hat jemand Angst«, rief Toni nach vorne zum Piloten.

»Noch mal Toni, ich springe nicht. Ich werde genauso landen, wie ich auch gestartet bin, und zwar in diesem Flugzeug.«

»Das geht leider nicht, Anton landet nicht wieder auf unserem Flugplatz. Er muss weiter nach Österreich.«

»Das ist nicht dein Ernst, oder?«

Ich hoffte noch, dass er sich wirklich nur einen Scherz mit mir erlaubte. Aber er machte keine Anstalten, aus dem Flugzeug zu springen.

»Und was ist mit meiner Kamera?«

»Die kannst du hier reinpacken. Da passiert nichts.« Er reichte mir eine gepolsterte Tasche, scheinbar immer auf alles vorbereitet.

Wenn ich also nicht von Österreich hierhin zurücktrampen wollte, blieb mir wohl nichts anderes übrig, und so verstaute ich meine Kamera in der Tasche. Toni reichte mir einen Sprunganzug, den ich über meine Kleidung zog, dazu eine Haube und eine Schutzbrille. Dann legte mir Toni das Gurtzeug an und verband es mit den dafür vorgesehenen Haken an seinem Gurtzeug. Zu guter Letzt hängte er mir noch die Kameratasche über die Schultern.

Die ganze Zeit über taxierte ich ihn mit bösen Blicken, aber das störte ihn nicht weiter.

»Bist du so weit?«, fragte er mich dann, so als ob es das normalste von der Welt wäre, aus einem Flugzeug zu springen.

»Nein, aber es ist ja eh zu spät, oder? Habe ich eine Wahl?«, blaffte ich ihn an.

»Ehrlich gesagt, nein.«

»Nur dass du es weißt, wenn das meine Mutter erfährt, dann brauchst du dir um deinen Steuerberater keine Sorgen mehr zu machen. Die bringt dich dann nämlich um.«

»Warte es ab, du wirst begeistert sein.«

»Da bin ich mir nicht so sicher.« Ich linste aus dem Flugzeug raus in die Tiefe. Oh mein Gott, war das hoch. Ich schloss die Augen und atmete tief durch.

»Also gut, ich will es hinter mich bringen.« Wir stellten uns an die offene Luke.

»Bei drei, okay? Eins, zwei, drei.« Dann sprang er, und ich sprang zwangsläufig mit, schließlich war ich mit mehreren Haken an ihm befestigt.

Und jetzt bin ich hier, zwischen Himmel und Erde, mit zusammen gekniffenen Augen und schreie wie am Spieß. Wir schießen in einem Affenzahn herab Richtung Boden.

Nach ein paar Sekunden höre ich automatisch auf zu schreien, einfach weil ich mal wieder Luft holen muss. Ich habe Angst, die Augen zu öffnen, aber die Neugierde ist größer. Ganz langsam öffne ich erst das linke, dann das rechte Auge. Und was soll ich sagen. Es ist der Hammer. Die Aussicht ist der Hammer. Das Gefühl ist der Hammer. Einfach alles.

Nach ein paar weiteren Sekunden zieht Toni an der Reißleine und der Schirm öffnet sich. Abrupt werden wir langsamer, viel langsamer, um genau zu sein. Jetzt kann ich auch die Aussicht mehr genießen.

Nach weniger als zwei Minuten landen wir allerdings schon. Ich finde es fast ein bisschen schade, ich hätte nichts gegen ein paar weitere Minuten gehabt, in denen wir langsam vom Himmel Richtung Erde schweben.

»Und, hat es dir gefallen?«, fragt Toni, während er mich wieder aushakt.

Ich bin immer noch ärgerlich, dass er mich so hinters Licht geführt hat. Auf gar keinen Fall gebe ich ihm die Genugtuung, dass es mir gefallen hat. Denn ich muss zugeben, es war schon toll. Nein, es war nicht toll, es war echt geil. Und ich würde es am liebsten gleich noch einmal machen. Aber ich gebe mich betont gleichgültig.

»Na ja, geht so. Außerdem bin ich echt wütend. Das hättest du mir vorhersagen sollen.« Ich mache eine kurze Pause, vielleicht entschuldigt er sich ja noch. Als er allerdings keine Anstalten macht, sich bei mir zu entschuldigen, sage ich bockig: »Ich möchte jetzt ins Hotel, die Fotos zeige ich dir dann morgen.«

»Okay, das schulde ich dir wohl. Aber ich dachte, wenn ich es dir vorhersage, dann würdest du ablehnen, weil du Angst hättest.«

»Angst? Davon kannst du ausgehen. Ich habe mir fast in die Hosen gemacht!«

Zögernd schaut er auf meinen Hintern.

»Nimm deine Augen von meinem Po. Da gibt es nichts zu sehen. Was ist jetzt, können wir los?« So zickig kenne ich mich gar nicht, aber es hat sich bisher auch noch keiner erlaubt, so etwas mit mir zu machen. Ich hätte tot sein können.

Während die Gruppe im Bus ihre Erfahrungen austauscht, sitze ich stumm auf meinem Sitz und drücke meine Kamera an mich.

Als wir am Hotel ankommen, flüchte ich direkt auf mein Zimmer. Kaum habe ich die Tür geschlossen, werde ich von meinen Emotionen überwältigt und fange an zu weinen. Erst diese wahnsinnige Angst, dann der Sprung, der Fall und dann die Erkenntnis, dass es eines der besten Erlebnisse war, die ich bisher hatte. Na ja, bis auf meinen Besuch in Las Vegas und die Begegnung mit den Eingeborenen. Ach ja, und der Tag auf dem Kreuzfahrtschiff war auch ganz cool. Aber nein, das hier war mit Abstand das Beste von allem.

Ich ziehe meine Sachen aus und schlüpfe in meinen bequemen Jogginganzug. Dann mache ich es mir mit meiner Kamera und meinem Laptop auf dem Bett bequem, um die Fotos zu sichten, die ich heute gemacht habe.

Einige Zeit später klopft es an der Tür. Ich schrecke hoch,

der Laptop ist mittlerweile im Standby-Modus und liegt neben mir auf dem Bett, scheinbar bin ich eingeschlafen.

Ich öffne die Tür. Es ist Toni und er sieht aus wie ein begossener Pudel.

»Ich wollte mich entschuldigen. Du hast recht, das war nicht fair. Ich hätte vorher mit dir darüber reden sollen. Es tut mir ehrlich leid.«

»Das ist nett, ich verzeihe dir.« Ich muss grinsen.

»Wenn ich ehrlich sein soll, es war eines der besten Erlebnisse, die ich bis jetzt hatte. Und glaub mir, ich habe schon so einiges mitgemacht.«

»Kann ich dich zur Wiedergutmachung zum Essen einladen?«

Ich zögere. Ich hoffe, dass er sich wirklich nur entschuldigen will und nicht, dass er sich etwas erhofft. Schließlich sind wir Geschäftspartner, und ich vermische Berufliches und Privates nicht gerne.

»Meine Freundin hat sich für heute Abend auch angemeldet. Sie freut sich schon, dich kennenzulernen.« Ich bin erleichtert.

Wir verabreden uns auf 19:00 Uhr im Hotelrestaurant. Ich schlüpfe schnell unter die Dusche, ziehe mir etwas Hübsches an und mache mich auf den Weg.

Der Abend wird sehr gemütlich. Tonis Freundin Clea ist wirklich nett und wird uns die nächsten drei Tage auf den Touren begleiten. Ich freue mich schon darauf, mit den anderen beiden Mädels aus der Gruppe bin ich noch nicht so recht warm geworden, aber Clea habe ich direkt ins Herz geschlossen. Gegen 22:00 Uhr bin ich wieder auf meinem Zimmer, und nach einem kurzen Besuch im Bad gehe ich schlafen. Ich träume von dem Fallschirmsprung. Allerdings fliegt nicht Anton das Flugzeug, sondern Oliver. Er macht einen Looping nach dem nächsten und seine Lache hört sich an wie in der Geisterbahn. Auf einmal steht Phillip vor mir und schubst mich ohne Fallschirm aus dem Flugzeug. Ich falle, dabei höre ich die Stimme meiner Mutter.

»Ich habs dir ja gesagt, du hättest Anwältin werden sollen. Aber du hast ja nicht auf mich gehört.«

Und dann lacht sie immer lauter und lauter. Kurz bevor ich auf dem Boden aufkomme, wache ich schweißgebadet auf. Ich keuche und mein Herz überschlägt sich fast. Ich stehe auf und wanke ins Badezimmer, Schweißperlen laufen über mein ganzes Gesicht. Ich wasche mich mit kaltem Wasser, trockne mich ab und gehe wieder zurück ins Bett. Dort kuschle ich mich in meine Decke, doch bis zum Morgen kann ich nicht mehr richtig einschlafen.

Total gerädert stehe ich auf, scheinbar steckt mir der Schreck immer noch in den Knochen.

Gestern Abend haben wir noch über den heutigen Tag gesprochen. Es geht zum Paragliding. Toni hat es mir offengelassen, ob ich nur Fotos machen und dann wieder mit der Seilbahn ins Tal fahren möchte. Oder ob ich vielleicht doch den Wunsch hege, einmal mitzufliegen. Da ich die Entscheidung kurzfristig vor Ort treffen kann, bin ich recht entspannt, als wir uns auf den Weg machen.

Das Wetter ist super, sodass ich wieder richtig tolle Fotos schießen kann. Als wir auf dem Berg ankommen, teile ich Toni meine Entscheidung mit.

»Ich würde lieber nur die Fotos machen und dann wieder die Seilbahn nach unten nehmen. Auch wenn es grandios war, steckt mir der gestrige Tag immer noch etwas in den Knochen. Ist das okay?«

»Sicher, wir sehen uns dann unten. Ich bin schon gespannt, was du nachher präsentieren kannst.«

Ich schieße eine Reihe von Fotos, als einer nach dem anderen losrennt, um dann leise durch die Lüfte zu gleiten. Als alle in der Luft und außer Sichtweite sind, gehe ich Richtung Seilbahn, um mein Ticket für die Rückfahrt zu lösen. Da höre ich, wie ein Auto hupt. Es ist der Inhaber des Bergcafés. Toni hatte uns vorhin vorgestellt.

»Hey, bist du nicht mitgeflogen?«

»Nein, ich hatte gestern schon das spontane Vergnügen eines Fallschirmsprungs, den habe ich noch nicht verarbeitet. Ich denke, das wird noch eine ganze Weile dauern und meine Psychiaterin wird wohl Überstunden machen müssen. Deswegen fahre ich jetzt mit der Seilbahn wieder runter.«

»Soll ich dich mitnehmen? Das geht schneller als mit der Bahn. Vielleicht bist du dann schon früher unten als die anderen, dann kannst du die Landung noch mit ansehen. Ich muss sowieso runter, Nachschub für heute Abend holen.«

»Vielen Dank, das wäre super.« Ich steige in sein Auto und wir fahren los. »Wie lange fliegen die denn?«

»Das kommt drauf an. So zwischen 15 bis 45 Minuten vielleicht.«

»Super, dann mal los. Toni wird sich freuen, wenn ich die Jungs und Mädels im Landeanflug noch vor die Linse bekomme.«

Als wir das Tal erreichen, kommt der Erste aus unserer Gruppe gerade auf eine große Wiese geflogen, die einem alteingesessenen Millionär gehört. Er stellt das Areal den Sportlern aus der Umgebung für die Landungen zu Verfügung. Ich zücke meine Kamera und halte die Landemanöver der quietschbunten Gleitschirme fest. Mit den Bergen im Hintergrund sind das wieder spektakuläre Aufnahmen. Wenn's läuft, dann läufts halt.

Es ist erst früher Nachmittag, als wir wieder am Hotel ankommen. Daher beschließe ich, die Wanderschuhe von Montag anzuziehen und einen langen Spaziergang zu machen.

Als ich nach drei Stunden wiederkomme, sitzen bereits alle im Biergarten und begrüßen mich euphorisch, was daran liegen mag, dass mehrere leere Biergläser auf dem Tisch stehen.

Doch ich möchte erst duschen und die Fotos anschauen. Pünktlich zum Abendessen geselle ich mich, mit dem Laptop unterm Arm, zu den anderen. Die sind natürlich auch neugierig auf die Fotos, und nachdem wir alle unser Essen bestellt haben, lasse ich die bisher geschossenen Fotos anhand einer Präsentation über den Bildschirm gleiten. Ich muss selber sagen, es sind tolle Aufnahmen. Das liegt aber jetzt nicht an meinem Talent, nun ja, ein bisschen schon. Die Natur bietet einfach eine Wahnsinnskulisse, und zusammen mit den bunten Fall- und Gleitschirmen und den jungen Menschen, die diese modernen, schicken Outfits tragen, wecken die Fotos den Wunsch , tatsächlich mal die eigene Komfortzone zu verlassen und etwas Abenteuerlustiges zu wagen. Da hatte Toni wohl doch recht.

Während des Essens wird der morgige Tag besprochen, es ist eine Kanutour geplant. Da die Anreise etwas länger dauert, wollen wir gegen halb sieben in der Früh aufbrechen. Aus diesem Grund verabschiede ich mich als Erste und gehe aufs Zimmer. Oben angekommen lege ich noch die Sachen für morgen bereit und als mein Kopf das Kissen berührt, schlafe ich direkt ein.

Am nächsten Morgen fährt der kleine Bus pünktlich vom Hotelparkplatz los. Obwohl alle auf ihrem Plätzen sitzen und die Augen geschlossen haben, erzählt Toni voller Elan, was uns heute erwartet. Das hatte er zwar gestern nach dem Abendessen bereits getan, aber er will wohl auf Nummer sicher gehen, dass alle gut vorbereitet sind.

Clea sitzt neben mir und erzählt, dass ihr Leben, seitdem sie Toni kennengelernt hat, einer Achterbahnfahrt ähnelt.

»Du kannst dir sicher sein, dass er jeden Tag eine neue Überraschung in petto hat. Etwas Lustiges, etwas Abenteuerliches, etwas Spannendes. Wenn ich ehrlich bin und mein jetziges Leben mit der Zeit davor vergleiche, dann war das sterbenslangweilig. Ich bin mittlerweile so oft über meinen Schatten gesprungen, habe so oft die Grenzen meiner Angst überwunden, ich kann das gar nicht mehr zählen. Wenn ich allein an meinen ersten Fallschirmsprung denke – ich dachte, ich müsste sterben vor Angst. Und jetzt kann ich es gar nicht mehr bis zum nächsten Sprung abwarten. Deswegen bedauere ich es auch sehr, dass ich Dienstag nicht mit dabei sein konnte. Toni hat mir von deiner Reaktion erzählt, als er dir sagte, dass du springen musst. Ich habe mich fast kaputtgelacht. Andererseits hast du mir auch echt leidgetan, weil ich weiß, wie das ist. So das erste Mal, und dann auch noch ohne jegliche Vorbereitung. Aber so ist er eben. Wenn man mit ihm zusammen ist, dann muss man immer mit etwas Außergewöhnlichem rechnen.«

»Was hast du denn zu seinem Plan gesagt, ein Sportgeschäft zu eröffnen? Ich meine, das ist ja ein Riesenschritt und auch ein großes Risiko. Okay, ich bin auch selbstständig, aber ich habe das Geschäft mit einem festen Kundenstamm übernommen. Doch er fängt ja bei null an.«

»Zugegeben, am Anfang war ich auch nicht begeistert. Aber dann hat er mir sein Konzept vorgelegt und auch die Banken haben grünes Licht gegeben. Und ganz ehrlich, schau ihn dir an. Er hat so viel positive Energie, wenn es einer schafft, dann er. Das ist auch der Grund, warum ich meinen Job aufgegeben habe und ihn unterstütze. Weil ich mir sicher bin, dass er Erfolg haben wird. Und nun machen wir es gemeinsam. Dass wir dich für das Magazin engagieren konnten, ist ein riesengroßes Glück. Mit deinen tollen Fotos wird das einschlagen wie eine Bombe.«

Dieses Kompliment macht mich verlegen.

»Nun ja, das hätte bestimmt auch jeder andere Fotograf hinbekommen.«

»Nein, auf gar keinen Fall«, widerspricht Clea mir. »Wir hatten einige Fotografen zum Gespräch da, aber deren Arbeiten haben uns überhaupt nicht gefallen. Aber du bist ein echter Glücksgriff. Du hast deinen eigenen Stil, und der hebt sich schon stark von den anderen ab.«

Ich werde rot und winke ab, dennoch freut es mich natürlich, dass ich so einen guten Ruf genieße. Kira wäre wirklich stolz auf mich.

»Wer schreibt denn die Texte für das Magazin? Machst du das?«

Clea schüttelt den Kopf und zeigt auf die beiden Mädels, die vorne in der ersten Reihe sitzen.

»Nein, Vivien schreibt die Texte.«

»Ist das die mit den roten Haaren?« Zu meiner Schande muss ich gestehen, dass ich auch nach drei Tagen noch nicht weiß, wie die beiden Mädels aus unserer Truppe heißen.

»Um Himmels willen, nein, das ist Jenny. Sags keinem weiter, aber Jenny kann einen Bleistift nicht von einem

Kugelschreiber unterscheiden. Sie ist hübsch, aber unter ihrer roten Mähne befindet sich leider nur ein Gehirn von der Größe einer Erbse. Vivien ist ein Phänomen. Sie hat Germanistik studiert und ist ein Genie in Rhetorik. Sie ist selbstständig und kann sich vor Aufträgen kaum retten.«

Eine Weile beobachten wir die beiden jungen Frauen, die sich angeregt unterhalten. Clea schaut mich ratlos an.

»Ich kann wirklich kaum glauben, dass zwei so grundverschiedene Frauen sich so gut verstehen.«

Die Zeit vergeht wie im Flug und nach zwei Stunden sind wir angekommen. Die Kanus stehen bereit und warten nur darauf, mit uns durchs Wasser zu gleiten.

Wir ziehen uns an und ich mache wie gewohnt meine Fotos. Ich lege mich bäuchlings ins Gras und versuche aus dieser Perspektive, die Kanus, die bereits auf dem Wasser sind, einzufangen. Mit der Sonne im Hintergrund und den fröhlichen, bunt angezogenen Menschen gelingen mir wieder wirklich tolle Schnappschüsse. Als Letztes steige ich in das Kanu, das ich mit Clea fahren werde, und verstaue meine Kamera sicher und wassergeschützt in der Tonne, die eigens dafür im Kanu befestigt ist. Es kann also losgehen. Drei Stunden paddeln wir über den Fluss, links und rechts vom Ufer zeigt sich die Natur in ihrer schönsten Pracht. Da es nicht so nass wird, wie ich gedacht habe, hole ich zwischendurch meine Kamera wieder hervor und mache weitere Aufnahmen. Besonders die Fotos der einzelnen Gruppenmitglieder, in denen sie sich nicht beobachtet fühlen, werden super. Kein gestelltes Lächeln, keine verkrampften Posen, ich fange lediglich die pure Freude ein, die sie in dem Moment ausstrahlen.

Gegen Mittag machen wir eine Pause. Toni hat es sich

nicht nehmen lassen, einen kleinen Imbiss zu organisieren. Während wir uns stärken, schlägt er vor, dass wir die Teams auf dem Rückweg mischen. Die Jungs sind begeistert und diskutieren bereits, wer nun bei wem mitfährt. Wir Frauen sind da eher zurückhaltender. Jenny möchte gerne weiterhin mit Vivien fahren, und ich muss ehrlich zugeben, dass ich mich mit Clea im Team sehr wohlfühle.

Der Rückweg wird deutlich anstrengender, da wir nun gegen den Strom paddeln müssen. Ich muss also die ganze Zeit mitarbeiten und habe somit keine Möglichkeit, weitere Fotos zu schießen. Ich bin mir allerdings auch sicher, dass ich bereits genug Bilder habe, die Toni gefallen werden.

Nach viereinhalb Stunden kommen wir wieder am Ausgangspunkt an und ich bin total erledigt. Ich habe das Gefühl, meine Arme nicht mehr zu spüren. Spontan kommt mir das Bild eines Gibbons vor Augen, der aus dem Kanu krabbelt und sich langsam zum Bus schleppt. Ja, genauso fühle ich mich.

Auf dem Hinweg hat Clea überwiegend geredet, nun, auf dem Rückweg fragt sie mich, ob ich gerne reise und wo ich schon überall war. Ich erzähle ihr von meinem Urlaub und von Oliver. Da ich ansonsten noch nicht so oft verreist war, erzähle ich ihr von Las Vegas, lasse es allerdings wie einen normalen Urlaub aussehen.

»Ein Riesenrad? In Las Vegas?« Clea runzelt die Stirn. »Also ich war schon sehr oft dort, ich glaube mindestens vier Mal. Aber ein Riesenrad habe ich da noch nie gesehen. Bist du dir da sicher?«

»Ja, ich habe direkt davorgestanden.«

»Okay, wenn du es sagst, dann habe ich da wohl bisher ein Highlight verpasst.«

Da mir danach meine Urlaubsanekdoten ausgehen, erzählt Clea weiter. Sie erzählt so lustig und mit Händen und Füßen, ich könnte ihr stundenlang zuhören.

Als wir wieder am Hotel ankommen, gehen erst mal alle auf ihre Zimmer, um sich frisch zu machen. Um 20:00 Uhr wollen wir uns zum gemeinsamen Abendessen treffen.

Das fällt kürzer aus als gestern, da alle extrem müde sind. Sogar Toni muss zwischendurch immer mal wieder gähnen.

»So Leute, morgen also der letzte Tag. Golfen ist angesagt. Weniger Action, mehr Präzision.«

Sein Handy klingelt, er schaut kurz aufs Display. »Das ist schon wieder mein Steuerberater, diese Nervensäge. Der will bestimmt wieder die Ausgaben mit mir besprechen.« Er drückt das Gespräch weg und steckt das Handy wieder ein. »Der kann warten. Wo waren wir stehen geblieben? Ach ja. Beim Golfen. Wir müssen auch nicht weit fahren, also eigentlich müssen wir gar nicht fahren. Ich habe den Golfplatz hier am Hotel reserviert. Und damit wir nach dem heutigen Tag alle etwas ausschlafen können, erst ab elf Uhr. Und dann für zwei Stunden. Das sollte für die Fotos ausreichen. Abreise ist dann morgen Nachmittag. Ich möchte mich schon jetzt für eure Mitarbeit bedanken.« Da wird Toni auf einmal sentimental. »Clea, meine wunderschöne Clea. Ohne dich würde ich das alles nicht schaffen. Vielen Dank für deine Unterstützung und dass du dieses Projekt gemeinsam mit mir verwirklichst. Vielen Dank auch an Vivien und an Luci, die meinen Katalog mit Leben füllen. Ich bin mir sicher, das wird bombastisch.« Wir stoßen gemeinsam an, mit Stolz erfüllt, Teil dieses tollen Projektes zu sein.

Keine 24 Stunden später sitze ich im Zug, auf dem Weg nach Hause.

Die zwei Stunden auf dem Golfplatz am heutigen Vormittag waren, im Vergleich zu den Tagen davor, eher ruhig, aber nicht minder unterhaltsam. Die Golfkleidung, die Toni zur Verfügung gestellt hatte, war von bester Qualität. Statt vieler spontaner Schnappschüsse, habe ich heute eher gestellte Fotos geschossen. Sowohl die Jungs als auch die Mädels haben super mitgearbeitet, sodass Toni nach den zwei Stunden wieder total aus dem Häuschen war, als er sich die Fotos, so zwischen Tür und Angel, angeschaut hat.

Ich versprach ihm, die bearbeiteten Fotos bis Ende nächster Woche zukommen zu lassen.

Nach einem kurzen Abschied – Clea, Toni und die anderen mussten den Zug auf einem anderen Gleis erreichen – sitze ich nun auf meinem reservierten Platz in der 1. Klasse und denke nicht nur noch einmal an die letzten Tage, sondern auch an die vergangenen Monate.

Ich denke an Clea und an Toni, die, in meinen Augen, ein Leben auf der Überholspur führen.

Die beiden haben sich gesucht und gefunden, vertrauen sich blind. Clea hat sogar ihren Job aufgegeben, um mit Toni seinen Traum zu verwirklichen.

Ich denke an Isabella und Sebastian. Nach ihrer Hochzeit waren die beiden auf Hochzeitsreise auf Mauritius. So wie ich Bella verstanden habe, wollen die beiden so schnell wie möglich eine Familie gründen.

Meine Gedanken wandern zu Emma. Sie hat Maurice nicht mehr wiedergesehen. Er hatte noch einmal versucht, mit ihr Kontakt aufzunehmen, doch Emma hat das ignoriert. Mit Andy blieb es bei dem One-Night-Stand auf der

Hochzeit, die beiden sind jetzt befreundet und gehen hin und wieder zusammen ins Kino oder Inlineskaten. Wer weiß, vielleicht wird irgendwann ja doch noch einmal was daraus.

Und dann wäre da noch ich selber. Jung, dynamisch, Single. Clea konnte gar nicht glauben, dass ich keinen Freund habe, aber so ist es nun einmal. Im März bin ich mal mit jemandem ausgegangen. Er hieß Luca, war etwas älter als ich, allerdings total schüchtern. Er kam zu mir, um Bewerbungsfotos machen zu lassen. Kurze Zeit später kam er wieder, für Passfotos. Einige Tage später stand er erneut in der Tür, angeblich gefiel ihm die Frisur auf den Passfotos nicht. Er wäre jetzt beim Friseur gewesen, jetzt möchte er noch einmal neue Fotos haben. Nachdem er gezahlt hatte, war er schon fast zur Tür raus, da gab er sich einen Ruck und bat mich um ein Date. Ich stimmte zu und wir gingen zusammen aus. Beim Essen verriet er mir, dass er gar keine Bewerbungsfotos und auch keine Passfotos brauchte, er wollte mich nur kennenlernen. Nach drei Dates waren wir uns jedoch beide einig, dass es mit uns nichts werden würde. Seitdem habe ich ihn nicht wiedergesehen.

Was sagte Aurelia damals? Einige Menschen sind nur für eine gewisse Zeit unsere Reisegefährten. Luca gehörte wohl zu dieser Sorte Menschen, jemand, der nur kurz auf den Zug aufspringt, um ihn gleich danach wieder zu verlassen. Ich würde gerne wissen, wann mal jemand auf meinen Zug aufspringt, um den Rest der Reise gemeinsam mit mir zu verbringen.

»Hab Geduld, Luci«, sage ich zu mir, »es wird jemand kommen.«

Kapitel 15

Mein 24. Geburtstag

Abschied nehmen

Eine ruhige, angenehme Stimme hallt von den Wänden. Noch bevor ich die Augen öffne, merke ich, dass ich nicht allein bin. Ich atme tief ein, zähle lautlos von eins bis drei und öffne dann langsam die Augen. Ich befinde mich in einer kleinen Kapelle, die Bänke sind bis auf den letzten Platz gefüllt mit Menschen, die ich noch nie zuvor gesehen habe.

Alle Anwesenden tragen schwarze Kleidung und haben die Köpfe gesenkt. Hier und da hört man leise ein Taschentuch rascheln. Erschrocken stelle ich fest, dass ich mich auf einer Beerdigung befinde. Ich schaue an mir herunter und stelle fest, dass auch ich Schwarz trage. Ein schlichtes Kleid mit kurzen Ärmeln, eine dünne Strumpfhose und flache Ballerinas, ebenfalls in Schwarz. Dazu einen Hut mit einem Schleier, der mein Gesicht zur Hälfte bedeckt. Ich bin sehr erleichtert, um nichts in der Welt möchte ich in dieser Situation unangenehm auffallen. Trotzdem riskiere ich einen kurzen Blick nach hinten. Wie ich schon vermutet habe, sitze ich in der letzten Reihe. Scheinbar gehöre ich nicht zum engsten Familien- oder Freundeskreis.

Ich nehme nun allen Mut zusammen und schaue direkt nach vorne, zu dem Sarg, der dort aufgebahrt ist. Mein Gott, ich habe eine Heidenangst, dass ein geliebter Mensch dort drin liegt.

Doch das Foto neben dem Sarg zeigt eine mir unbekannte Frau. Sofort frage ich mich, was es zu bedeuten hat, dass ich dieses Mal gerade hier gelandet bin. Die Frau ist, beziehungsweise war, sehr hübsch, schätzungsweise Mitte 30, hatte blonde kurze Haare, blaue Augen und ein strahlendes Lächeln. Kurz zieht sich mein Magen zusammen. Auch wenn ich die Frau nicht kenne, es tut mir in der Seele leid, dass sie so früh verstorben ist.

Der weiße Sarg ist liebevoll mit rosafarbenen Rosen geschmückt. Links und rechts stehen Kränze mit weißen und roten Rosen. An dem größten Kranz steht »In ewiger Liebe und Dankbarkeit, Christian«, an dem anderen »In Liebe, deine Eltern.« Daneben steht noch ein kleiner Kranz mit der Aufschrift »Wir werden dich vermissen, Mama«. Sofort schießen mir die Tränen in die Augen. In der ersten Reihe sitzt die Familie, ein Mann, der links und rechts seine beiden Töchter im Arm hält. Daneben ein älteres Ehepaar, ich vermute, es handelt sich hier um die Eltern.

»Damit möchte ich nun zum Ende kommen. Wir hören nun Alicias Lieblingslied. Auch wenn sie keine Gelegenheit hatte, diesen Wunsch zu äußern, sind wir sicher, dass es das richtige Lied ist und dass sie sich darüber gefreut hätte. Danach würde ich Sie bitten, mir nach draußen zu folgen, sodass wir Alicia auf ihrem letzten Weg begleiten können.«

Der Pastor schließt seine Mappe und setzt sich leise in die

erste Reihe. Schon erklingen die ersten Töne eines wunderschönen Liedes und ich kann meine Tränen nicht mehr zurückhalten. Auch wenn ich Alicia nicht kannte, geht mir die ganze Situation doch sehr zu Herzen. Ich öffne meine Handtasche, in der Hoffnung, dort ein paar Taschentücher zu finden. Gott sei Dank, ich finde ein Päckchen, aber auch noch etwas anderes. Etwas, das aussieht wie eine Brieftasche. Nachdem ich mir die Tränen getrocknet habe, hole ich die Brieftasche hervor. Was sich wohl darin befindet? Ich klappe sie auf und entgegen fällt mir ein Zettel. »*Happy Birthday, liebe Luci! A.*« Irgendwie freue ich mich über die Nachricht, auch wenn die Situation, in der ich sie finde, in keinster Weise fröhlich ist. Außerdem liegen ein paar Fotos dabei. Nach einem ersten Blick bekomme ich einen Schreck und schaue mich hektisch um. Nachdem ich sicher bin, dass mich niemand beobachtet, schaue ich mir das erste Foto genauer an. Ich kann kaum glauben, was darauf zu sehen ist. Es zeigt Alicia und mich, wie wir lachend in die Kamera schauen. Ist sie vielleicht die Schwester, die ich nie hatte? Aber dann würde ich doch mit in der ersten Reihe sitzen. Das kann nicht sein. Und gleich das zweite Foto zeigt, dass es in der Tat ganz anders ist. Völlig anders.

Auf dem zweiten Foto küssen wir uns, es ist ein inniger, fast schon erotischer Kuss. Kein Mädchen würde seiner Schwester solch einen Kuss geben. Langsam wird mir mulmig. Ich schaue mir das dritte und letzte Foto an und mir bricht der kalte Schweiß aus. Alicia und ich liegen zusammen unter einer Bettdecke und lachen fröhlich in die Kamera.

Die Decke verbirgt nur wenig, mit Schrecken erkenne ich – um Himmels willen – dass wir beide völlig nackt sind. So langsam drängen sich zwei Fragen auf. Erstens: Wer hat das Foto geschossen? Obwohl, wenn ich es recht überlege, so genau will ich es vielleicht gar nicht wissen. Und zweitens: Wie war meine Beziehung zu Alicia? So wie es ausschaut, waren wir sehr vertraut und intim miteinander. Hatten wir eine Affäre? Oh mein Gott, wusste die Familie davon?

In diesem Augenblick endet das Lied und die Trauergemeinde erhebt sich, um dem Pastor nach draußen zu folgen. Auch ich erhebe mich, und genau in dem Moment starren mich sämtliche Augenpaare an. Da habe ich die Antwort auf meine Frage, scheinbar waren alle über uns im Bilde. Die Temperatur in der kleinen Kapelle scheint trotz der draußen herrschenden, sommerlichen Wärme binnen Sekunden um ein paar Grad zu fallen. Mit deutlichem Missfallen betrachtet mich die Familie und ich höre leises Getuschel. »Dass die sich traut, hier aufzutauchen.« »Flittchen.« Ich hoffe, dass sich sofort der Boden unter mir auftut oder ich mich in Luft auflöse. Kann nicht bitte schon morgen sein und ich liege wieder in meinem Bett? Aber meine Bitte wird nicht erhört. Erst als alle draußen sind, wage auch ich mich aus der Kapelle heraus, bleibe aber mit deutlichem Abstand hinter der Trauergemeinde zurück.

Am Grab angekommen, sagt der Pastor noch ein paar Worte und spricht ein letztes Gebet. Auch den Moment, in dem der Sarg hinuntergelassen wird, verfolge ich aus sicherem Abstand. Es ist ein herzzerreißender Anblick, wie die beiden Kinder ihre Rosen und einen kleinen Teddybären in das offene Grab werfen. Es dauert eine ganze Zeit, bis alle Trauergäste der Familie kondoliert haben, keiner beachtet mich mehr, im Gegenteil, sie behandeln mich wie Luft. Irgendwann hat sich der Friedhof geleert und nun traue auch ich mich ans Grab. Irgendwie fehlen mir die Worte. Es ist zwar nicht meine erste Beerdigung, aber die erste, bei der ich die verstorbene Person nicht kenne. Dennoch versuche ich, ein paar Worte zu sagen.

»Hallo Alicia, ich bin Luci.«

So richtig wohl ist mir bei der ganzen Sache nicht, aber ich fahre fort: »Es tut mir so leid, dass wir beiden uns nicht kennengelernt haben.« Mein Blick fällt auf die Fotos in meiner Hand. »Obwohl«, ich zögere, »scheinbar waren wir doch keine Unbekannten. So wie es aussieht, haben wir sehr schöne Momente miteinander geteilt, und ich bitte dich, mir zu verzeihen, dass ich mich nicht daran erinnern kann.«

Ich lasse den Blick über den Friedhof schweifen. Die Sonne lässt die Blumen auf den anderen Gräbern in den schönsten Farben strahlen.

Von Weitem sehe ich, dass die letzten Trauergäste noch auf dem Parkplatz stehen und sich unterhalten. Ich wende mich wieder dem Grab zu. »Ich bin mir sicher, dass es zwischen Himmel und Erde etwas gibt, das wir nicht begreifen. Sonst würde ich jetzt nicht hier stehen, diese Fotos in der Hand halten und zu dir sprechen. Und wer weiß, vielleicht werden wir beiden uns irgendwann tatsächlich einmal begegnen. Was ich aber genau weiß, auch wenn ich deinen Mann nicht kenne, ist, dass du für ihn die schönste und tollste Frau auf Erden warst, und er wird sich rührend um eure beiden bildhübschen Töchter kümmern. Darauf kannst du vertrauen.«

Gerade als ich mich umdrehen und gehen will, fällt mein Blick auf eine Karte, die im Gras liegt. Es ist die kleine Einladungskarte zum Kaffeetrinken, die immer den Trauerbriefen beigelegt wird.

Sollte ich vielleicht daran teilnehmen? Da die Familie nicht begeistert von meiner Anwesenheit hier war, wird sie erst recht nicht begeistert sein, wenn ich dort auch auftauche. Trotzdem ist meine Entscheidung gefallen. Was habe ich schon zu verlieren? Außerdem möchte ich mehr über Alicia erfahren, vielleicht ergibt sich dort die Gelegenheit. Wer weiß das schon? Möglich ist alles, zumindest das weiß ich mittlerweile.

Ich verlasse den Friedhof Richtung Parkplatz und schaue auf das Straßenschild. Das Restaurant, was auf der kleinen Karte vermerkt ist, muss in dieser Straße sein.

Langsam gehe ich los, halte dabei mein Gesicht in die Sonne und überlege, was wohl in den nächsten Minuten passieren wird. Ich beschließe, einfach alles auf mich zukommen zu lassen.

Als ich ankomme, atme ich tief durch und trete durch die Tür. Ich schaue mich um und sehe die Familie in einem kleinen Saal sitzen. Nach ein paar Schritten bleibe ich wieder stehen, denn auf einmal verlässt mich mein Mut. Bisher hat mich keiner bemerkt. Soll ich nicht doch besser wieder gehen? Nein, mein Entschluss steht fest. Ich steuere die Theke an, an der ein einsamer Kellner Gläser poliert. Ich lasse mich auf einem Hocker nieder und er lächelt mich freundlich an.

»Mein Beileid.«

»Vielen Dank«, antworte ich ihm.

Er zeigt mit dem Kopf auf die Tür.

»Gehen Sie nicht zu den anderen rein?« Eine berechtigte Frage.

»Nein.« Ich schüttle den Kopf. »Ich möchte etwas allein sein.«

»Kann ich Ihnen dann etwas zu trinken bringen? Einen Kaffee oder einen Cappuccino? Oder was Stärkeres?«

»Danke, das ist sehr freundlich von Ihnen. Ein Tee wäre toll. Und hätten Sie vielleicht einen Cognac?« Ich könnte jetzt in der Tat etwas Starkes gebrauchen.

Er bringt mir einen Tee und einen Cognac.

»Vielen Dank.«

»Gern geschehen, dann lasse ich Sie jetzt mal allein. Machen Sie es gut und passen Sie auf sich auf.«

Als Erstes stürze ich den Cognac runter. Davon muss ich so stark husten, dass mir die Tränen in die Augen treten, aber er breitet sich warm in meinem Magen aus. Ich hätte gerne noch einen, aber der Kellner ist leider nicht mehr da. Dafür steht die Flasche in Reichweite. Wie heißt es immer so schön? Selbst ist die Frau. Also schenke ich mir selber noch ein Glas ein.

Bevor ich aber gleich betrunken etwas tue, was ich hinterher vielleicht bereue, widme ich mich erst mal meinem Tee. Mein Magen knurrt, daher schaue ich auf die Uhr, die gegenüber an der Wand hängt. Es ist früher Nachmittag und ich habe noch nichts gegessen. Ich stehe auf, schaue hinter die Theke und finde ein Schälchen mit Salzbrezeln. So habe ich wenigstens etwas im Magen.

Dann startet wieder das Gedankenkarussell. Wer war Alicia? Waren wir wirklich ein Paar? Auf einmal muss ich schmunzeln. Mein geheimer Wunsch war es immer, zu wissen, wie es ist, eine Frau zu küssen. Letztes Jahr auf Bellas Junggesellinnenabschied hat sich dieser Wunsch erfüllt. Und jetzt das hier. Ich hole die Fotos aus der Tasche und betrachte sie noch einmal. Ist schon komisch, den Fotos nach zu urteilen, ist mein Wunsch scheinbar noch einmal in Erfüllung gegangen, nur kann ich mich nicht daran erinnern. Leider.

»Schöne Bilder.«

Vor Schreck lasse ich die Fotos fallen, sie landen auf dem Boden. Ich springe vom Hocker und greife nach ihnen. Als ich aufblicke, steht ein rundlicher, sympathischer älterer Herr vor mir.

Oh Gott, wie peinlich. Vor Verlegenheit bekomme ich einen kurzen Moment keinen Ton heraus. Als ich mich wieder gefangen habe, frage ich vorsichtig: »Darf ich fragen, wer Sie sind?«

»Ich bin Ludwig, Alicias Onkel«, antwortet er.

Ach du meine Güte, wie unangenehm. Er hat die Fotos gesehen. Am liebsten würde ich im Erdboden versinken, schon das zweite Mal heute.

Als er sieht, dass ich rot anlaufe, sagt er: »Mach dir keine Sorgen, Luci. Ich kenne euer kleines Geheimnis.«

Das wird ja immer schlimmer.

»Ist das jetzt gut oder schlecht?«, stottere ich.

»Komm, setz dich«, sagt er und zeigt auf den Hocker.

Ich bin skeptisch, ich will hier keine unschöne Szene erleben. Aber Onkel Ludwig macht jetzt nicht den Eindruck, als ob er mir gleich an die Gurgel gehen möchte. Also setze ich mich neben ihn und warte gespannt ab.

»Ich hätte auch gerne so einen.« Er deutet auf den Cognac und blickt sich suchend nach dem Kellner um.

»Ich habe keine Ahnung, wo er ist, aber wir schaffen das auch allein«, sage ich.

Ich angle noch ein zweites Glas hinter der Theke hervor und schenke ihm ein. Dann stoßen wir an.

»Auf Alicia«, sagt er, und in seinen Augen schimmern Tränen.

Während ich nur nippe, kippt Onkel Ludwig das ganze Glas hinunter. Wir sitzen ein paar Minuten schweigend da.

»Sie war ein Sonnenschein«, fängt er auf einmal an zu erzählen. »Sie war mein Sonnenschein.«

Mein Magen zieht sich zusammen. Sonnenschein. So nennt Opa Henry mich auch immer. Onkel Ludwig fährt fort:

»Ich weiß nicht, was Alicia dir alles von uns erzählt hat. Aber meine Frau und ich haben selber keine Kinder. Und so war Alicia wie eine Tochter für mich. Ich war ihr Patenonkel. Ich kann es noch gar nicht glauben, dass sie nicht mehr da ist.« Er schluchzt. Ich lege meinen Arm um ihn und versuche, ihn zu trösten.

»Weißt du, ich war der Einzige, dem sie ihr Geheimnis mit dir anvertraut hat. Niemand sonst hat es gewusst.«

»Das wundert mich etwas«, sage ich. »Vorhin in der Kapelle schienen alle Bescheid gewusst zu haben.«

»Ja, die anderen haben erst nach Alicias Tod von dir erfahren. Bei der Suche nach irgendwelchen Unterlagen haben sie Briefe und Fotos von dir gefunden.«

Um Himmels willen, mir wird schon wieder ganz schlecht, aber Onkel Ludwig fährt unbeirrt fort. »Und sie waren alle entsetzt. Natürlich sind sie überzeugt, dass du Alicia verführt hast. Das du sie wegen irgendetwas gezwungen hast. Alle sind sich sicher, Alicia hätte sich nie aus freien Stücken in eine Affäre mit einer Frau gestürzt. Aber ich weiß es besser. Sie hat mir oft erzählt, wie schön die Zeit mit dir war und wie glücklich sie war. Sollen die doch alle reden. Ich weiß es besser, sie war glücklich, und das ist das Wichtigste. Sie war glücklich mit Mark. Aber sie war auch glücklich mit dir. Weißt du«, er schaut mich an, »manchmal können wir zwei Menschen lieben.«

Er blickt in den kleinen Saal, wo immer noch die Familie sitzt.

»Und besonders Lotta und Stella waren ihr Ein und Alles. Und jetzt müssen die Mädchen ohne ihre Mutter aufwachsen. Ich kann gar nicht in Worte fassen, wie traurig mich das macht.«

Ich gebe ihm ein paar Minuten und hoffe, dass ihn meine nächste Frage nicht noch mehr aus der Fassung bringt.

»Onkel Ludwig, wie ist Alicia gestorben?«, frage ich vorsichtig.

»Ja, weißt du das denn gar nicht, Luci?«, wundert er sich.

»Nein, leider nicht.«

»Es war Sonntag vor einer Woche. Mark, Alicia und die Kinder waren draußen im Garten. Die beiden Mädchen haben gespielt, dabei ist der Ball auf die Straße gerollt. Lotta ist hinterhergelaufen und als sie auf der Straße war, kam ein Auto. Als Alicia das gesehen hat, ist sie auch auf die Straße gelaufen, um Lotta zu retten. Sie hat sie weggestoßen und wurde dabei selber von dem Auto erfasst.« Er macht eine kurze Pause und holt ein paarmal tief Luft. »Der Krankenwagen hat nur ein paar Minuten gebraucht. Im Krankenhaus wurde sie sofort operiert, aber es war zu spät. Sie ist nicht wieder aufgewacht.«

Ich weiß nicht, was ich sagen soll. Auch bei mir laufen die Tränen jetzt in Strömen.

»Ludwig, was machst du denn hier? Komm wieder rein.«

Eine unsympathisch aussehende Frau steht in der Tür zum kleinen Saal.

»Ich komme gleich«, sagt er zu ihr. »Gib mir nur noch ein paar Minuten.«

»Dass du hier mit diesem Frauenzimmer sitzt, ist wirklich unerhört.«

»Adele, ich sagte doch, ich komme gleich«, entgegnet er mit einer Engelsgeduld. Er schaut mich aus traurigen Augen an. »Luci, ich mag dich wirklich, weil du einer der Menschen warst, die Alicia viel bedeutet haben.«

Er greift in die Tasche, holt einen Stift hervor und greift nach einem der Fotos, die ich mit dem Bild nach unten auf der Theke habe liegen lassen. »Das ist die Adresse von meiner Stammkneipe. Wenn du einmal Gesellschaft brauchst, dort bin ich jeden Freitagabend. Ich würde mich freuen, wenn wir uns einmal wiedersehen. Und vielleicht einen Cognac zusammen trinken.«

Er zwinkert mir traurig zu, dann erhebt er sich und geht langsam zurück zur Familie. Ich bleibe allein an der Theke sitzen. Der Tee ist mittlerweile kalt und nach Cognac ist mir nicht mehr. Also lege ich etwas Geld auf die Theke und verlasse das Restaurant.

Draußen ist es noch wunderbar sonnig, daher beschließe ich, noch etwas spazieren zu gehen. Nach ein paar Minuten komme ich an einen kleinen See. Ich setze mich auf eine Bank und beobachte die Menschen um mich herum.

Da ist eine Familie mit zwei kleinen Kindern, sie spielen Federball. Die Kleinen schlagen immer daneben und werden ganz ungeduldig. Die Mutter nimmt sie in den Arm, beruhigt sie und sagt, dass sie noch klein sind und noch üben müssen. Auf der anderen Seite sitzt ein junges Pärchen auf einer Decke im Gras. Er hat den Arm um ihre Schultern gelegt und sie schmiegt sich eng an ihn. Den Weg entlang kommen zwei Frauen, sie schlendern Hand in Hand an der Bank vorbei. Ich schaue ihnen nach und frage mich, ob Alicia und ich auch so spazieren gegangen sind. Irgendwann mal, irgendwo. Jetzt, wo ich wieder an sie denke, habe ich noch einmal das Bedürfnis zum Friedhof zu gehen. Also stehe ich auf, sehe noch einmal die Sonne an, die langsam untergeht, und mache mich auf den Weg zum Friedhof. Als ich dort ankomme, gehe ich direkt zu Alicias Grab.

In dem Moment überkommt mich das Gefühl, dass ich nicht allein bin.

Meine Härchen stellen sich auf und ich bekomme eine Gänsehaut. Ich drehe mich um und schaue zur Kapelle, deren Eingangstür noch offen steht. In der Tür stehen zwei Männer. Zum einen mein Unbekannter, er sieht wieder wahnsinnig gut aus, und bei jeder anderen Gelegenheit hätte ich mich wahrscheinlich gefreut, ihn zu sehen. Aber dieser Ort und vor allem der Moment sind etwas unpassend für Fröhlichkeit. Denn der andere Mann an seiner Seite ist kein Unbekannter, es ist mein Großvater Henry.

Was hat das jetzt wieder zu bedeuten? Langsam steuere ich auf die beiden zu.

»Opa, was machst du denn hier?«

Als ich vor ihm stehen bleibe, lächelt er mich an, nimmt meine Hände in seine und sagt: »Luci, alles ist in Ordnung. Für jeden ist die Zeit auf Erden begrenzt, und wenn es so weit ist, muss man keine Angst haben. Versprich mir, dass du gut auf dich aufpasst. Du weißt, du bist etwas ganz Besonderes. Und pass bitte auch auf deine Eltern auf. Du weißt ja, manchmal kann man sie nicht allein lassen.« Das sollte wohl lustig sein, aber Lachen ist das Letzte, woran ich gerade denke.

Dann nimmt er mich in den Arm und drückt mich ganz fest.

»Mein Sonnenschein«, flüstert er mir noch ins Ohr.

Ich schließe meine Augen und rieche sein Aftershave, es ist ein Duft, der mir so unendlich vertraut ist, der mir sagt, dass wirklich alles in bester Ordnung ist. Dann lässt er mich los und als ich die Augen öffne, bin ich wieder allein. Etwas verwirrt drehe ich mich wieder um und nehme erneut einen Anlauf, zu Alicias Grab zu gehen. Dort angekommen, gebe ich jedem der drei Fotos einen Kuss und lasse sie in das offene Grab fallen. Sie bleiben zwischen den ganzen Rosen liegen. Ich habe das Bedürfnis, noch ein Weilchen zu bleiben. Da kein anderer Besucher auf dem Friedhof ist, setze ich mich hin und lasse mich rückwärts in das noch warme Gras fallen. Ich nehme die Hände an meine Nase und atme tief den Geruch von Opa Henry ein, der noch an ihnen haftet. Dann schließe ich die Augen und kurz bevor ich einnicke, merke ich, wie sich eine einzelne Träne aus meinem Augenwinkel löst und auf den Rasen tropft.

Kapitel 16

Trauer – und der Kreislauf des Lebens

Es ist Samstag, mein freier Samstag.

Frei deswegen, weil sich meine Familie und einige Freunde für heute angekündigt haben. Mittlerweile haben sich alle daran gewöhnt, dass ich an meinem Geburtstag immer Reißaus nehme. Nach wie vor habe ich keiner Person von meinem Geheimnis erzählt.

Eigentlich habe ich mich darauf gefreut, für die Feier einzukaufen, die Tische schön zu dekorieren und liebevoll Häppchen zu schmieren. Doch als ich heute Morgen aufgewacht bin, war ich eher in einer melancholischen Stimmung. Ob das wohl mit meiner Reise gestern zu tun hatte? Etwas unheimlich war sie schon, schließlich habe ich bisher keine Person aus meiner Familie oder aus meinem Freundeskreis getroffen. Warum also Opa Henry? Und dann noch an solch einem Ort?

Ich versuche, mein Unbehagen abzuschütteln und mich auf den Tag und den Abend mit meiner Familie zu freuen. Da die Sonne scheint, beschließe ich, alles mit dem Fahrrad zu besorgen. Dank der zentralen Lage meiner Wohnung ist das ohne Probleme machbar.

Zuerst fahre ich Richtung Markt und besorge Obst und Gemüse und plaudere etwas mit den Verkäuferinnen. Danach bringe ich die Sachen erst mal nach Hause. Die restlichen Leckereien besorge ich dann noch in einem Supermarkt um die Ecke.

Wieder zu Hause angekommen, verstaue ich alles im Kühlschrank. Als ich die Tür schließe, fällt mein Blick auf das Foto, das ich heute Morgen mit einem Magneten dort befestigt habe. Es zeigt mich und Alicia, nach dem Aufwachen habe ich es unter meinem Kopfkissen gefunden.

Ich nehme es ab, setze mich an meinen Küchentisch und schaue es lange an. Nach wie vor ist mir alles ein Rätsel, die ganzen Reisen sind mir ein Rätsel. Warum passiert mir das? Ausgerechnet mir?

Den ganzen Tag über habe ich das ungute Gefühl, dass mich eine dunkle Wolke über meinem Kopf begleitet. Auch wenn ich dieses Gefühl nicht abschütteln kann, mache ich mich an die Vorbereitungen. Am frühen Abend ist alles fertig. Die Wohnung ist sauber, die Tische sind hübsch dekoriert, das Essen ist vorbereitet. Da klingelt es auch schon.

»Herzlichen Glückwunsch, mein Schatz«, ruft meine Mutter und nimmt mich fest in ihre Arme. »Nachträglich!«

Klar, dass sie sich das nicht verkneifen kann.

»Alles Gute, Luci.« Papa gibt mir ein Küsschen auf die Wange. Ich schaue über seine Schulter.

»Wo ist Opa Henry?«, frage ich.

»Ach, der war heute nicht so gut drauf. Er sagt, vielleicht hat er etwas Falsches gegessen. Oder die Sommergrippe. Ich habe zehnmal angeboten, bei ihm zu bleiben, aber er wollte nichts davon hören. Glaubst du das, er hat mich quasi aus der Wohnung geschmissen. Aber mach dir keine Sorgen, ich schaue nachher noch mal bei ihm rein.«

Als ich gerade den Sekt öffnen will, klingelt es wieder an der Tür. Ich drücke meinem Vater die Flasche in die Hand. »Machst du die bitte mal auf, die Gläser stehen in der Küche. Danke.«

Daniel, Clara und Emma stehen vor der Tür.

»Isabella kommt später, sie hat mich eben noch angerufen. Wahrscheinlich können die beiden Turteltauben mal wieder die Finger nicht voneinander lassen und … na ja, du weißt, was ich meine.«

Ich muss lachen. Ja, ich weiß, was sie meint. Die beiden sind immer noch frisch verliebt, halten die ganze Zeit Händchen und knutschen ununterbrochen.

In der Zwischenzeit hat Papa die Sektgläser gefüllt und schon mal eine Runde am Buffet gemacht. Gerade als ich den ersten Schluck nehmen möchte, klingelt es wieder. Es ist Kira.

Auch nach den vielen Jahren ist sie noch eine sehr gute Freundin. Normalerweise schenken wir uns nichts zum Geburtstag, aber heute hat sie mir etwas von einer ihrer letzten Reisen mitgebracht. Es ist ein kleines Fläschchen mit einer grünen Flüssigkeit. Das Etikett ist in einer mir unbekannten Sprache. Ist das Gift? Sie muss meinen entsetzten Blick bemerkt haben.

»Das ist ein Liebeselixier«, raunt sie mir zur. »Es ist fantastisch.«

Um Himmels willen. Reisen an unbekannte Orte, komische Souvenirs unter meinem Kopfkissen und jetzt ein Liebeselixier. Mittlerweile glaube sogar ich, dass ich etwas ganz Besonderes bin.

»Ich werde es verantwortungsvoll einsetzen«, verspreche ich ihr und stelle es ganz hinten in den Schrank, nicht auszudenken, dass meinen Eltern dieses Fläschchen in die Hände fällt.

Wir stoßen an und kurz bevor ich mein kleines Buffet eröffnen will, klingelt es wieder an der Tür. Das können nur Isabella und Sebastian sein.

»Sorry, es tut mir so leid, dass wir zu spät sind«, sagt Isabella. »Aber Sebastian hatte noch einen Termin.«

»Ich, einen Termin, Samstagabend, natürlich.« Er schüttelt den Kopf, grinst sie aber an. Ich kann mir schon denken, was das für ein Termin war.

»Kommt rein. Schön, dass ihr da seid.«

Obwohl ich immer an Großvater denken muss, wird es ein schöner Abend. Kira erzählt ununterbrochen von ihren Reisen und wir alle hören gebannt zu. Zu vorgerückter Stunde haben fast alle einen kleinen Schwips, und irgendwann verschwindet auch meine bedrückte Stimmung.

Meine Eltern brechen als Erste auf, weil Mama noch nach Opa sehen möchte. Da er immer lange aufbleibt, ist das kein Problem. Er kommt seit Jahren mit nur wenigen Stunden Schlaf aus.

Kira verabschiedet sich auch, sie hat morgen früh ein Treffen mit ihrer Reisegruppe. In zwei Wochen geht es wieder los, das Ziel ist Florida. Wir nehmen uns zum Abschied in die Arme und ich wünsche ihr einen tollen Urlaub.

Daniel und Sebastian sind in der Zwischenzeit auf dem Sofa eingeschlafen. Die drei Mädels helfen mir noch beim Aufräumen und danach machen sie sich auch auf den Weg. So bin ich wieder allein.

Ich nehme mein Buch und gehe zu Bett. Weit komme ich

jedoch nicht, denn ich schlafe schon nach einigen Seiten ein.

Mit einem kurzen Ruck werde ich plötzlich wach. Es ist fast halb drei. Ich stehe auf und gehe noch einmal ins Bad. Als ich zurückkomme, bleibe ich mitten im Schlafzimmer stehen. Auf einmal herrscht eine komische Atmosphäre im Raum und die Härchen an meinen Armen stellen sich auf. Ich kann mir nicht erklären, was das ist, aber so ein Gefühl habe ich noch nie gehabt. Ich schließe das Fenster und kuschle mich in mein Bett. Fünf Minuten später klingelt das Telefon. Es ist Mama.

»Luci, sitzt du?« Sie hört sich traurig an, als ob sie geweint hätte.

»Mama, was ist passiert? Ist was mit Opa?«

Kurz ist es still am Telefon, dann sagt sie: »Luci, Opa ist gestorben.«

Im ersten Moment bin ich total perplex und brauche ein paar Sekunden, um wieder klar denken zu können.

»Ich komme sofort.«

Schnell ziehe ich mir andere Sachen an und stürze zum Auto. Als ich bei meinen Eltern ankomme, sehe ich schon das Blaulicht. Mir wird ganz schlecht vor Angst, trotzdem renne ich ins Haus. Daniel und Clara sind auch schon da. Die Stimmung ist bedrückend, Mama sitzt am Tisch und weint. Ich nehme sie in die Arme, dabei laufen auch mir die Tränen übers Gesicht.

»Mama, was ist passiert?«, frage ich.

»Als wir nach Hause kamen, bin ich direkt zu ihm hoch«, erzählt Mama. »Er lag im Bett und hatte wieder sein Lieblingsbuch in der Hand, du weißt schon, das mit den Gedichten.«

Ich kenne dieses Buch, es war schon ganz abgegriffen nach den vielen Jahren. Immer wenn es ihm nicht so gut ging, nahm er das Buch zur Hand. Die Gedichte spendeten ihm Trost, wann immer er traurig war. Besonders in den Momenten, wo er meine Oma vermisste.

»Aber er versicherte mir, dass es ihm gut ginge. Also bin ich wieder runter, hatte aber ein ganz ungutes Gefühl, konnte auch nicht einschlafen. So um Viertel nach zwei bin ich noch einmal hoch zu ihm. Das Licht war noch an im Schlafzimmer und ich habe gleich gesehen, dass etwas nicht stimmt.«

Mama fängt wieder an zu weinen. Als sie sich wieder etwas beruhigt hat, erzählt sie weiter.

»Ich habe mich an die Bettkante gesetzt und ihn angesprochen, habe seine Hand genommen. Aber er reagierte nicht mehr. Da bin ich sofort zum Telefon gerannt und habe den Notarzt angerufen und dann gleich dich und Daniel. Ich kann es noch gar nicht glauben.«

Ich schaue mich um. Clara sitzt auf dem Sofa und weint auch.

»Wo sind Papa und Daniel?«, frage ich.

»Die sind oben, als der Notarzt kam, sind die beiden gleich mit hoch.«

In dem Moment kommen Papa und Daniel ins Zimmer. Beide haben rote Augen.

»Kordula, es tut mir leid.« Papa nimmt sie in den Arm.

Als der Notarzt wegfährt, beschließen wir zusammen, den Bestatter morgen früh anzurufen. Wir müssen uns alle ein wenig beruhigen und ein paar Stunden schlafen.

Um acht Uhr klingelt mein Handy, ich bin wie gerädert. Es ist Isabella. Warum ruft sie denn um diese Uhrzeit an, an einem Sonntag? Kaum habe ich abgenommen, sprudelt es aus ihr nur so heraus.

»Luci, ich wollte es gestern nicht vor allen sagen. Eigentlich wollte ich es dir auch persönlich sagen, aber ich kann es nicht mehr für mich behalten. Ich bin schwanger. Glaubst du das? Ach was, selbst ich kann das noch gar nicht glauben. Du musst unbedingt Patentante werden, das würde mich so freuen. Nun sag doch auch mal was.«

Ich bin total sprachlos.

»Luci, alles in Ordnung?«

Ich fange an zu weinen.

»Herzlichen Glückwunsch«, schniefe ich.

»Luci, was ist passiert? Warum weinst du?«

Ich hole tief Luft. »Opa ist letzte Nacht gestorben.«

»Oh mein Gott, das tut mir leid. Und ich Rindvieh überfalle dich mit meiner Nachricht. Soll ich vorbeikommen?«

»Nein, nein, danke, Bella. Ich bin bei meinen Eltern. Ich melde mich heute Abend, wir müssen jetzt so einiges vorbereiten. Aber ich danke dir. Und ich freue mich wirklich für euch. Machs gut.«

»Ciao, bis heute Abend. Ich hab dich lieb.«

Wir legen auf. Mit meinem Handy in der Hand schaue ich an die Decke. Ein Leben endet, eines beginnt. Das ist der Kreislauf des Lebens.

Die nächsten Tage ziehen wie in einer Blase an mir vorbei. Daniel und ich versuchen unsere Eltern so gut es geht zu unterstützen. Es gibt viel zu tun und zu organisieren.

Am Freitag ist die Beerdigung, fast die ganze Familie kommt, auch Freunde und Bekannte von Opa. Ich trage die Kette, die er mir zu meinem 22. Geburtstag geschenkt hat. Tante Helena, Mamas kleine Schwester, erkennt die Kette ihrer Mutter sofort.

»Oh Luci, ich freue mich so, dass Henry dir die Kette geschenkt hat. Wenn ich gewollt hätte, dass jemand sie bekommt, dann du.«

»Danke, Tante Helena.« Ich drücke sie und gemeinsam sitzen wir da und lassen unseren Tränen freien Lauf.

So traurig dieser Tag auch ist, beim Kaffeetrinken wird schon wieder gelacht und es werden Geschichten von früher erzählt.

Als sich am späten Nachmittag alle verabschieden, versprechen wir uns, dass wir uns Weihnachten alle wieder sehen. Die Familie hat sich in der Vergangenheit zu wenig getroffen, und alle sind sich einig, dass wir das ändern wollen.

Als ich abends im Bett liege, muss ich wieder an meinen Geburtstag denken und daran, was ich an dem Tag erlebt habe. Ich kann es kaum glauben, dass das erst eine Woche her ist. Es fühlt sich an wie ein halbes Jahr.

Wusste Opa Henry, dass er keine Gelegenheit hatte, sich von mir zu verabschieden? Hat er sich vielleicht deswegen in meine Reise geschlichen? Um mir Lebwohl zu sagen? Ich weiß, dass ich auf diese Frage niemals eine Antwort bekommen werde, aber ich bin mir wieder einmal mehr sicher, dass es Dinge zwischen Himmel und Erde gibt, die wir uns nicht erklären können.

Die Wochen vergehen, und der Alltag kehrt wieder ein. Opa Henry zu Ehren biete ich dieses Jahr zu Weihnachten nicht nur Kinderfotos an, die dann für die Großeltern unterm Weihnachtsbaum liegen, sondern auch Shootings mit den Kindern und Großeltern zusammen. Diese Idee schlägt ein wie eine Bombe. Scheinbar hat die ganze Stadt nur auf solch eine Weihnachtsaktion gewartet. Ein Termin folgt dem nächsten, und jeder ist in seiner Art einzigartig und etwas Besonderes. An einigen Samstagen greift Isabella mir im Studio unter die Arme. Sie wird von Woche zu Woche schöner, die Schwangerschaft scheint ihr gut zu tun. An manchen Tagen, wenn mal ein besonders anstrengendes Kind fürs Foto gebändigt werden muss, zweifelt sie, ob das mit dem Kinder Kriegen so eine gute Idee war. Wenn dann aber beim nächsten Mal wieder ein zuckersüßes Baby mit einer Weihnachtsmütze in die Kamera grinst, ist sie sich sicher, die richtige Entscheidung getroffen zu haben. Ändern kann sie es ja sowieso nicht. Da muss sie jetzt durch. Und sie hat ja auch Sebastian an ihrer Seite, da kann eigentlich nichts schief gehen.

Dezember 2008

Bis Weihnachten habe ich alle Hände voll zu tun. Ich arbeite samstags und sonntags, sodass alle Bestellungen auch pünktlich zu Heiligabend fertig sind.

Mitte Dezember stellt sich leider heraus, dass wir doch nicht, wie eigentlich geplant, Weihnachten mit der ganzen Familie bei meinen Eltern im Haus feiern werden.

Tante Helena ist gestürzt und hat sich einen komplizierten Beinbruch zugezogen. Damit ist sie nicht in der Lage, die Anreise von 320 Kilometern anzutreten.

Mamas Bruder, Onkel Gerald, wohnt im gleichen Ort wie Tante Helena, sodass beide zusammen Weihnachten dort verbringen.

Nur Tante Nele, Papas Schwester, wird, wie fast jedes

Jahr, zu uns kommen. Sie ist seit vielen Jahren verwitwet und hat keine Kinder. Also bleibt alles wie gehabt, nur dass leider Opa Henry nicht dabei sein wird. Das wird ein komisches Weihnachten, so ohne ihn. Er fehlt mir wirklich.

Am 24. Dezember geht es dann wie immer hoch her im Haus meiner Eltern.

Meine Mutter kocht wie eine Wahnsinnige. Als ich in die Küche schaue, frage ich sie, ob die ganze Familie doch noch kurzfristig dazu kommt.

»Mama, wer soll das alles essen? Das ist viel zu viel.«

»Luci, du weißt doch, Tante Nele isst Heiligabend nur Fisch. Dein Vater besteht auf seinem Braten. Dann passt der Rotkohl aber nicht zum Fisch, also gibt es noch Brokkoli und helle Soße.« Sie wischt sich die Schweißperlen aus der Stirn. »Ach ja, und der Nachtisch. Ich habe in der Zeitung zwei neue Rezepte gesehen, die ich mal ausprobieren wollte. Und da ich mich nicht entscheiden konnte, gibt es heute Abend eben beide.«

Ich schüttle den Kopf, es gibt Dinge, die ändern sich nie.

»Hat dein Vater in der Zwischenzeit den Baum aufgestellt?« Sie lugt aus der Küche ins Wohnzimmer, wo Papa mit der Tanne kämpft. »Schatz, hilf deinem Vater mal, nicht, dass der wieder so windschief steht wie letztes Jahr. Und dann muss der auch noch geschmückt werden. Herrje, das schaffen wir alles nicht mehr.«

»Mama, beruhige dich, wir kriegen das alles hin.«

Also trabe ich ins Wohnzimmer und helfe meinem Vater, den Baum aufzustellen. Kurze Zeit später kommen Daniel und Clara und wir schmücken gemeinsam das Prachtstück. Tante Nele hilft Mama, den Tisch zu decken und als es draußen dunkel ist, sind wir mit allem fertig.

Das Essen schmeckt fantastisch, und Mamas neue Desserts sind himmlisch.

Zur Bescherung hocken wir dann alle im Wohnzimmer, doch auf einmal schleicht sich eine bedrückte Stimmung ein. Wir schauen auf den Ohrensessel, in dem Opa immer gesessen hat. Keiner sagt was, aber ich merke, wie Mama Tränen in die Augen steigen. Ich setze mich neben sie und nehme sie in den Arm. Im Hintergrund läuft leise Weihnachtsmusik und eine Weile ist jeder in seinen Gedanken versunken.

»So, jetzt ist aber genug. Opa hätte nicht gewollt, dass wir hier wie die Trauerklöße sitzen. Lasst uns jetzt anfangen«, sagt Mama auf einmal.

Traditionell wichteln wir jedes Jahr, sodass jeder nur ein Geschenk besorgen muss und auch nur ein Geschenk erhält. Das entspannt die ganze Geschenke-Sucherei für alle.

Mama steht auf und holt die liebevoll verzierten Päckchen, die unter dem Baum liegen und verteilt sie an alle. Nach einem Countdown reißen wir gleichzeitig das Papier auf.

Mama findet in ihrem Päckchen wunderschöne, silberne Ohrringe, Papa eine CD-Box mit klassischer Musik und sein Lieblingsparfüm. Daniel und Clara bekommen beide einen Gutschein für ein Wellness-Wochenende. Und Tante Nele ein edles Seidentuch, das ihre dunklen Augen betont, dazu ein passendes Paar Ohrringe mit Holzanhängern. Als ich mein Päckchen aufmache, sehe ich eine Kette mit einem zauberhaften Anhänger aus Opal. Sie ist wunderschön und ich lege sie gleich um.

»Wer möchte ein Glas Wein?« Papa steht auf, um in die Küche zu gehen.

»Warte mal«, sagt Daniel. »Wir haben noch etwas für euch.« Er gibt Mama, Papa und mir jeweils ein kleines Kästchen. »Macht sie auf.«

Ich nehme den kleinen Deckel ab und schnappe nach Luft. Im gleichen Moment stößt meine Mama ein Freudenschrei aus.

Kleine Zettel liegen in den Kästchen. »Oma« und »Opa« steht auf denen, die Mama und Papa in den Händen halten, auf meinem steht »Tante Luci«. Wir fallen uns gegenseitig in die Arme und gratulieren Daniel und Clara. Wie kann ein Weihnachtsfest gleichzeitig so traurig und doch so schön sein?

April 2009

Junge, Junge. Ich hätte nicht gedacht, dass jemand so laut schreien kann.

Isabella und ich sind im Krankenhaus, bei ihr haben die Wehen eingesetzt. Und da Sebastian einen Termin 150 Kilometer weit entfernt hat, rief Isabella mich an. Also habe ich mein Studio abgeschlossen und ein Schild in die Tür gehängt mit der Aufschrift »Geschlossen«. Heute ist Gründonnerstag und Ostern steht vor der Tür, da haben die Menschen anderes zu tun, als Fotos von sich schießen zu lassen. Entsprechend ruhig war es heute schon den ganzen Tag. Bella hörte sich am Telefon schon etwas panisch an, und so bin ich mit 120 Klamotten durch die Stadt, um sie von zu Hause abzuholen.

Als Isabella die Tür öffnete, schnaufte sie schon wie ein Walross und drückte mir ihre Tasche in die Hand.

»Los, wir müssen los, das geht alles so schnell jetzt.«

»Sollen wir nicht lieber einen Krankenwagen rufen?«, schlug ich vor.

Ich hatte bisher noch keine Schwangere mit Wehen live und in Farbe gesehen, aber nach meiner Einschätzung als Laie und nach Bellas Zustand zu urteilen, standen die Chancen in der Tat nicht schlecht, dass das Baby gleich kommen würde.

»Nein, kein Krankenwagen, bis die hier sind, sind wir längst im Krankenhaus.«

Kaum saßen wir im Auto, schrie sie mich an: »Nun mach schon! Fahr! Gib Gas!«

»Ist ja schon gut«, antwortete ich.

So langsam machte sich auch bei mir Panik breit, und daher trat ich das Gaspedal durch bis in die Ölwanne. Gott sei Dank ist das Krankenhaus nicht weit entfernt.

»Ich hab da schon angerufen, die wissen, dass wir kommen. Die warten schon auf uns.«

»Hast du Sebastian auch angerufen?«, fragte ich vorsichtig.

»Was glaubst du denn?«, pflaumte sie mich an. »Der ist schon auf dem Weg.« Kurze Pause, schnaufen.

»Bitte entschuldige, aber das tut so weh.«

»Alles gut, wir sind schon da.«

Und dann ging alles recht schnell.

Eine Schwester wartete bereits mit einem Rollstuhl auf uns, in den sich Isabella erleichtert reinplumpsen ließ. Ich schnappte mir ihre Tasche und rannte hinterher.

Nach einer kurzen Untersuchung haben sie sie direkt in den Kreißsaal gebracht. Ohne mich zu fragen, hat mich eine der Schwestern direkt mit hineingeschubst. Und jetzt stehe ich da und weiß nicht, wie ich meiner Freundin helfen soll. Aber dafür sind ja auch die Ärzte da, ich halte einfach nur ihre Hand und lass mir meine von ihr zerquetschen.

Auf einmal geht die Tür auf und Sebastian kommt reingestürzt. Gott sei Dank, das wurde aber auch Zeit.

Ich drücke Bella einen Kuss auf die schweißnasse Stirn, übergebe ihm ihre Hand und lächle ihn aufmunternd an.

»Ihr schafft das schon.« Und dann bin ich auch schon raus. Draußen auf dem Flur höre ich sie nun schreien.

Herrje, das erzähle ich besser nicht Clara, die bringt es fertig und macht sofort alles rückgängig. Nervös renne ich auf dem Flur auf und ab. Soll ich mir einen Tee holen? Nein, bloß nicht, nachher verpasse ich noch was. Ach quatsch, ich gehe schnell, dann kann ich Bella auch gleich etwas zu trinken mitbringen. So wie die eben aussah, kann sie bestimmt etwas Wasser gebrauchen. Also sprinte ich los, aber da es schon nach 20:00 Uhr ist, ist die Cafeteria geschlossen. Ich schaue mich um. Direkt neben den Aufzügen steht ein Getränkeautomat. Ich ziehe ein Wasser und einen Orangensaft. Dann laufe ich schnell zurück auf die Station.

Gerade als ich ankomme, höre ich Bella noch einmal schreien, gefolgt von einem kurzen Moment der Stille. Und auf einmal höre ich ein schwaches Weinen.

Sie hats geschafft. Am liebsten würde ich direkt ins Zimmer stürzen, aber ich möchte, dass die beiden diesen ersten Moment zu dritt allein genießen können.

Ein paar Minuten später kommt Sebastian raus.

»Hey Luci, schön, dass du noch da bist. Willst du sie sehen? Sie ist bezaubernd.«

Klar will ich. Leise gehe ich hinter Sebastian in den Kreißsaal. Und da liegt meine beste Freundin, sie sieht total erschöpft aus, aber trotzdem wunderschön. Sie strahlt übers ganze Gesicht und hält ihr Baby in den Armen. »Darf ich dir vorstellen, das ist Marie«, sagt sie.

»Oh Bella, herzlichen Glückwunsch, sie ist so hinreißend.«

»Marie, das ist Luci, deine Patentante.«

»Es wäre mir eine Ehre, deine Patentante zu sein, Marie.« Ich schaue Bella an. »Hast du dir das gut überlegt?«, frage ich zwinkernd. »Ich werde Marie verwöhnen und ihr alle möglichen Streiche beibringen, sodass sie euch den letzten Nerv rauben wird.«

»Das ist schon in Ordnung, ich werde mich dann später mal revanchieren.«

»Weißt du was? Ich lasse euch jetzt allein, du siehst echt müde aus.« Ich gebe Bella und Marie noch einen Kuss.

»Warte«, sagt Sebastian, »ich begleite dich noch raus.«

Draußen nimmt er mich in den Arm.

»Ich danke dir so sehr, dass du dich heute um sie gekümmert hast. Dass du sie abgeholt und hergebracht hast, dass du bei ihr warst, bis ich hier war. Danke Luci, tausend Dank.« Tränen schimmern in seinen Augen.

»Hey Basti, das ist doch selbstverständlich. Das Gleiche hätte Bella auch für mich gemacht. Und jetzt geh wieder rein zu deiner Familie.«

Wir drücken uns noch einmal, dann drehe ich mich um und verlasse das Krankenhaus. Als ich im Auto sitze, atme ich erst mal tief durch und lasse dann die letzten Stunden noch einmal vor meinem geistigen Auge vorüberziehen. Und auf einmal laufen auch bei mir die Tränen. So schnell geht das. Opa Henry ist nicht mehr da, Isabella ist verheiratet und hat jetzt eine zuckersüße Tochter. Ich bin gespannt, was die Zukunft noch so bringen wird. Für meine Familie, für Bella und Emma und auch für mich.

Kapitel 17

Mein 25. Geburtstag

Früher war nicht immer alles besser

»Hey Luci, aufwachen, nicht verschlafen.«

Ich mache die Augen auf und schrecke zurück. Ich blicke in ein mir unbekanntes, weibliches Gesicht. Eine junge Frau lächelt mich an.

»Du bist eine Schlafmütze. Los, aufstehen, es ist schon spät, bestimmt schon fünf Uhr. Wir müssen runter.«

Fünf Uhr? Spät? Die hat doch 'ne Meise. Ich will mich wieder umdrehen, da schmeißt sie mir ein paar abgetragene Kleidungsstücke aufs Bett. »Nur, weil du heute Geburtstag hast, heißt das nicht, dass ich die ganze Arbeit für dich mache.«

Ich setze mich auf, und da merke ich erst, dass ich mich in einem kleinen, sehr einfachen, fast schon schäbigen Zimmer befinde. In den Fenstern sind keine Glasscheiben, die Löcher sind nur verdeckt mit dicken Strohballen, durch die die ersten Sonnenstrahlen des Tages fallen. Ich stehe auf und schaue mir die Kleider an. Ein langes, beiges Baumwollkleid mit kurzen Ärmeln, am Saum überall schon etwas ausgefranst. Eine dunkelgrüne Schürze, die man sich über den Kopf ziehen und mit einer Kordel um die Taille festbinden muss. Praktischerweise befinden sich zwei große, aufgenähte Taschen auf der Schürze.

Auf einmal ertönt von unten eine laute, tiefe Stimme.

»Sara, Luci, wo bleibt ihr denn? Meine Mutter kommt gleich und holt die Kinder ab. Ich will, dass das Haus sauber ist und dass das Essen auf dem Tisch steht, wenn ich heute Abend nach Hause komme.«

Herrje, wo bin ich jetzt wieder gelandet? Hat das denn nie ein Ende?

»Ich gehe schon mal runter und mache die Kinder fertig. Seit seine Frau nicht mehr da ist, ist er nur noch schlecht gelaunt. Und jetzt beeil dich, ich will wegen dir keinen Ärger bekommen.«

Das will ich auch nicht, doch zumindest weiß ich jetzt, wie meine Zimmernachbarin heißt.

Also werfe ich mir zügig die Kleider über und ziehe die Schuhe an, die neben meinem Bett stehen. Die haben auch schon bessere Zeiten gesehen, aber wenigstens passen sie mir. Dann ziehe ich noch die rote Stoffhaube über meine Haare und knote die Bänder im Nacken zusammen.

Bevor ich die Treppe runtersteige, schaue ich mich noch einmal um, in der Hoffnung, vielleicht einen kleinen Zettel zu finden, aber ich entdecke nichts.

Die Treppe ist sehr steil, also steige ich vorsichtig hinunter, nicht auszudenken, ich würde stürzen und mich verletzten. Als ich unten ankomme, kämpft Sara mit den drei Kindern, es sind zwei Jungen und ein Mädchen. Dann sehe ich, dass noch ein viertes Kind in einer Wiege liegt und schläft. Erstaunlich bei diesem Lärm, denn die drei anderen schreien und rennen durch das ganze Zimmer.

»Luci, nun schnapp dir den Gustav, gewaschen habe ich ihn schon, du musst ihn nur noch anziehen, Katharina kommt bestimmt gleich, dann müssen alle fertig sein.«

Also gut, da ich nicht weiß, wer von den beiden Jungen Gustav ist, rufe ich einfach: »Gustav, komm jetzt her, anziehen.«

»Hol mich doch«, schreit der Ältere und rennt weiter um den Tisch. Doch da hat er die Rechnung ohne mich gemacht. Ich laufe auch los, schlage einen Haken und schon habe ich ihn. Er ist ganz überrascht, als ich ihn unter meinen Arm klemme. Ich schnappe mir ein paar Sachen, in der Hoffnung, dass es die richtigen sind, und im Handumdrehen ist der Junge angezogen. Mittlerweile ist auch Sara mit dem Jüngeren fertig.

»Dann kümmere du dich noch um Johanna, ich mache Greta noch eine neue Windel um.«

Nun, dann wäre das auch geklärt.

»Kinder, wo seid ihr denn? Ich muss gleich weiter auf den Markt.«

Eine strenge Stimme ist zu hören. Scheinbar ist Katharina da, um die Kinder abzuholen. Als die drei die Stimme ihrer Großmutter hören, sind sie auf einmal wie ausgewechselt. Johanna zieht selber ihre Sachen an und die Jungen schlüpfen in ihre Schuhe. Ruckzuck sind alle fertig. Gemeinsam steigen wir die Treppe hinab.

»Das wird auch Zeit. Kommt, geht schon mal raus.« Sie scheucht die Kinder aus der Tür.

»Hier, die könnt ihr heute mitwaschen. Wenn ich mich den ganzen Tag um die drei Rotznasen kümmern muss, habe ich keine Zeit zum Fluss zu gehen.«

Sie drückt mir einen Berg dreckiger Wäsche in die Hand. Na toll. Kaum ist sie weg, flitzt Sara auch schon los, um Greta in eine Wiege zu legen und sich den Besen zu schnappen. Da ich mich nicht einen Zentimeter bewegt habe, sagt sie: »Worauf wartest du noch, hol dir die andere Wäsche auch und dann kannst du zum Fluss gehen.«

»Entschuldige, Sara, können wir das nicht zusammen machen? Ich helfe dir beim Putzen, dann können wir gemeinsam zum Fluss gehen.«

Sie zögert, stimmt dann aber zu. Zusammen putzen wir das Haus. Es ist sehr schmal, dafür hoch gebaut mit zwei Etagen. Hier unten im Erdgeschoss ist die Küche mit einem Ofen und einer Kochstelle, einem Tisch und ein paar Stühlen. Dann gibt es eine kleine Vorratskammer und einen kleinen Raum mit der Toilette. Jedoch nicht mit so einer Toilette, wie wir sie kennen. Es handelt sich lediglich um ein Loch im Boden, wohl so eine Art Plumpsklo.

Weiter hinten raus ist ein Stall mit einem Schwein und ein kleiner, umzäunter Garten, in dem mehrere Hühner herumlaufen.

In der ersten Etage sind die Schlafräume für die Familie, und in der oberen Etage schlafen Sara und ich, zumindest habe ich dort letzte Nacht geschlafen.

Als alles sauber ist, verschnaufen wir kurz und ich schaue nach Greta. Sie grinst mich aus der Wiege heraus an.

»Ich denke, heute ist es so weit, dass die Ferkel auf die Welt kommen«, sagt Sara.

»Heute?« Ich schaue zum Stall. »Und wer kümmert sich um das Schwein, wenn es so weit ist?«

»Na wir.«

Ich bekomme große Augen. »Wir?«

»Ja, es sei denn, die Sau wirft erst spät und der Herr ist wieder zu Hause, dann kümmert er sich darum.«

Alles klar, dann hoffen wir mal, dass das liebe Borstentier sich noch etwas Zeit lässt. Ich bin mir sicher, damit wäre ich total überfordert.

Es ist Zeit für das Frühstück. Katharina hat Milch mitgebracht, die wir jetzt für das Frühstück warm machen. Dann holt Sara Brot und Käse aus der Vorratskammer.

»Oh, das Brot ist fast alle, da müssen wir für heute Abend noch neues Backen.«

Natürlich, kein Problem.

Ich gebe Greta die Milch, zwischendurch essen Sara und ich etwas Brot mit Käse. Danach räumen wir auf und binden Greta in einem Tuch auf Saras Rücken. So machen wir uns mit der ganzen Wäsche auf den Weg zum Fluss.

»Du sag einmal, wie lange bist du schon hier?«, frage ich Sara.

»Seit ungefähr einem Jahr. Als ich hier anfing, war der Herr ein netter, gutmütiger Mann. Er hatte eine so liebenswürdige, hübsche junge Frau. Aber bei der Geburt von Greta ist sie gestorben. Und seitdem hat der Herr nicht einmal gelacht. Er hat viele Sorgen, denn muss seine vier Kinder durchbringen. Deswegen hilft Katharina auch, auf die Kinder aufzupassen. Dann kann er tagsüber arbeiten gehen.«

Was für eine traurige Geschichte.

Als wir am Fluss ankommen, steht die Sonne bereits hoch am Himmel. Wir legen die schlafende Greta unter einen Baum in den Schatten, steigen ins kalte Wasser und fangen an zu waschen.

Nach einer halben Stunde sind meine Hände und Füße ganz steif von der Kälte, doch wir haben es fast geschafft.

Als wir mit der Wäsche fertig sind, wringen wir die Sachen gemeinsam aus und schmeißen sie in einen Baumwollsack. Nass ist der Sack jedoch zu schwer, um ihn zu tragen. Also nehmen wir einige Sachen wieder raus und breiten sie schon mal in der Sonne aus. Ich komme nachher noch einmal wieder, um den Rest zu holen. Da ich bisher noch keine Menschenseele gesehen habe, habe ich auch keine Angst, dass die Wäsche in der Zwischenzeit gestohlen wird.

Zu Hause angekommen, wollen Sara und ich die Wäsche auf die Leine hängen, die quer durch den Garten gespannt ist. Aber es ist nicht genug Platz, also müssen wir einige Sachen über den Zaun hängen.

Da ich vermeiden möchte, dass die Hühner sich an der sauberen, weißen Wäsche zu schaffen machen, schlage ich vor, die dunklen Sachen über den Zaun zu hängen und die hellen Sachen auf die Leine. Sara erklärt sich bereit, mich noch einmal zu begleiten, und so holen wir die restliche Wäsche auch wieder gemeinsam. Die kleine Greta ist mittlerweile wach und brabbelt die ganze Zeit vor sich hin.

Als wir wieder zu Hause ankommen, hänge ich rasch alles auf und Sara gibt Greta ihre Milch.

Als sie wieder in der Wiege schlummert, besprechen wir, was noch zu machen ist. Brot backen, Hühner füttern, Gemüse vom Markt holen, Abendessen kochen.

Da ich mich in der Gegend nicht auskenne, biete ich an, das Brot zu backen, während Sara zum Markt geht.

Als sie weg ist, inspiziere ich die Vorratskammer, dort finde ich Mehl, Salz, Sauerteig. Prima, mehr brauche ich eigentlich nicht. Doch, Wasser. Ich schaue mich um, finde aber keinen Kübel. Also gehe ich in den Garten, dort entdecke ich einen Brunnen. Ich schlendere durch die Hühner, die sofort anfangen, an meinem Rock zu picken. Stimmt, die Hühner müssen wir auch noch füttern. Das mache ich zuerst. Ich gehe ich den Stall und finde das Hühnerfutter. Ich habe keine Ahnung, wie viel die Hühner bekommen, also verteile ich ein paar Handvoll auf dem Boden. Gierig stürzt sich das Federvieh auf die Körner und fängt an zu picken. Ich stelle den Korb wieder zurück und gehe Richtung Brunnen.

Am Rand des Brunnens stehen zwei Eimer, die jeweils an einem Seil befestigt sind. Ich beuge mich über den Rand und kann tief unten den Wasserspiegel erkennen. Ich lasse den ersten Eimer runter und merke, wie er auf der Wasseroberfläche aufkommt. Als er voll Wasser ist, ziehe ich ihn wieder hoch. Das Gleiche mache ich mit dem zweiten Eimer auch.

Dann bringe ich beide Eimer in die Küche. Ich werfe wieder einen Blick in die Wiege, aber Greta schlummert tief und fest.

Unter den Fenstern finde ich eine große Schüssel, in der sich noch Mehlreste befinden. Ich denke, die kann ich zum Anrühren des Teigs nehmen.

Ich fülle Mehl, Salz und etwas Sauerteig in die Schüssel und gebe nach und nach Wasser dazu. Dann knete ich so lange, bis ein schöner Teig entstanden ist. In dem Moment danke ich meiner Mutter, dass sie mich schon früh in die Geheimnisse des Brotbackens eingeweiht hat. Der Teig muss nun etwas gehen, daher decke ich ihn mit einem Handtuch ab.

Da Sara unterwegs ist, beschließe ich, mir eine kleine Pause zu können. Vorher schaue ich noch bei dem Schwein vorbei, aber dort ist noch alles ruhig. Es frisst und grunzt fröhlich vor sich hin. Ich schlendere in den Garten wieder Richtung Brunnen, setzte mich auf den Rand, stecke die Hände in die Tasche der Schürze, schließe die Augen und genieße die Sonne. Da merke ich, dass etwas in der Tasche ist. Mein Herz fängt an zu klopfen. Ich ziehe den kleinen Zettel hervor. »*Happy Birthday, liebe Luci! A.*« Da ist er ja. Ich streiche den Zettel glatt, halte ihn in den Händen und blicke glücklich in den Himmel. Doch der Moment des Glückes währt nicht lange.

»Luci, was machst du denn da draußen? Du bist nicht hier, um zu faulenzen, die Arbeit ist noch nicht fertig.« Katharina und die Kinder sind da. *Schnell Luci, denk dir was aus.*

»Ich habe gerade die Hühner gefüttert, und da wurde mir auf einmal schwindelig. Da habe ich mich kurz hingesetzt. Aber ich fühle mich schon besser.«

Ich gehe wieder in die Küche und schaue nach dem Brotteig. Er ist schön aufgegangen. Die Kinder sind in der Zwischenzeit in den Garten gelaufen und jagen die Hühner.

»Luci, wenn du Brot backen willst, dann musst du den Ofen anfeuern. Hast du denn gar nichts gelernt?«, tadelt mich Katharina ungeduldig.

»Oh, ich bitte um Entschuldigung. Das mache ich sofort.«

»Nein, nein, mach du die Brote fertig, ich kümmere mich um den Ofen.«

Im Handumdrehen hat Katharina Feuer gemacht und der Ofen wärmt sich auf.

Ich forme die Brote zu Laiben und lege sie auf die Holzbretter, mit denen ich sie dann in den Ofen schiebe. Jetzt kann eigentlich nichts mehr schiefgehen.

Draußen im Garten höre ich Katharina, wie sie die Kinder mahnt, die Hühner nicht zu Tode zu jagen. Als sie wieder reinkommt, hat sie einige Eier in der Hand, die sie in eine Schale in die Vorratskammer legt. Kurze Zeit später kommt Sara vom Markt zurück, den Korb voll mit Kohl, Möhren und Pastinaken.

»Katharina, ich habe kein Fleisch mehr bekommen. Wollen wir dann eines von unseren Hühnern nehmen?«

»Puh, das müssen wir dann erst noch schlachten, rupfen und ausnehmen. Luci, willst du das machen?«

Ich? Um Gottes willen, bloß nicht. Ich ziehe in Erwägung, eine Ohnmacht vorzutäuschen, lasse es aber lieber sein. Wer weiß, vielleicht holen die beiden dann noch einen Arzt? Das Risiko will ich auch nicht eingehen.

Stattdessen biete ich an, die Wäsche abzunehmen, die mittlerweile trocken sein dürfte, und schon mal das Gemüse zu schneiden. Außerdem habe ich vorhin gesehen, dass die Toilette etwas gesäubert werden muss. Alles besser, Hauptsache, ich muss kein Huhn schlachten.

Also nimmt sich Katharina dieser Sache an, sie schnappt sich ein großes Beil und geht in den Garten. Damit ich mir das nicht mit ansehen muss, entscheide ich mich, zuerst das Gemüse zu schneiden. Sara geht derweil mit den Kindern zum Fluss, um sie zu baden. Die drei haben den ganzen Tag draußen herumgetollt und stehen jetzt vor Dreck.

Zwischendurch werfe ich immer mal wieder einen Blick auf das Brot. Auf keinen Fall darf hier was schiefgehen. Ich will mir ja nicht noch den Zorn des Hausherrn zuziehen. Als die Brote eine schöne goldene Farbe haben, hole ich sie aus dem Ofen, mittlerweile riecht das ganze Haus danach.

Ich setze auch schon mal einen Kessel mit Wasser auf, damit wir das Hühnchen gleich kochen können.

Da kommt Katharina auch schon in die Küche, sie sieht etwas abgekämpft aus. Anscheinend hat sich das Tier ordentlich zur Wehr gesetzt. Ich gebe das Gemüse in das Wasser und Katharina bereitet das Fleisch für die Suppe vor. Jetzt kann ich gefahrlos in den Garten und die Wäsche abnehmen. Den Berg Federn, der neben dem Stall liegt, versuche ich zu ignorieren. Als ich die ganze Wäsche abgenommen und zusammengelegt habe, bringe ich sie in den ersten Stock und verteile sie in den Schlafzimmern des Herrn und der Kinder.

Katharinas Wäsche lege ich auf einen Stuhl neben der Tür, die sich in diesem Moment öffnet. Ein Mann kommt herein. Ohne zu grüßen oder die Tür zu schließen, geht er direkt durch in die Küche.

»Ist das Essen fertig? Ich habe Hunger.« Seine Stimme dröhnt durch das ganze Haus.

Na, das kann ja ein lustiger Abend werden. Ich schließe die Tür und folge ihm in die Küche. Sara ist mittlerweile mit den Kindern zurück, alle drei sitzen bereits frisch gebadet am Tisch.

»Hallo Vater«, sagen die drei.

Sie sind im Vergleich zu heute Morgen wie ausgewechselt, der Grund sind wahrscheinlich ihr Vater und ihre Großmutter. Wenn sie hier so rumtoben würden, dann gäbe es mit Sicherheit einen Satz heiße Ohren.

Katharina rührt in dem Topf mit der Suppe, also hole ich Teller und Becher hervor und decke den Tisch.

»Hat die Sau endlich geworfen, Sara?«

»Nein, Herr, aber sie ist sehr unruhig, ich denke, es kann nicht mehr lange dauern.«

»Na, hoffentlich.«

»Martin, du musst dich etwas gedulden, so was lässt sich nicht erzwingen, auch bei einer Sau nicht«, beruhigt Katharina ihren Sohn.

Er setzt sich an den Tisch und fängt an zu essen. Wir anderen setzen uns dazu, und fangen ebenfalls an zu essen.

»Martin, wie war dein Tag?«, fragt Katharina.

»Ach hör auf, ich bin den ganzen Tag nur von Schwächlingen umgeben. Dem einen ist es zu heiß, der andere hat Höhenangst, der andere kann einen Nagel nicht von einem Hammer unterscheiden. Wenn das mein Geschäft wäre, dann hätte ich die schon alle rausgeworfen. Aber ich habe da ja nichts zu sagen. Noch nicht. Bald mache ich mein eigenes Geschäft auf. Dann stelle ich nur richtige Kerle ein. Spätestens nächstes Jahr ist es so weit. Bis dahin musst du dich aber um die Kinder kümmern.«

»Ja, mein Sohn. Dein Vater und ich unterstützen dich, wo es geht. Und vielleicht hast du ja bis dahin auch schon eine neue Frau gefunden, die dir dann zur Hand geht.«

Als Antwort kommt nur ein lautes Schnaufen. Als Martin fertig ist, steht er auf, holt sich einen Krug Bier und geht in den Garten.

Sara und ich fangen an, die Küche aufzuräumen, Katharina bringt die Kinder ins Bett. Als wir fertig sind, geht auch Sara hoch in unser Zimmer. Ich schlendere derweil zum Stall, tatsächlich ist die Sau sehr unruhig. Ich weiß nicht, ob ich hoffen soll, dass die Ferkel heute zur Welt kommen oder nicht. Aber beeinflussen kann ich es sowieso nicht.

In dem Moment höre ich ein Poltern, dann einen Schrei. Ich stürze in die Küche und sehe Sara am Ende der Treppe liegen.

»Sara, was ist passiert?«, rufe ich.

»Das siehst du doch, ich bin die Treppe runtergefallen.«

Wo sie recht hat, hat sie recht.

»Hast du Schmerzen?«

Sie kneift die Augen zusammen und legt ihre Hände aufs Gesicht. »Mein Bein tut so weh«, wimmert sie.

Ich streife ihre Schürze und ihren Rock etwas hoch. Ach, du liebes bisschen, mir wird auf einmal ganz schlecht. Ihr linker Fuß steht in einem Winkel ab, der nicht normal ist. Ich wende meinen Blick ab, streife den Rock wieder runter, sodass sie das Malheur nicht sieht.

»Warte hier, ich komme sofort wieder.«

Ich renne nach draußen in den Garten, um Martin zu holen. Hoffentlich hat er noch nicht so viel getrunken, ich weiß nämlich nicht, was ich sonst machen soll.

»Herr, kommt schnell rein, Sara ist die Treppe runtergefallen. Ich glaube, sie braucht einen Arzt.«

»Das hat mir noch gefehlt. Was das wieder kostet?« Er stöhnt, trinkt noch einen Schluck, kommt dann aber mit rein.

Katharina ist in der Zwischenzeit auch wieder da, die Kinder scheinen zu schlafen. Sie hat Saras Kopf schon auf ein Kissen gebettet.

»Martin, das sieht gar nicht gut aus. Ich glaube, ich hole den Arzt.«

»Was ist denn?«, fragt Sara. »Wie schlimm ist es?«

Mittlerweile ist sie kreidebleich und kleine Schweißperlen glänzen auf ihrer Stirn. Martin schiebt den Rock etwas höher, und als er den Fuß sieht, wird auch er etwas blass.

»Du hast recht, Mutter. Hol den Arzt. Mach schnell.«

»Wo wohnt er denn? Dauert es lange, bis er hier ist?«, frage ich besorgt.

»Das ist nicht weit, sie müsste in ein paar Minuten wieder da sein.«

In der Zwischenzeit rede ich Sara gut zu.

»Mach dir keine Sorgen, das wird wieder. Der Arzt kommt gleich, der weiß, was zu machen ist.« Ich nehme ihre Hand und drücke sie.

Kurze Zeit später kommt Katharina mit dem Arzt zurück. Er untersucht den Fuß und Sara fängt vor Schmerzen an zu wimmern.

»Er ist gebrochen. Damit er wieder richtig zusammenwachsen kann, muss ich ihn in die richtige Position bringen. Das wird sehr schmerzhaft. Am besten, wir geben ihr etwas Bier, und dann brauchen wir ein Stück Holz, auf das sie beißen kann.« Er sieht mich an. »Und du setzt dich hinter sie und hältst ihre Arme fest.«

Sara schaut ihn voller Panik an. Lieber Gott, bitte lass sie das überstehen. Mir ist gar nicht wohl bei der ganzen Sache. Sie tut mir so leid.

Nachdem Sara einen Krug Bier getrunken hat, hole ich ein Stückchen Holz aus dem Garten und stecke es ihr zwischen die Zähne. Dann halte ich ihre Arme.

»Sara, es wird alles gut. Sei tapfer, dann geht es ganz schnell. Du wirst sehen, in ein paar Sekunden ist alles vorbei.«

Der Arzt blickt Sara in die Augen. »Fertig?«

Sara nickt. Mit einem Ruck zieht er an ihrem Fuß. Ein markerschütternder Schrei gellt durchs ganze Haus, dann verdreht Sara die Augen und fällt in Ohnmacht. Nur mit Mühe kann ich verhindern, selber in Ohnmacht zu fallen.

»Wir brauchen jetzt etwas, um den Fuß stabil zu lagern. Und dann braucht sie Ruhe.«

Katharina bringt ein paar Tücher, die der Arzt mit ein paar dünnen Holzscheiten um den Fuß bindet. Da wir keine Möglichkeit haben, Sara die beiden steilen Treppen hoch in unser Zimmer zu bringen, hole ich ihre Bettsachen runter und wir errichten mit ein paar Strohballen ein provisorisches Bett in der Küche.

Sie ist immer noch ohnmächtig, als Martin sie hochhebt und auf das Bett legt.

Danach bezahlt er den Arzt, der sich dann wieder auf den Weg macht. Wir sind alle total fertig. Ich glaube, jetzt könnte auch ich etwas zu trinken vertragen.

Gerade als ich in die Vorratskammer gehe und für uns drei Bier hole, höre ich, wie es im Stall unruhig wird. Nicht das jetzt auch noch. Da höre ich Martin schon rufen.

»Katharina, Luci, schnell. Die Ferkel kommen.«

Ich stelle das Bier auf den Tisch und laufe in den Stall. Da sehe ich die Sau auf der Seite liegen. Sie ist so dick, man könnte denken, sie platzt gleich. Und im Stroh liegen schon zwei kleine Ferkel. Oh mein Gott, sind die süß.

»Da kommen noch ein paar«, sagt Martin. »Seht ihr, wir brauchen gar nichts zu machen, sie macht das ganz allein.«

Ich gehe in die Küche, hole das Bier und gebe Martin und Katharina jeweils einen Becher. Wir setzen uns neben den Stall und schauen schweigend zu. Nach und nach plumpst ein Ferkel nach dem anderen aufs Stroh.

»Luci?« Sara ruft aus der Küche und ich eile zu ihr.

»Hey, wie geht es dir?«, frage ich sanft.

»Besser, aber es tut noch sehr weh.« Sie macht eine kurze Pause.

»Hast du Durst? Möchtest du was trinken?«, frage ich sie. Sara nickt. Ich hole etwas Wasser und gebe ihr den Becher.

»Habe ich die Geburt der Ferkel verpasst?«

»Ja, fast, ein paar kommen aber wohl noch. Es ist total faszinierend. Sie sind alle so süß.«

»Das sind sie immer, ich habe das schon ein paar Mal miterlebt. Aber es ist immer wieder etwas Besonderes. Oh Luci, ich bin so müde.«

»Dann schlaf, morgen sieht alles wieder besser aus.«

Ich lasse sie wieder allein und kehre zurück in den Stall.

Katharina verabschiedet sich, sie kommt morgen wieder, um die Kinder abzuholen.

Nach vier Stunden, es ist fast Mitternacht, sind acht Ferkel auf der Welt und es herrscht schon ein wildes Durcheinander im Stall.

Martin schaut mich an und zeigt auf die Ferkel.

»Luci, ich weiß, dass du heute Geburtstag hast. Und ich möchte dir gerne eins schenken. Such dir eins aus.«

Ich bin total gerührt, denn damit habe ich überhaupt nicht gerechnet. Nichts ist mehr zu sehen von dem mürrischen Mann vorhin beim Abendessen.

Ich zeige auf eines, es irrt tollpatschig durch den Stall.

»Das da hätte ich gerne. Danke schön.«

»Ich werde jetzt zu Bett gehen. Gute Nacht, bis morgen.«

»Gute Nacht, bis morgen.« Ich stutze, wahrscheinlich eher nicht, aber das sage ich ihm nicht. Er würde es nicht verstehen, ich verstehe es ja selber noch nicht einmal.

Obwohl es wirklich ein langer, anstrengender Tag war, bin ich nicht müde. Ich nehme meinen Becher und schlendere in den Garten. Dort setze ich mich unter einen Baum, schließe die Augen und denke noch einmal über den Tag nach.

Auf einmal raschelt es in der Nähe. Ich öffne die Augen und schaue in die Richtung, aus der das Geräusch kam.

Auf dem Nachbargrundstück sehe ich eine Gestalt, aber es ist zu dunkel, um etwas Genaues zu erkennen. In dem Moment geben die Wolken den Vollmond frei und der Garten wird hell erleuchtet. Da erkenne ich ihn, meinen Unbekannten. Er lächelt mich an und ich lächle zurück.

Ich stehe auf und möchte auf ihn zugehen. Da schreit auf einmal eine Nachtigall direkt über mir. Ich erschrecke mich fast zu Tode und schaue in den Baum. Dort sitzt sie, im hellen Mondschein. Als mein Blick wieder in den Garten fällt, ist er fort. Schade, war aber nicht anders zu erwarten.

Ich gehe zurück ins Haus und schaue noch einmal nach Sara. Sie schläft tief und fest. Also steige ich die beiden Treppen hoch in unser Zimmer und lasse mich aufs Bett fallen. Und während draußen noch die Nachtigall ihr nächtliches Lied singt, falle ich in einen tiefen Schlaf.

Kapitel 18

Gutes tun und – typisch Mann!

Zwei Wochen nach meinem Geburtstag sitze ich mit meinen Eltern beim Frühstück. So richtig habe ich mich noch nicht von meiner Reise erholt, und wenn ich nicht immer wieder die alte Silbermünze anschauen würde, die ich unter meinem Kopfkissen gefunden habe, würde ich immer noch glauben, dass das nur ein Traum gewesen ist.

Da aber einen Tag nach meinem Ausflug ins Mittelalter Clara ihr Baby auf die Welt gebracht hat und dies ein Sonntag war, ist mir klar, dass es wirklich passiert ist. Das war der helle Wahnsinn und bis jetzt definitiv die spektakulärste Reise von allen.

Ich schüttle die Erinnerung ab und schaue Clara an, die die schlafende Stella hin- und herwiegt.

»Darf ich sie noch mal halten?«, fragt meine Mutter.

Vorsichtig reicht Clara ihr die Kleine, und meine Mutter lehnt sich glücklich im Stuhl zurück.

»Schade, dass Opa Henry das nicht mehr erleben kann. Er wäre so stolz auf seine kleine Urenkelin«, sagt Papa ganz melancholisch.

Als ich unsere kleine Familie so betrachte, kommt mir auf einmal eine Idee.

»Hey Leute, was haltet ihr davon, wenn ich ein Fotoshooting in einem Altenheim anbieten würde. Dann könnte ich für die Familien Erinnerungsfotos von den Großeltern mit den Enkeln machen. Ich könnte Julian fragen, ob er mit seinem Team anrücken und die Bewohner schick frisieren könnte, bevor ich die Fotos mache.«

»Wer ist Julian?« Typisch mein Vater.

»Julian ist Mamas und mein Friseur, zu dem wir seit ungefähr hundert Jahren gehen«, antworte ich und fahre fort. »Wir könnten Paketpreise anbieten: Frisur und 5 Fotos. 1/3 für Julian, 1/3 für mich und 1/3 spenden wir. Zum Beispiel an das Altenheim.«

Ich strahle alle an und warte, dass alle genauso Feuer und Flamme sind wie ich. Bisher scheine ich nur Clara angesteckt zu haben, aber die ist im Moment voller Glückshormone, die würde es wahrscheinlich auch toll finden, wenn ich vorhabe, alle Gullydeckel der Stadt zu fotografieren und damit dann eine Ausstellung in Papas Garage zu veranstalten.

»Und wie willst du das alles koordinieren? Du musst das ja auch mit dem Altenheim absprechen, fragen, ob die einverstanden sind. Und wie willst du das machen, dass nicht alle gleichzeitig fotografiert werden wollen? Nicht, dass das in einem Chaos endet«, wendet Mama ein.

»Natürlich würde ich vorher mit der Heimleitung sprechen und einen Termin abstimmen. Ich könnte ja Listen auslegen, in die sich die Leute vorab eintragen können. Schon mit festen Uhrzeiten, dann brauchen die Familien nicht so lange zu warten.«

Mehr und mehr baut sich eine Vorstellung in meinem Kopf auf, wie der Tag aussehen könnte, und ich fange direkt an zu planen.

September 2009

Am letzten Wochenende im September ist es so weit. Ich bin etwas nervös, auch wenn ich versucht habe, die Aktion bis ins kleinste Detail zu planen, sodass eigentlich nichts schief gehen kann.

Direkt nach dem Frühstück bei meinen Eltern habe ich Julian angerufen. Er war gleich Feuer und Flamme und sicher, dass seine Mitarbeiter da mitmachen würden. Danach bin ich gleich in das Altenheim gegangen und habe dort gefragt, ob es die Möglichkeit gibt, solch ein Fotoshooting zu veranstalten. Man hatte mich auf den nächsten Tag vertröstet, da die Heimleitung sonntags nicht da sei. Am Montagmorgen bin ich direkt noch einmal hingefahren, und die Frau war total begeistert. Wir haben uns auf das letzte Septemberwochenende geeinigt. So blieb uns genug Zeit für die Vorbereitungen und die Familien hatten genug Zeit, sich zu entscheiden, ob sie mitmachen wollen oder nicht.

Nach Feierabend habe ich dann kleine Plakate entworfen, um Werbung für unsere Aktion zu machen. Julian war mit meinem Vorschlag einverstanden, Paketpreise zu machen und ein Drittel des Umsatzes an das Altenheim zu spenden.

Die Listen mit den Uhrzeiten, die ich dann kurze Zeit später ausgelegt hatte, waren schon nach wenigen Tagen fast komplett gefüllt.

Und heute ist es endlich so weit. Als ich um 13:00 Uhr im Altenheim ankomme, um alles aufzustellen, ist Julian mit seinen drei Mädels bereits dabei, die ersten Damen zu frisieren. Es herrscht eine allgemein fröhliche Stimmung, sowohl beim Personal als auch bei den Bewohnern. Scheinbar sind alle glücklich mit der Aussicht auf ein wenig Abwechslung.

Da die Sonne scheint, entscheide ich mich spontan dazu, zwei Fotostationen aufzubauen. Im Essensraum stelle ich meine Leinwand auf und einige Schirme. Bei der anderen Station unten im Garten brauche ich nicht viel, da das Licht super zum Fotografieren ist. Jetzt können die Familien selber entscheiden, welchen Hintergrund sie wünschen.

Julian und sein Team haben tolle Arbeit geleistet und man merkt, wie die Menschen aufblühen, als sie sich, so hübsch zurechtgemacht, im Spiegel ansehen.

Pünktlich um 14:00 Uhr beginne ich mit der ersten Bewohnerin und ihrer kleinen Enkelin, die gerade einmal ein halbes Jahr alt ist. Sie möchte die Fotos unten im Garten machen, vor einer wunderschönen Kletterrose. Mir wird ganz warm ums Herz, als ich sehe, wie liebevoll die alte Dame die Kleine im Arm hält.

Für jede Familie habe ich zwanzig Minuten eingeplant, und wie sich zeigt, ist das völlig ausreichend. Ich mache verschiedene Fotos, jede Familie bekommt dann eine Mappe, aus der sie sich dann die Abzüge aussuchen kann.

Um halb sieben sind wir fertig. Aufgrund der hohen Nachfrage hatten wir im Vorfeld beschlossen, den Sonntag auch noch mit dazu zu nehmen.

Wir räumen alles zusammen, damit die Bewohner in Ruhe ihr Abendessen genießen können, und verabschieden uns. Auf dem Rückweg fahre ich noch kurz bei meinen Eltern vorbei, um von dem Tag zu erzählen. Die beiden sind ganz neugierig, wie es gelaufen ist. Spontan bietet mir meine Mutter an, mich morgen zu begleiten und mir ein wenig zur Hand zu gehen.

Am nächsten Tag sehe ich, dass das eine gute Entscheidung war, denn heute ist deutlich mehr los. Es ist viel mehr Besuch da und entsprechend wuselig ist es, es geht deutlich langsamer vorwärts als gestern. Der ein oder andere Besucher wird etwas ungeduldig, wenn sein Vater oder seine Mutter nicht genau zu dem Zeitpunkt fotografiert wird, zu dem er sich auf dem Zettel eingetragen hat. Meine Mutter nimmt sich der Sache an und lenkt die Wartenden mit einem kleinen Small Talk ab.

Zwei Bewohner können aufgrund von Krankheit nicht an der Fotoaktion teilnehmen, daher sind wir kurz nach dem Mittagessen wieder in unserem Zeitplan.

Plötzlich steht meine Mutter neben mir und zeigt unauffällig Richtung Balkontür.

»Siehst du den Mann da hinten, Luci?«

»Ja, warum?«

»Der starrt dich die ganze Zeit an.« Sie macht eine kurze Pause. »Ist das wohl ein Besucher? Der sieht nicht so aus, als würde er hier wohnen.«

Auch ich schaue nun etwas genauer hin. Er sieht gut aus, Mitte 50 würde ich sagen. Er ist geschmackvoll gekleidet, und als er sieht, dass wir ihn beobachten, steht er auf und kommt direkt auf uns zu.

»Der wohnt hier definitiv nicht. Das ist der Sohn von Frau Meier. Er ist mit seiner pubertierenden Tochter hier. Ich habe die drei vorhin fotografiert, die Tochter hat nicht einmal gelächelt, hat die ganze Zeit nur gelangweilt in die Kamera geschaut.«

Auf einmal steht er vor uns.

»Frau Früling?«

»Ja«, sagen Mama und ich gleichzeitig.

Er schaut ein paarmal hin und her, wendet sich dann mir zu. »Frau Früling, Sie machen das wirklich toll. Die Leute sind total begeistert.«

»Vielen Dank. Das höre ich gerne, und ich gebe das Kompliment auch an das Friseur-Team weiter.«

Dann wendet er sich meiner Mutter zu und seine Augen fangen auf einmal an zu leuchten. »Und Sie sind?«

»Darf ich vorstellen?«, beginne ich. »Das ist meine …«

»… ältere Schwester, nehme ich an«, beendet er den Satz für mich.

Er nimmt galant die Hand meiner Mutter und gibt ihr einen Handkuss.

»Ach, hören Sie auf, Sie Charmeur«, kichert meine Mutter und streicht sich eine Haarsträhne hinters Ohr.

»Darf ich Sie zu einem Kaffee einladen?«, fragt er.

»Aber gerne.« Sie hakt sich bei ihm unter und dann sind die beiden auch schon verschwunden.

»Was macht deine Mutter denn da?«, fragt Julian, der auf einmal hinter mir aufgetaucht ist. »Flirtet sie etwa mit Herrn Meier?«

»Glaub mir, ich habe keine Ahnung, es ging alles so schnell, und auf einmal waren sie weg.«

»Wenn das dein Vater wüsste, der wäre gar nicht begeistert.«

»Sie trinken doch nur einen Kaffee. Mama ist bestimmt gleich wieder da.«

Von Weitem sehe ich, dass Herr Meier irgendetwas zu meiner Mutter sagt, die daraufhin anfängt zu lachen und ihre Hand auf seinen Arm legt.

»Julian, tust du mir einen Gefallen? Ich muss jetzt mit Frau Münch und ihren drei Enkeln nach unten in den Garten.« Ich schaue immer noch zu meiner Mutter rüber.

»Könntest du die beiden bitte ein wenig im Auge behalten? Ich will meinem Vater heute Abend nicht erklären müssen, dass meine Mutter mit einem Gigolo durchgebrannt ist.«

»Natürlich, das mache ich, bis gleich.«

Eine Stunde und drei glückliche Bewohner später komme ich wieder nach oben. Herr Meier ist scheinbar nicht mehr da, meine Mutter hingegen sitzt gedankenverloren auf dem Sofa, auf dem sonst immer die Bewohner ihre Mittagspause verbringen.

»Na Mama, was ist los? Bist du verknallt oder warum hast du so einen verträumten Gesichtsausdruck?«

»Hör auf, Luci, ich bin doch nicht verknallt, ich bin doch keine 17 mehr.«

»Das hoffe ich auch, ich möchte Papa nicht erklären, dass seine Frau jemanden im Altersheim kennengelernt hat.«

»Hahaha, wir haben doch nur einen Kaffee getrunken und uns ein wenig unterhalten. Aber ich muss zugeben, es war ganz nett, mal von jemand anderem ein Kompliment zu bekommen.«

Sie klatscht in die Hände. »So, was kann ich jetzt noch machen, wir sind ja noch lange nicht fertig.«

Ich zeige auf eine Bewohnerin, die gerade bei Julian sitzt.

»Frau Schneider scheint etwas nervös zu sein, sie hat Angst etwas falsch zu machen, sodass die Fotos nicht gut werden. Aber sie wünscht sich so sehr eines mit ihrer Urenkelin. Vielleicht kannst du sie ein wenig beruhigen.« Und das tut meine Mutter dann auch. Am Ende ist Frau Schneider begeistert über das Ergebnis.

Am frühen Abend ziehen wir eine durchweg positive Bilanz. Alle Bewohner und deren Familien sind glücklich und freuen sich schon auf die Fotos. Die Pflegekräfte sind glücklich, weil es mal etwas Abwechslung in ihrem sonst so durchgeplanten Alltag gab. Meine Mutter ist glücklich, wegen des kleinen Flirts mit Herrn Meier. Und letztendlich sind Julian, sein Team und ich glücklich, weil wir die anderen glücklich machen konnten.

April 2010

Es ist 19:20 Uhr und ich stehe am Marktplatz und warte. Warte auf mein erstes Blind Date.

Vor ein paar Tagen hatte ich mich bei einer Internetseite angemeldet. Find-your-real-love-in-your-town.de. Das habe ich allerdings heimlich gemacht, weder meinen Eltern noch Emma und Isabella habe ich davon erzählt. Ich könnte mir vorstellen, dass die das nicht gutheißen würden. Letztendlich weiß man ja nicht, mit wem man sich da trifft. Und ich habe hinterher keine Lust auf solche Sprüche wie »Das hätte ich dir gleich sagen können« oder »Man muss die Liebe nicht suchen, die Liebe findet einen«. Ich muss zugeben, so ganz wohl ist mir wirklich nicht dabei, aber wir treffen uns an einem öffentlichen Ort, um danach irgendwo etwas essen zu gehen. Also eigentlich ganz harmlos.

Ich schaue auf die Uhr. Schon kurz vor halb acht. Er hatte geschrieben, dass wir uns um 19:00 Uhr am Marktplatz treffen. Also bin ich richtig. Ich schaue mich um, kann aber niemanden sehen. Ich gebe ihm jetzt noch fünf Minuten, dann hat sich das für mich erledigt.

Auf einmal fährt ein dickes Auto mit getönten Scheiben an mir vorbei, hupt und biegt dann mit quietschenden Reifen Richtung Parkhaus ab. Oh, nein, bitte nicht so einer. Auf dem Foto sah er eigentlich ganz nett aus. Normalerweise kommt es ja auf die inneren Werte an, aber bei einem Date übers Internet muss man erst mal nach dem Äußeren gehen. Die vier kurzen Mails, die wir ausgetauscht haben, waren auf den ersten Blick ganz okay. Da geht die Tür des Parkhauses auf und ein Mann mit gegelten Haaren kommt mit großen Schritten und wehendem Trenchcoat auf mich zu.

»Luci?«, fragt er mich.

»Ja.«

»Hallo, ich bin Torben. Auf was hast du Hunger?«

Da fällt offensichtlich jemand gerne direkt mit der Tür uns Haus. Und auf eine Entschuldigung, dass er mich fast eine halbe Stunde hat warten lassen, legt er wohl auch keinen Wert.

»Der Italiener hier um die Ecke soll sehr gut sein. Oder das chinesische Restaurant in der Rathausstraße ist auch toll,« schlage ich vor.

»Ich habe eine andere Idee. Wie wäre es mit dem Steakhaus?«

»Warum fragst du mich dann erst?«, wundere ich mich.

»Hört sich auch gut an«, antworte ich stattdessen.

»Dann komm.« Er schnappt sich meine Hand und zieht mich mit einem Ruck hinter sich her. Schon kommen mir Zweifel und ich frage mich, was ich hier überhaupt tue, aber ich folge ihm.

Als wir am Steakhaus ankommen, ist noch nicht viel los und wir haben freie Platzwahl. Torben wählt einen Tisch mitten im Raum und lässt sich auf den Stuhl plumpsen.

»Hast du was dagegen, wenn wir erst bestellen und dann reden. Ich habe einen Mordshunger«, fragt er, ohne mich anzusehen, denn er hantiert bereits mit der Speisekarte.

»Kein Problem«, antworte ich.

Ich sehe den Abend schon über die Wupper gehen.

Torben wählt ein Rib-Eye-Steak, natürlich in Groß, dazu zwei Beilagen und eine Flasche Rotwein. Ich entscheide mich für einen Salat mit Rinderfiletstreifen und eine Apfelschorle. Als der Kellner mit den Speisekarten verschwindet, wendet sich Torben mir zu.

»So, Luci, erzählt mal von dir! Was machst du so?«

Ich erzähle ihm von meinem Fotostudio, wie ich es von Kira übernommen habe und wie es sich bis jetzt entwickelt hat.

»Was bringt das so ein im Monat?«

»Ähm, ich weiß nicht, ob ich das bei unserem ersten Date schon erzählen möchte. Schließlich kenne ich dich noch gar nicht.«

»Ich frag ja nur. Je nachdem, wie viel da so abfällt, hätte ich da einige interessante Anlagetipps. Weißt du, ich bin Hedgefonds-Manager und ich weiß, wovon ich rede.«

Die nächsten 30 Minuten geht es nur noch um seine Arbeit und ums Geld. Er redet ununterbrochen von Investments, Gewinnen, Spekulationen und Anlagestrategien. Mir raucht der Kopf. Als endlich das Essen kommt, bin ich erleichtert. Für ein paar Minuten ist er schweigend mit seinem Steak beschäftigt, doch dann überfällt ihn wieder das Mitteilungsbedürfnis. Er erzählt, dass seine letzte Schulung in Philadelphia stattgefunden hat.

»Ich sage dir, das war der Hammer. Jeden Tag hatten wir bis 16:00 Uhr Vorträge, bis 18:00 Uhr Diskussionsrunden und danach haben wir uns ins Nachtleben gestürzt. Ich kann dir sagen, ich habe da echt interessante Leute kennengelernt. Natürlich alle aus der Finanzbranche.«

Natürlich, woher sonst. Menschen aus anderen Branchen sind ja allesamt nur Neandertaler, das weiß doch jeder.

»Soll ich dir was sagen?«, fragt er.

Ich zucke mit den Schultern und stochere weiter lustlos in meinem Salat. »Gerne.«

»Dabei habe ich mehr Tipps bekommen als in den acht Stunden im Vortragssaal. Kannst du dir das vorstellen? Kannst du dir das vorstellen?« Er ist gar nicht mehr zu bremsen.

»Nein, wie könnte ich?«, antworte ich mit gespieltem Entsetzen.

»Willst du noch einen Nachtisch?«, fragt er plötzlich.

»Nein, danke.« Ich will nur noch, dass der Abend schnell zu Ende geht.

»Ich nehme noch was. Kellner?«

Er bestellt eine große Portion Joghurteis mit Honig und Walnüssen. Kaum ist der Kellner weg, redet er weiter. Ich höre kaum zu, nehme nur am Rande wahr, wie er im letzten Jahr 13 % Gewinn erzielt hat, wobei, habe ich nicht verstanden, es ist mir aber auch ziemlich egal.

Als sein Dessert kommt, kann ich mir kaum vorstellen, dass das nach den riesigen Portionen Steak, Kartoffeln und Bohnen im Speckmantel überhaupt noch reingeht, aber Torben kämpft sich tapfer bis zum Boden des Glases durch. Kurz danach ist auch der letzte Tropfen aus seiner Weinflasche geleert.

Als der Kellner die leeren Teller abräumt, stützt er beide Arme auf den Tisch und schaut mich abwartend an.

»Und, habe ich dein Interesse geweckt? Sollen wir uns mal treffen, damit ich mir deine Papiere durchschauen kann? Vielleicht kann ich dir einen guten Anlagefonds anbieten.«

»Bitte entschuldige, aber ich dachte eigentlich, dass das hier heute Abend ein Date sein sollte. Ich wusste nicht, dass ich einen Termin beim Finanzberater gebucht habe.«

»Okay, okay, sorry.« Er hebt entschuldigend die Hände. »Weißt du, ich lebe für meinen Job. Und alle, die das nicht tun, für die habe ich kein Verständnis.«

Und ich habe keine Lust mehr.

»Können wir bitte gehen?«, frage ich ein wenig gereizt. »Ich glaube, ich habe genug für heute.«

»Ja, kein Problem.« Er winkt den Kellner herbei.

»Wollen wir 50/50 machen?«

Ich stutze kurz, ahne zwar, was er meint, kann es aber nicht so recht glauben. »Was meinst du mit 50/50?«

»Na, die Rechnung – wollen wir teilen?«

»Das ist jetzt nicht dein Ernst, oder? Du hast heute Abend so viel gegessen und getrunken, wie ich in vier Tagen. Ich hatte einen kleinen Salat und eine Apfelschorle. Und du fragst ernsthaft, ob wir 50/50 machen?«

Ich schüttle den Kopf.

»Ich kann es nicht glauben« sage ich mehr zu mir selbst. Ich schmeiße 15 Euro auf den Tisch und stehe auf.

»Ich wünsche dir und deinen dämlichen Fonds alles Gute.«

Dann drehe ich mich auf dem Absatz um und lasse ihn sitzen, allein mit seinem dusseligen Gesichtsausdruck.

Als ich nach Hause komme, kuschle ich mich aufs Sofa

und schließe die Augen. Nach langer Zeit denke ich mal wieder an Oliver. Was er wohl gerade macht? Warum ich gerade jetzt an ihn denke, weiß ich nicht. Wahrscheinlich, weil er das genaue Gegenteil von Torben war und ich mich sehr wohl mit ihm gefühlt habe. Wo er jetzt wohl ist? Hat er seine Reise beendet? Ist er wieder zurück nach Hause gekehrt? Was wäre wohl gewesen, wenn ich ihn damals begleitet hätte? Hätte ich mich irgendwann in ihn verliebt, und wäre es gut gegangen zwischen uns?

Es ist müßig, immer und immer wieder über die gleichen Fragen nachzudenken. Ich habe keine Antworten und werde auch nie welche bekommen.

Ich erhebe mein Wasserglas. »Auf dich Oliver, wo auch immer du dich gerade befindest. Ich hoffe von Herzen, dass du glücklich bist.«

Juni 2010

Zwei Monate später sitze ich auf meinem Fahrrad und bin auf dem Weg zu meinem nächsten Date. Eigentlich hatte ich mir selber versprochen, nach dem Reinfall mit Torben die Sache mit dem Internet-Dating zu beenden. Aber nach vier Wochen war die Neugierde doch größer als die Vernunft. Also habe ich mich wieder eingeloggt und geschaut, was in den letzten Tagen und Wochen so passiert ist. Drei Anfragen habe ich bekommen, zwei davon habe ich direkt gelöscht, unfassbar, wie dreist und geschmacklos manche Kerle sind. Die dritte Anfrage sah schon besser aus. Sie kam von einem jungen Mann hier in der Stadt. Vom Aussehen her gefiel er mir ganz gut, und auch sein Profil war vielversprechend. Nach ein paar Mails haben wir uns für heute

Abend verabredet, und zwar bei dem Italiener, den Torben vor einigen Wochen verschmäht hat. Martin, so heißt mein heutiges Date, hatte das Restaurant vorgeschlagen, was ich als gutes Zeichen gedeutet habe.

Als ich ankomme, ist er bereits da. Im Gegensatz zu Torben, der gerne auf dem Präsentierteller sitzt, hat Martin eine Nische in der hintersten Ecke ausgewählt. Als ich zu ihm an den Tisch komme, leuchten seine Augen auf und er strahlt mich an. Er begrüßt mich mit einem kleinen Küsschen auf die Wange und rückt den Tisch zurecht, sodass ich mich auf die Bank neben ihn setzen kann. Bisher läuft alles super.

»Gut schaust du aus, noch besser als auf den Fotos«, macht er mir das erste Kompliment.

»Vielen Dank, du siehst auch gut aus.«

»Ach weißt du, wenn man den ganzen Tag mit Kindern zusammen ist, dann zieht man sich nicht die besten Klamotten an, da muss es dann bequem sein. Da kriecht man auch mal in eine Spielhöhle aus Decken und Kissen, da ist eine Designerjeans eher unpraktisch. Also habe ich mich gefreut, mich heute für dich mal in Schale werfen zu können.«

»Bist du Erzieher?«, frage ich.

»Ja, ich arbeite hier in der Stadt in einem Kindergarten. Das war schon immer mein Traumberuf. Dadurch werde ich zwar nicht zum Millionär, aber die Kinder geben einem so viel zurück, das ist fantastisch.«

Das wird ja immer besser. Gut aussehend, höflich, kinderlieb. Ohne vorschnell zu sein … sollte mein Traummann direkt vor mir sitzen? Aber warum ist er noch Single? Dem müssten die Frauen doch die Bude einrennen. Also warte ich noch ein wenig ab mit meiner Euphorie, vielleicht hat die ganze Geschichte ja doch noch einen Haken.

Wir bestellen unsere Pizza und reden über Gott und die Welt. Er berichtet von seinen Reisen in exotische Länder, die er bis jetzt entweder allein oder mit seinem Kumpel unternommen hat. Gerne würde er auch mal mit einer Frau ein neues Land erkunden. Dann erzählt er von den verschiedenen Kindern im Kindergarten und dass ihm der Abschied von einem Kind, welches er besonders ins Herz geschlossen hat, immer extrem schwerfällt.

»Weißt du, gerade Kinder, die es im Leben nicht immer einfach haben, finden irgendwie immer sofort den Weg in mein Herz. Vor einem Jahr ungefähr kam ein kleines Mädchen zu uns. Sie muss schon mit drei Jahren eine Brille tragen. Das ist nicht immer einfach für sie, weil einige Kinder sie ganz oft auslachen. Sie ist immer noch bei uns, und ich weiß jetzt schon, wenn sie in zwei Jahren den Kindergarten verlässt, um auf die Schule zu gehen, das wird wirklich schwer für mich.«

Mein Herz schmilzt dahin. Sollte dieser Mann der Vater meiner Kinder sein?

Als der Kellner die Teller abräumt, fragt Martin mich, ob ich noch ein Dessert möchte.

»Eigentlich bin ich satt.«

»Wir können uns auch ein Eis teilen«, schlägt er vor und wartet erst meine Reaktion ab, bevor er bestellt.

»Okay, können wir machen.«

»Magst du Vanilleeis mit Schokosoße?«

»Wer mag das nicht?«

Er bestellt das Eis. »Und bringen Sie uns bitte zwei Löffel.«

Wie können Menschen so unterschiedlich sein. Zwischen

Torben und Martin liegen Welten. Eigentlich soll man Menschen ja nicht vergleichen, da Martin aber deutlich besser abschneidet, finde ich, dass es okay ist.

Als das Eis kommt, schiebt er es zu mir. »Greif zu.«

Ich nehme mir den ersten Löffel und merke, wie sich die warme Schokolade mit dem kalten Eis in meinem Mund vermischt. Es ist köstlich.

Als nur noch ein kleiner Rest Schokosoße im Glas ist, füllt Martin seinen Löffel damit, grinst mich an und hält ihn mir hin. »Mund auf.«

In dem Moment tropft ein kleiner Klecks Soße auf mein Kinn. Vorsichtig wischt er den Tropfen mit seinem Daumen weg. Die Situation ist total kitschig, aber auch irgendwie romantisch. Er rückt ein Stück näher.

»Darf ich dich küssen?«, fragt er leise.

»Hm, ich weiß nicht, ist das nicht ein wenig zu früh?«, erwidere ich.

»Ich bin der Meinung, man sollte so früh wie möglich küssen. Du musst zugeben, wenn das Küssen nicht passt, dann passt man auch als Paar nicht zusammen, oder?«

Ich überlege kurz. Da ist was dran. Ich möchte nicht mit einem Mann zusammen sein, mit dem das Küssen nicht klappt.

»Oka«y, sage ich daher nur, denn trotz allem ist mir nicht so ganz wohl dabei.

Langsam kommt er auf mich zu. Wer weiß, wenn er gut küssen kann, vielleicht springt ja der Funke gleich über.

Als sich unsere Lippen treffen, geschieht jedoch etwas, mit dem ich nicht gerechnet hätte.

Er presst seinen Mund fest auf meinen und er drückt mich in die Sitzkissen, sodass ich das Holzgestell unter dem

Polster an meinem Hinterkopf spüren kann. Dann schießt seine Zunge in meinen Mund und macht eine kreisende Bewegung nach der nächsten. Warum fällt mir gerade jetzt ein, dass ich zu Hause noch die Waschmaschine anstellen muss?

Binnen Sekunden ist der Bereich um meinen Mund feucht und ich weiß, dass ich ihm signalisieren muss, dass ich genug habe.

»Fop«, presse ich hervor, doch Martin küsst unbeirrt weiter.

»Fop«, sage ich lauter. Jetzt scheint er mich zu hören, denn er hört abrupt auf.

»Stop«, sage ich atemlos.

»Alles klar?«, fragt er mich.

»Junge, Junge, du gehst aber ran.« Ich greife nach einer Serviette, die noch auf dem Tisch liegt, und wische mir den Mund trocken. Da ist er, der Haken. Wusste ich es doch, es wäre ja auch zu schön gewesen.

»Hat dir der Kuss nicht gefallen?«

Ist das sein Ernst? Was soll ich darauf jetzt sagen? Am besten die Wahrheit. Doch das fällt mir echt schwer. Wer sagt jemandem schon gerne, dass er nicht küssen kann? Daher zögere ich erst einmal.

»Sagen wir es mal so. Ich hatte es mir etwas anders vorgestellt.«

»Wie anders?«

Hat ihm denn noch nie eine Frau gesagt, dass er nicht küssen kann? Muss ich jetzt wirklich diejenige sein, die ihm die Augen öffnet?

»Nun ja, irgendwie langsamer, zärtlicher.«

Ich mache eine kurze Pause und fahre vorsichtig fort:

»Weniger feucht.«

Scheinbar hat meine sensibel vorgebrachte Kritik ein klein wenig an seinem Ego gekratzt, das ist deutlich zu spüren.

»Okay. Bisher hat sich allerdings noch keine beschwert.«

Schwer vorstellbar, aber wahrscheinlich hat sich nur noch keine getraut.

»Schau mal, Martin, du bist echt ein lieber Kerl, eigentlich passt alles und bis vor ein paar Minuten hatte ich auch noch ein gutes Gefühl. Aber du hast selber gesagt, wenn das Küssen nicht passt, dann passt man auch als Paar nicht zusammen.«

»Wollen wir es noch einmal versuchen? Vielleicht magst du es ja beim zweiten Mal?«

Er schaut mich mit einem hoffnungsvollen Blick an.

Eigentlich möchte ich nicht mehr, aber vielleicht war er einfach nur zu stürmisch.

»Okay.«

Er lächelt mich an. »Danke.«

Er kommt wieder näher, seine Augen bereits geschlossen. Wieder presst er seinen Mund auf meinen. Ich öffne ganz vorsichtig meine Lippen und schon wieder schießt seine Zunge hervor und beginnt mit den gleichen, kreisenden Bewegungen wie eben. Doch das war noch nicht alles, auf einmal beißt er mir in die Lippe, aber nicht zärtlich, sondern mit viel Druck, sodass ich Blut schmecke. Ich beende den Kuss sofort, wenn man das hier überhaupt als solchen bezeichnen kann.

»Alles klar, Martin, es tut mir leid, aber ich fürchte, mit uns beiden, das wird nichts.«

Wieder angle ich nach der Serviette und drücke sie auf

die blutende Stelle. »Du kannst doch einer Frau beim Küssen nicht auf die Lippe beißen?«

»Ich dachte immer, ihr steht auf so was?«

Ich glaube, hier ist wirklich Hopfen und Malz verloren.

»Glaub mir, ich stehe nicht darauf, dass man mir auf die Lippen beißt, bis das Blut fließt.«

Er schaut ganz traurig aus.

»Hör zu«, sage ich versöhnlicher, »ich bin mir sicher, du wirst deine Traumfrau finden. Aber ich bin es leider nicht.«

»Wie du meinst. Schade eigentlich, denn du gefällst mir echt gut.«

Ich öffne meine Handtasche, um mein Portemonnaie zu suchen.

»Lass gut sein«, sagt Martin, »ich lade dich ein, ich denke, das bin ich dir schuldig.«

»Vielen Dank.«

Viel mehr ist leider nicht zu sagen, daher drücke ich nur noch einmal seine Hand.

»Ich wünsche dir viel Glück bei deiner Suche. Machs gut.«

Man ist wirklich nicht zu beneiden, wenn man Single ist. Andere sagen immer, dass sie es toll finden und sich austoben und Sachen ausprobieren können. Aber ich scheine da irgendwie kein Händchen für zu haben.

Mein Fazit: Ich werde nicht mehr suchen, ich lasse mich jetzt finden. Ich bin nett, lebenslustig, spontan und eigentlich finde ich mich auch ganz hübsch. Es wäre doch gelacht, wenn ich nicht auch bald meinen Mr. Right finden würde.

Optimistisch und sicher, dass es das Schicksal bestimmt bald gut mit mir meint, radle ich nach Hause.

Kapitel 19

Mein 26. Geburtstag

Bon Voyage!

»Luci, Luci. Aufwachen. Zeit, aufzustehen.«

Langsam öffne ich meine Augen und schaue, mal wieder, in ein mir unbekanntes Gesicht. Mittlerweile habe ich mich daran gewöhnt und ich bleibe daher ganz entspannt.

Leider fühlen sich meine Knochen gar nicht entspannt an, ich fühle mich total gerädert, so als ob ich eine Nacht auf der Rückbank eines Busses verbracht hätte. Ich setze mich auf und schaue mich um. Ich kann es kaum glauben, aber ich befinde mich tatsächlich in einem Bus und scheinbar habe ich wirklich die Nacht auf der Rückbank verbracht.

»Wo sind wir?«, frage ich und strecke mich erst mal ordentlich.

»Du bist ja lustig. Wo sollen wir schon sein? Kurz hinter Paris. Wir machen jetzt eine kleine Pause und dann geht es weiter.«

Die junge Frau setzt sich in die Reihe vor mir und plaudert einfach weiter.

»Ich habe die Fahrt heute Nacht genossen. Die Dunkelheit, die Ruhe, nachts quatscht dich wenigstens keiner voll. Da schlafen alle. Na ja, fast alle, nur die Hildegard, die ist immer wieder den Gang hoch und runter getigert. Sie hat mir erzählt, sie hat unruhige Beine, was auch immer das ist. Aber ich bin mir sicher, die Geschichte wirst du heute noch ausführlich zu hören bekommen, sie ist nämlich sehr mitteilungsbedürftig.«

Da scheint Hildegard aber nicht die Einzige zu sein, denn die junge Frau redet wie ein Wasserfall. Ich bin etwas überfordert mit so vielen neuen Informationen, doch das scheint sie nicht zu bemerken, denn sie redet unentwegt weiter. »Der Sonnenaufgang heute Morgen war übrigens fantastisch. Da hast du echt was verpasst. Aber jetzt bist du ja dran mit deiner Schicht, tagsüber sieht man wenigstens was von der Landschaft. Und heute Abend übernehme ich dann wieder die Nachtschicht.«

Wie? Was? Das ist hoffentlich nicht ihr Ernst, oder? Ich soll diesen Riesenbus fahren? Darf ich das überhaupt?

Charlotte, dieser Name steht jedenfalls auf dem Schild, welches an ihrer Weste angebracht ist, tätschelt mir noch einmal den Oberschenkel und steht auf.

»Vorher gehe ich aber auch noch kurz aufs Klo. Willst du mitkommen?«, fragt sie mich.

Ich möchte, daher stehe auch ich auf und folge ihr.

Dabei schaue ich aus dem Busfenster und sehe viele Rentner, die in kleinen Grüppchen um den Bus verteilt stehen. Einige mit einer Thermoskanne, andere mit belegten Brötchen bewaffnet und alle mit einem Namensschild ausgestattet. Wie praktisch. Sowohl für mich als auch für die Passagiere. Nur eine einzige Frau steht ganz allein etwas abseits und schaut mit gesenktem Kopf in ihre Kaffeetasse. Als wir aus dem Bus steigen, scheinen sich alle zu freuen, mich zu sehen.

»Na, Luci, ausgeschlafen?«, ruft ein Mann. »Jetzt bist du ja fit für die Fahrt. Dir stehen die Klamotten übrigens fast noch besser als Charlotte.«

Allgemeines Gelächter.

Ich schaue an mir runter und bemerke erst jetzt die Uniformen, die wir tragen. Herrje, wer hat sich denn die Farbkombination ausgedacht?

Eine kanarienvogelgelbe Bluse, die Hose und die Weste sind in einem quietschenden Türkis. Der krönende Farbtupfer ist jedoch die rote Krawatte. Es scheint, als wären wir geradewegs aus der Tapete einer 60er-Jahre Hippie-Kommune gesprungen. Je länger ich an mir herunterschaue, desto stärker wird das Flackern in meinen Augen.

Das kann ja heiter werden. Die erste Bustour meines Lebens, und ich sitze hinterm Steuer, in diesem Outfit. Dann noch in einem anderen Land und zu guter Letzt mit schätzungsweise 40 fremden Menschen an Bord. Na herzlichen Glückwunsch, das kann ja was geben.

Als Charlotte und ich von der Toilette wiederkommen, sitzen bereits alle im Bus auf ihren Plätzen. Scheinbar können sie es kaum erwarten, dass wir weiterfahren.

Ein kleines bisschen mulmig ist mir schon. Diesen großen Bus zu steuern, traue ich mir gar nicht zu. Da mir jedoch nichts anderes übrig bleibt, setze ich mich auf den Fahrersitz und orientiere mich erst mal. Ich nehme mir die Reiseunterlagen, die in einem Fach in der Tür liegen, und schaue sie mir an. Dabei fällt ein Zettel auf meinen Schoß. »*Happy Birthday, liebe Luci! A.*« Ja, vielen Dank, A.

Da hast du mir ja mal wieder was Tolles eingebrockt. Ich stecke den Zettel in meine Hosentasche und schaue weiter durch die Unterlagen.

Dortmund – Paris – Orléans – Limoges – Toulouse – Barcelona. Aha, es geht also nach Spanien. Charlotte hat das Ziel bereits in das Navigationsgerät eingegeben, sodass ich direkt losfahren kann. Vorher lasse ich meinen Blick noch ausführlich über das Armaturenbrett streifen. Nur zehn Schalter mehr und ich würde vermuten, mich im Cockpit eines riesigen Flugzeuges zu befinden. Ich atme tief ein und starte den Motor. Danach fahre ich los und steuere den Bus vom Parkplatz auf die Straße, und zwar so, als ob ich nie etwas anderes gemacht hätte. Das ist schon ein bisschen unheimlich, das muss ich zugeben. Aber bisher bin ich auf meinen Reisen immer prima klargekommen.

Als wir die Autobahn erreichen, bin ich schon viel entspannter. So schlimm ist es gar nicht, beinahe genieße ich es, am Steuer dieses Busses zu sitzen.

Am Straßenrand taucht ein Schild auf: »Orléans: 130 km«.

Na dann, Bon voyage, Luci.

Nach ein paar Minuten, ich überhole gerade einen großen Lkw, legen sich auf einmal zwei Hände auf meine Schultern und fangen an, mich zu massieren. Vor Schreck verreiße ich das Steuer und als ich in den Rückspiegel schaue, sehe ich, wie die Senioren von einer auf die andere Seite purzeln.

»Tschuldigung, tut mir leid«, rufe ich nach hinten.

Auf einmal kommt eine der Damen nach vorne gestürmt, ihr Blick lässt nichts Gutes ahnen.

»Schätzchen, du musst dich nicht entschuldigen.« Sie haut dem Mann hinter mir mit ihrer Handtasche auf den

Rücken. »Willi, was fällt dir ein, Luci einfach so zu begrapschen. Wir hätten alle tot sein können.«

»Ich habe sie nicht begrapscht«, verteidigt er sich. »Aber sie hat heute Nacht so unbequem auf der Rückbank gelegen, ich dachte, sie ist etwas verspannt, und wollte ihr was Gutes tun.«

»Halt den Rand und setz dich wieder auf deinen Platz. Und halt gefälligst deine Hände bei dir.« Willi rutscht aus der Bank raus und geht mit hängendem Kopf zurück zu seinem Platz.

»Tut mir leid, Luci. Alles wieder in Ordnung?«

»Ja sicher, alles bestens. Vielen Dank.«

»Wenn der Willi sich noch mal an dich ranmacht, dann hau ihm einfach eine runter. Sonst merkt der das nicht, auf dem Ohr ist er einfach taub.«

Ich werde mit Sicherheit keinen Rentner schlagen. Ich bin mir sicher, ich werde mit den Annäherungsversuchen eines älteren Herrn auch anders fertig.

»Aber wo ich schon mal hier bin, kann ich dir auch etwas Gesellschaft leisten.«

Sie lässt sich in die Bank hinter mir plumpsen, sodass ich im Rückspiegel ihr Namensschild lesen kann. Hildegard. Die redselige Dame mit den unruhigen Beinen. Und da holt sie auch schon Luft.

»Kindchen, ich kann dir sagen, sei froh, dass du noch so jung bist. Wenn du erst mal in mein Alter kommst, dann hast du jeden Tag ein anderes Wehwehchen. Mal kneift es hier, mal ziept es da, mal zieht es dort. Weißt du, im Moment habe ich so unruhige Beine. Weißt du, was das ist?« Sie macht nur eine ganz kurze Pause, daher komme ich gar nicht dazu, ihr zu antworten. »Nein, natürlich weißt du das nicht. Als ich in deinem Alter war, habe ich mir auch noch keine Gedanken ums Altwerden oder um Krankheiten gemacht. Nachts ist es besonders schlimm, du glaubst gar nicht, wie oft ich zwischen zwei und vier Uhr durch meine Wohnung wandere. Wenn ich die Kilometer zusammenzählen würde, hätte ich wahrscheinlich schon die Entfernung bis zum Nordpol zusammen.«

Sie erklärt mir in aller Ausführlichkeit die Symptome (u. a. Kribbeln in den Beinen), die Ursachen (es könnten die Gene sein, die sind ja an allem schuld), Therapiemöglichkeiten (Medikamente, Wechselduschen, Gymnastik, alles schon ausprobiert).

»Das ist aber nicht zu vergleichen mit den Hämorrhoiden, die ich vor zwei Jahren hatte.«

Du lieber Himmel, bitte nicht. Kann der Willi sich nicht wieder hinter mich setzen? Das wäre mit tausend Mal lieber als Hildegards Geschichte ihrer Hämorrhoiden zu hören.

Ich bemerke wieder ein Straßenschild: »Orléans 30 km«.

100 Kilometer Krankengeschichte, und keiner der anderen Senioren denkt auch nur eine Sekunde daran, mich zu erlösen! Oder vielleicht doch? Im Rückspiegel sehe ich, wie eine andere Dame nach vorne kommt. Sie sieht aus, als ob sie auf dem Weg zu einer Safari ist, denn sie ist komplett in beige gekleidet, außerdem hängt eine Kamera um ihren Hals. Ingrid steht auf ihrem Namensschild.

»Du Luci?«, fragt sie mich. »Wir kennen da in Orléans so ein tolles Restaurant. Könnten wir da mal eben vorbei fahren?« Hoffnungsvoll blicken mich ihre Augen unter der tropenhelmartigen Kopfbedeckung an. Auf einmal taucht Charlotte neben uns auf.

»Nichts da, ich habe euch da eben schon tuscheln hören.

Wir machen mit Sicherheit keinen Abstecher nach Orléans. Von wegen: mal eben. Bis wir in der Stadt sind, euer Restaurant gefunden haben, und wieder zurück auf der Autobahn sind, vergehen mit Sicherheit drei Stunden. Die sind nicht eingeplant. Wir müssen pünktlich in Barcelona sein.« Doch Ingrid ignoriert Charlotte.

»Luci, was sagst du denn?«, fragt sie mich.

»Ich weiß nicht, drei Stunden zu verlieren, ist wirklich viel.«

»Och Mensch, bitte, bitte, bitte. Das Restaurant ist wirklich einmalig.«

Auf einmal fängt der ganze Bus an zu singen. »Wir wollen nach Orléans, wir wollen nach Orléans, wir wollen nach Orléans.«

»Also gut. Hast du die Adresse, dann kann Charlotte die ins Navi eingeben.«

»Nein, die Adresse habe ich nicht, aber ich weiß ganz genau, wo es ist. Ich bleibe einfach hier vorne bei dir sitzen. Hildegard, mach mal Platz.«

Hildegard ist etwas pikiert, dass sie ihre Krankengeschichte nicht mehr zu Ende erzählen kann, rutscht aber trotzdem ans Fenster, um Ingrid Platz zu machen.

»Du fährst jetzt erst mal Richtung Zentrum, und dann sehen wir weiter, ich bin mir sicher, ich werde den Weg wiedererkennen.«

Eine leise Stimme in meinem Kopf sagt mir, dass das keine gute Idee ist, was wir da machen, aber ich höre nicht auf sie.

Als wir dem Zentrum immer näher kommen, frage ich Ingrid nach dem weiteren Weg.

»Wo müssen wir denn lang? Gleich kommt ein großer Kreisverkehr mit sechs Ausfahrten.«

»Grundgütiger, den gab es damals noch nicht, der muss ganz neu sein. Irgendwie sieht hier auch alles anders aus. Sie schaut links und rechts aus dem Fenster.

»Ach, fahr mal geradeaus, das kann nie falsch sein.«

Und wieder ist da diese Stimme, die mir sagt, umzukehren wäre jetzt nicht die schlechteste Option. Nach ungefähr zwei Kilometern kommen wir an eine T-Kreuzung.

»Links oder rechts?«, frage ich.

»Hmhm, warte mal. Links, nein rechts.« Ingrids Kopf geht immer hin und her, so als würde sie bei einem Tennisspiel zuschauen. Hinter mir entsteht ein Hupkonzert.

»Links ist richtig.« Kurze Pause. »Nein, fahr rechts, rechts ist mit Sicherheit richtig.«

Ich sehe, wie Charlottes Gesicht langsam einen ungesunden Rotton annimmt. Also setze ich den Blinker rechts und biege ab. Nach ein paar Minuten höre ich Ingrid leise murmeln.

»Das sieht alles ganz anders aus? Die haben hier ganz schön viel verändert.«

»Ingrid«, fragt Charlotte ungeduldig. »Wie lange ist es denn her, dass ihr hier gewesen seid? War das letztes Jahr oder vor zwei Jahren?«

»Nun ja, eigentlich ist es fast 25 Jahre her? Wir waren hier auf unserer Hochzeitsreise.«

»25 Jahre? Das ist nicht dein Ernst. Ingrid, in dieser Zeit hat sich hier so viel verändert, den Weg findest du nie. Wahrscheinlich gibt es das Restaurant gar nicht mehr.«

Charlotte ist stinksauer, und auch ich gebe zu, dass ich besser auf meine innere Stimme gehört hätte.

»Luci, du drehst jetzt um. Wenn wir noch mehr Zeit verlieren, dann kommen wir in Teufels Küche.«

Eine dreiviertel Stunde später sind wir wieder auf der Autobahn Richtung Limoges. Insgesamt eineinhalb Stunden haben wir verloren, die müssen wir irgendwo wieder reinholen. Ingrid und Hildegard haben sich wieder auf ihre Plätze begeben und Charlotte hat sich zu einem kleinen Nickerchen auf die Rückbank gelegt. So kann ich mich wieder in Ruhe auf die Fahrt konzentrieren.

Diese Ruhe währt aber nur kurz, im Rückspiegel sehe ich, wie der nächste Gast nach vorne kommt und sich in die Bank hinter mich schiebt.

»Hey Luci, alles klar bei dir?«

»Ja, alles wunderbar. Und bei dir, lieber« ich mache eine kleine Pause, da ich das Namensschild nicht lesen kann, es ist von seiner Jacke verdeckt.

»Helmut«, hilft er mir auf die Sprünge.

»Danke schön. Bitte entschuldige, aber ich kann mir noch nicht alle Namen merken. Wie geht es dir, Helmut? Ist alles zu deiner Zufriedenheit?«

»Ja, alles bestens. Bis auf …«, er bricht ab und schaut aus dem Fenster. Im Rückspiegel sehe ich, dass er einen gequälten Gesichtsausdruck hat.

»Was ist los Helmut? Ist doch nicht alles in Ordnung?«

»Ach weißt du Luci, ich vermisse meine Amalia so sehr. Wir wollten diese Reise eigentlich zusammen machen. Aber vor zwei Monaten ist sie dann von uns gegangen.«

»Oh mein Gott, das tut mir so leid, Helmut. Was ist passiert?«

»Ach, es ist so traurig. Wir hatten so ein glückliches Leben. Wir haben zwei Kinder, drei Enkelkinder, alle leben ganz in unserer Nähe. Unser ganzes Leben lang waren wir nie großartig krank. Hin und wieder mal eine Erkältung oder eine Grippe. Aber ansonsten hat es der liebe Gott immer gut mit uns gemeint.«

»Und was ist dann passiert?«

»Vor vier Monaten ging es meiner Frau auf einmal immer schlechter. Sie war immer müde, kam kaum aus dem Bett, hatte keinen Appetit mehr. Dann kamen noch sehr starke Schmerzen dazu. Ich habe sie dann zum Arzt gebracht und nach ein paar Untersuchungen stellte sich heraus, dass sie Krebs hatte. Zu meinem Entsetzen lehnte sie jegliche Art von Behandlung ab. Ich habe auf sie eingeredet, Tag und Nacht, sie solle es mir zuliebe tun, oder der Kinder zuliebe, ein Leben ohne sie könnte ich mir nicht vorstellen. Aber sie hatte nicht den Willen und die Kraft dazu.«

Er macht eine Pause, um sich zu sammeln, und auch ich bin total ergriffen von seiner Geschichte.

Dann fährt er fort: »Luci, ich kann dir sagen, es ist schrecklich, mit anzusehen, wenn der Mensch, den du dein ganzes Leben lang geliebt hast, mit jedem Tag schwächer wird. Wenn er Schmerzen hat, sich aber weigert, Medikamente zu nehmen. Wenn er irgendwann das Essen einstellt und du nichts, aber auch gar nichts, dagegen tun kannst. Du kannst schimpfen, du kannst betteln, du kannst weinen. Nichts hilft. Ich sage dir, das war die schwerste Zeit meines Lebens.«

Ich merke, wir mir ein paar Tränen die Wangen herunterlaufen.

»Und dann, irgendwann ist er da, der Tag. Ich wusste es direkt nach dem Aufwachen. Und ich glaube, sie wusste es auch. Ich habe den ganzen Tag bei ihr verbracht, wir haben nicht mehr viel geredet, es war bereits in den Tagen und Wochen davor alles gesagt worden. Abends ist sie dann in meinen Armen eingeschlafen. So ruhig, so friedlich. Ich weiß, da, wo sie jetzt ist, geht es ihr gut. Sie hat keine Schmerzen mehr, keine Sorgen. Ich stelle mir vor, wie sie jetzt auf einer Wolke sitzt und zu mir herunterschaut, und wenn sie könnte, würde sie sagen: »Helmut, erzähl nicht jedem diese traurige Geschichte.«

Auf einmal taucht Hildegard wieder auf. »Und da hätte sie auch verdammt recht. Wie kannst du Luci von deiner Frau erzählen, während sie uns fährt. Schau sie dir doch einmal an, sie heult ja wie ein Schlosshund. Es grenzt an ein Wunder, dass sie den Bus noch nicht in die Leitplanke gefahren hat. Hier Schätzchen, ein Taschentuch.«

»Vielen Dank«, schniefe ich.

»Und du setzt dich jetzt wieder nach hinten, damit das Kind sich wieder erholen kann. Ich bleibe bei ihr.«

Der arme Kerl wollte doch nur sein Herz ausschütten, aber Hildegard ist da rigoros.

»So, ich wollte dir doch noch die Geschichte mit meinen Hämorrhoiden erzählen. Das bringt dich auf andere Gedanken.«

Ich schaue mich um, hier muss es doch irgendwo ein Schild geben mit der Aufschrift: »Während der Fahrt nicht mit dem Fahrer sprechen«. Leider ist nirgendwo ein solches Schild angebracht.

Vielleicht sollte ich einfach sagen, dass ich gerade nicht auf andere Gedanken gebracht werden muss. Aber das bringe ich auch nicht übers Herz. Also lasse ich sie erzählen.

Zugegeben, zwischendurch stelle ich meine Ohren mal auf Durchzug, aber das merkt Hildegard nicht, die ist einfach nur froh, erzählen zu können.

Gerade, als ein Schild am Straßenrand auftaucht, »Limoges 80 km«, endet Hildegards Geschichte endlich. »Das ist jetzt zwei Jahre her und sie sind seitdem nicht wieder aufgetaucht, die Biester. Du sag mal, wann wollen wir denn mal wieder eine Pinkelpause machen?«

»Eigentlich wollte ich noch bis hinter Limoges fahren und dann einen Parkplatz aufsuchen.«

»Grundgütiger, das sind ja noch mehr als 80 Kilometer, wenn ich das richtig gelesen habe. Das schaffe ich nicht mehr.« Sie steht auf, tritt in den Gang und schaut nach hinten in den Bus. »Und wenn ich so in die Gesichter der anderen schaue, die auch nicht. Außerdem knurrt mein Magen. Es wird Zeit, einen Happen zu essen.«

»Okay, dann fahre ich auf den nächsten Parkplatz, dann können alle kurz zur Toilette. Aber wir halten uns da nicht lange auf. Gegessen wird dann im Bus, wir müssen schließlich die verlorene Zeit wieder reinholen.«

Sie atmet schwer ein und aus.

»Ach ja, wegen Ingrids Schnapsidee. Ich war ja gleich der Meinung weiterzufahren, aber die anderen wollten ja alle unbedingt.«

Ja, natürlich. Ich kann mich erinnern, dass sie auch mitgesungen hat, aber die Bemerkung verkneife ich mir.

Als der nächste Parkplatz kommt, biege ich ab und sehe erleichterte Gesichter im Rückspiegel.

Nur mal kurz anhalten und gleich weiterfahren bei über 40 Leuten und nur einer Toilette ist leider nicht möglich. Die kurze Pinkelpause dauert leider fast 90 Minuten. Charlotte hat schon wieder so hektische Flecken am Hals, da unser Zeitplan mehr und mehr ins Wanken gerät.

Endlich sitzen wieder alle, ich zähle kurz durch, um sicherzugehen, dass wir nicht einen vergessen haben. Und tatsächlich, es fehlt jemand. Wenn ich mich nicht täusche, ist es die ältere Dame, die heute Morgen so traurig und allein abseits der anderen gestanden hat.

»Stimmt, die Edeltraut fehlt.« Willi ist neben mir aufgetaucht und schaut links und rechts aus den Fenstern. »Dort steht sie, ich glaube, die hat gar nicht gemerkt, dass wir weiterwollen. Ich gehe sie holen.«

»Nein, nicht nötig.« Ich tätschle Willi den Arm. »Ich mach das schon.«

Ich steige aus dem Bus und gehe auf Edeltraut zu.

»Hey, alles in Ordnung bei dir?«, frage ich sie vorsichtig. Sie antwortet nicht, im Gegenteil, ich habe das Gefühl, dass meine Frage gar nicht bei ihr angekommen ist und sie durch mich hindurchsieht.

»Edeltraut, ist alles okay bei dir?« Ich berühre ihren Arm, sofort zuckt sie zurück, als ob sie einen Stromschlag bekommen hätte.

»Ja, alles okay. Danke dir. Ich hab schon gedacht, ihr wollt mich hier stehen lassen.«

»Natürlich nicht, das würden wir nie tun. Geht es dir gut?«

»Ja. Nein. Ach, ich weiß auch nicht. Ich glaube, es ist das Beste, ihr lasst mich wirklich hier stehen und fahrt ohne mich weiter.«

Zuerst denke ich, dass sie einen Scherz gemacht hat, aber ihrem Gesichtsausdruck nach zu urteilen, meint sie es tatsächlich ernst.

»Das kommt überhaupt nicht infrage.« Ich reiche ihr meine Hand. »Komm mit in den Bus, wir fahren weiter und morgen sind wir in Barcelona, da werdet ihr alle tolle Urlaubstage verbringen.«

Zögernd geht sie los, jedoch ohne meine Hand zu nehmen. »Das werden wir ja noch sehen«, sagt sie ganz leise, doch ich habe genau verstanden, was sie gesagt hat.

Ein komisches Gefühl beschleicht mich, doch im Moment kann ich nichts tun, als weiterzufahren und sie ein wenig im Auge zu behalten. Sollte ich vielleicht Charlotte fragen, ob sie sich ein wenig zu Edeltraud setzt? Aber ich weiß nicht, ob sie das nötige Feingefühl hat. Schließlich kenne ich nicht den Grund, warum Edeltraut sich so komisch verhält.

Da nun alle im Bus ihren Gedanken nachhängen, kann ich mich zur Abwechslung mal wieder voll und ganz auf die Straße konzentrieren. In ungefähr 250 Kilometern wollen Charlotte und ich wieder tauschen, dann müsste es so um die 21:00 Uhr sein. Und solange alle im Bus sind, kann mir schließlich keiner verloren gehen.

Nach etwa einer Stunde überkommt Hildegard mal wieder der Bewegungsdrang und sie schlendert den Gang hoch und runter, dabei schaut sie immer mal wieder zu mir. Ich merke, dass sie was auf dem Herzen hat.

»Hildegard, alles klar?«

Und zack, schon rutscht sie wieder auf den Sitz hinter mir. Sie schaut sich um, so als ob keiner merken soll, dass sie mit mir redet.

»Luci, weißt du, warum Edeltraut sich so komisch verhält?«

»Nein, bisher nicht, aber du wirst mich sicherlich gleich in dieses Geheimnis einweihen, oder?«

»Weißt du, ihr Mann ist erst vor ein paar Tagen gestorben. Das hat sie gar nicht gut verkraftet.«

»Oh mein Gott, das tut mir leid.« Mir schnürt es die

Kehle zu. Erst die Frau von Helmut und jetzt der Mann von Edeltraut.

»Seitdem ist sie so ein bisschen balla balla. Du weißt, was ich meine. So, als ob sie den Verstand verloren hätte. Reif für die Klapse. Verstehst du?«

»Ja, ja, ich verstehe. Sag mal, woher kennt ihr euch eigentlich alle?«

»Wir sind ein Kegelverein, einer der größeren in der Stadt. Weil wir so viele sind, müssen wir in Schichten kegeln. Die einen freitags, die anderen samstags. Daher freuen wir uns immer auf diese Fahrt einmal im Jahr, da sind wir dann alle zusammen. Umso trauriger, dass zwei aus der Truppe so kurzfristig verstorben sind.«

»Wenn ihr euch aber doch alle kennt, warum tragt ihr dann Namensschilder?«

»Es sind seit ein paar Monaten drei neue Paare dabei, die kennen noch nicht alle persönlich. Da fanden wir das mit den Namensschildern eine nette Idee. Na ja, in unserem Alter ist die Fluktuation leider höher als bei den Pfadfindern.«

Ich glaube, es war nicht so lustig gemeint, wie es sich angehört hat. Ein paar Minuten sitzt sie da und schaut nachdenklich aus dem Fenster. Auch ich hänge meinen Gedanken nach. Wie das wohl ist, wenn dein Partner, mit dem du jahrelang, nein, jahrzehntelang zusammen warst, auf einmal nicht mehr da ist und auch nicht mehr wiederkommen wird. Ein trauriger Gedanke.

»Luci, ich gehe wieder nach hinten, ein bisschen stricken. Wenn du was brauchst, ruf einfach, okay?«

»Danke dir, Hildegard. Bis nachher mal.«

Langsam fängt es an zu dämmern, im Westen geht die Sonne gerade unter, es ist ein fantastischer Blick. Hinter mir höre ich die Kameras klicken. Scheinbar wollen alle diese tolle Aussicht festhalten. Pünktlich um 21:00 Uhr kommt Charlotte zu mir.

»Hey Luci, wie siehts aus? Wir müssten langsam wechseln. Deine Fahrzeit ist bald um.«

Da ich ja weiß, dass es für mich keinerlei Konsequenzen hat, wenn ich die Zeit überschreite, biete ich ihr an, noch etwas zu fahren.

»Wie du möchtest, aber nur noch eine Stunde, dann müssen wir wirklich tauschen.«

»Versprochen.« Heute Morgen hätte ich nicht gedacht, dass es mir solchen Spaß machen würde, diesen Bus zu fahren. Aber es fühlt sich so an, als ob ich noch nie etwas anderes gemacht hätte.

Ungefähr eine Stunde später entscheide ich mich, dass es doch an der Zeit ist, mit Charlotte den Platz zu wechseln. Außerdem können sich unsere Gäste ein wenig die Beine vertreten, bis es dann zum Endspurt nach Barcelona geht. Ich biege von der Autobahn ab, bis zum nächsten Ort sind es ungefähr drei Kilometer. Als wir dort ankommen, ist es bereits dunkel. Hier scheinen nicht viele Leute zu wohnen, und die wenigen, die es tatsächlich hierhin verschlagen hat, sind scheinbar schon im Haus verschwunden. Für August ist es auch recht kühl heute, daher ist es nicht verwunderlich, dass uns keine Leute entgegenkommen. Auf der Suche nach einem Parkplatz fahren wir an einem Schild vorbei: »Cimetière«. Wenn mich mein Schulfranzösisch nicht im Stich lässt, ist das ein Friedhof. Nicht der optimale Ort, aber für ein paar Minuten Aufenthalt wird es schon gehen.

Ich parke auf dem Friedhofsparkplatz und mache die Türen auf. Die Fahrgäste stürzen heraus, strecken sich und schütteln ihre Beine aus. Einige laufen auf der Stelle, um die Blutzirkulation wieder in Gang zu bringen.

Die Stille des Abends wird leise durchbrochen vom Öffnen kleiner Piccolo-Flaschen, dem Strullern der Männer an der Hecke und dem Zirpen der Grillen, die sich im Gras versteckt haben. Auch ich muss mir für ein paar Minuten die Beine vertreten und schlendere um den Parkplatz, immer einen Blick auf Edeltraut, die mal wieder allein steht, abseits von den anderen. Ich überlege gerade, ob ich noch einmal zu ihr gehen soll, um mit ihr zu reden, da höre ich Charlottes Stimme.

»So, Ladys und Gentlemen, das muss reichen. Bitte steigt wieder in den Bus, es geht weiter.«

Während alle wieder brav einsteigen, nutze ich noch schnell die Gelegenheit hinter eine Hecke zu schlüpfen! Jetzt laufe ich nicht Gefahr, dass mich jemand überrascht. Als ich wieder in den Bus einsteige, zählt Charlotte gerade die Passagiere durch.

»Das gibt es doch gar nicht, es fehlt schon wieder jemand.«

Sofort schaue ich in die Bank, in der Edeltraut immer sitzt. Mir bleibt das Herz stehen, die Bank ist leer.

»Sie war doch eben noch da«, sagt Willi. »Sie war direkt hinter mir.«

»Oh mein Gott, Charlotte, es ist stockdunkel draußen. Was machen wir jetzt?«, frage ich sie mit zittriger Stimme.

»Ihr bleibt alle, wo ihr seid, es reicht, wenn wir eine Person suchen müssen. Komm Luci, wir müssen uns beeilen.«

Wir rennen durch den Bus nach vorne und Charlotte holt aus einer Box zwei Taschenlampen. Als wir aus dem Bus steigen, tanzen die beiden Lichtstrahlen durch die Dunkelheit. Doch so lange wir den Parkplatz auch beleuchten, Edeltraut ist nirgends zu sehen.

Wir rufen sie, warten auf eine Antwort, aber nichts. Nur das leise Zirpen der Grillen. Ansonsten gespenstische Stille.

»Am besten wir teilen uns auf«, schlägt Charlotte vor.

»Ich gehe die Straße runter und du guckst auf dem Friedhof.« Na super.

»Können wir nicht tauschen?«, frage ich sie, so ganz wohl ist mir bei dem Gedanken nicht.

»Hast du letztens diesen Horrorfilm gesehen, den mit den toten Piraten auf dem Friedhof?«, fragt sie zurück.

»Nein, auf keinen Fall. So was gucke ich nicht.«

»Siehst du, ich schon. Keine zehn Pferde bekommen mich im Dunkeln auf diesen Friedhof«, sagt sie in einem Ton, der keine weitere Diskussion zulässt. Wer solche Freunde hat, braucht keine Feinde.

»Also gut. Hast du dein Handy dabei?«, frage ich sie. »Dann können wir uns gegenseitig anrufen, wenn einer von uns sie gefunden hat.«

»Alles klar, bis gleich.«

Ich drehe mich um, gehe auf den Friedhof zu und passiere das knarrende Eingangstor.

»Edeltraut, hörst du mich? Wo bist du?«

Ich rufe immer wieder, doch ich bekomme keine Antwort.

Oh mein Gott, ist das unheimlich. Hinter mir ist der Himmel noch ein kleines bisschen hell, doch vor mir liegt finsterste Dunkelheit, in die ich nun Schritt für Schritt hineingehe. Ich lasse den Lichtkegel meiner Taschenlampe hin- und hergleiten, doch ich sehe nur Gräber und Grabsteine. Keine Spur von Edeltraut. Ich bekomme eine Gänsehaut, denn ich habe das Gefühl, Protagonistin in einem erstklassigen Horrorfilm zu sein, nur dass ich das Drehbuch nicht kenne und somit auch nicht weiß, was als Nächstes passieren wird. Doch ich gehe tapfer weiter, Schritt für Schritt.

Ich rufe noch einmal nach Edeltraut, wieder bekomme ich keine Antwort. Mittlerweile höre ich noch nicht mal mehr die Grillen, es ist totenstill.

Auf einmal stolpere ich, die Taschenlampe fällt mir aus der Hand und mit einem Mal ist es stockdunkel. Panische Angst steigt in mir auf. Ich sinke auf die Knie, um die Taschenlampe zu suchen. Ich taste den Boden ab, fühle aber nur Schotter und Erde. So weit kann sie doch nicht gerollt sein. Ich suche links von mir und rechts, doch nirgends finde ich sie. Quasi blind rutsche ich vorsichtig auf den Knien und taste mich vorwärts. Auf einmal geht es nicht weiter, vor mir scheint ein Loch zu sein. Ich krabble langsam entlang des Loches. Oh mein Gott, hier ist ein Grab ausgehoben. Was mache ich nur, wenn meine Taschenlampe dort reingefallen ist.

Auf einmal fällt mir mein Handy ein. Natürlich, ich rufe Charlotte an, die kommt dann hierher und kann mir suchen helfen.

Ich angle in meiner Tasche nach meinem Telefon. Ich hoffe, dass ihre Nummer abgespeichert ist, und suche die Kontakte durch. Da, Charlotte. Ich wähle ihre Nummer und warte.

»Der angerufene Teilnehmer ist zurzeit nicht erreichbar.« Na super, was mache ich jetzt? Ich versuche es noch einmal, höre aber wieder nur diese mechanische Stimme.

Mittlerweile bin ich vor Angst schweißgebadet. In der Hoffnung, die Taschenlampe doch noch zu finden, rutsche ich weiter zur Seite, mittlerweile sind meine Bewegungen jedoch deutlich hektischer als noch zu Beginn meiner Suche. Auf einmal fühle ich einen harten, metallenen Gegenstand. Ich habe sie gefunden. Gott sei Dank. Ich atme auf und schalte sie an, sofort durchbricht der Lichtstrahl die Dunkelheit. Ich gehe vorsichtig noch ein paar Schritte und komme nach ein paar Metern an den Rand des Friedhofes. Dahinter ragt ein Wald vor mir auf. Groß und dunkel.

»Edeltraut, hörst du mich? Antworte bitte.«

Selbst der Klang meiner eigenen Stimme jagt mir einen Schrecken ein. Doch wieder keine Antwort, nichts. Unschlüssig und hilflos drehe ich mich um meine eigene Achse, leuchte über den gesamten Friedhof, doch ich bin mutterseelenallein. Was sagte Charlotte vorhin? Keine zehn Pferde bringen sie im Dunkeln auf den Friedhof. Nun ja, keine zehn Pferde bringen mich dazu, in diesen Wald zu gehen.

»Was mache ich denn jetzt?«, frage ich mich selber.

Auf einmal knackt es im Wald hinter mir. Ich fahre herum und leuchte in den Wald. Ich glaube, ich hatte noch nie in meinem Leben so viel Angst wie jetzt.

»Hallo? Ist da jemand?«, rufe ich, bekomme jedoch keine Antwort.

Wieder ein Knacken, diesmal habe ich das Gefühl, dass das Geräusch näher gekommen ist.

Auf einmal packt mich der Fluchtinstinkt. Ich laufe, so schnell ich kann, und hoffe, dass ich nicht wieder über irgendetwas stolpere oder, was noch viel schlimmer wäre, in ein offenes Grab falle. Der Lichtstrahl schwingt in meinem Lauftempo hektisch von links nach rechts.

Und endlich, da vorne ist das Eingangstor, es steht offen,

obwohl ich mir sicher bin, es vorhin hinter mir geschlossen zu haben. Egal, ich stürze durch das Tor und kann nun auch die Silhouette des Busses erkennen. Atemlos komme ich dort an und sehe, dass Charlotte ungeduldig auf dem Handy herumtippt. Als sie mich sieht, steht ihr die Erleichterung ins Gesicht geschrieben.

»Luci, ich habe bestimmt zehn Mal versucht, dich zu erreichen. Hast du dein Handy ausgestellt? Mein Gott, ich hatte Angst, dass du dich im Dunkeln verlaufen hast.«

»Nein, ich habe auch versucht, dich zu erreichen.«

Sie schaut auf ihr Handy.

»Stimmt, zwei Anrufe. Das ist ja komisch, es hat nicht geklingelt.«

Auch ich schaue auf mein Handy. Zehn Anrufe.

»Meines auch nicht. Das ist ja unheimlich.«

Wir schauen uns an, wissen nicht, was wir dazu sagen sollen. Charlotte findet als Erste ihre Stimme wieder.

»Übrigens, ich habe Edeltraut gefunden, nur ein paar Meter die Straße runter. Deswegen habe ich dich angerufen.«

»Gott sei Dank, da bin ich erleichtert. Komm, lass uns fahren, ich will hier nur noch weg«, sage ich.

Charlotte setzt sich auf den Fahrersitz und startet den Bus, ich rutsche in die Bank hinter ihr.

Als wir die Straße herunterfahren, streifen die Lichtkegel der Scheinwerfer die Häuser. Auf einmal sehe ich, dass ein Mann am Straßenrand steht, und obwohl ich ihn nur zwei Sekunden gesehen habe, weiß ich, dass er es ist.

»Halt an, Charlotte. Bitte. Sofort.«

»Was ist los? Ist was passiert?«, fragt sie.

»Mach die Tür bitte auf.«

»Wieso? Warum willst du noch mal aussteigen? Eben hast du noch gesagt, dass du nur noch wegwillst.«

Ich wundere mich. Hat sie ihn denn nicht gesehen?

»Mach einfach die Tür auf, ich bin gleich wieder da.«

Charlotte öffnet die Tür und ich steige ganz langsam die Stufen herunter. Durch das Licht der Straßenlaterne kann ich sehen, dass er ein paar Meter die Straße hoch an einem Briefkasten steht und mich direkt ansieht. Mein Herz klopft mir bis zum Hals. Schritt für Schritt gehe ich auf ihn zu, bis nur noch etwa zwei Meter zwischen uns sind. Auf einmal geht auch er los und kommt auf mich zu, bis er fast vor mir steht. Sein Blick ist magisch, ich möchte ewig hier stehen und ihm in die Augen schauen. Ganz langsam streckt er seine Hand aus. Ich kann es kaum glauben, werden wir uns gleich berühren? Auch ich hebe meine zitternde Hand, bereit für den großen Moment.

Auf einmal zerreißt ein lautes Hupen die nächtliche Stille.

Vor Schreck zucke ich zusammen und schaue ärgerlich Richtung Bus. Blöde Kuh.

Als ich wieder nach vorne schaue, ist er weg. Ich bin kurz davor, in Tränen auszubrechen. Es ist fast so, als würde eine Welt zusammenbrechen.

Was wäre passiert, wenn wir uns berührt hätten? Hätte es einen Knall gegeben und ich wäre sofort wieder nach Hause katapultiert worden? Oder wären wir auf einer einsamen Insel gelandet, auf der wir den Rest unseres Lebens verbracht hätten? Beides eher unwahrscheinlich. Schließlich wäre es nicht das erste Mal gewesen, dass wir uns berühren. Schon mehrere Male mussten mich seine starken Arme auffangen. Umso mehr hätte ich gerne gewusst, wie unsere Begegnung heute ausgegangen wäre. Aber das werde ich nicht mehr, zumindest nicht mehr heute Abend.

Ich gehe zurück zum Bus und begebe mich wortlos in die letzte Bank. Dort lasse ich meinen Kopf an die kühle Fensterscheibe sinken. Ich schließe die Augen, und kurze Zeit später endet dieser aufregende Tag in einem tiefen Schlaf.

Kapitel 20

Baustelle Singlemarkt – und noch ein Traumpaar

Oktober 2010

Nach dem Debakel mit Torben und Martin hatte ich mich damals noch im Juni direkt von der Dating-Seite abgemeldet. Ich hatte beschlossen, dem Schicksal seinen Lauf zu lassen und nicht mehr aktiv zu suchen. Einige Monate sind seitdem ins Land gegangen.

Fast jeden Abend nehme ich das silberne Amulett in die Hand und betrachte es. Auf der Rückseite ist etwas eingraviert: *Je t'aime*, dazu ein Herz. Ich habe es dieses Jahr am Morgen nach meinem Geburtstag unter meinem Kopfkissen gefunden. Es ist wunderschön, und immer, wenn ich es anschaue, erinnere ich mich an den Tag in Frankreich.

Noch nie hat die Begegnung mit ihm so lange gedauert, bisher waren es immer nur ein paar Sekunden. Doch an dem Abend haben wir uns lange in die Augen schauen können. Ist das ein Zeichen? Bedeutet es, dass ich meinem Ziel, die große Liebe zu finden, näher komme?

Ich schüttle den Kopf, es ist müßig, darüber nachzudenken, das Schicksal wird mir zeigen, wann der Moment gekommen ist. Vorsichtig lege ich das Amulett wieder zurück in das kleine Kästchen.

Heute Abend haben Emma, Bella und ich uns verabredet. Nach langer Zeit wollen wir mal wieder tanzen gehen. Sebastian passt heute das erst mal allein auf Marie auf. Als wir im Club ankommen, ist Isabella daher ein wenig nervös und schaut ständig auf ihr Handy.

»Bella, entspann dich. Deine kleine Maus schläft, Sebastian schafft das schon«, versuche ich, sie zu beruhigen.

»Du hast ja recht, komm, lass uns erst mal was trinken.«

Nachdem wir uns mit einem leckeren Cocktail in eine Ecke verzogen haben, beobachten wir die Leute, die bereits da sind. Ganz so viele sind es noch nicht, aber es ist ja auch erst kurz nach elf.

Es ist so ein tolles Gefühl, mit den beiden hier zu sitzen, was zu trinken und einfach mal abzuschalten. Einfach mal nicht an den nächsten Auftrag zu denken, an die Zukunft oder an die große Liebe.

In dem Moment, als wir gerade die Tanzfläche stürmen wollen, klingelt Isabellas Handy. Es ist Sebastian, er bekommt Marie nicht beruhigt. Es tut ihm leid, dass er stört, aber die Kleine weint seit einer Stunde und er weiß nicht mehr weiter.

Jetzt haben wir das Problem, dass Isabella auf der Hinfahrt bei Emma mitgefahren ist, ich bin mit meinem eigenen Auto hier.

»Leute, es tut mir echt leid. Ich nehme mir ein Taxi, dann könnt ihr beiden noch bleiben.«

»Kommt gar nicht infrage, ich fahre dich«, widerspricht Emma. »Luci, danach komme ich wieder. Bis gleich.«

»Kein Problem, ich warte hier oder du findest mich auf

der Tanzfläche. So groß ist es hier ja nicht.« Ich drücke Isabella noch einmal. »Und gib Marie einen Kuss von mir.«

Als die beiden weg sind, fühle ich mich auf einmal total fehl am Platz. Ich beschließe, mir noch einen Cocktail zu holen, vielleicht bin ich dann mutig genug, allein zu tanzen.

Am Tresen bestelle ich mir einen Sex on the Beach, meinen Lieblingscocktail.

»Das heißt nicht Sex on the Beach, das heißt Poppen am Strand«, sagt auf einmal eine dunkle Stimme neben mir.

Auch wenn ich den Spruch schon ein paar Mal gehört habe, irgendwie muss ich trotzdem lachen.

»Hi, ich freue mich immer, wenn ich eine Frau zum Lachen bringen kann.« Er hält mir seine Hand hin.

»Und ich freue mich immer, etwas Lustiges zu hören, auch wenn ich den Spruch schon sehr oft gehört habe.« Ich grinse und schüttle seine Hand.

»Ich bin Tobias, meine Freunde nennen mich Tobi.«

»Luci, meine Freunde nennen mich Luci. Freut mich, dich kennenzulernen.«

»Ganz meinerseits. Bis du allein hier?«

»Nein, eigentlich bin ich mit meinen beiden Freundinnen hier.« Ich erzähle ihm kurz die Geschichte, danach plaudern wir etwas über die Musik, die läuft. Nach zehn Minuten steht Emma schon wieder hinter mir.

»Das ging ja flott«, freue ich mich. Ich stelle die beiden vor und wir unterhalten uns noch ein paar Minuten. Ich merke aber, dass es Emma auf die Tanzfläche zieht, und auch ich möchte mich auf jeden Fall noch etwas austoben. Tobias und ich tauschen Handynummern aus und er verspricht, sich in der nächsten Woche zu melden. Na, da bin ich mal gespannt, ob er sein Versprechen hält.

Emma und ich tanzen so lange, bis sich der Club langsam leert, und dann beschließen auch wir, nach Hause zu fahren. Nach zwei Cocktails und drei Gläsern Prosecco sind wir jedoch beide nicht mehr fahrtüchtig, also bestellen wir uns ein Taxi.

Als ich nach Hause komme, habe ich eine Nachricht auf meinem Handy. »Ich fand es schön, dich heute Abend kennengelernt zu haben. Schlaf gut und träum süß. Tobi.«

Beim Zähneputzen bekomme ich das Grinsen gar nicht mehr aus dem Gesicht.

Tobias, ein netter Kerl mit einer schönen Stimme. Aber ich werde jetzt keinerlei Hoffnungen hegen, wenn er sich noch einmal meldet, ist gut, wenn nicht, ist auch gut. Schließlich habe ich beschlossen, dem Schicksal voll und ganz zu vertrauen.

Auf den ersten Blick scheint es das Schicksal doch mal wieder gut mit mir zu meinen. Tobias hatte sich Mittwoch gemeldet und wir haben uns für heute Abend verabredet.

Als ich am Restaurant ankomme, wartet er vor der Tür bereits auf mich. Er nimmt mir meine Jacke ab und am Tisch rückt er mir den Stuhl zurecht.

Nachdem wir bestellt haben, schaut er mich neugierig an.

»Dann erzähl doch mal. Was machst du so?«

Ich berichte von meinem Fotostudio. Nicht ganz ohne Stolz, denn es läuft wirklich gut.

»Also ich war auch schon zwei, nein, drei Mal selbstständig. Ich bin immer der Meinung, wenn man es nicht selber aufgebaut hat, dann kann man es sich auch nicht auf seine eigene Fahne schreiben.«

RUMMS.

»Na, ja, ich habe ja auch nie behauptet, dass ich es selber

aufgebaut habe. Ich hatte einfach Glück, dass meine damalige Chefin aufhören wollte, und da habe ich die Chance genutzt. Und seit über fünf Jahren …«

Über meinen Einwand geht er jedoch völlig drüber hinweg und unterbricht mich.

»Und was machst du zum Ausgleich? Machst du Sport?« Ich bin etwas irritiert über den abrupten Themenwechsel.

»Ja, wenn ich die Zeit finde, gehe ich zum Zumba. Außerdem versuche ich, ein oder zwei Mal die Woche laufen zu gehen.«

»Und wie lange läufst du dann?«

»Meist so eine Stunde. Kommt auch aufs Wetter an. Ich habe auch keine feste Runde. Je nachdem, wo ich so Lust drauf habe, laufe ich entweder durch den Park, manchmal fahre ich auch raus an den See oder …«

Wieder unterbricht er mich.

»Also unter einer Stunde fange ich gar nicht an, das lohnt sich nicht.«

RUMMS.

»Minimum zwei Stunden. Manchmal mehr. Schließlich will ich nächstes Jahr im März den Marathon in Mexiko mitmachen.«

»In Mexiko? Meinst du, du schaffst das? Ich meine, das Klima ist doch ganz anders als hier in Deutschland. Ich denke, das kann man gar nicht vergleichen.«

»Ach, das klappt schon, mit der nötigen Kondition kann man alles schaffen«, erklärt Tobias mir optimistisch.

»Na gut, ich drücke dir die Daumen. Und warum gerade Mexiko? Willst du das mit einem Urlaub verbinden?«

»Ja sicher, man kann doch nicht immer nur nach Mallorca fahren.«

RUMMS.

»Wo warst du denn schon im Urlaub?«, fragt er mich.

»Also ich war eigentlich erst einmal so richtig im Urlaub. Ich habe allein eine Rundreise auf« – ich klopfe mit meinen Händen einen Trommelwirbel auf dem Tisch – »Mallorca gemacht.«

»Ja okay, Mallorca ist ja auch wirklich eine echt schöne Insel, keine Frage, ich war auch schon fünf- oder sechsmal dort.«

Natürlich.

»Aber ich habe dort mittlerweile alles gesehen, ich möchte auch mal was Neues entdecken.«

So langsam beschleicht mich das Gefühl, bei einem Wettkampf mitzumachen. Bei dem ich, nur so ganz nebenbei erwähnt, extrem schlecht abschneide.

»Auch wenn es wunderschön war, mir ist dort auch etwas nicht so Tolles passiert.« Oliver lasse ich jetzt einfach mal aus dem Spiel. »Man hat mir dort nämlich meine Handtasche geklaut. Ich habe sie zwar wiederbekommen, aber ärgerlich war es trotzdem.«

»Ach, das ist ja harmlos. Mir hat man in, ich glaube, es war Italien, nein, oder war es in Tunesien, nein, kann auch sein, dass es auf Djerba war. Oder war es damals in Kanada? Ist ja auch egal, da hat man mir mein ganzes Auto geklaut. Gleich am ersten Tag, mit Gepäck, Papieren und allem Drum und Dran. Da wäre ich froh gewesen, wenn es nur die Handtasche gewesen wäre.«

RUMMS.

Und es folgt auch gleich die nächste Disziplin.

»Hast du schon mal im Krankenhaus gelegen?«, fragt er.

Glücklicherweise habe ich das, sodass ich nun stolz von

meinem Zusammenstoß mit dem Motorroller erzählen kann.

»Ich musste aber nur zwei Tage bleiben, quasi zur Beobachtung.«

»Ach Luci, was ich schon alles mitgemacht habe. Du glaubst es nicht. Viermal habe ich schon im Krankenhaus gelegen. Zweimal wäre ich fast gestorben.«

Zwischenstand: 5:0 für Tobi.

Er fährt fort: »Ich bin auch einmal angefahren worden, allerdings nicht von einem kleinen Motorroller.«

Hätte ich mir ja denken können.

»Sondern von einem 7,5-Tonner. Beim Abbiegen hat er mich nicht gesehen und hat mich voll erwischt. Ich habe so viel Blut verloren, die Ärzte mussten mir acht Blutkonserven geben, bis ich über den Berg war. Ich sag dir, das war echt knapp. Beim zweiten Mal hatte ich einen Blinddarmdurchbruch. Nur dank der Not-OP bin ich durchgekommen. Glaub mir, wenn man zweimal dem Tod gerade so von der Schippe gesprungen ist, dann ist man unglaublich dankbar. Seitdem genieße ich jeden Tag in vollen Zügen.«

Ich weiß gerade gar nicht, was ich sagen soll. Natürlich tut es mir leid, dass er bereits zweimal fast gestorben wäre. Aber sagen muss ich dazu auch nichts mehr, Tobias ist bereits beim nächsten Thema.

»Kannst du kochen?«, fragt er mich. Ich hingegen frage mich gerade selber, ob er so eine Art Checkliste führt. Ich habe gehört, so was soll es ja geben.

»Na ja, was heißt kochen? Meine Mutter hat mir das Notwendige mit auf den Weg zu geben, um für mich selber zu sorgen. Und bisher klappte das auch ganz gut. Hin und wieder probiere ich allerdings mal was Neues aus.«

»Also ich mache ja super gerne Kochkurse mit! Hast du mal überlegt, so was zu machen?«

»Ehrlich gesagt, habe ich dazu keine richtige Zeit. Ich denke, die sind ja meist abends oder am Wochenende. Unter der Woche habe ich bis 18:00 Uhr mein Studio geöffnet und am Wochenende bin ich oft auf Hochzeiten unterwegs. Eigentlich habe ich auch noch nie darüber nachgedacht, einen zu machen. Wie gesagt, bisher reichte es aus. Und wie du siehst, ich lebe noch und …« Erneut unterbricht er mich.

»Ich bin der Meinung, man sollte auf jeden Fall Kochkurse machen. Man lernt so viel über die verschiedenen Kulturen. Es gibt so viele Gewürze. Ich habe bereits zwei Kurse mitgemacht. Einmal einen japanischen Kochkurs und einen türkischen. Nein, halt.« Er macht eine theatralische Pause. »Drei, letztes Jahr habe ich noch einen indischen mitgemacht. Der war der beste. Die Zeit musst du dir auf jeden Fall einmal nehmen. Das ist fantastisch.«

Wenn ich richtig gezählt habe, steht es 6:0 für Tobias, und wenn ich ehrlich bin, stört es mich, dass er mich nicht ausreden lässt. Und besonders dieses Übertrumpfen, dieses *öfter, schlimmer, besser* geht mir auch extrem auf den Keks.

Irgendwie muss ich dieses Date unauffällig beenden, sonst krieg ich noch die Krise.

Ich schaue mich im Restaurant um, sehe die Kellnerin an der Theke und auf einmal kommt mir eine Idee.

»Und wie bist du ihn dann losgeworden?«

Emma, Isabella und ich sitzen bei mir im Wohnzimmer. Nach dem erneuten Desaster gestern Abend habe ich zu einer Krisensitzung gebeten.

»Ich habe mich kurz entschuldigt, um auf die Toilette zu

gehen. Dann bin ich zu der Kellnerin gegangen und habe sie gefragt, ob sie mir helfen könne.«

»Hat Tobias das nicht mitbekommen?«

»Nein, er saß mit dem Rücken zur Theke. Ich habe der Kellnerin meine Handynummer gegeben, und sie gebeten, mich anzurufen. Das hat sie dann auch getan. Als ich wieder am Tisch saß, klingelte auch prompt mein Handy. Ich habe dann vorgetäuscht, meine Mutter hätte sich ausgesperrt und den Schlüssel im Haus liegen gelassen. Und Papa wäre nicht da, daher müsse ich hin und ihr meinen Schlüssel geben. Und wisst ihr, was er gesagt hat?«

Emma und Isabella zucken mit den Schultern. »Was denn?«

»Er sagte, das sei kein Problem, ich würde nicht glauben, wie oft er schon ein Date oder ein gemütliches Essen unterbrechen musste, weil mal wieder jemand seine Hilfe brauchte. Bestimmt 20 Mal, das kenne er also nur zu gut. War ja klar, dieser Vollidiot. Wisst ihr, wenn eine Frau mit dem Typen zusammen ist, die lebt in einem ständigen Wettkampf. Da habe ich echt keine Lust drauf.«

»Und dann bist du einfach gegangen?«, fragt Emma.

»Ja, ich habe noch gesagt, ‹wir sehen uns›, und dann bin ich auch schon raus. Ich habe noch gehört, wie er hinter mir her gerufen hat, dass ich mich melden soll. Aber das werde ich nicht, ich habe echt keine Lust, den noch mal wieder zu sehen.«

Auf einmal werde ich traurig, jetzt bin ich schon 26, und kein Mann weit und breit.

»Und somit komme ich zu meinem Problem, Mädels. Bin ich zu wählerisch? Entscheide ich zu vorschnell? Erst bei – wie hieß er noch gleich? – ach ja, Torben, der arbeitssüchtige Hedgefonds-Manager, dann Martin, der schlechteste Küsser unter der Sonne und jetzt Tobias, der immer schneller, höher, besser sein will.«

Im Nachhinein hatte ich Emma und Isabella doch von meinen Internet-Dates erzählt, und die beiden haben sich halb tot gelacht. Jetzt finden sie es aber nicht mehr so witzig, weil sie merken, dass ich wirklich traurig bin.

»Nein, Luci, du bist nicht zu wählerisch«, sagt Isabella. »Ich finde, in der Liebe sollte man keine Kompromisse eingehen. Dafür ist die Liebe zu wichtig, sie ist das Wichtigste auf der Welt. Du solltest nur mit dem Menschen zusammen sein, der wirklich zu dir passt.«

Emma nickt zustimmend.

»Das finde ich auch. Hör mal, wir beiden, wir werden es auch schaffen. Da bin ich mir sicher. Und nicht nur ich, auch Aurelia hat uns damals gesagt, dass wir glücklich werden, erinnerst du dich?«

»Ja, ich erinnere mich. Ach, Mädels, ich hab euch lieb. Was würde ich nur ohne euch machen?« Dann nehme ich meine beiden Freundinnen in den Arm, überglücklich, dass ich sie habe.

Februar 2011

Emma und ich stehen etwas unsicher in der Empfangshalle der Tanzschule und kommen uns etwas verloren vor. Der Inhaber der Tanzschule, Herr Lehmann, hat ein Herz für Singles und richtet an diesem Mittwochabend ein Speeddating aus.

Tante Nele hatte mir Weihnachten schon ans Herz gelegt, mich mal aktiv auf Männersuche zu begeben. Sie meinte, meine biologische Uhr bis zu sich nach Hause ticken zu hören. Vielen Dank auch! Ich berichtete ihr von den drei Dates, die ich im Laufe des letzten Jahres habe erleben dürfen. Mitleidig und mit ihrem vierten Eierlikör in der Hand tätschelte sie mir den Arm und sagte: »Luci, gib nicht auf. Auch für dich läuft irgendwo der passende Mann rum. Du musst nur suchen.«

Viele Menschen sagen ja, man soll nicht suchen, die Liebe findet einen. Und eigentlich hatte ich mir ja auch geschworen, es auf mich zukommen zu lassen. Nicht krampfhaft zu suchen, sondern mich finden zu lassen. Aber ich scheine ein sehr schwer zu findendes Ziel zu sein.

Also habe ich Emma überredet, mit mir zum Speeddating zu gehen, denn allein hätte ich mich nie getraut.

Und nun stehen wir hier. Inmitten von acht Männern und sechs weiteren Frauen, die sich an ihren Sektgläsern festhalten und darauf warten, dass der Startschuss gegeben wird. Einige scheinen etwas verkrampft zu sein, andere trauen sich kaum, hochzusehen, und starren Löcher aufs Tanzparkett. Zwei Männer jedoch scheinen vor Selbstbewusstsein nur so zu platzen, sie versuchen, zwinkernd mit allen Frauen Blickkontakt aufzubauen. Na, herzlichen Glückwunsch, das kann ja ein lustiger Abend werden.

»So, meine lieben Singles. Ich sehe schon, ihr könnt es kaum erwarten.« Herr Lehmann klatscht in die Hände und schaut uns fröhlich an. »Ich würde sagen, die Damen suchen sich einen Tisch aus und machen es sich dort gemütlich.«

Ich schaue zu den Tischen. An jeder Seite stehen jeweils vier Tische, die Fensterseite ist frei. Sie sind dekoriert mit einer Kerze und einem Glas, in der die kurz geschnittenen

Rosen bereits leicht die Köpfe hängen lassen. Außerdem liegen auf jedem Tisch Zettel und Stift.

Emma beugt sich zu mir. »Luci, warum liegen da Notizzettel? Sollen wir nach dem Gespräch kurze Nachrichten schreiben? Willst du mit mir gehen? Ja. Nein. Vielleicht. Bitte ankreuzen.« Ich muss kichern.

Herr Lehmann fährt währenddessen fort. »Die Herren setzten sich an jeweils einen Tisch. Jedes Pärchen hat dann fünf Minuten Zeit, sich zu unterhalten und kennenzulernen. Nach den fünf Minuten erklingt eine kleine Glocke.«

Er bimmelt mit einem kleinen Glöckchen, das er aus seiner Jackettasche gezaubert hat.

»Und dann geht es für die Männer einen Tisch weiter. Das geht so lange, bis alle Männer einmal an jedem Tisch gesessen haben. Gibt es noch Fragen?«

Allgemeines Schweigen.

»Also gut, dann würde ich sagen, es kann losgehen. Viel Spaß.«

Emma und ich setzen uns so, dass unsere Tische nebeneinanderstehen, und grinsen uns noch einmal aufmunternd zu.

Nach 40 Minuten ist alles vorbei. Dass der Abend ein derartiges Desaster werden würde, hätte ich nie im Leben gedacht.

Hier ein paar Auszüge aus den Gesprächen.

Gespräch 1:

Er schaut nur auf meine Brüste.

»Du hast tolle Brüste.«

»Wie bitte?«

Sein Blick schießt nach oben und er schaut mir das erste Mal in die Augen.

»Ähm, ich wollte sagen, du hast tolle Augen.«

Kurze Zeit sagt keiner von uns beiden mehr was.
Dann senkt sich sein Blick wieder auf meine Brüste.

Gespräch 2:

Bevor er etwas sagt, gleitet sein Blick über meinen Oberkörper.

»Ich nehme nur Frauen mit Größe XS, besser Size Zero.«

Ich bin etwas perplex und schaue an mir runter.

»Ähm, nun ja«, stottere ich.

»Du müsstest also noch etwas abnehmen.«

Jetzt bin ich endgültig sprachlos.

»Ach ja, und du darfst bitte nicht größer sein als 1,60.«

Ich weiß immer noch nicht, was ich auf so etwas antworten soll, und starre ihn nur an.

»Steh doch mal auf.«

Ich bleibe sitzen, sage weiter nichts und schaue demonstrativ auf meine Uhr.

Gespräch 3

Er sieht eigentlich ganz nett aus, aber er schaut nur schüchtern auf seine Hände.

Ich versuche, ihn etwas aus der Reserve zu locken, und beginne mit dem Gespräch.

»Hi, ich bin Luci. Wie ist dein Name?«

Er antwortet, jedoch so leise, dass ich nichts verstehe.

»Entschuldige, ich habe dich nicht verstanden. Wie ist dein Name?«

»Ich heiße Peter«, antwortet er ganz leise.

»Hallo Peter, schön, dich kennenzulernen.«

Nichts, keine Reaktion. Er starrt nur immer weiter auf seine Hände.

»Ich bin Fotografin. Was machst du so?«

»Finanzamt«, flüstert er, ohne den Blick zu heben.

Ah ja, alles klar. Fünf Minuten können wirklich sehr lang werden.

Gespräch 4

Er lehnt sich nach hinten auf den Stuhl, macht seine Beine lang und verschränkt seine Arme vor der Brust.

»Was verdienst du so?«, ist seine erste Frage. Kein Hallo, kein Name.

»Wie bitte?«

Schon wieder bin ich etwas ratlos. Was sind das für Männer, die hier teilnehmen?

»Was verdienst du so? Weißt du, ich habe einen gehobenen Lebensstil, da muss die Frau mithalten können. Wenn du den hier also gerade ausfüllen könntest.«

Er schiebt mir einen Fragebogen hin. Das ist an Unverschämtheit nicht zu überbieten. Ich nehme den Zettel, reiße ihn in kleine Stücke und schiebe ihm den Papierhaufen zu.

Danach bestelle ich mir einen Sekt, nein, besser etwas Stärkeres.

Gespräch 5

Kaum hat er sich hingesetzt, fängt er an zu reden. Wobei, reden ist noch zu harmlos ausgedrückt. Eine Information nach der nächsten sprudelt aus ihm hervor. Name, Alter, Wohnort, Beruf, Hobbys, bevorzugte Reiseziele.

Ich will gerade etwas sagen, da unterbricht er mich schon.

»Wir haben fünf Minuten. Die ersten zweieinhalb sind für mich, die anderen sind für dich.«

»Aber sollten wir uns nicht besser unterhalten, also quasi ein Dialog?«

»Nein, nein, da geht zu viel Zeit mit unnützen Dingen verloren. Wenn jeder zweieinhalb Minuten von sich erzählt, ist die Informationsmenge für den anderen maximal.«

Aha, verstanden, ich schalte auf Durchzug und höre dem Gespräch nebenan zu, neugierig und auch ein wenig ängstlich, was für eine Katastrophe mich als Nächstes erwartet.

Gespräch 6

Als er sich hinsetzt, schaut er mich aus dunklen Augen an. Irgendwie ist dieser Typ unheimlich.

»Hi, mein Name ist Luci«, beginne ich das Gespräch.

»Luci, du bist so schön, so was Schönes habe ich noch nie gesehen. Du siehst genauso aus wie die Frau in meinen Träumen.«

Junge, Junge. Ich dachte eigentlich, es geht nicht mehr schlimmer.

»Hm, so wie ich das gehört habe, hast du das zu der Frau am Nebentisch auch schon gesagt.«

»Wo arbeitest du, beim Geheimdienst, oder was?«

Er verschränkt seine Arme vor der Brust und starrt beleidigt an mir vorbei.

Gespräch 7

Als er sich hinsetzt, schaut er sich hektisch um, so als ob er sich beobachtet fühlt. Außerdem hüpft die linke Augenbraue permanent nach oben. Er scheint etwas nervös zu sein.

»Hi, ich bin Luci. Alles klar bei dir?«

»Ist mir egal, wie du heißt. Ich brauche jemanden zum

Heiraten, sonst werde ich ausgewiesen, es muss also schnell gehen.«

Was soll ich sagen? Der Nächste bitte.

Gespräch 8

Ich bin auf alles vorbereitet, daher bin ich etwas überrascht, als das Gespräch vergleichsweise normal anfängt.

»Hi, ich bin Matthias.«

»Hi, ich bin Luci.«

»Schön dich kennenzulernen, Luci. Willst du was von dir erzählen?«

Ich schaue auf die Uhr, es sind bereits 30 Sekunden vergangen, ohne dass ich einer Ohnmacht nahe bin, nach meinem Kontostand oder meiner Körbchengröße gefragt wurde. Ich bin geneigt, zu hoffen, dass das letzte Gespräch nicht auch komplett in einem Desaster endet.

Ich erzähle ihm von meinem Fotostudio und dass ich zwar gerne reise, aber noch nicht allzu häufig dazu gekommen bin.

»Ich reise auch gerne, mir fehlt nur jemand, mit dem ich die Welt erkunden kann.« Er zwinkert mir zu. Eigentlich sieht er ganz nett aus.

Das Gespräch verläuft wirklich gut und zum Schluss tauschen wir Handynummern aus.

Als die ganze Geschichte vorbei ist, zerrt mich Emma am Arm direkt raus aus der Tanzschule.

»Ich brauche Alkohol. Viel Alkohol. Das war ja nicht auszuhalten. Luci, bei so etwas mache ich nie wieder mit. So wahr ich hier stehe, lieber bleibe ich für den Rest meines Lebens allein.«

Am nächsten Morgen bin ich in meinem Fotostudio und

versuche, eine Familie mit sechs Kindern vor die Linse zu bekommen. Meine Nerven sind nach nur einer halben Stunde bereits zum Zerreißen gespannt. Irgendein Kind zieht immer entweder an Mamas Haaren oder steckt einem seiner Geschwister den Finger in die Nase.

Da pingt mein Handy, eine SMS.

Ich habe jetzt keine Zeit und versuche, mein Bestes zu geben, sodass wenigstens ein paar von den Fotos auch nur annähernd so aussehen, als könnte man sie zu Hause im Wohnzimmer aufhängen.

Ping, noch eine Nachricht.

Gerade als ich auf den Auslöser drücke, zieht das jüngste der Kinder an Mamas Ohrringen, sodass diese schmerzverzerrt das Gesicht verzieht.

Ping.

Irgendwie müssen die Kinder mal still sitzen bleiben, sonst wird das heute nichts mehr. Ich greife in meine Trickkiste, die ich genau für solche Situationen besitze. Darin befinden sich Kuscheltiere und ein paar kleine Spielzeuge. Ich drücke der Kleinsten einen Plüschhasen in die Hand. Ein anderes Kind bekommt die Rassel und einen Spiegel.

Ping. Ping. Langsam werde ich nervös? Ist irgendetwas passiert? Aber dann würde man mich ja wohl anrufen.

»Sie scheinen heute ja ganz schön gefragt zu sein«, sagt die Mutter.

»Ich weiß es auch nicht, normalerweise ist es tagsüber eher ruhig.«

Was so ein paar Spielsachen ausmachen. Auf einmal sitzen die Kinder ganz ruhig, drehen die neuen Dinge in ihren Händen hin und her und sind ganz fasziniert davon.

Die Eltern wünschen aber nicht nur Familienfotos, sondern auch Porträts von jedem einzelnen Kind.

Ping.

»Bitte entschuldigen Sie mich mal kurz. Ich bin gleich wieder da.« Ich gehe zu meinem Handy, und ohne auf das Display zu schauen, stelle ich es lautlos.

»So, es kann weitergehen.«

Die Eltern stellen sich hinter mir auf und versuchen dann, die Aufmerksamkeit jedes einzelnen Kindes auf die Kamera zu lenken. Erfahrungsgemäß klappen solche Einzelporträts immer besser als Gruppenfotos, wie auch in diesem Fall hier. Nur dass in der Zwischenzeit die anderen Kinder meine Schaufensterdekoration auseinandernehmen. Schnell eilt der Vater zu ihnen und kann das Schlimmste gerade noch verhindern.

Nach insgesamt zwei Stunden sind wir fertig. Sowohl mit dem Shooting als auch mit den Nerven. Als die Familie sich verabschiedet hat, schaue ich auf mein Handy.

10 SMS. Um Himmels willen.

Es ist eine Nummer, die ich nicht kenne, trotzdem schaue ich mir die erste Nachricht an.

09:36 »Hallo Luci, hier ist Matthias. Wie geht es dir?«

Ich krame den Zettel von gestern Abend aus meiner Tasche. Stimmt, das ist seine Nummer.

Ich schaue wieder aufs Handy.

09:47 »Hey, erinnerst du dich an mich? Wir haben uns gestern kennengelernt.« Wie sollte ich den gestrigen Abend vergessen. Ich schmunzle und lese weiter.

09:55 »Mann ey, warum meldest du dich nicht?????« Auf einmal vergeht mir das Lachen. Was ist denn mit dem los?

10:07 »Ich würde mich gerne mit dir treffen, bitte, bitte, bitte.«

10:11 »1000 Sterne am Himmel, einer davon bist du.« So langsam wird mir mulmig im Magen.

10:15 »Ihr Frauen seid doch alle gleich!!!!!!!«

10:16 »Uns Männern erst schöne Augen machen und sich dann nicht mehr melden.« Mir verschlägt es die Sprache.

10:25 »Bitte entschuldige, aber ich will dich unbedingt kennenlernen.«

Ich glaube, ich möchte aber nicht mehr.

10:31 »Wieso schreibst du nicht zurück? Seufz.«

10:39 »Wenn du keinen Kontakt willst, dann sags einfach. Einfach nicht mehr melden, find ich echt scheiße.«

Du meine Güte, das ist ja ein Psychopath. Ich bin kurz geneigt, die Tür von meinem Fotostudio abzuschließen. Nicht, dass der Typ hier gleich aufkreuzt und mit einem Hackebeilchen auf mich losgeht. Schließlich habe ich ihm gestern von meiner Arbeit erzählt und mit einer kurzen Suche im Internet könnte er mich schnell ausfindig machen.

Nach ein paar Minuten entschließe ich mich, meine Mutter anzurufen. Mal gucken, was sie dazu sagt. Als sie abnimmt, lese ich ihr alle SMS vor und warte auf ihre Reaktion. Und die lässt nicht lange auf sich warten.

»Gib mir mal die Telefonnummer von diesem Typen. Dem erzähle ich erst mal was, und danach wird er dich nie wieder belästigen. Julius!« Sie ruft nach meinem Vater. »Julius, stell dir mal vor, unser Kind wird von einem Psychopathen gestalkt.«

»Welches Kind? Daniel oder Luci?«

»Luci natürlich. Du fragst aber auch Sachen.«

»Ich werde nicht gestalkt, er hat mir nur so komische SMS geschrieben?«, sage ich.

»Julius, sollen wir wohl die Polizei rufen?«

Scheinbar hören meine Eltern mich nicht, also schreie ich ins Telefon. »Hallo! Hört mir doch mal zu.«

»Ja Liebling, wir hören dich doch. Hast du Angst, soll ich zu dir kommen?«

»Nein, ich habe keine Angst, Papa. Ich bin doch kein kleines Kind mehr. Ich will nur von euch wissen, was ich machen soll. Soll ich das alles ignorieren oder soll ich ihm schreiben, dass ich nach dieser Aktion auf ein näheres Kennenlernen keinen Wert mehr lege.«

»Sag ihm, er soll sich zum Teufel scheren. Und wenn er es noch einmal wagt, dich zu belästigen, dann kümmern wir uns darum. Nicht wahr, Julius. Du hast doch noch diesen alten Schulfreund, du weißt schon, der, der mal im Knast gesessen hat.«

Ach du grüne Neune, bloß das nicht.

»Ich möchte nicht, dass ihr einen Berufskiller auf ihn ansetzt. Oder warum auch immer dein ominöser Schulfreund im Knast gesessen hat. Ich lege jetzt auf, gleich kommt der nächste Kunde.«

»Luci, pass bitte auf dich auch.«

»Ja, das mache ich, und bitte schaltet nicht die Mafia ein, ich schaffe das auch so. Bis später. Ich hab euch lieb.«

Was für ein Theater. Ich werde heute Abend mal Emma und Isabella um Rat fragen. Ich hoffe, dass die beiden nicht auch alte Bekannte aus dem kriminellen Milieu haben.

Ein paar Tage später hat sich alles wieder beruhigt. Matthias hat sich nicht mehr gemeldet und mir auch keinen

Besuch in meinem Fotostudio abgestattet. Als ich an dem Abend Emma und Isabella um Rat gefragt habe, haben die beiden sich eigentlich nur kaputtgelacht und das keine Sekunde ernst genommen. Emma versuchte, mich zu beruhigen, da ich immer noch ein wenig unsicher war, wie ich Matthias gegenüber reagieren sollte.

»Das ist doch nur die Reaktion eines Idioten, der zu wenig Aufmerksamkeit in seinem Leben bekommt. Luci, nimm das bitte nicht ernst. Warte es ab, in ein oder zwei Tagen hat er sich wieder beruhigt und lässt dich in Ruhe.«

Isabella stimmte zu. »Emma hat recht. Antworte ihm nicht, dann lässt er dich auch in Ruhe, da bin ich mir ganz sicher. Und falls er doch wider Erwarten bei dir auftauchen sollte, dann ruf uns an, wir lassen dann sofort alles stehen und liegen und kommen zu dir, um den Typen in die Flucht zu schlagen.«

Was soll ich sagen, die beiden hatten recht, und ich habe die ganze Geschichte ad acta gelegt.

Heute, drei Wochen später, bin ich mit den Mädels erneut verabredet. Emma schrieb gestern, sie hätte Neuigkeiten, die wolle sie uns persönlich mitteilen.

Nachdem der Kellner uns das Essen und die Getränke gebracht hat, schauen Isabella und ich Emma auffordernd an.

»Nun spann uns nicht länger auf die Folter, sag schon, was gibt es Neues?«

Emma atmet tief ein.

»Also, nach dem verhängnisvollen Speeddating und der Geschichte mit Lucis neuem Verehrer Matthias, die, wie wir wissen, ja nur einen Tag gehalten hat, haben mich die Mädels auf der Arbeit angesprochen und gefragt, was das beste gegen Liebeskummer ist. Ihr wisst ja, dass ich im

Moment für neun Jungs und Mädels aus dem Bezirk am anderen Ende der Stadt zuständig bin. Alle haben einen sozial schwachen Hintergrund. Eltern, die sich nicht richtig gekümmert haben und es augenscheinlich auch in Zukunft nicht tun werden. Schule steht nicht gerade ganz oben auf der Liste der Dinge, die sie für wichtig erachten und wo sie gerne hingehen. Aber ich habe mittlerweile einen recht guten Draht zu ihnen gefunden und bin auf einem guten Weg, dass sie vielleicht doch noch etwas aus ihrem Leben machen. Gestern waren zumindest alle wieder in der Schule und ich bin mir sicher, dass sie auch in Zukunft weiter hingehen. Für einige habe ich auch schon ein Praktikum organisieren können und ich hoffe, sie enttäuschen mich nicht.«

Sie macht eine Pause, um ein Stück ihrer Pizza zu essen.

»Und weiter?«, frage ich neugierig.

»Nun ja, ein paar Tage nach dem Speeddating sprachen mich zwei Mädels an. Die beiden kennen sich schon seit dem Kindergarten und gehen seitdem durch dick und dünn. Nun ist eine von beiden von einem Typen sitzen gelassen worden. Er kam aus relativ gutem Hause, und die beiden waren ein paar Monate zusammen. Sie war total am Boden zerstört, sie dachte, er wäre die Liebe ihres Lebens. Sie gibt sich selber die Schuld daran, dass der Typ keine, ich zitiere ‹asoziale Tussi› haben will. Ich bin mir aber sicher, dass das nicht von ihm ausging sondern von seiner Familie. Wie dem auch sei. Ich habe ihr von uns dreien erzählt. Davon, dass auch Mädchen und Frauen aus sozial stabilen Familien Schwierigkeiten in der Liebe haben, dass auch wir lange suchen müssen, bis wir den Richtigen gefunden haben. Ich habe den beiden auch erzählt, dass sie sich glücklich schätzen können, einander zu haben. Eine so lange Freundschaft ist so wertvoll. Typen kommen und gehen, zumindest in dem Alter, aber die Beziehung zu der besten Freundin hält länger, im besten Fall für immer. Mädels, ich hoffe, ihr seid mir nicht böse, wenn ich den beiden von unserem Besuch bei der Wahrsagerin erzählt habe, nicht die Details, aber zumindest von den drei Ringen, die Aurelia gesehen hat. Die beiden waren sofort Feuer und Flamme und wollten sich zwei Ringe tätowieren lassen. Ich war von dieser Idee nicht sonderlich begeistert, da sie noch nicht volljährig sind. Aber das werden sie bald sein und daher wollten sie sich schon mal erkundigen und vielleicht sogar ein Motiv aussuchen.«

»Mensch, Emma, nun komm zum Punkt.« Isabella platzt fast vor Neugierde.

»Ja, ja, immer mit der Ruhe. Also bin ich mit den beiden in ein Tattoo-Studio gegangen. Einfach nur, dass die beiden sich das mal angucken konnten und so weiter. Als wir reinkamen, mussten wir erst ein wenig warten, doch dann hatte der Typ Zeit für uns. Und was soll ich euch sagen? Herein kam er, der Mann meiner Träume. Mit ihm werde ich ganz viele süße Babys haben, mit ihm werde ich alt und schrumpelig werden.«

Bella und ich sind sprachlos. Ich glaube, uns gehen gerade die gleichen Fragen durch den Kopf. Wir gucken uns beide an und ich gebe ihr das Zeichen, anzufangen.

»Okay, Emma. Du weißt, wir beide freuen uns natürlich für dich, aber bist du dir da ganz sicher? Habt ihr euch schon getroffen? Weiß er von deinen Zukunftsplänen, die, bitte entschuldige, dass ich das sage, schon recht konkret sind? Ist er auch der Meinung, dass ihr eine ganze Fußballmannschaft zeugen werdet? Oh mein Gott, heute Morgen warst du noch Single und jetzt reden wir über potenzielle Kinder und wer der Vater dieser Kinder sein soll. Verzeih mir, aber das geht wirklich schnell. Wann war denn dieser Termin in dem Tattoo Studio?«

»Vor zwei Wochen.«

»Okay, und was ist seitdem passiert?«

»Viel.«

»Geht es vielleicht etwas konkreter?«

»Also, hier die wichtigsten Informationen.«

Sie zählt an ihrer Hand auf:

»Erstens: Er ist Single, ich bin Single.

Zweitens: Er ist 29, ich bin 27.

Drittens: Er ist Tätowierer, ich bin Sozialarbeiterin.

Viertens: Ich habe keine Kinder, er hat keine Kinder.

Fünftens: Er sieht gut aus und er findet, dass ich auch gut aussehe.

Sie hebt die zweite Hand.

Sechstens: Die Chemie stimmt, der Humor stimmt.

Und siebtens: Er kann gut küssen.

In meinen Augen sind das sieben Gründe, die das stabile Fundament unserer Beziehung sein werden.«

Sie schaut uns erwartungsvoll an, dabei strahlt sie über das ganze Gesicht und ihre Augen leuchten, wie es nur bei frisch Verliebten der Fall ist.

»Ich muss zugeben«, sage ich, »dass sich das alles auf den ersten Blick gut anhört. Emma, ich hoffe, du wirst nicht enttäuscht.«

»Ja«, stimmt mir Isabella zu, »wir hoffen, dass er es ernst meint und dir nicht das Herz bricht.«

»Das glaube ich nicht, weil«, sie schiebt ihren Ärmel hoch, »tataaa, das haben wir beiden uns stechen lassen.«

Isabella und ich schnappen nach Luft, als wir das Tattoo sehen. Ein E und ein A in einer Flamme, direkt am Handgelenk.

»Emma, bist du wahnsinnig? Das geht nie wieder weg.«

Emma nickt. »Ja, ich weiß, deswegen ist es ja so aufregend.«

»Hat er das gleiche Tattoo?«

Sie nickt wieder. »Hm, ja, hat er. Leute, guckt nicht so erschrocken. Ich bin mir so sicher, wie ich es im Leben noch nie war.«

»Na, wenn das so ist, lasst uns anstoßen«, sage ich.

»Auf Emma und … wie heißt er eigentlich?«, fragt Isabella.

»André«, antwortet Emma mit einem verklärten Lächeln.

»Also dann, auf Emma und André. Mögen sie glücklich werden und viele Kinder bekommen.«

Kapitel 21

Mein 27. Geburtstag

Geronimo und ich

Noch bevor ich meine Augen öffne, weiß ich, dass ich nicht in meinem eigenen Bett liege. Wieder einmal. Heute ist mein 27. Geburtstag und ich hatte gehofft, dass das alles irgendwann mal ein Ende hat. Aber leider meint das Schicksal, mich erneut mit einem Abenteuer überraschen zu müssen. Also wappne ich mich für das, was da gleich kommt, und öffne die Augen.

Ich schaue mich um und habe das Gefühl, in einer orientalischen Geschichte gelandet zu sein. Sollte ich dieses Mal vielleicht die Hauptfigur in einem uralten, weltbekannten Buch sein?

Ich befinde mich in einem Zelt, an den Wänden hängen bunte Tücher mit goldenen Applikationen. Überall liegen Kissen in den schönsten Farben, verziert mit bunten Troddeln. Mein Bett ist riesig und über mir ist ein Moskitonetz befestigt. Das alles kann ich nur erkennen, weil einige Windlichter mit großen Kerzen im Zelt aufgestellt sind. Ansonsten gibt es keine Lichtquelle.

Langsam stehe ich auf und begebe mich Richtung Ausgang. Ich muss zugeben, ein wenig ängstlich bin ich doch, ich habe keine Ahnung, was mich erwarten könnte. Ganz vorsichtig schiebe ich den schweren Stoff, der als Tür dient, zur Seite und sehe etwas, was mir den Atem raubt. Sand, so weit das Auge reicht. Da es noch recht dunkel ist, kann ich nicht allzu weit gucken, aber ich bin mir sicher, in der Wüste gelandet zu sein, in einer Art Beduinencamp oder so. Ich schaue nach links, sehe weitere Zelte und mehrere Fackeln, die das Camp in ein sanftes Licht tauchen. Dann wende ich mich nach rechts um und schreie kurz auf. Ein Kamel. Nur ein paar Zentimeter von meinem Kopf entfernt steht es da und schaut mich seelenruhig an. Als sich mein Herz wieder etwas beruhigt hat, mache ich einen Schritt auf das Kamel zu und strecke vorsichtig meine Hand aus. Lässt es sich von mir streicheln? Gerade, als ich seinen Hals berühren möchte, höre ich auf einmal hinter mir eine laute Stimme.

»Aufstehen. Yalla, yalla. Gleich ist Sonnenaufgang, dürfen nicht verpassen. Ist toll.« Ein Mann kommt auf mich zu und lacht mich an. Er trägt einen hellen Kaftan. »Ah, Frau Luci schon wach. Alle anderen noch nicht, sind Schlafmutzen.« Er geht an mir vorüber und schnappt sich das Kamel.

»Was machen hier? Warum nicht bei anderen Kamelen? Du Luci erschreckt.«

Er dreht sich noch einmal um und zwinkert mir zu, bevor er an den restlichen Zelten vorbeieilt.

Nach ein paar Minuten haben sich weitere Menschen vor ihren Zelten versammelt. Allesamt sehen sie nicht sehr orientalisch aus. Es scheint, dass ich in einer touristischen Wüstensafari gelandet bin. Alle sind mit langen Hosen und dicken Jacken bekleidet. Erst da merke ich, dass es recht kühl ist. Ich schlüpfe zurück in mein Zelt und wühle mich durch den Koffer, der geöffnet neben dem Bett liegt. Nachdem ich eine Jeans, einen Pulli und eine Jacke angezogen habe, begebe ich mich wieder nach draußen. Dort folgen die anderen bereits einem anderen, ebenfalls orientalisch gekleideten Mann auf eine große Sanddüne.

Schnell greife ich nach der Kamera, die neben dem Koffer liegt, und hänge sie mir über die Schulter. Dann eile ich der Gruppe hinterher. Um nichts in der Welt möchte ich den Sonnenaufgang verpassen, jetzt, wo ich schon mal hier bin.

Nach ein paar Minuten erreichen wir eine recht hohe Düne, die wir, wenn wir die Gesten des fröhlichen Mannes richtig deuten, hochgehen sollen. Da die Düne sehr steil ist, wird mir nach ein paar Metern sehr warm, und wenn ich mich so umsehe, geht den anderen Urlaubern auch schon die Puste aus.

Doch der Anblick, der sich uns bietet, als wir endlich oben ankommen, entschädigt uns für alles.

Es ist mit das Schönste, was ich bisher gesehen habe. Grenzenlose Weite, eine Düne reiht sich an die andere, der angenehm kühle Wind spielt mit dem Sand und lässt ihn in riesigen Kreisen über den Boden tanzen.

Und am Horizont die Sonne, groß und majestätisch, als würde sie geradewegs aus einem goldenen Bad auftauchen. Ich kann kaum atmen, so gefangen bin ich von dem Anblick. Es ist fantastisch und macht mir bewusst, wie klein wir doch sind im Vergleich zur Welt, zum Universum.

Wir verweilen noch einige Minuten, denn wir können uns kaum sattsehen an der märchenhaften Aussicht. Dann reißt uns der Reiseleiter aus unseren Gedanken.

»Kommen Sie, müssen zurück. Frühstück ist fertig und dann auf die Kamele.«

Schweren Herzens trennen wir uns von dem Anblick. Ich habe einige Fotos gemacht, frage mich jedoch, ob ich sie jemals sehen werde.

Als wir wieder im Camp ankommen, wird jedem ein Tisch zugewiesen, an dem wir frühstücken können. Es gibt süßen Pfefferminztee, Fladenbrot, Käse, Oliven und frische Früchte. Ich habe einen Bärenhunger und greife ordentlich zu. Jetzt habe ich auch die Gelegenheit, meine Mitreisenden näher zu betrachten. Da wäre als Erstes ein junges Pärchen, scheinbar frisch verliebt, denn sie knutschen ununterbrochen. Ich vermute, es ist ihre Hochzeitsreise. Dann gibt es noch ein älteres Paar, das am Tisch neben mir sitzt. Sie beugen sich über eine Landkarte, auf der mehrere Länder farbig markiert sind. Dem Gespräch nach zu urteilen, befinden sich die beiden auf einer Weltreise.

Ein Tisch weiter sitzt ein Mann, allein, schätzungsweise 47 Jahre, korpulent, mit einer Halbglatze. Er versucht mit einzelnen arabischen Wortfetzen die Aufmerksamkeit des Reiseleiters auf sich zu ziehen, doch wie es scheint, vergeblich.

Zum Schluss noch zwei Frauen um die 60. Dem Aussehen nach zu urteilen sind es Schwestern, vielleicht sogar Zwillinge. Sie sitzen mit mir an einem Tisch, haben mich jedoch noch nicht so richtig zur Kenntnis genommen, was mich nicht weiter stört. So kann ich mich ganz auf meine Umgebung konzentrieren.

Nachdem wir mit dem Frühstück fertig sind, kommt unser Reiseleiter und klatscht in die Hände.

»Meine Damen, meine Herren, fertig machen, bitte. Wir wollen weiter, langer Ritt für heute geplant.«

»Jamaal, mein Lieber«, flötet eine der Schwestern, »in welche Richtung geht es denn heute? Haben wir die Sonne im Rücken oder brauchen wir eine Sonnenbrille?«

»Wir reiten Richtung Norden, trotzdem bitte dunkle Brille aufsetzen, Sand ist sehr hell am Tag. Alle bitte wieder dran denken, Beine und Arme bedecken, sonst Sonnenbrand. Sonne ist sehr heiß, daher Sonnenschirme schon am Kamel befestigt. Sie können Koffer in Zelten lassen, werden mit Auto in nächste Camp gebracht.«

Damit dreht Jamaal sich um und schreitet mit schnellen Schritten auf die Kamele zu, die brav in Reih und Glied vor dem Camp stehen und auf uns warten.

Ich eile in mein Zelt, um mich fertig zu machen und um meine Sachen zusammenzupacken, auch wenn ich mir sicher bin, sie nicht wieder zu sehen. Aber ich brauche eine Sonnenbrille. Während ich noch danach suche, fällt etwas aus dem Koffer auf den sandigen Boden. Vorsichtig hebe ich den Zettel auf und drehe ihn um. »*Happy Birthday, liebe Luci! A.*«

Ich lächle und streiche vorsichtig über die geschriebenen Worte. Nach so vielen Jahren sind sie mir sehr vertraut, irgendwie haben sie sogar eine beruhigende Wirkung auf mich. Schließlich ist dieser kleine Zettel die einzige Konstante, an der ich mich auf meinen turbulenten Reisen festhalten kann. Ich stecke ihn in meine Tasche, beruhigt, ihn jetzt bei mir zu haben. Dann finde ich auch eine Sonnenbrille, jetzt bin ich fertig.

Schnurstracks begebe ich mich zu den anderen. Das junge Pärchen und die beiden Schwestern sitzen bereits auf den Kamelen. Jamaal winkt mich zu sich.

»Hier Luci, ihr beiden gestern so gut verstanden. Geronimo mag dich, deswegen hat er Nacht vor deinem Zelt aufgepasst.«

Er reicht mir seine Hand, sodass ich aufsteigen kann. Kaum sitze ich, steht das Kamel auch schon auf. Zuerst stellt es sich auf die Hinterbeine, sodass ich etwas nach vorne rutsche. Dann stellt es auch seine Vorderbeine auf, nun sitze ich bequem im Sattel.

Jetzt trudeln auch die letzten drei aus unserer Gruppe ein. Als alle auf ihren Kamelen sitzen, gibt uns Jamaal noch Wasser, damit wir für die nächsten Stunden gut versorgt sind.

Als auch er im Sattel sitzt, geht es los. Die Kamele sind mit Seilen untereinander verbunden, sodass alle hintereinander hergehen.

»Jamaal, können wir nicht nebeneinanderher reiten?«, fragt die junge Frau. »Mein Mann und ich möchten uns gerne an den Händen halten.«

»Das geht leider nicht, Miss. Mussen hintereinander gehen.«

»Och, bitte, bitte, es soll doch unvergesslich werden«, quengelt sie, ihre Stimme ist mittlerweile eine Oktave höher.

»Hören Sie, statt uns und Jamaal hier auf die Nerven zu gehen, sollten Sie lieber die schöne Aussicht und den tollen Tag genießen. Also hören Sie auf, Sie können heute Abend wieder Händchen halten.«

Der Stimme nach zu urteilen, ist das der Herr, der heute Morgen mit seiner Frau die Weltkarte studiert hat, und er wirkt etwas ärgerlich.

»Heinz, misch dich da nicht ein, das geht uns nichts an.«

»Ach, ist doch wahr, die hat gestern schon den ganzen Tag genervt.«

Mir persönlich ist es egal, dass nun vorne und hinten geschmollt wird. Das hier werde ich wahrscheinlich nie wieder erleben. Und da es morgen schon wieder vorbei sein wird, habe ich mir vorgenommen, den Tag zu genießen und ihn mir nicht von irgendwelchen brummigen Leuten verderben zu lassen.

Unsere Karawane legt die nächsten drei Stunden einige Kilometer zurück. Gegen Mittag brennt die Sonne vom Himmel, doch dank der langen Kleidung und des riesigen Sonnenschirms ist es tatsächlich auszuhalten.

Auf einmal taucht in einiger Entfernung eine alte Ruine auf. Zuerst denke ich, dass es eine Fata Morgana ist, doch je näher wir kommen, desto klarer erkenne ich das alte Gebäude, bei dem nach vielen Jahren, wenn nicht sogar Jahrhunderten, nur noch die Grundmauern stehen. Umgeben von zehn Säulen, von denen nur noch vier intakt, die anderen bereits zerstört sind, steht es einsam und verlassen mitten in der Wüste. Lediglich eine Straße, die auf einmal zwischen den Dünen auftaucht, führt dorthin.

»Sind angekommen, hier wir machen Pause«, ruft Jamaal über seine Schulter. »Sie können rumgehen und gucken, danach Mittagessen.«

Als wir auf dem Vorplatz der Ruine ankommen, steigen wir ab und unsere Gruppe verteilt sich in den Räumen, die nun bei näherer Betrachtung, doch noch vorhanden sind. Ich bin beeindruckt, was die Menschen früher schon gebaut haben. Die Säulen sind mit unzähligen kleinen Figuren verziert, auch wenn man nach den vielen Jahren nicht mehr alle Details erkennen kann.

Als ich in einen der Räume hineingehe, sehe ich, dass sich das ältere Ehepaar bereits darin befindet. Heinz erklärt seiner Frau gerade, um welches Gebäude es sich handelt und wer es damals gebaut hat.

»Bitte entschuldigen Sie, woher wissen Sie das alles?«, frage ich freundlich. Er wendet sich mir zu.

»Wissen Sie, ich habe seinerzeit Archäologie studiert, war viel auf Ausgrabungen unterwegs. Da bekommt man so einiges mit. Daher kenne ich die Geschichte vieler alter Gebäude auf der ganzen Welt. Und zufällig auch diese hier. Das war der Grund, warum wir uns überhaupt für diese Wüstentour entschieden haben.«

Gemeinsam erkunden wir noch den Rest der Ruine, dann hören wir auch schon Jamaals Stimme. Das Mittagessen ist vorbereitet.

Es gibt wieder den leckeren, süßen Tee, den es heute Morgen auch schon gab.

Dazu ein Reisgericht mit Gemüse, es ist scharf, aber dennoch sehr lecker. Zum Schluss wird ein großer Teller Obst auf dem kleinen, klapprigen Tisch serviert, den Jamaal aufgestellt hat.

Nachdem alle gestärkt sind, bittet er uns wieder zu den Kamelen.

»Jamaal, wo können wir denn auf die Toilette gehen?«, fragt eine der Schwestern mit verkniffener Miene.

»Sie können hier in Wüste gehen, ein paar Meter hinter Ruine sind einige Felsen. Ich würde sagen, erst Frauen, dann Männer.«

Wir Frauen gehen im Gänsemarsch um die Ruine herum, in Richtung der Felsen, hinter denen wir uns, mit einigem Abstand zu den anderen, erleichtern können. Mir ist nicht ganz wohl bei dem Gedanken, schließlich gibt es mit Sicherheit das ein oder andere Tier, was tagsüber hier vorbeihuscht. Kaum habe ich diesen Gedanken beendet, höre ich ein Schreien neben mir.

»Ahhh, ein Skorpion. Jamaal, zu Hilfe, ein Skorpion!«

Es ist die junge Frau, die heute Morgen unbedingt mit ihrem Ehemann Händchen halten wollte. Sie springt durch die Gegend und versucht dabei, ihre Hose hochzuziehen. Panische Angst ist in ihren Augen zu sehen.

»Kindchen, nun mach mal nicht so einen Wind, die tun nichts. Oder hat er dir etwa in den Hintern gebissen?«, fragt eine der Schwestern und fängt lauthals an zu lachen.

Ich muss zugeben, zum Lachen finde ich das nicht. Auch ich bin froh, wenn wir gleich wieder in sicherer Höhe auf den Kamelen sitzen.

»Sie können mich mal, Sie blöde Schnepfe«, keift die junge Frau und stapft zurück.

Ein bisschen tut sie mir leid, ich glaube, ich wäre auch nicht ruhig geblieben, wenn so ein Skorpion an mir vorbeigelaufen wäre.

Nachdem auch die Männer das Notwendige erledigt haben, geht es weiter.

»Noch drei Stunden, dann wir sind an Camp«, kündigt Jamaal an.

Auch wenn wir in diesen drei Stunden fast nur Sand sehen, hin und wieder einige Felsen, und sogar einen alten, knorrigen Baum passieren, es wird nicht langweilig, so fantastisch finde ich es hier.

Am späten Nachmittag kommen wir an dem Camp an, es ist jedoch viel größer als das, von dem wir heute Morgen aufgebrochen sind. Es sind bereits andere Kamele an einer eigens für sie eingerichteten Wasserstelle angeleint.

Mehrere Autos mit Gepäck auf den Ladeflächen stehen

vor dem Eingang, wir hören orientalische Musik und es riecht nach leckerem Essen, sodass mir das Wasser im Munde zusammenläuft.

Jamaal dirigiert unsere kleine Karawane zu den anderen Kamelen, wo wir absteigen können. Es tut gut, wieder festen Boden unter den Füßen zu haben.

»Kommt, ich zeigen euch eure Zelte für heute Nacht, dann ihr könnt ins Nachtleben fallen. Ach ja, wenn wollen Sonnenuntergang sehen, dann kommen in 30 Minuten dort oben auf Düne.«

Mein Zelt ist um einiges kleiner als das von heute Morgen, aber das stört mich nicht. Es ist genauso bunt und hübsch eingerichtet, und ich fühle mich direkt wohl. Sogar mein Koffer ist bereits hier. Ich mache mich mit dem Wasser, das in einem Kelch neben einer Emaille-Schüssel steht, frisch und ziehe mir neue Kleider an. Als ich aus dem Zelt trete, dämmert es bereits. Gerne möchte ich den Sonnenuntergang sehen, also mache ich mich auf den Weg zu der Düne. Sie ist nicht ganz so hoch wie die von heute Morgen, daher sitze ich schon nach kurzer Zeit im warmen Sand. Die Sonne nähert sich dem Horizont, und langsam nimmt sie wieder den goldfarbenen Ton an, der mich schon heute Morgen so in den Bann gezogen hat. Ich schaue mich um, bin jedoch ganz allein hier. Anscheinend haben alle genug von dem Sand und der Wüste, und wollen lieber Tanz und Musik genießen. Soll mir recht sein, dann habe ich für ein paar Minuten meine Ruhe. Überraschenderweise geht die Sonne sehr schnell unter, schneller, als ich es aus Deutschland gewohnt bin. Oder kommt es mir nur so vor? Ein paar Augenblicke später ist es stockdunkel. Ich lege mich in den Sand und schaue hinauf in den Himmel, Tausende

Sterne leuchten über mir. Ich könnte noch länger hierbleiben, doch der leckere Duft des Essens lockt nun auch mich runter ins Camp. Also folge ich Jamaals Worten und lasse mich ins Nachtleben fallen.

Ich schlendere langsam um die Tische herum, an denen viele Menschen aus vielen Nationen ihr Abendessen genießen, als ich plötzlich meinen Namen höre.

»Luci, kommen Sie doch zu uns, wir haben noch Platz an unserem Tisch.« Es ist das ältere Ehepaar. Gerne nehme ich ihre Einladung an und setze mich zu ihnen.

»Holen Sie sich erst mal was zu essen, Sie sehen ganz hungrig aus. Und dann erzählen Sie uns, was Sie von diesem Urlaub halten.«

»Das mache ich gerne. Soll ich Ihnen noch etwas mitbringen?«, frage ich sie.

»Nein, vielen Dank. Lieb, dass Sie fragen, aber es geht nichts mehr rein.« Heinz reibt sich über seinen Bauch.

Ich gehe hinüber zum Grill, es gibt Spieße mit Hühnchen, Rind und vegetarische Gemüsespieße. Dazu große Schüsseln mit grünem Salat und Couscous. Außerdem gibt es einen Stand mit verschiedenen Tajines. Bei so viel Auswahl kann ich mich kaum entscheiden, also nehme ich von allem ein kleines bisschen. Mit meinem voll beladenen Teller gehe ich zurück zu dem älteren Ehepaar.

»Na, da haben Sie sich ja was vorgenommen«, sagt Heinz mit einem Blick auf meinen Teller. »Guten Appetit.«

»Vielen Dank.« Ich nehme den ersten Bissen und kann es kaum glauben, wie gut es schmeckt. Die vielen Gewürze sorgen für eine Geschmacksexplosion.

»Ich kam nicht umhin zu sehen, dass Sie sich heute Morgen eine Landkarte angesehen und über die nächsten Wochen gesprochen haben.« Ich nehme noch einen Happen. »Darf ich fragen, sind Sie auf einer Weltreise?«

»Ja, das sind wir. Wissen Sie, unsere Kinder sind aus dem Haus und wohnen 500 Kilometer von uns entfernt. Somit haben wir auch nicht viel von unseren Enkelkindern. Und da wir zeit unseres Lebens gearbeitet haben, dachten wir uns, wir belohnen uns mit einer Weltreise. Wir entscheiden spontan, wo es als Nächstes hingeht, es gibt also keinen festen Plan.«

»Und wie lange sind Sie schon unterwegs?«

»Seit drei Monaten, neun haben wir noch vor uns.«

»Bitte entschuldigen Sie, dass ich Sie so ausquetsche, aber ich finde das total faszinierend.«

Einen kurzen Moment muss ich an Oliver denken. Wie er mir damals vorgeschlagen hat, mit ihm zu kommen und die Welt zu erkunden. Es gab Zeiten, da habe ich es bereut, seine Bitte ausgeschlagen zu haben. Meistens jedoch war ich der Überzeugung, dass ich richtig entschieden habe. Ich schüttle die Gedanken ab und lausche gespannt den Erzählungen von Heinz und Josephine.

»Wir haben angefangen in Europa, waren in Rom, in Venedig, auf Sizilien. Dann sind wir nach Frankreich, an die Südküste. Nizza, Cannes, und so weiter. Da haben wir es aber nicht so lange ausgehalten, deswegen sind wir dann schnell weiter nach Spanien und Portugal. Nach einer ausgiebigen Tour durch Schottland sind wir nun hier gelandet. Ich denke, wir werden morgen entscheiden, wo es danach hingeht. Entweder direkt nach Kairo oder in den Süden. Kapstadt steht ganz oben auf unserer Wunschliste. Einmal auf den Tafelberg, das wäre ein Traum, nicht wahr, Heinz?«

»Das wäre es in der Tat, mein Herz.« Er nimmt Josephines Hand und gibt ihr einen Kuss. In seinem Blick liegt so viel Liebe, dass es mir vor Rührung fast die Tränen in die Augen treibt.

»Dann wünsche ich Ihnen noch viel Spaß auf Ihrer Reise. Mögen Sie gesund wieder nach Hause kommen.«

»Vielen Dank, Luci.«

Nachdem sie noch ein paar Süßigkeiten »als Betthupferl« eingepackt hat, wendet sie sich ihrem Mann zu: »Was meinst du, sollen wir schlafen gehen? Morgen wird wieder ein langer Tag.«

»Du hast recht, lass uns gehen. Luci, schlafen Sie gut, bis morgen.«

»Ja, bis morgen.«

Wir verabschieden uns und die beiden gehen zu ihrem Zelt. Es wird jedoch keinen Morgen geben für uns, morgen werde ich wieder in meinem Bett aufwachen, einen schönen Tag zu Hause verbringen und abends mit meiner Familie meinen Geburtstag nachfeiern.

Bei einem Glas Wasser, das mir ein freundlicher Kellner gebracht hat, denke ich noch einmal ausführlich über die letzten Reisen nach. Am Ende ist immer irgendetwas passiert, sie waren immer irgendwie – ja, sie waren immer turbulent. So wie Aurelia es damals vorausgesagt hatte. Heute bin ich dankbar, dass diese Reise einfach nur fantastisch war. Ohne dass etwas Schlimmes, oder Unvorhergesehenes passiert ist, von dem Skorpion bei der Pinkelpause einmal abgesehen.

Gerade als ich auch in mein Zelt aufbrechen will, kommt Josephine auf mich zu gerannt.

»Luci, wissen Sie, wo Jamaal ist? Ich brauche einen Arzt. Heinz hat einen allergischen Schock.«

Das darf doch wohl nicht wahr sein, oder? Und gerade

habe ich noch gedacht, wie harmonisch und ruhig dieser Tag zu Ende gegangen ist.

»Wie ist das passiert?«, rufe ich und kann es immer noch nicht fassen.

»Er hat welche von diesen Süßigkeiten gegessen. Erst danach habe ich gesehen, dass da Pistazien drauf sind. Und dagegen ist er allergisch, aber da war es schon zu spät. Luci, tun Sie doch was! Sonst stirbt er.«

»Ich bin aber doch kein Arzt. Wir müssen Jamaal finden, vielleicht haben die so etwas wie einen Notfallkoffer! Sie gehen links rum und ich rechts.«

Wir umrunden schnell die Mitte des Camps, aber keine Spur von Jamaal. Ich schaue mich hilflos um, weiß keinen Rat. Josephine ist total verzweifelt, ihr laufen bereits die Tränen übers Gesicht.

Auf einmal fällt mein Blick auf die orientalischen Musiker, eine exotische Schönheit singt auf der Bühne arabische Folklore. Da kommt mir ein Gedanke.

»Josephine, ich habe eine Idee. Ich weiß nicht, ob das klappt, aber ich hoffe es. Welche Nummer hat Ihr Zelt?«

»15. Was haben Sie vor?«

»Gehen Sie zu Ihrem Mann, ich hoffe, ich finde gleich einen Arzt.«

Josephine dreht sich um und eilt Richtung Zelt. Ich laufe auf die Bühne und entreiße der Sängerin ihr Mikrofon. Sofort entsteht ein Tumult auf der Bühne, daher rufe ich, so laut ich kann: »Wir haben einen Notfall. Ist ein Arzt hier? Wir brauchen einen Arzt, sonst stirbt ein Mann.«

Mittlerweile ist es ruhig geworden und alle starren mich an. Ich starre zurück in die Menge, in der Hoffnung, dass tatsächlich ein Arzt unter den Touristen ist.

Und wirklich, ich habe Glück, es ist sogar ein deutscher Arzt. Er kommt direkt auf mich zu.

»Ich bin Arzt. Was ist passiert?«

»Kommen Sie, Zelt Nr. 15. Ein Mann hat einen allergischen Schock und wir wissen nicht, was wir machen sollen.«

»Warten Sie, ich hole meine Tasche, dort habe ich ein Notfallset mit einem Gegenmittel. Sie haben Glück im Unglück, meine Frau ist auch Allergikerin, daher habe ich immer mehrere Sets dabei, besonders im Urlaub.«

»Ich danke Ihnen, beeilen Sie sich bitte. Ich laufe schon mal zum Zelt.«

Als ich bei Heinz und Josephine ankomme, bleibe ich wie angewurzelt im Zelteingang stehen. Heinz liegt auf dem Bett, Josephine hat bereits sein Oberhemd entfernt. Sein ganzer Körper ist angeschwollen und sieht aus wie ein Streuselkuchen. Er ist kaum noch bei Bewusstsein. Josephine sitzt neben ihm und hält seine Hand. Hoffentlich ist es nicht zu spät.

»Ich habe einen Arzt gefunden, er ist schon unterwegs. Haben Sie nicht selber ein Gegenmittel? Der Arzt sagte eben etwas von einem Notfallset.«

»Doch, normalerweise schon. Aber das war genau in dem Koffer, der letzte Woche am Flughafen verschwunden ist. Heute Morgen haben wir die Info bekommen, dass er wieder aufgetaucht ist und uns hinterhergeschickt wird. Wer ahnt denn, dass wir genau in der Woche das Gegenmittel brauchen, in der unser Koffer verschwindet?«

Auf einmal stürzen zwei Männer ins Zelt, der Arzt und Jamaal. Wo kommt der denn auf einmal her? Eben war er noch wie vom Erdboden verschluckt.

»Gehen Sie zur Seite, ich habe ein Gegenmittel, das wirkt in Sekunden«, sagt der Arzt.

»Warte Doktor, ich bin Reiseleiter, ich gebe das dem Mann.« Jamaal tritt zwischen den Arzt und das Bett, auf dem Heinz mittlerweile bewusstlos ist.

»Wie bitte? Das ist nicht Ihr Ernst. Gehen Sie zur Seite, der Mann muss das Gegenmittel bekommen, sonst stirbt er gleich.«

»Nein, ich habe Verantwortung für Reisegruppe, ich gebe Medizin.«

Langsam färbt sich das Gesicht des Arztes rot vor Wut.

»Gehen Sie mir aus dem Weg. Wenn der Mann stirbt, mache ich Sie dafür verantwortlich, dann werden Sie nie wieder Reiseleiter.«

»Geben Sie mir Spritze.«

»Nein, kommt nicht infrage.«

»Ja.«

»Nein.«

Josephine und ich schauen ungläubig zwischen dem Arzt und Jamaal hin und her, wir können kaum glauben, was hier passiert.

Da stürzt sich Jamaal auf den Arzt und ein Gerangel um die Spritze entsteht. Nur Sekunden später taumeln die beiden auf mich zu, ich habe keine Zeit mehr zur Seite zu springen.

Beide fallen auf mich drauf, dabei dringt die Spritze tief in meinen Oberschenkel.

Nur Sekunden später fühle ich, wir mir leicht schwindelig wird. Auf einmal ist es ganz ruhig im Zelt, nur von Weitem hört man noch die Musik. Jamaal, Josephine und der Arzt schauen mich mit großen Augen an. Taumelnd stehe ich auf und ziehe mir die Spritze aus dem Bein. Der Schwindel wird immer stärker und ich wanke umher. Auf einmal steht noch ein dritter Mann im Zelt. Da ist er, ich habe schon auf ihn gewartet. Nur habe ich mir die Begegnung mit ihm heute etwas anders vorgestellt. Vielleicht ein klein wenig romantischer. Plötzlich verschwimmt alles vor meinen Augen, dann sacken mir die Beine weg. Im letzten Moment merke ich, dass mich jemand auffängt. Ich weiß, es sind seine Arme, die mich vor dem harten Aufprall retten. Wieder einmal.

Kapitel 22

Ein komischer Auftrag – und ist er wirklich Mr. Right?

Auch dieses Mal habe ich mir in der Woche meines Geburtstages wieder Urlaub genommen. Zumindest bis Mittwoch, ab Donnerstag habe ich einen mehrtägigen Auftrag auf Sylt. Ich soll die Hochzeit eines reichen und recht bekannten Pärchens fotografisch begleiten. Somit habe ich heute und morgen noch Zeit, meinen Gedanken nachzuhängen und Fotos in der freien Natur zu schießen. Außerdem hatte ich Zeit, mein Bett neu zu beziehen. Es befand sich nämlich eine Handvoll Sand unter meinem Kopfkissen, einiges davon hatte sich bereits in meinem Bett verteilt. Den Rest habe ich dann in eine kleine Tüte gefüllt und zu den anderen Souvenirs gelegt.

Als ich danach in den Spiegel geschaut habe, war ich ein wenig erschrocken, denn ich habe ordentlich Farbe im Gesicht bekommen. Die Arme und Beine hingegen sind nicht annähernd so braun. Meinen Eltern gegenüber habe ich das mit einem Selbstbräuner erklärt.

»Luci, du kannst so etwas doch nicht im Gesicht ausprobieren. Das macht man erst mal an einer unauffälligen Stelle. Was sollen die Leute denn denken?«

Meine Mutter war ganz entrüstet über meinen Leichtsinn.

Jetzt, nach einem leckeren, ausgiebigen Frühstück bin ich an meinem Lieblingsort in unserer Stadt.

Ein großer Park, mit vielen angelegten Gärten, in denen Blumen in den schönsten Farben blühen. Mittendrin ein großer Teich, auf dem eine Schwanenfamilie ihre Runden zieht. Rundherum stehen viele Bänke, auf denen die Leute die Aussicht genießen können.

Gerade verlässt die gefiederte Familie den Teich und watschelt über das Grün. Ich zoome etwas heran und schieße einige Fotos.

Als ich sie mir auf dem Display anschaue, verschlägt es mir auf einmal die Sprache. Jemand sitzt auf einer der Bänke, das ist mir vorher gar nicht aufgefallen. Das an sich wäre ja nicht schlimm, aber ich kenne die Person, die dort sitzt, will es aber gar nicht wahrhaben, geschweige denn, dass ich es verstehe.

Ist denn schon wieder ein Jahr vorüber? Habe ich schon wieder Geburtstag? Ich ziehe mein Handy hervor und schaue aufs Datum. Dienstag, 16. August. Nein, es ist der Tag nach meinem Geburtstag.

Ich schaue wieder über den See zur Bank, sie ist leer.

Das kann doch gar nicht sein. Es ist doch nur Sekunden her, dass ich das Foto gemacht habe. Wo ist er hin?

Als ich ihn nicht mehr entdecken kann, bin ich überzeugt, dass mir meine Fantasie einen Streich gespielt hat. Aber da ist das Foto! Auf dem ist er eindeutig zu sehen. Ich zoome es größer. Er scheint direkt in die Linse geschaut zu haben, was mir das Gefühl gibt, er sieht mir direkt in die Augen. Aber es ist ein schönes Gefühl, ein vertrautes

Gefühl. Auch wenn er nicht mehr hier ist, fühle ich mich gerade in diesem Moment geborgen. Schließlich begleitet er mich schon viele Jahre und ist immer in den brenzligsten Situationen an meiner Seite gewesen, wenn auch nur für ein paar Sekunden. Dennoch frage ich mich, wohin er so schnell verschwunden ist.

»Hallo«, sagt auf einmal eine Stimme hinter mir, eine raue Stimme, eine wahnsinnig tolle Stimme. Gänsehaut überzieht meinen ganzen Körper. Langsam drehe ich mich um und stehe ihm direkt gegenüber. Ich habe das Gefühl, in Ohnmacht zu fallen, so surreal ist der Moment. Sofort ist er bei mir und hält mich fest. Aber das hier ist die Realität, da bin ich mir sicher. Seine Anwesenheit, seine Berührung, seine Stimme, sein Geruch. Das alles bringt mich total durcheinander.

Außerdem merke ich dieses wunderbare Kribbeln in meinem Bauch, wie ich es schon lange nicht mehr hatte.

Als ich mich wieder gefangen habe, macht er wieder einen Schritt zurück.

»Hallo«, antworte ich zögernd, weil ich es noch nicht so ganz glauben kann, dass er jetzt direkt vor mir steht und sogar mit mir spricht. Und eigentlich weiß ich gar nicht so richtig, was ich sagen soll. Soll ich ihn fragen, ob er sich an die Momente erinnern kann, an denen wir uns begegnet sind? Wird er bestätigen, dass wir uns schon so oft in die Augen geschaut haben? Oder weiß er nichts davon? Löst er sich womöglich direkt in Luft auf, sobald ich es anspreche? Ich weiß es nicht. Also beschließe ich erst mal, nichts zu sagen, sondern ihn den Anfang machen zu lassen.

»Wollen wir eine Runde gehen?«, fragt er mich.

Ich nicke. »Gerne.«

Fieberhaft überlege ich, was ich ihn fragen könnte. Schließlich ist die Sache zwischen uns ja etwas mysteriös, also zumindest von meinem Standpunkt aus. Doch dazu komme ich nicht, denn mein Handy klingelt.

Nein, bitte nicht. Nicht jetzt.

Ich beschließe, es zu ignorieren.

»Willst du nicht rangehen?«, fragt er mich.

»Nein, so wichtig kann es nicht sein. Ich rufe nachher zurück.«

Das Klingeln hört auf.

»Siehst du«, sage ich und lächle ihn von der Seite aus an.

»Wie …« Ich werde unterbrochen, da mein Handy erneut klingelt.

»Scheint wichtig zu sein«, sagt er.

Nicht so wichtig wie das hier, denke ich.

»Ich bin der Meinung, man muss auch nicht immer und überall erreichbar sein«, sage ich stattdessen. Das Klingeln verstummt.

»Also, wie … » Mein Handy klingelt ein drittes Mal.

»Ich glaube wirklich, du solltest drangehen, vielleicht braucht jemand deine Hilfe.«

Ich will aber nicht, ich will lieber hier mit dir zusammen sein und das Rätsel lösen, was mich seit zehn Jahren beschäftigt und von dem du ein Teil bist.

Ich schaue aufs Display und sehe die Nummer meiner Eltern. Ich verdrehe die Augen.

»Mama, was gibts?«

»Himmel, Luci, warum gehst du nicht an dein Handy? Ich habe es bestimmt zehnmal probiert.«

»Dreimal, um genau zu sein. Was ist denn so wichtig? Eigentlich habe ich gerade nicht viel Zeit.«

»Sag mal, was ist denn los mit dir? Du hast doch sonst immer Zeit für uns.«

»Ja, aber jetzt gerade ist wirklich schlecht. Also, was ist los?«

»Papa ist von seiner Leiter gefallen. Ich glaube, er hat sich den Arm gebrochen, der steht so komisch vom Körper ab.«

Das darf doch wirklich nicht wahr sein. Hätte Papa sich keinen anderen Tag aussuchen können, um seine Kletterkünste unter Beweis zu stellen?

»Na, prima. Ich komme, dann bringen wir ihn ins Krankenhaus. Und danach reden wir noch mal über euer Timing.«

»Ich habe schon den Krankenwagen gerufen, der müsste gleich da sein. Wieso, was ist mit unserem Timing?«

Ohne einen weiteren Kommentar lege ich auf.

»Was ist passiert?«, fragt er. Ich erzähle im von Papas Unfall.

»Es tut mir so leid, dass ich wegmuss.«

»Macht nichts, dein Vater geht jetzt vor. Wünsch ihm gute Besserung.«

Klar, kein Problem.

Du Papa, da gibt es einen Typen, den ich jedes Jahr an meinem Geburtstag sehe. Und zwar immer dann, wenn ich mal wieder eine meiner turbulenten Reisen in die Vergangenheit, in die Zukunft oder an einen anderen aufregenden Ort der Welt unternehme. Die genauen Umstände sind mir selber noch nicht so ganz klar.

Außerdem weiß ich auch gar nicht, wie er heißt, aber ich soll dir auf jeden Fall gute Besserung von ihm wünschen.

»Vielen Dank, das mache ich.« Ich will nicht weg von ihm. Ich will bei ihm bleiben.

»Ich würde dich gerne wiedersehen«, sagt er.

»Das möchte ich auch, sehr gerne sogar.« Nur noch ein kleiner Augenblick und die Tränen werden laufen, da bin ich mir ganz sicher.

»Ich schlage dir etwas vor«, sagt er.

Ich nicke nur, denn ich habe Angst, dass meine Stimme bricht, wenn ich jetzt was sage.

»Wir trennen uns jetzt hier. Wir tauschen keine Telefonnummern oder Sonstiges aus. Wenn das Schicksal der festen Überzeugung ist, dass wir uns noch einmal wiedersehen sollen, dann wird es auch geschehen.«

Also, so langsam ist mein Bedarf an geheimnisvollen Geheimnissen gedeckt. Aber ich willige ein, vielleicht muss es so sein. Vielleicht verlangt das Schicksal einfach viel Geduld von mir.

Er beugt sich vor und gibt mir einen Kuss auf die Wange. Wieder atme ich seinen wunderbaren Geruch ein, wieder dieses Kribbeln im Bauch.

»Bis bald«, antworte ich. Schweren Herzens drehe ich mich um und gehe, nach ein paar Sekunden schaue ich noch einmal zurück. Er steht immer noch an der gleichen Stelle. Er hat die Hände in den Hosentaschen und schaut mir hinterher. Und ein wundervolles Lächeln umspielt seine Lippen. Ich weiß nicht, was ich am tollsten an ihm finde. Seine Augen? Seinen Geruch? Sein Lächeln? Seine starken Arme? Irgendwie finde ich alles an ihm anziehend. Und seine Stimme erst. Ich drehe mich ein zweites Mal um, diesmal ist er verschwunden. In bin ein wenig enttäuscht, doch ich schiebe die Enttäuschung beiseite. Alles wird gut, da bin ich mir sicher.

Auf dem Weg zu meinen Eltern beschließe ich, dem

Schicksal ein wenig auf die Sprünge zu helfen und nun jeden Tag hier in den Park zu gehen.

Da fällt mir der Auftrag auf Sylt ein. Oh nein, das bedeutet, dass ich in den nächsten Tagen nicht hierherkommen kann.

Schiere Verzweiflung macht sich in mir breit. Was habe ich getan? Was passiert, wenn er nun jeden Tag auf mich wartet, ich aber nicht erscheine? Wird er nach ein paar Tagen aufgeben? Nein, das kann ich mir nicht vorstellen. Oder doch?

Ich bin total durcheinander und kann keinen klaren Gedanken fassen. *Luci, beruhige dich. Tief einatmen und ausatmen, einatmen und ausatmen.*

Ich schalte meinen Verstand wieder ein. Warum sollten wir uns jetzt nie mehr wiedersehen? Schließlich hat das Schicksal ein Band zwischen uns geknüpft. Warum sollte dieses Band, das bereits zehn Jahre hält, auf einmal reißen? Das macht doch keinen Sinn. Ich bin mir sicher, wir werden uns wiedersehen.

Nein, tief in mir drin, da weiß ich es sogar.

Jetzt müssen wir aber erst einmal Papa ins Krankenhaus bringen, und dann sehen wir weiter.

Am Donnerstag mache ich mich auf den Weg nach Sylt. Das Brautpaar hat mir eine Fahrkarte zugeschickt, daher steige ich früh morgens in den ersten Zug Richtung Nordsee. Sie haben mir ein Abteil in der ersten Klasse reserviert, sodass ich die ganze Zeit in Ruhe über die letzten zehn Jahre nachdenken kann. Zuerst Las Vegas. Mein Gott, was war ich verzweifelt damals, habe die Welt nicht mehr verstanden. Dann die beiden einsamen Inseln, wobei die zweite so einsam ja nicht war. Als ich an die Hochzeitszeremonie denke, muss ich schmunzeln. Auf der einen Seite war es so surreal, auf der anderen Seite fühlte es sich so echt an.

Als Nächstes die Geiselnahme. Wenn ich an den Tag in diesem Supermarkt denke, fühle ich immer noch die Angst, die ich damals hatte. Mein Gott, ist das wirklich schon sechs Jahre her?

Welche Reise kam als Nächstes? Ach ja, als Stewardess auf dem Flug nach Dubai. Das war gar nicht so schlecht, auch wenn meine Geduld dabei arg strapaziert wurde. Richtig Spaß hatte ich dann auf dem Kreuzfahrtschiff, als Zumba-Trainerin. Nur die Verfolgungsjagd quer über das Schiff, auf die hätte ich auch verzichten können.

Ein Jahr später folgte die Reise, die mich am meisten berührt hat. Die Beerdigungszeremonie und der Abschied von meinem Großvater. Hätte ich damals schon gewusst, dass ich Opa Henry nie wieder sehen würde, hätte ich ihm noch so viel gesagt. Doch zu dem Zeitpunkt war es mir leider nicht bewusst, und danach war es zu spät. Doch ich bin mir sicher, er wusste, wie sehr ich ihn geliebt habe und dass ich ihm für so unendlich viele Dinge dankbar bin.

Ein paar Tränen tropfen auf meine Hände. Obwohl es schon drei Jahre her ist, fällt es mir immer noch schwer, an ihn zu denken, zu akzeptieren, dass er nicht mehr da ist.

Als ich mich wieder gefangen habe, fällt mir die Reise ins Mittelalter ein. Das war der schiere Wahnsinn, so viele Jahrhunderte in die Vergangenheit katapultiert worden zu sein. Noch Wochen später konnte ich es nicht glauben, wenn ich nicht diese Münze immer und immer wieder in den Händen gehalten hätte.

An die Busfahrt durch Frankreich erinnere ich mich

gerne, es war einfach so mitten aus dem Leben. Die Fahrgäste, die trotz ihrer traurigen Schicksale und persönlichen Verluste immer noch lebensfroh waren, haben mich wirklich beeindruckt. Nur die Erinnerung an den Friedhof und die Suche nach Edeltraut lässt immer noch meine Härchen auf den Armen zu Berge stehen.

Und zu guter Letzt die Wüstensafari, die erst wenige Tage her ist. Das fand ich so toll, dass ich beschlossen habe, irgendwann mal wirklich eine solche Safari zu machen.

Doch da ist noch etwas. Ich angle nach dem Brief, den ich heute Morgen in meinem Briefkasten gefunden habe. Er ist von Oliver und ich habe ihn noch nicht geöffnet. Ich habe ein wenig Angst, ihn zu lesen. Jetzt, wo ich *ihn* getroffen habe. Jetzt, wo ich mir sicher bin, dass *er* meine Zukunft ist. Ich atme tief ein, reiße den Umschlag auf und fange an zu lesen.

»Cariño, meine liebe Luci, lange habe ich überlegt, ob ich dir diesen Brief schicken soll. Doch je länger ich darüber nachdachte, über dich und über uns, über damals, desto stärker war der Wunsch, dir noch einmal zu schreiben.

Nachdem ich damals ohne dich aufgebrochen bin, war ich entschlossen, sofort wieder zurück nach Hause zu fliegen. Im ersten Moment wollte ich meine Reise nicht ohne dich machen. Oh Baby, du hast mir wirklich sehr gefehlt und ich muss zugeben, du hattest mir mein Herz gebrochen. Doch dann habe ich mir gesagt, dass das beste Mittel gegen Liebeskummer Arbeiten oder Reisen ist. Also habe ich meine Reise fortgesetzt. Ich musste noch viele, viele Monate jeden Tag an dich denken, obwohl ich in der Zeit unendlich viele Menschen kennengelernt habe. Doch keiner von diesen Menschen war wie du. Wenn ich an einsamen Abenden den Mond angeschaut habe, hat es mich getröstet, dass du den gleichen Mond siehst. Natürlich nicht in genau diesem Moment, denn oft waren viele Stunden Zeitverschiebung zwischen uns. Aber dennoch hat es mir viel Trost gespendet. Ich habe wirklich lange gebraucht, um über dich hinweg zu kommen.

Aber du kennst das ja. Alles hat seinen Sinn. Das Schicksal weiß, was noch auf uns wartet, und lenkt uns in die richtigen Bahnen.

Seit vier Jahren bin ich nun wieder zurück, zurück in meinem alten Leben. Letztes Jahr habe ich jemanden kennengelernt. Eine Frau, genauso wunderschön wie du. Mit einem genauso großen Herzen, wie du es besitzt.

Cariño, ich habe sie geheiratet, weil ich mich unsterblich in sie verliebt habe. Und in zwei Monaten werden wir Eltern.

Das wollte ich dir mitteilen. Ich möchte, dass du weißt, dass du für immer einen Platz in meinem Herzen haben wirst. Und ich hoffe, dass du jetzt und für immer genauso glücklich sein wirst, wie ich es bin.

Dein Oliver.«

Mir laufen schon wieder die Tränen. Doch nicht, weil ich unglücklich bin. Nein, ich bin überglücklich. Glücklich, weil ich heute weiß, damals die richtige Entscheidung getroffen zu haben. Glücklich, dass Oliver auch sein Glück gefunden hat. Er hat recht, alles hat seinen Sinn und das Schicksal weiß genau, was es zu tun hat. Ich stecke den Brief zurück in meine Tasche und schaue lächelnd aus dem Fenster.

Die Zeit scheint wie im Fluge vergangen zu sein.

Am Bahnhof angekommen, wartet bereits ein Chauffeur auf mich. Er hat ein Schild mit meinem Namen in der Hand. Dadurch komme ich mir für einen kurzen Moment sehr wichtig vor. Kurz deswegen, weil sich der Fahrer nach einer knappen Begrüßung direkt umdreht und zum Auto eilt, ohne auch nur eines meiner Gepäckstücke zu nehmen.

Mit dem Autozug geht es auf die Insel und dort setzt er mich vor meinem Hotel ab. Nach einer kurzen Anweisung »heute Abend 19:00 Uhr im Restaurant, die Familie erwartet Sie« lässt er mich stehen.

Also checke ich allein ein und beziehe kurz danach mein Zimmer. Es ist sehr geräumig, ein wunderschönes Himmelbett steht darin und das riesige Fenster ist direkt auf das Meer gerichtet. Hier lässt es sich aushalten.

Pünktlich um 19:00 Uhr erscheine ich mit meiner Kamera im Restaurant. Alle Gespräche verstummen und unzählige Augenpaare starren mich an.

Da kommt ein Mann, schätzungsweise Mitte 40, auf mich zu und sagt unhöflich: »Tut mir leid, geschlossene Gesellschaft.«

»Mein Name ist Luci Frühling, ich bin die Fotografin«, entgegne ich und halte ihm meine Kamera unter die Nase.

Da höre ich eine bekannte Stimme.

»Frau Frühling, schön, dass Sie da sind«, flötet sie. Es ist die Braut. Sie ist dünn, sehr dünn, fast schon mager. Ihr Outfit ist sehr elegant und ich bin mir ziemlich sicher, dass sie dafür ein Vermögen ausgegeben hat. Wir haben uns vor ein paar Wochen kennengelernt, als sie mit ihrem Verlobten zum ersten Gesprächstermin in mein Studio gekommen ist.

»Haben Sie gut hergefunden? Gefällt Ihnen Ihr Zimmer?«

»Ja, vielen Dank, es ist ganz fantastisch.«

»Wir werden jetzt gleich essen, zwischendurch wird es die

eine oder andere Rede geben. Ich hoffe, Sie schlafen dabei nicht ein, meine Liebe. Die meisten von uns haben den Humor nicht mit Löffeln gefressen. Ist es nicht so, Arthur?«

»Wenn du meinst, Gwendolin.« Mit einem finsteren Blick wendet sich der Mann wieder ab.

»Bitte entschuldigen Sie meinen Halbbruder, er steckt gerade in einer Krise. Er hat ein kleines Vermögen bei Börsenspekulationen verloren. Der kriegt sich schon wieder ein.«

Zwischen den Gängen, es sind sechs an der Zahl, geben verschiedene Familienmitglieder ihre Reden zum Besten. Zuerst der Brautvater, mit tiefer, donnernder Stimme, mit der er sich ganz bestimmt den Respekt jedes einzelnen Familienmitglieds zu eigen gemacht hat. Danach die Brautmutter, nicht weniger elegant als ihre Tochter, jedoch mit einer Stimme, mit der sie es im Leben sicherlich nicht leicht hatte. Danach folgen die Eltern des Bräutigams, vom Äußeren her eher schlichtere Menschen, jedoch nicht minder sprachgewandt. Vor dem Dessert hat der Trauzeuge die Möglichkeit, ein paar Worte zu sagen. Die Rede endet in einem für das Brautpaar peinlichen Desaster. Selbst mir ist es unangenehm, solch intime Einblicke aus dem Leben mir fremder Menschen zu bekommen. Das scheint sogar den engsten Familienmitgliedern so zu gehen, denn ein beschämendes Schweigen aller Anwesenden ist die Folge. Die Trauzeugin hat nach dem Dessert alle Mühe, mit ihrer Rede die Stimmung wieder aufzulockern, was ihr jedoch glücklicherweise bravourös gelingt.

Als ich mir hinterher auf meinem Zimmer die Fotos auf meinem Laptop betrachte, muss ich dennoch schmunzeln, die geschockten Gesichter der Familie sind preisverdächtig.

Für morgen ist ein Tennisturnier auf den hoteleigenen

Tennisplätzen geplant, alle müssen teilnehmen, ausnahmslos. Für den Gewinner hat sich das Brautpaar etwas Besonderes ausgedacht. Gwendolin hat es mir unter dem Einfluss von mehreren Gläsern Champagner vorhin schon verraten. Eine Runde Wakeboarden auf der Nordsee.

Als ich im Bett liege, muss ich wieder an letzten Dienstag denken. An die Begegnung mit *ihm*. An die kurze Zeit, die wir miteinander verbracht haben. Ich kenne bisher seinen Namen nicht, auch meinen Namen habe ich ihm nicht verraten. Wie wird wohl unser nächstes Treffen ablaufen? Werden wir uns wieder im Park begegnen? Oder an einem ganz anderen Ort? Ich schließe meine Augen, stelle mir vor, wie es sein würde, ihn zu küssen. Wird es je dazu kommen? Wieder fühle ich die Schmetterlinge, und es ist das schönste Gefühl, das ich seit Langem habe. Mit einem Lächeln auf den Lippen schlafe ich ein.

Am nächsten Morgen gibt es ein leichtes Frühstück für alle. Kaffee, Tee, Joghurt mit frischen Früchten und auf Wunsch zubereitete Frucht- oder Gemüsesäfte. Jedes Familienmitglied sitzt bereits in seinem Tennis-Dress an den Tischen und es wird über das heutige Turnier gesprochen. Wer gegen wen die besten Chancen hat und wer wohl nach der ersten Runde bereits raus ist. So unauffällig wie möglich bewege ich mich durch den Raum und mache einige Schnappschüsse. Da kommt der Vater der Braut ins Restaurant und klatscht in die Hände.

»So Leute, bitte fertig machen. In zehn Minuten geht es los. Bitte kommt erst mal alle auf den Platz eins, dort ist der Spielplan ausgehängt. Und danach geht es los. Bis zum Mittagessen wollen wir mit der Vorrunde durch sein.«

Hinter mir höre ich zwei leise Stimmen.

»Das ist mal wieder typisch, Hauptsache, alle tanzen nach seiner Pfeife.«

»Ja, er genießt es, mal wieder das Sagen zu haben. Dieses blöde Turnier. Verstehe gar nicht, wie Gwendolin und Cedric dem zustimmen konnten. Das ist doch ihre Hochzeit, doch er muss unbedingt sein blödes Tennis in den Vordergrund stellen.«

»Ja, er ist und bleibt ein Narzisst.«

Ach du grüne Neune, ich tue jetzt einfach mal so, als ob ich das nicht gehört hätte. Ich versuche, mich unsichtbar zu machen und aus dem Radius der beiden zu verschwinden.

Als sich alle Richtung Tennisplatz begeben, ertappe ich mich dabei, wie ich suchend in alle Richtungen schaue. *Luci, glaubst du ernsthaft, er taucht hier auf? Und wenn er es tun würde, was würde es bedeuten? Dass er ein Stalker ist? Das hier ist die Realität und nicht eine deiner Reisen. Er wird nicht so einfach irgendwo auftauchen.*

Also konzentriere ich mich auf den Job und fange an, die Fotos zu schießen.

Ich pendle immer zwischen den drei Tennisplätzen hin und her, um auch alle Spieler ein paar Mal fotografieren zu können. Die Familie hat sichtlich Spaß, sogar die beiden Nörgler, die vorhin über den Brautvater gelästert haben.

Die Teams sind im Vorfeld nach Alter und Können zusammengestellt worden. Jedes Team spielt nur einen Satz, wer verliert, ist sofort raus. Bei der Anzahl der Spieler hätte es sonst zu lange gedauert und die Trauung hätte zwischendurch hier auf dem Platz stattfinden müssen.

Kurz vor dem Ende der Vorrunde gibt es auf einmal auf Platz zwei einen mittelschweren Tumult. Ein älterer Herr, es ist der Onkel der Braut, ist umgeknickt und hat sich verletzt. Alle strömen nun dorthin, parallel wird schon nach einem Arzt telefoniert. Als ich dazu komme, liegt der Onkel am Boden und stöhnt vor Schmerzen. Der Fuß hat eine abnorme Stellung und ist bereits extrem angeschwollen.

»Los, machen Sie schon, fotografieren Sie.«

Ein Junge im Teenageralter steht neben mir und zupft an meinem Ärmel. »Nun halten Sie schon drauf.«

»Ich kann das doch nicht fotografieren. Was denkst du dir nur dabei?«

»Doch, das können Sie, Sie müssen sogar. Die werden Sie hinterher dafür lieben. Glauben Sie mir. In dieser Familie ist nichts normal. Ich könnte mir vorstellen, dass Onkel Otto das sogar extra gemacht hat, nur um im Mittelpunkt zu stehen.«

Als ich mir noch einmal den Fuß anschaue und das schmerzverzerrte Gesicht, kann ich mir das kaum vorstellen. Trotzdem mache ich unauffällig ein paar Fotos, glücklicherweise hört bei dem allgemeinen Trubel keiner das Klicken meiner Kamera.

»So, dann hat Otto wohl sein Spiel verloren. Sobald der Arzt da war und ihn mitgenommen hat, machen wir weiter. Wir müssen bis heute Nachmittag durch sein.«

Da ist er wieder, der Brautvater mit seiner herrischen Stimme.

Ich kann nicht glauben, was ich da höre. Jeder mitfühlende Mensch hätte dieses Turnier, bei dem es um nichts geht, abgebrochen. Scheinbar ist in dieser Familie wirklich nichts normal.

Um 17:30 Uhr ist das Turnier vorbei, Gewinner ist der junge Mann, der mich ermutigt hat, die Fotos vom leidenden Onkel zu machen. Als er von seinem Gewinn hört, wird er ganz blass und auf einmal ist er ganz klein mit Hut.

»Leute, ich kann doch nicht schwimmen. Das könnt ihr nicht mit mir machen«, quengelt er wie ein kleines Kind.

»Ach, Papperlapapp«, sagt Gwendolin, »du trägst doch eine Schwimmweste, da passiert schon nichts. Du hast noch zwei Tage Zeit, dich darauf vorzubereiten. Sonntag ist es so weit.«

»Sonntag schon?« Tränen treten in seine Augen.

»Ja sicher, meinst du, wir fahren deswegen noch einmal hier hoch? Nix da, du wirst deinen Gewinn einlösen. Hast doch sonst immer so eine große Klappe.«

»Bitte, bitte, Tante Gwendolin, ich will nicht.«

Doch Tante Gwendolin ist da unerbittlich, so wie der Rest der Familie. Ich zoome den glücklichen Gewinner heran. Klick. Klick. Ich bin mir sicher, die Braut wird mich für diesen Schnappschuss lieben.

Am Samstag ist die Hochzeit. Für die Zeremonie wurde ein Teil des Strandes abgesperrt, auf dem ein kleiner Pavillon aufgestellt wurde. Er ist über und über mit weißen Rosen geschmückt. Davor stehen viele Stühle, die mit hellblauen Hussen und ebenfalls weißen Rosen versehen sind. Es ist windstill und sonnig. Es gibt kein schöneres Wetter, um hier zu heiraten. Als ich die Braut zum ersten Mal sehe, verschlägt es mir schlichtweg die Sprache. Aber nicht, weil sie so hübsch ist, sondern weil das Kleid so fürchterlich hässlich ist. Die Tatsache, dass sie so schrecklich mager ist, macht die ganze Sache nicht besser. Und auch die Haare sind nur lieblos hochgesteckt. Kein Schleier, keine Perlen, keine Blümchen in den Haaren.

Um es kurz zu machen, die Hochzeit ist so ziemlich das

Langweiligste, was ich je erlebt habe. Die Trauung emotionslos, keine persönlichen Worte, einfach eine Nullachtfuffzehn-Zeremonie. Die Feier mit weiteren Freunden, die am Samstagmorgen angereist sind, kommt nicht in Schwung. Selbst der DJ kann die Gesellschaft nicht aus der Reserve locken. Irgendwie tummeln sich alle nur an der Bar. Leider, leider muss ich nüchtern bleiben, schließlich bin ich hier, um zu arbeiten, nicht um zu feiern. Doch das fällt mir an diesem Abend ausgesprochen schwer.

Um Mitternacht kommt Gwendolin auf mich zu, sie sieht schon etwas angeschlagen aus. Die Wimperntusche ist verschmiert und auch der Lippenstift ist nicht mehr da, wo er hingehört. Außerdem ist der linke Träger des Hochzeitskleides bereits gerissen. Mit alkoholschwerer Stimme gibt sie mir zu verstehen, dass ich Feierabend machen und auch was trinken könne, wenn ich wolle.

Und wie ich will. Ich packe die Gelegenheit beim Schopfe, klemme mir zwei angebrochene Flaschen Champagner unter den einen Arm, meine Kamera samt Stativ unter den anderen und flüchte auf mein Zimmer. Also wirklich, solch eine Hochzeit habe ich noch nie erlebt.

Nachdem ich aus reiner Verzweiflung beide Flaschen ausgetrunken habe, falle ich sofort ins Bett und schlafe ein. Ich träume von Gwendolin, die ein schrilles Hochzeitskleid trägt und ihren Bräutigam auslacht, der nur in Unterhose zum Altar kommt.

Die Brautmutter hält mit ihrer piepsigen Stimme eine Rede, zum Schluss kommen tausend Vögel aus ihrem Mund geflogen. Und ich träume von Onkel Otto, der mit einem Gipsbein Wakeboard fährt. Als er untergeht, steht die ganze Familie am Strand und klatscht Beifall. Ich stehe bei allem daneben und mache ein Foto nach dem anderen.

Auf einmal wache ich auf und bin total verwirrt. Warum träume ich manchmal so seltsame Sachen?

Es ist bereits hell im Zimmer, scheinbar habe ich gestern Abend die Jalousie nicht mehr runtergemacht. Mein Blick fällt auf den Wecker, es ist fast zwölf Uhr mittags. Oh mein Gott, ich habe total verschlafen. Gwendolin bringt mich um.

Ich rase durchs Badezimmer, ziehe mich schnell an und renne runter in die Hotellobby, in der Hoffnung, jemanden von der Familie zu sehen. Als ich keinen entdecke, frage ich den Keller, der gerade den Brunch vorbereitet.

»Ach, von denen ist noch keiner wach, die schlafen alle noch. Haben bis sieben Uhr heute Morgen gesoffen wie … wie … ich weiß auch nicht. Unfassbar. Hab ich noch nicht erlebt, so was.«

Nun, dann sind wir schon zu zweit.

Er bietet mir an, ein Frühstück für mich vorzubereiten. Da sage ich nicht Nein, ich habe einen Bärenhunger.

Gegen 14:00 Uhr trudelt einer nach dem anderen im Restaurant ein, allesamt mit einem ordentlichen Kater.

Mein Zug fährt gegen 17:00 Uhr, weswegen mich jemand wieder zum Festland bringen muss. Als ich Gwendolin nach dem Chauffeur frage, verzieht sie ihr Gesicht.

»Ahh, Luci, bitte nicht so laut.« Sie macht eine kurze Pause.

»Aber das ist kein Problem, um 15:00 Uhr fahren Sie hier los, wie geplant.«

»Vielen Dank. Was ist denn mit den Fotos vom Wakeboarden?«

»Ach, das … ja.« Sie scheint etwas desorientiert. »Ich glaube, das hat sich erledigt, der Termin wäre um 12:00 Uhr gewesen.«

Ah ja, alles klar.

»Nun gut, dann gehe ich mal packen. Wir machen dann nächste Woche einen Termin, damit Sie sich die Fotos ansehen können, okay?«

»Hm«, sagt sie nur und verschwindet dann auf der Toilette.

Himmel, bitte lass meine Hochzeit, sollte es denn mal eine geben, nicht so enden wie diese. Mit diesem Wunsch im Gepäck fahre ich zurück nach Hause.

Heute muss ich leider erst arbeiten, habe einige Termine für Bewerbungsfotos und auch zwei Vorgespräche, einmal für eine Hochzeit und einmal für einen 60. Geburtstag. Die kann ich ja schlecht verschieben, nur weil ich einem Mann im Stadtpark auflauern möchte. Der Tag vergeht quälend langsam, und als endlich der letzte Kunde mein Studio verlässt, schließe ich ab und fahre in den Stadtpark. Je näher ich komme, desto nervöser werde ich. Mir kommen die gleichen Gedanken wie schon vor ein paar Tagen. Wird er da sein? War er vielleicht die letzten Tage schon da und hat es mittlerweile aufgegeben?

Als ich den Park erreiche, steige ich von meinem Fahrrad ab und schiebe es langsam die Wege entlang. Ich schaue mich immer wieder um, doch ich kann ihn nirgends entdecken. Als ich am See ankomme, stelle ich mein Fahrrad an eine Hecke. Auch hier sehe ich ihn nicht. Ich weiß nicht, was ich erwartet habe. Dass er, sobald ich hier auftauche, mit ausgestreckten Armen auf mich zu rennt?

Auf einmal merke ich, dass der Park menschenleer ist.

Das ist komisch, normalerweise ist er zu dieser Zeit gut besucht. Doch ich bin mutterseelenallein. Enttäuscht lege ich mich ins Gras und schaue in den Himmel, beobachte, wie einzelne Wolken über mir vorüberziehen.

Nach ein paar Minuten nehme ich eine Veränderung wahr. Ich kann nicht genau sagen, was es ist, aber ich habe plötzlich das Gefühl, nicht mehr allein zu sein. Ich setze mich auf und schaue über den kleinen See. Und da sehe ich ihn. Er sitzt wieder auf der gleichen Bank wie letzte Woche, die Arme links und rechts lässig über die Rückenlehne gelegt. Und er schaut mir geradewegs in die Augen. Mein Herz macht vor Freude einen Sprung und ich merke wieder dieses wundervolle Kribbeln im Bauch. Ein paar Sekunden sitzen wir einfach nur da und schauen uns an. Auf einmal steht er auf, lässt mich dabei aber nicht aus den Augen. Er geht langsam um den See herum und kommt direkt auf mich zu. Auch ich bin mittlerweile aufgestanden, kann aber vor Nervosität keinen Schritt vor den anderen setzen. Er kommt immer näher und ich habe das Gefühl, die Anziehung zwischen uns ist fast greifbar, so intensiv fühle ich sie. Nur wenige Zentimeter vor mir bleibt er stehen. Sein Lächeln ist so wunderbar, so warm. Es fesselt mich so sehr, dass ich kein Wort rausbringe.

»Hallo«, sagt er, und wieder jagt mir seine Stimme einen Schauer über den Rücken. Ich bin mir sicher, diese Stimme möchte ich morgens als Erstes und abends als Letztes hören, für den Rest meines Lebens. Aber das kann ich ihm ja schlecht sagen, ich will ja auch nicht gleich mit der Tür ins Haus fallen. Aber langsam sollte ich mal was antworten.

»Hallo«, sage ich. *Super Luci, sehr einfallsreich.*

Er steht immer noch vor mir, wieder mit seinen Händen

in den Taschen. Fast so als wäre er auch nervös. Aber ein Blick in sein Gesicht sagt mir, dass er alles andere als nervös ist, eher fest entschlossen.

Er ergreift meine Hand und zieht mich die letzten Zentimeter an sich heran, sodass wir nur noch Millimeter voneinander entfernt sind. Ich atme wieder tief seinen Duft ein, und ich erinnere mich noch einmal, dass ich ihn in den letzten Jahren schon so oft eingeatmet habe. Es ist mittlerweile ein vertrauter Duft, der mir Sicherheit und Zuversicht gibt. Ja, bei ihm fühle ich mich geborgen.

Zärtlich legt er seine andere Hand an mein Gesicht und zieht mich zu sich heran. Ich schließe die Augen, möchte den Moment ganz und gar genießen. Als sich unsere Lippen treffen, habe ich das Gefühl, dass tausend Raketen in meinem Inneren explodieren. Der Kuss ist sanft und intensiv zugleich. Nach ein paar Sekunden löst er sich von mir. Das war der schönste erste Kuss, den ich bisher hatte. Er war perfekt. Langsam öffnen wir beide die Augen und schauen uns lange an.

»Ich bin Alex«, sagt er leise, sodass ich ihn kaum verstehe.

»Und ich bin Luci«, wispere ich.

»Ja, ich weiß.«

Komischerweise bin ich darüber nicht im Geringsten erstaunt, im Gegenteil, eigentlich habe ich fast erwartet, dass er meinen Namen kennt.

Und endlich kenne ich auch seinen. Alex. Eigentlich ein ganz gewöhnlicher Name. Aber der Mann, der jetzt hier vor mir steht, ist ganz und gar nicht gewöhnlich. Er ist etwas ganz Besonderes. So wie ich.

»Da hast du recht«, sagt er leise. Es ist, als hätte er meine Gedanken gelesen. Wir stehen immer noch so nah beieinander, ich glaube, keiner von uns möchte, dass dieser Moment schon vorbei ist. Wie gerne möchte ich noch einmal von ihm geküsst werden. Und als ob er wieder meine Gedanken gelesen hat, nickt Alex fast unmerklich. Und dieses Mal bin ich es, die ihn an sich zieht.

Kapitel 23

Mein 28. Geburtstag

Angekommen

Die Sonne scheint durch die Fenster direkt auf mein Bett. Es gibt nichts Schöneres, als an seinem Geburtstag durch warme Sonnenstrahlen sanft geweckt zu werden. Na ja, fast nichts Schöneres. Ich kann es kaum glauben, ich liege tatsächlich in meinem eigenen Bett. In meiner eigenen Wohnung. Ich setzte mich auf und schaue mich um, es sieht noch genauso unordentlich aus wie gestern. Als ich an den vergangenen Abend denke, überfällt mich ein wahnsinniges Glücksgefühl. Und wenn ich an das letzte Jahr denke, kann ich gar nicht glauben, dass man überhaupt so viel Glück haben kann.

Seit einem Jahr sind wir nun zusammen, Alex und ich. Wir haben zwar nicht jede Minute miteinander verbracht, aber die Zeit, die wir zusammen waren, war unglaublich schön. Er ist in sehr kurzer Zeit ein sehr großer und wichtiger Teil meines Lebens geworden. Und andersherum auch.

Ich lasse mich wieder in die Kissen fallen und schließe die Augen. Ich möchte noch nicht aufstehen. Lieber lasse ich meine Gedanken noch einmal zum gestrigen Abend schweifen.

Mit einem Glas Wein und leiser Musik haben wir uns auf das Sofa gekuschelt. Irgendwann ist Alex aufgestanden und hat mir seine Hand gereicht. Der Blick, mit dem er mich angesehen hat – davon habe ich wieder dieses angenehme Kribbeln im Bauch bekommen.

Dann hat er mich zum Schlafzimmer geführt, nur zu gerne bin ich ihm gefolgt. Im Halbdunkel hat er mich langsam ausgezogen und dabei jeden Zentimeter meiner Haut geküsst. Ich schwebte wie auf Wolke sieben. Dann hat er mich sanft aufs Bett gelegt und sich auch ausgezogen. Stundenlang hätte ich ihm dabei zusehen können. Ohne mich aus den Augen zu lassen hat er sich dann zu mir gelegt. Als sich unsere Körper berührten, merkte ich, dass er sich fast nicht mehr zurückhalten konnte.

Was dann folgte, war der Wahnsinn. Es ist immer wunderschön mit ihm, aber der gestrige Abend war etwas ganz Besonderes.

Als wir hinterher nebeneinanderlagen, sagte Alex ganz leise: »Luci, ich liebe dich so sehr. Ich liebe dich mehr als mein Leben. Ich will dich nicht verlieren.«

Da habe ich ihn in den Arm genommen.

»Ich liebe dich auch Alex, und ich verspreche dir, dass du mich nie wieder loswirst.« Eng aneinander gekuschelt sind wir dann eingeschlafen.

Nur widerwillig öffne ich die Augen, zu schön ist die Erinnerung. Aber es wird Zeit. Ich stehe auf und gehe erst mal Richtung Bad. In der Wohnung ist alles ruhig. Nur der Duft nach frisch gekochtem Kaffee zieht durch die Räume. Ein Zeichen, dass Alex nicht weit sein kann.

»Alex?«, rufe ich ihn. Keine Antwort. Vielleicht ist er Brötchenholen.

Als ich wieder ins Schlafzimmer komme, nehme ich mir frische Sachen aus dem Schrank.

Da fällt ein kleiner Zettel heraus. Oh nein, bitte nicht.

Mit zitternden Fingern hebe ich den Zettel auf.

»Happy Birthday, liebe Luci! A.« Nicht schon wieder! Hört das denn niemals auf? Ein paar Sekunden lang starre ich den Zettel an. Irgendetwas ist anders an ihm. Aus einem Impuls heraus drehe ich ihn um – und mein Herz macht einen Sprung.

»Möchtest du mich heiraten?«, steht in der gleichen Schrift dort.

Ich kann gar nicht glauben, was ich da lese. Bin ich nun auf der nächsten Reise oder ist das hier die Realität? Schnell ziehe ich mich an, was angesichts meiner Aufregung gar nicht so einfach ist. Dann stürze ich aus dem Schlafzimmer und bleibe auf einmal stehen. Die waren doch eben noch nicht da.

Rosenblätter und Kerzen sind auf dem Boden verteilt. Alle Türen sind geschlossen, sodass der Flur in ein romantisches Licht getaucht ist. Mein Herz klopft mir bis zum Hals. Langsam gehe ich Richtung Wohnzimmer, den kleinen Zettel immer noch in der Hand.

Als ich die Tür öffne, sehe ich rot. Rot deswegen, weil im ganzen Wohnzimmer Rosensträuße verteilt sind. Mitten im Raum steht Alex, in blauer Jeans, offenem, weißem Hemd und barfuß. Und er strahlt mich an.

»Hallo Sonnenschein.«

Von jetzt auf gleich kommen mir die Tränen, das hat Opa Henry auch immer zu mir gesagt. Vor Rührung und Aufregung kann ich mich kaum bewegen. Da kommt Alex auf mich zu, mit einem kleinen Kästchen in der Hand.

»Ich denke, ich muss dich nicht lange überzeugen, dass wir beiden zusammengehören. Das Schicksal hat sich bei uns mächtig ins Zeug gelegt, das kannst du nicht abstreiten«, sagt er mit seiner rauen Stimme.

»Hmhm«, sage ich, mehr bringe ich nicht hervor.

»Du weißt, du bist für mich etwas ganz Besonderes. Und ob mit oder ohne Ring, weiß ich, dass wir bis zum Ende unseres Lebens zusammengehören. Aber mit Ring finde ich es einfach schöner.« Er grinst mich an. »Was sagst du?«

»Ja, ich sage Ja.« Ich falle ihm um den Hals und wir küssen uns stürmisch. Gerade als ich ihm das Hemd ausziehen möchte, nimmt er meine Hände.

»Besser wir warten damit«, sagt er und lächelt verschwörerisch.

»Warum?«

»Deswegen. Leute, kommt raus!«, ruft er jetzt laut.

Da geht die Tür von meinem Büro auf. Heraus kommen meine Eltern, Daniel, Clara und die kleine Stella, Emma und André, Isabella, Sebastian und vorneweg Marie.

Mir kommen schon wieder die Tränen, jetzt allerdings vor Freude. Seit elf Jahren sehe ich meine Familie und meine Freunde an meinem Geburtstag das erste Mal wieder. Auch meine Mutter ist gerührt, ich glaube, sie hat nicht mehr erwartet, dass das noch mal passiert.

»Alex, du hast einen guten Einfluss auf unsere Luci. Endlich ist sie an ihrem Geburtstag mal zu Hause. Es scheint, als ob du den Bann endlich gebrochen hast.«

Sie ahnt ja nicht, wie Recht sie damit hat.

Als alle mit einem Stück Kuchen und einem Glas Sekt

versorgt sind, schaue ich glücklich in die Runde. Hier sind sie alle, die wichtigsten Menschen in meinem Leben. Und es ist nicht nur so daher gesagt, wenn ich jetzt behaupte, dass das der bisher schönste Tag meines Lebens ist.

Abends liegen Alex und ich auf dem Sofa, leise Musik läuft im Hintergrund. Auf einmal fällt mir etwas ein.

»Warte mal kurz, ich bin gleich wieder da«, sage ich zu ihm.

Ich gehe ins Schlafzimmer. Auf meiner Kommode steht die kleine Schachtel, in der ich die letzten Jahre meine Souvenirs gesammelt habe. Noch bevor ich die Schachtel öffne, weiß ich, dass sie leer sein wird. Vorsichtig öffne ich das Schloss und klappe den Deckel hoch. Und tatsächlich, sie ist leer. Da steht Alex hinter mir und legt seine Arme um mich.

»Alles in Ordnung?«, fragt er.

Ich klappe den Deckel wieder runter.

»Ja, alles in bester Ordnung.«

Und genauso ist es auch. Alles ist gut. Ich bin mir sicher, dass die Reisen nun ein Ende haben. Genauso wie Aurelia es prophezeit hat.

»*Es wird auch nicht für immer so sein, irgendwann gibt es einen Zeitpunkt, an dem diese besonderen Erlebnisse enden werden. Aber auf diesen Zeitpunkt hast du keinen Einfluss.*«

Ich weiß, ich bin nun angekommen. Ich habe die Herausforderungen, die turbulenten Ereignisse der letzten Jahre mehr oder weniger gut hinter mich gebracht. Was hätte ich auch machen sollen? Ich hatte ja schließlich keine andere Wahl.

Doch es hat sich gelohnt. Ich bin mit einem besonderen Geschenk belohnt worden. Ich habe meinen Mr. Right gefunden. Er ist der Mann, mit dem ich die Reise meines Lebens gemeinsam zu Ende bringen werde.

Kapitel 24

Werde ich das Rätsel jemals lösen?

2 Jahre später

Ich komme gerade aus dem Studio und auf dem Tisch liegt die Zeitung von heute. Aufgeschlagen ist die Seite mit den Nachrichten aus aller Welt. Als ich die Schlagzeilen überfliege, schnappe ich erschrocken nach Luft.

»Riesenrad eröffnet. Die brandneue Attraktion in Las Vegas.«

Oh mein Gott, das habe ich doch schon vor Jahren gesehen. Dieses Riesenrad war das Erste, was ich gesehen habe, als ich aus diesem gelben Hotelzimmer geblickt habe.

Auf einmal steht Alex neben mir. Er schaut sich den Artikel an und grinst. »Cool, was? Und weißt du, was das Tollste ist? Du bist schon da gewesen.«

Ich drehe mich zu ihm um. Das ist wieder so ein mysteriöser Moment, wo mir ein leichter Schauer über den Rücken läuft.

»Wer bist du?«, frage ich ihn.

»Wer ich bin? Das weißt du doch. Ich bin Alex, dein Mann.« Dann nimmt er mich in seine Arme und gibt mir einen langen Kuss.

Danksagung

Mein besonderer Dank gilt meinen Eltern. Durch sie hatte ich eine unbeschwerte Kindheit, viel Freizeit und die Möglichkeit, schon in jungen Jahren viel zu lesen. Dadurch habe ich nun eine recht ausgeprägte Fantasie. Ohne diese Fantasie wäre es mir nicht möglich gewesen, dieses Buch zu schreiben.

Von ganzem Herzen danke ich meinem Mann Sabri, der sich mit einer Engelsgeduld jedes Kapitel und jede neue Idee angehört hat.

Ein großes Dankeschön an meine Testleserinnen Carola, Nicole, Susanne und Petra. Durch sie habe ich einige Sachen mit anderen Augen gesehen und konnte noch einige Verbesserungen vornehmen.

Vielen herzlichen Dank an meinen Bruder Jens, der mir mit Rat und Tat zur Seite stand, wenn ich mal nicht weiterwusste.

Mein Dank gilt außerdem Werner, der mir bei der Auswahl des richtigen Verlages geholfen hat.

Und natürlich danke ich den Mitarbeitern des Verlages. Ihr habt meine vielen Fragen beantwortet und mich auf dem Weg der Veröffentlichung begleitet und unterstützt.